ANNA CLAIRE

Die Glücksfrauen –
Die Kraft der Bücher

Weitere Titel der Autorin:

Die Glücksfrauen – Der Geschmack von Freiheit

Anna Claire

Die GlücksFrauen

Die Kraft der Bücher

Roman

Lübbe

NACHHALTIG PRODUZIERT

Die Bastei Lübbe AG verfolgt eine nachhaltige Buchproduktion. Wir verwenden Papiere aus nachhaltiger Forstwirtschaft und verzichten darauf, Bücher einzeln in Folie zu verpacken. Wir stellen unsere Bücher in Deutschland und Europa (EU) her und arbeiten mit den Druckereien kontinuierlich an einer positiven Ökobilanz.

FSC www.fsc.org MIX Papier | Fördert gute Waldnutzung FSC® C014496

Originalausgabe

Dieses Werk wurde vermittelt durch die
Literarische Agentur Michael Gaeb.

Textredaktion: Anne Schünemann, Schönberg
Umschlaggestaltung: Christin Wilhelm, www.grafic4u.de
unter Verwendung von Illustrationen von © Trevillion Images:
Mark Owen und © shutterstock: Elonalaff | rocharibeiro
Satz: two-up, Düsseldorf
Gesetzt aus der Bennet
Druck und Verarbeitung: GGP Media GmbH, Pößneck

Printed in Germany
ISBN 978-3-7577-0023-2

1 3 5 4 2

Sie finden uns im Internet unter luebbe.de
Bitte beachten Sie auch: lesejury.de

KAPITEL 1

Berlin, September 1936

Wie kann ich meine Liebsten schützen, in diesen Zeiten? Marias Gedanken rasten. Der Duft der Bücher vermischte sich mit dem Geruch von Gemüsebrühe. Sie hatte ihrem Mann Jakob Matzeknödel-Suppe in die Buchhandlung gebracht. Nun stand sie wartend an der Tür, in der einen Hand den Suppentopf, in der anderen die weiche, kleine Hand ihrer dreijährigen Tochter Tabea. Jakob stand am Tresen, bediente eine Stammkundin, Frau Papies. Sie trug einen mondänen Hut, kaufte netterweise immer noch bei ihnen Bücher, sogar jüdische Literatur, die liebe sie einfach, wie sie sagte, sehr.

Was, wenn ich Jakob zu einem riesigen Fehler dränge? Maria dachte immer darüber nach, wenn sie einen Moment zur Ruhe kam. Erst gestern hatten sie wieder lange diskutiert. Und natürlich hatte auch er recht, dass es ein großes Risiko für ihre Familie darstellte, die Heimat zu verlassen.

Die Kleine wurde zappelig und zupfte an Marias Hand. »Mama, ich will auch Schiff fahren, wie Tante Luise«, flüsterte sie plötzlich, durchaus hörbar.

»Pscht. Du musst leise sein bei Vati in der Buchhandlung, das weißt du doch.« Niemand durfte etwas von ihrem Plan ahnen, erst recht nicht Frau Papies, deren Mann neuerdings in der Partei war. Darüber hatte sie sich bei einem Besuch im Laden lautstark echauffiert. Auf keinen Fall durfte sie wissen, dass sie auswandern wollten, zumindest Maria wollte das, um der Kinder willen. Jakob hatte Tabeas Frage gehört, das sah sie ihm an, und sofort redete er nervöser, schneller und lauter, empfahl ein Buch in den höchsten Tönen.

»Was ist Amerika, Mama?«, fragte Tabea weiter und sah sie mit ihren großen dunklen Augen an. Dieser niedliche Mund. Ihre langen schwarzen Haare hatte Maria ihr heute Morgen zu zwei Zöpfen geflochten wie so oft.

»Tabea, bitte, sei leise, das erkläre ich dir später«, rügte Maria sie streng, bedachte sie dann aber mit einem liebevollen Blick. Frau Papies hatte es gehört, lächelte ihnen zu. Maria zog ihre Tochter rasch ein paar Schritte in Richtung Hinterzimmer, nur mussten sie dazu Frau Papies umrunden. Und das mit dem Suppentopf, der beinahe überschwappte.

»Entschuldigung«, flüsterte Maria, trat ins Hinterzimmer und stellte den Topf auf den Tisch, an dem Jakob immer zu Mittag aß. Tabea löste sich dabei von ihrer Hand, stand in der Tür, sah fragend zu Frau Papies im Laden.

»Amerika, was ist Amerika?«, überlegte diese laut. »Es ist ein Kontinent, Kleines. Ach je, unter Kontinent kannst du dir sicher nichts vorstellen. Wie sage ich das kindgerecht? Ein großer Erdteil ist das. Entschuldigung, ich habe keine Kinder, es hat nicht sollen sein.« Sie blinzelte eine Träne weg. »Wie kommst du denn auf Amerika, Liebes?«

Ehe die Eltern es verhindern konnten, erwiderte Tabea unbedarft: »Da will die Mutti hin, mit uns allen, zu Tante Luise.«

Jakob und Maria sahen sich alarmiert an. Sofort lachte Maria auf und erklärte schnell: »Unsere Tochter hat eine blühende Fantasie – was man ihr vorliest, vermischt sie ganz durcheinander. Sie ist ein kluges und sehr neugieriges Kind, wissen Sie, und ich lese ihr viel vor.«

»Ganz entzückend ist sie. Und es ist gut, wenn wir Frauen

neugierig und klug sind, nicht wahr?« Frau Papies zwinkerte Maria und Tabea zu. »Weiter so.«

Jakob lenkte die Dame ab, indem er sich erkundigte, ob sie das Buch denn gern erwerben wolle.

Frau Papies bestätigte, holte ihre Geldbörse heraus. *Hoffentlich erzählt sie ihrem Mann nichts davon*, dachte Maria nervös. Sie strich sich mit der Hand über ihr hochgestecktes Haar, obwohl es ordentlich saß. Dann über ihr grünes Kleid, das sie unter dem leichten Mantel trug. Sie sah zu ihrem Mann. Die Brille war ihm etwas die Nase heruntergerutscht, er schob sie wieder hoch. Ein neuer Tick, der zeigte, wie nervös auch er war. Maria nahm erneut Tabeas Hand, zog sie an der Kundin vorbei zu einem der Bücherregale.

So oft hatte Jakob es den Kindern erklärt, auch Noah, ihrem Sechsjährigen. »Wir können nicht einfach alles stehen und liegen lassen wie Luise«, hatte er gestern wieder gesagt. »Sie hat keinerlei Verpflichtungen, ist frei wie ein Vogel. Aber wir, wir haben unsere Buchhandlung, das ist unsere Existenz. Ich bin verantwortlich für meine Familie, ich muss euch ernähren.« Und natürlich hatte er recht damit. Durch die Reichsfluchtsteuer würde man ihnen noch mehr nehmen als ohnehin schon. Es war ein Dilemma.

Dennoch. Was würde der größere Fehler sein? Zu bleiben oder zu gehen?

Schon im Mai des vorigen Jahres war ein Fragebogen an alle Buchhändler geschickt worden, um deren jüdische Abstammung zu klären. Im Folgenden wurden einige jüdische Buchhändler aus der Reichsschrifttumskammer ausgeschlossen. Nichtarier sollten wissen, dass sie im Buchhandel nichts mehr zu suchen hatten, wurde gesagt. Dieser Satz ging Maria nicht mehr aus dem Kopf. Sie spürte einen Knoten im Magen, sah auf Tabeas Schopf. Seit Luises Weggang konnte Maria erst recht kaum noch schlafen. »Kommt ganz bald nach, bevor es zu spät ist«, hatte Luise mehrfach eindringlich gesagt.

Tabea löste erneut ihre kleine Hand aus ihrer und griff sich ein Buch aus dem Regal, spielte Lesen, hielt es aber verkehrt herum.

Wie sehr Maria ihre Tochter liebte. Beide Kinder. Wie sehr wünschte sie sich eine unbeschwerte Kindheit für sie. Aber Luise hatte ja recht, dass es immer gefährlicher wurde in Deutschland. Für alle, die sich widersetzten, so, wie es Luise und ihr Richard getan hatten. Aber erst recht für Juden wie sie. Jüdische Buchhändlerkollegen bangten um ihre Existenz. Der Börsenverein des Deutschen Buchhandels war durch den Bund Reichsdeutscher Buchhändler ersetzt worden, unter nationalsozialistischer Führung. Wann würden Jakob und sie ihre Buchhandlung schließen müssen?

»Was, wenn wir unsere Buchhandlung aufgeben müssen?«, hatte sie ihn gestern gefragt.

»Das dürfen wir nicht zulassen«, widersprach er kämpferisch. Wie sehr sie ihn liebte. Sieben Jahre war es jetzt her, dass Maria als Sechzehnjährige in diese Buchhandlung in der Grunewaldstraße gekommen war, um ein Buch für sich zu kaufen. Jakob hatte sie mit seinem Wissen und seiner Meinung sofort beeindruckt. Es handelte sich um das Geschäft seines Großvaters und Vaters, in dem er damals schon gearbeitet hatte. Dieser feinsinnige, belesene Mann, der eine Lehre zum Buchhändler absolvierte.

Nach ihrer Heirat hatte sie ihn im Laden unterstützt, aber seit der Geburt der Kinder half sie nur noch ab und zu aus. Die Arbeit fehlte ihr. Oft las sie den Kindern vor, träumte sich in letzter Zeit selbst mit einem Buch in der Hand in ein anderes Leben. Zumindest seit das Leben hier immer gefährlicher für sie wurde.

Maria sah erneut zu ihrem Mann. Das weiße Hemd und die beigefarbene Weste standen ihm gut. Geduldig wartete sie darauf, dass er sich zu ihr gesellte. Sie wollte die kleine Tabea ein Stündchen bei ihm in der Buchhandlung lassen, um ihre Freundin Anni zu sehen, wie jeden Donnerstag.

Früher hatten sich die Freundinnen immer zu dritt bei ihrem Lieblingsbäcker im Bayerischen Viertel verabredet, mit Luise. Aber seit die zu ihrem Richard nach Amerika ausgereist war, trafen sich nur noch Maria und Anni. Von New York aus wollten Richard und sie etwas bewirken, hatte Luise versprochen. Maria hoffte sehr darauf, dass sie es schaffen würden. Hier hatten die beiden mit einer Gruppe Flugblätter verteilt, aber was wollten sie von dort aus tun?

Hoffentlich würde Luise in New York schon bald das kleine Restaurant eröffnen können, für das Anni und sie ihr ein Startkapital mitgegeben hatten. Als Sicherheit für sich selbst, falls die Lage hier noch schlechter wurde. Das hatte Jakob für klug befunden und eingewilligt.

Endlich kassierte er ab und überreichte seiner Kundin das in Papier eingeschlagene Buch. »Sie werden die Geschichte lieben, Frau Papies. Sie gibt Hoffnung. Ganz sicher werden Sie sie lieben.«

Die Dame wirkte angespannt. »Wenn Sie das sagen, Herr Kirschbaum.«

Ein Mann mit Hut betrat die Buchhandlung, grüßte mit »Heil Hitler«. Maria zuckte unwillkürlich etwas zusammen. Frau Papies wandte sich rasch zum Gehen, nickte Maria und Tabea noch einmal freundlich zu.

Der Mann sah sich nur kurz um, verließ die Buchhandlung dann wieder ohne ein weiteres Wort.

Jakob sah blass aus. Maria wollte ihn ablenken. »Sieh nur, Tabea liest«, sagte sie.

Er atmete durch, trat zu Maria, legte den Arm um ihre Hüfte, sah seine Tochter lächelnd an. »Wie die Mama, manchmal etwas verdreht, und beim Lesen vergisst sie alles.«

Maria knuffte ihn, küsste ihn auf die Wange. »Ist ja manchmal auch das Beste, zu vergessen.«

Er nickte, wurde ernst und nachdenklich.

»Hast du ein Auge auf sie, ja? Anni holt mich gleich ab.«

»Natürlich. Ich geb ihr noch ein Kinderbuch, dann ist sie beschäftigt.« Er nahm ein Buch aus dem Regal, ging zu seiner Tochter, kniete sich hin, reichte ihr das Kinderbuch. »Sieh mal, Tabea, kennst du das schon? Mit den Hasen, die keine Angst haben?«

Tabea betrachtete es kurz, schüttelte den Kopf und tauschte es gegen das Erwachsenenbuch aus, das sie Jakob in die Hand drückte. Er nahm es entgegen, ging wieder zu Maria.

»Noah will nicht mehr in die Schule, hat er heute Morgen gesagt«, erzählte sie ihm leise.

Jakob seufzte. »Unser kleiner Rebell. Hat er gesagt, weshalb?«

Sie schüttelte den Kopf. »Dabei ist er doch erst in der ersten Klasse. Wie soll das weitergehen?«

»Wir dürfen uns nicht einschüchtern lassen. Keine Angst haben.«

»Ich weiß«, entgegnete sie.

Die Tür schwang auf, und Anni betrat die Buchhandlung. Wie immer duftete sie nach Lavendel, trug ein strahlendes Lächeln auf den Lippen und hatte ihr blondes langes Haar seitlich hochgesteckt.

»Grüß euch. Hallo Tabea, Süße. Entschuldige die Verspätung, Maria. Siegfried war gerade bei mir. Es gibt etwas zu feiern.«

»Ach ja, wie schön, was denn?«

»Er wird befördert«, erklärte sie stolz.

Maria und Jakob sahen sich alarmiert an.

»Bei der Gestapo?«, konnte sich Jakob nicht verkneifen. »Das habt ihr gefeiert?«

»Ja, man sollte feiern, wenn es etwas zu feiern gibt«, entgegnete Anni unbedarft. Sie liebte ihren Siegfried, den sie schon so lange kannte und heiraten wollte. Dann wandte sie sich an Maria. »Wollen wir?«

Maria nickte, ging rasch zu Tabea, küsste sie auf die Stirn. »Sei schön brav beim Vati, ich hole dich in einer Stunde wieder ab.«

KAPITEL 2

»Ob Luise auf dem richtigen Dampfer ist?«, fragte Anni gut gelaunt an Maria gewandt und prustete los ob der Doppelbedeutung des Ausdrucks.

Auch Maria musste lächeln. »Ganz bestimmt«, erwiderte sie. Die Freundinnen gingen eine von Bäumen gesäumte Straße in Schöneberg entlang. Der Wind fühlte sich bereits kühl an. Maria zog ihr Halstuch enger. *Wie zugig muss es erst auf hoher See sein*, dachte sie. »Luise ist sicher schon auf dem richtigen Schiff«, erklärte sie zuversichtlich.

»Na ja, manchmal lassen sie die Leute in Hamburg nicht ausreisen«, wandte Anni ein. »Wegen einer Augenkrankheit zum Beispiel, habe ich gehört.«

»Unsere Luise ist kerngesund und nicht auf den Mund gefallen. Sie schafft das schon«, bekräftigte Maria. Aber auch sie dachte viel an ihre Freundin und machte sich Sorgen um sie.

»Du hast recht. Was sich Luise in den Kopf setzt, das schafft sie. Schade nur, dass sie ihren Richard nun in New York heiratet und nicht in Berlin, ich wäre so gern dabei gewesen. Aber vielleicht gibt es ja hier bald eine Hochzeit«, meinte sie vielsagend und mit einem verträumten Lächeln im Gesicht.

Maria schluckte. Anni wollte ihren Siegfried offenbar immer noch heiraten. Im Grunde war er stets sehr nett gewesen, Anni kannte ihn schon lange und sah in ihm natürlich ihren liebevollen, zuvorkommenden Siegfried. Aber er hatte sich für die Partei und dann sogar für die Gestapo entschieden, was Maria einfach nicht verstehen konnte. Wie konnte ein guter, kluger Mensch da mitmachen? »Das heißt, er hat dich gefragt?«, hakte sie nach.

Anni schüttelte betreten den Kopf. »Nein. Aber lange kann es ja nicht mehr dauern.« Sie seufzte, und Maria atmete innerlich auf.

»Ihr müsst ja nichts überstürzen.«

Anni reagierte angegriffen, wie immer, wenn sie das Gefühl hatte, ihre Freundin würde sie in diesem Punkt kritisieren. »Maria, wie oft noch? Siegfried setzt sich bei der Staatspolizei nur für Recht und Ordnung ein. Für uns alle. Für unser Land. Er ist ein guter Mensch. Du kennst ihn.«

Maria wollte sich nicht mit ihr streiten. Sie hatte schon Luise als Freundin verloren, zumindest war sie nicht mehr in Berlin und fehlte ihr sehr.

Doch in dem Moment kamen sie an einem kleinen Juweliergeschäft vorbei, das Maria kannte. Es gehörte Aaron Abramowitz, einem netten älteren Herrn. Er war ein Freund von Jakob. Zwei Männer in SS-Uniform standen vor dem Geschäft, einer hielt ein Schild in der Hand, der andere einen Hammer. Dann brachten sie das Schild rechts von Aaron Abramowitz' Ladentür mit Nägeln an. *Kauft nicht bei Juden*, stand darauf.

Marias Herz raste. Sie musste dem alten Mann helfen. Aber was könnte sie ausrichten, ohne festgenommen zu werden? Und was würde dann aus ihren Kindern und Jakob? Sie dachte an die kleine Tabea, die so bitterlich weinen würde. Maria blickte zu Anni. Auch sie beobachtete erschrocken das Geschehen. Immerhin sah sie es, immerhin. Während der Sommerspiele waren Schilder wie diese abmontiert worden, um den Schein in der Welt zu wahren. Aber seitdem wurden sie doch wieder aufgehängt.

»Das ist nicht recht, Anni, das musst du doch sehen«, flüsterte Maria tonlos.

»Natürlich sehe ich das.« Annis Stimme klang ebenso belegt. »Solche Aktionen findet Siegfried auch nicht gut. Aber eben die anderen Ziele schon, die Hitler hat. Arbeit für alle, und Frieden.«

Maria schluckte. Schon lange glaubte sie nicht mehr daran. Die wenigsten, die sie kannte, taten das noch. »Immerhin ist Siegfried auch gegen so etwas«, entfuhr es ihr. Sie erblickte Aarons weißen Haarschopf im Inneren des Ladens. Was musste er für eine Angst ausstehen? Was, wenn sie ihn gleich mitnahmen? Der eine SS-Mann schlug den letzten Nagel ein, spuckte dann durch die offene Tür in den Laden hinein auf den Teppich.

»Widerwärtig. Was können wir tun? Wir müssen doch etwas tun«, flüsterte Maria und ballte die Hände zu Fäusten.

»Bist du verrückt? Wir Frauen können nichts tun. Das überlass mal den Männern. Siegfried sagt, dass er befördert wurde, ist gut. Er kann mehr tun, wenn er Verantwortung trägt«, fuhr Anni fort.

Maria sah ihre Freundin an. Anni liebte ihn, himmelte ihn an, träumte von einer Familie mit ihm, einer Zukunft. Sie konnte es ihrer Freundin nicht wirklich verübeln. Wenn man liebte, war man bereit, viel auf sich zu nehmen. Auch, die Augen zu verschließen – das gehörte wohl dazu.

»Komm, wir gehen weiter, schau, sie tun dem Besitzer nichts«, flüsterte Anni.

Die Männer steckten sich jeder eine Zigarette an, rauchten genüsslich und unterhielten sich lachend.

Anni hakte sich bei Maria unter und zog sie mit sich. »Ich mache mir immer mehr Sorgen«, erklärte Maria im Gehen. »Luise hat recht, wir sollten auch schnellstmöglich ausreisen. Aber Jakob findet, wir dürfen nicht klein beigeben.«

»Ganz genau, bleibt bitte hier. Wo kommen wir denn da hin, wenn jetzt alle gehen? Ich rede mit Siegfried, er kann euch beschützen, das weiß ich. Er wird jetzt noch mehr auf euch achten. Dann musst du dich nicht mehr so sorgen.«

Maria sah sie zweifelnd an. Kurz darauf kamen sie vor der Bäckerei an. Der Duft von frischen Backwaren und Kaffee strömte ihnen entgegen.

»So, jetzt denken wir nur noch an schöne Dinge. An den Streuselkuchen zum Beispiel, den wir gleich essen«, fand Anni. »Und unsere Freundschaft. Es ist so eine schöne Tradition, dass wir uns das gönnen, das müssen wir auf jeden Fall weiterführen, auch ohne Luise.«

»Du hast recht. Das machen wir«, pflichtete Maria ihr bei.

»Und bestimmt schreibt sie uns bald, dass sie in New York angekommen ist und dass sie unser Restaurant eröffnet«, fuhr Anni fort. »Dann ist unser Geld sicher und gut angelegt. Und wenn sich hier alles beruhigt hat, kommt sie zurück. Du wirst sehen, Maria, alles wird gut, ihr müsst nicht auswandern, in die weite, fremde Welt. Das ist doch viel zu gefährlich.«

KAPITEL 3

Rio de Janeiro, 2023

WIE GERN HÄTTE SIE DIE WEITE WELT GESEHEN. Stattdessen stand Sandra in ihrer kleinen Buchhandlung in Rio, mit einem Stapel Bücher auf dem Arm, die ihr bis unters Kinn reichten. Umgeben von gelb und hellgrün gestrichenen Regalen, vollgepackt mit Büchern. Und stattdessen kam nun die Welt zu ihr. Besuch aus New York, eine June, die sie gleich am Flughafen abholen würde. Was sie genau von ihr wollte, hatte Sandra nicht wirklich verstanden, nur dass es um Sandras Familiengeschichte ging. Deshalb hatte sie sich an diesem Morgen besonders schön zurechtgemacht. Sie liebte Farben, hatte sich eine orangefarbene Seidenblume in ihr langes schwarzes Haar gesteckt, trug ein gelbes flatterndes Sommerkleid, das ihren dunkleren Teint unterstrich.

Sie pustete sich eine Locke aus dem Gesicht. Dabei wirbelte sie den Staub auf, der das oberste Buch bedeckte, und musste niesen. Der Stapel verrutschte, und zwei Bücher fielen zu Boden, wo sie aufgefächert liegen blieben. Oh nein. Sie konnte es nicht sehen, wenn sich die Seiten so aufstellten.

Rasch legte sie den restlichen Stapel auf eine alte Holztruhe, die neben dem Regal stand, ging in die Knie, hob ein zu Boden gefallenes Buch auf. Zum Glück war ihm nichts geschehen. Auch dem anderen nicht. Immer weniger Menschen schätzten Literatur, so hatte sie den Eindruck, immer weniger lasen Bücher. Dabei konnte man in ihnen doch die Welt bereisen, träumen, in ein anderes Leben schlüpfen, in ein anderes Land. Von so vielen spannenden Ländern hatte Sandra gelesen, wollte selbst dorthin, am liebsten bald. Aber sie konnte sich keine Vertretung für die Buchhandlung leisten, das Geschäft lief schlecht, sehr schlecht sogar.

Sie kniete immer noch neben der Holztruhe, sah zum Schaufenster, vor das ein Mann getreten war, der versonnen die Buchauslage betrachtete. Die Hände hielt er lässig in den Hosentaschen. Er sah attraktiv aus, vermutlich war er in ihrem Alter, Mitte dreißig, vielleicht etwas älter. Dunkle kinnlange Locken, markante Wangenknochen.

Sandra erhob sich, legte die Bücher zu den anderen auf die Truhe, ging an den eng stehenden Regalen vorbei und tat so, als suchte sie ein Buch in einem Aufsteller direkt neben dem Schaufenster. Der Mann hatte sie nicht registriert, wirkte ein wenig verloren, verträumt. *Wie ich,* dachte sie unwillkürlich und musste lächeln. Sie lebte allein, seit ihre Mutter gestorben war, kurz nach dem Herzinfarkt ihres Vaters. Es war ein Schock gewesen. Sie waren ihre einzige Familie gewesen.

Seitdem fühlte sie sich häufig verloren. Sie lebte allein in dem bunten Haus in der Nähe ihrer Buchhandlung in Lapa. Rosa und gelb gestrichen war es, fiel auf. Sie hatte es von ihrer Mutter und die von ihrer Mutter geerbt. Genauso wie die Buchhandlung, die sich in einem Ladenlokal befand. Der Pachtvertrag bestand seit den Vierzigerjahren und war zum Glück erschwinglich. Sandra solle die Buchhandlung und das bunte Haus in Ehren halten, hatte ihre Mutter kurz vor ihrem Tod gesagt, als sie den Kampf gegen den Brustkrebs verloren hatte. »Ich weiß, du liebst Bücher, bist aber sehr verträumt, und ich hoffe, du schaffst es, diesen Laden zu führen, Kind. Das meine ich nicht böse. Du bist perfekt, wie du bist. Ich liebe dich über alles, das weißt du. Aber bitte gib dir Mühe mit der Buchhandlung, Sandra. Deine Großmutter hat so viel durchgemacht auf ihrer Flucht, hat es geschafft, sich in Brasilien ein Leben aufzubauen, wir müssen ihr Erbe in Ehren halten, das sind wir ihr schuldig. Vergiss nie: Die Buchhandlung hat sie und uns ernährt.«

Sandra hatte sich wirklich bemüht. Aber sie liebte es eben auch, Freunde zu treffen, feiern zu gehen, das Leben in Rio zu genießen. Da blieb nach Ladenschluss kaum Zeit, die öde Buchhaltung zu erledigen oder Remittenden zu verschicken. Oft brachte sie in ihrem Chaos einiges durcheinander.

Immer noch stand der Mann da. Schöne Augen hatte er. Dunkel, tiefgründig. Er zog sie wie magisch an. Sie liebte es, Menschen und ihre Genrevorlieben bei Büchern einzuschätzen, sie dann kennenzulernen. Ihr erster Eindruck stimmte beinahe immer. Schon länger war kein Kunde im Laden gewesen. Vielleicht konnte sie ihn hereinlocken?

In Gedanken versunken ließ er den Blick über die Bücher wandern, war bestimmt ein feinsinniger, nachdenklicher Mensch. Voll Fantasie. In diesem Moment sah er auf. Ihre Blicke trafen sich. Sie lächelte ihn forsch an, und er lächelte verhalten zurück. Entschlossen ging sie zur Tür, öffnete sie.

»*Bom dia.* Kann ich Ihnen helfen? Suchen Sie ein bestimmtes Buch?«

»Ein Buch? Ja ...« Er wirkte überrumpelt. Zog die Hände aus den Hosentaschen, fuhr sich durchs Haar. »Ich suche ... etwas ganz Besonderes. Inspirierendes.« Dabei sah er sie mit einem Mal an, als hätte er es gefunden. Er deutete auf ihr Haar. »Die Blume steht Ihnen sehr gut.«

Sie betastete die Blüte, lachte. »Danke. Ich liebe Blumen. Aber ich finde es immer traurig, sie abzuschneiden. Deshalb lieber eine aus Seide.«

»Eine sehr schöne Sichtweise«, erwiderte er, sah sie immer noch an, steckte die Hände wieder in die Hosentaschen.

»Also, was genau suchen Sie?«, fuhr sie fort. »Warten Sie – Sie wagen sich nicht herein, weil Sie ein Buch suchen, das Ihnen unangenehm ist, nicht wahr? Haben Sie Mut. Mir können Sie es sagen.«

Er lachte. Ein sympathisches Lachen. »Nein, das ist es wirklich nicht. Mut fehlt mir zwar manchmal, aber nicht bei Büchern.«

»Mmhm. Sie lesen Krimis, aber nicht zu häufig, habe ich recht?«

»Ja, in der Tat, da haben Sie recht. Ich mag es zwar spannend, aber düster sollte es nicht zu oft sein. Mord, Totschlag, es gibt so viel Schreckliches in der Welt.«

»Das stimmt. Sie sind jemand, der gern in die Historie eintaucht. Historisch-Zeitgenössisch ist Ihr Genre, richtig?«

Wieder lächelte er, verschränkte die Hände vor der Brust, musterte sie von Kopf bis Fuß. »Richtig, die Geschichte lehrt uns so vieles. Woher wissen Sie das? Sieht man es mir an?«

Sie tat es ihm gleich, verschränkte die Hände vor der Brust, musterte ihn von oben bis unten. Er trug ein weißes Leinenhemd, eine beige Leinenhose. Dazu hochwertige braune Lederschuhe. »Das ist mein Geheimnis«, erwiderte sie kokett.

»Sie scheinen ein feines Gespür für Menschen zu haben«, stellte er fest.

Sandra freute sich. »Es macht mir Spaß, zu beobachten, Menschen kennenzulernen. Warten Sie, ich sehe noch mehr in Ihnen. Sie mögen die Bestsellerliste.«

»Gegen die Bestsellerliste habe ich in der Tat nichts.« Er räusperte sich, wurde ernster. »Vielleicht können Sie mir wirklich helfen. Ich suche nach einem Buch, das ich noch nicht beschreiben kann. Es muss sich richtig anfühlen, hier drin.« Er legte beide Hände auf seinen Bauch.

Unwillkürlich spürte Sandra ein Ziehen im Magen. »Das kenne ich.«

Verblüfft sah er sie an.

»Kommen Sie bitte herein, ich bin sicher, ich finde etwas für Sie.«

Er nickte, folgte ihr in den Laden und sah sich angetan um. »Eine wunderschöne Buchhandlung haben Sie«, sagte er. »Ein Traum.«

»Ein Traum?« Sandra war zu einem Regal getreten, in dem sich die historisch-zeitgenössischen Titel befanden, hatte ein Buch schon halb herausgezogen, hielt verwundert inne.

»Ja, hier zu arbeiten muss großartig sein.«

Nachdenklich sah sie ihn an, reichte ihm das Buch. »Das ist es.« Aber während er den Klappentext las, dachte sie nur an ihre Sehnsucht, die Welt zu bereisen. Sie liebte diesen Ort inmitten der Bücher, liebte Brasilien, ihre Heimat, aber ihr Traum war es schon seit Längerem, eine Weltreise zu unternehmen, unterschiedliche Kulturen kennenzulernen, frei zu sein. Die Buchhandlung, ihr Erbe, empfand sie in letzter Zeit immer mehr als Ballast.

Er schüttelte bedauernd den Kopf, reichte ihr das Buch zurück. »Leider nein. Es muss Liebe darin vorkommen. Gibt es darin eine große Liebesgeschichte?«

»Eine große Liebesgeschichte?«, entfuhr es ihr verblüfft. Dann lächelte sie. »Nur am Rande, es geht mehr um die brasilianische Geschichte.«

»Es muss den Leser emotional berühren. Das Herz.« Er pochte mit der rechten Hand auf seine Herzgegend, sah Sandra leidenschaftlich an. »Ich bin übrigens Gabriel. Und entschuldigen Sie, es klingt vielleicht ungewöhnlich, dass ich als

Mann auf einer Liebesgeschichte bestehe. Über die Liebe zu schreiben ist so schwer, aber sie zieht Leser in ihren Bann.« Seine dunklen Augen leuchteten.

Sandra hatte ihm fasziniert zugehört, betrachtete seine Lippen. Seine vollen Lippen.

»Ja«, erwiderte sie. »Ich kann mir vorstellen, wie schwer das sein muss. Jemand, der noch nie geliebt hat, kann darüber vermutlich nicht schreiben.«

Er wirkte plötzlich getroffen und ernst. Hatte sie etwas Falsches gesagt? Sie zog ein anderes Buch aus dem Regal, reichte es ihm, dabei berührten sich ihre Hände. Er zuckte zurück.

Ihr Blick fiel auf seine Armbanduhr. Herrje. Sie hatte vollkommen die Zeit vergessen. »So spät ist es schon? Ich muss sofort zum Flughafen.« Sie entriss ihm das Buch, besann sich dann aber, reichte es ihm wieder. »Tut mir leid. Wollen Sie es in Ruhe ansehen? Dann nehmen Sie es mit. Falls Sie es behalten wollen, können Sie ein anderes Mal bezahlen. Ich muss jetzt sofort schließen.«

»Oh, gern, danke schön. Wann haben Sie denn immer geöffnet?«

»Meine Öffnungszeiten sind etwas ... spontan.« Sie lachte. »Und einen Mitarbeiter habe ich leider nicht.«

»Dann gebe ich Ihnen meine Nummer, und Sie rufen mich an, wenn Sie da sind und nicht so viele Kunden im Laden haben.«

»So machen wir es.«

Schnell trat sie zum Tresen, schnappte sich ihre rote Handtasche, dazu einen Zettel und einen Stift, reichte beides Gabriel. Er kritzelte seine Nummer darauf. Sandra wartete bereits an der Tür, und Gabriel folgte ihr, gab ihr den Zettel zurück. Sie nahm ihn, spürte die Wärme seiner Hand, steckte das Papier in ihre Tasche.

»Bis bald, ich werde erwartet«, sagte sie, lächelte ihn an, schloss den Laden von außen ab und rannte los, drängte sich an Passanten vorbei, blieb an der belebten Hauptstraße stehen. »Taxi, Taxi!«, rief sie und winkte hektisch einem vorbeifahrenden Wagen zu.

»Bitte, können Sie nicht schneller fahren?«, bat Sandra den Taxifahrer, einen älteren Brasilianer mit lichtem, schwarzgrauem Haar und schlechten, schiefen Zähnen.

Der grinste. »Ah, die Liebe wartet«, sagte er nur, kaute auf einem Stöckchen weiter, das ihm im rechten Mundwinkel hing.

»Ach, die Liebe, nein, eine Freundin«, erwiderte sie spontan. Dabei kannte sie diese June gar nicht.

Wieso hatten es heute alle mit der Liebe? Sie liebte ihre Freiheit. Single zu sein hatte sehr viele Vorteile. Aber weshalb sollte sie dem Taxifahrer das alles erklären?

Hoffentlich wartet sie am Flughafen, dachte Sandra und sah erneut auf ihr Handy. Sie hatte June gerade eine Nachricht geschrieben, dass sie sich etwas verspäten würde, aber noch hatte die es offenbar nicht gesehen.

Natürlich herrschte um diese Zeit starker Verkehr, Autos hupten, drängten sich in ihre Fahrspur. Der Taxifahrer, der sein Bestes gab, fluchte und lachte dabei. Er schien ein so fröhlicher, positiver Mensch zu sein wie sie. Normalerweise hätte sie aus Kostengründen den Bus zum Flughafen genommen, aber sie hatte gehofft, mit dem Taxi schneller zu sein. Dass es Schleichwege gab, doch bei diesem Stau – unmöglich!

Der internationale Flughafen Rio de Janeiro-Galeão lag etwa zwanzig Kilometer nördlich vom Stadtzentrum. Sandra warf immer wieder einen nervösen Blick auf ihr Handy, Amerikaner waren sicher Pünktlichkeit gewohnt. Oder sagte man das nur den Deutschen nach?

Offenbar hatte June die Nachricht immer noch nicht gelesen. *Vielleicht hat der Flug ja Verspätung*, hoffte Sandra. Sie sah aus dem Fenster, genoss den Trubel auf den Straßen, der so typisch für Rio war. Auch wenn es bedeutete, nicht schnell voranzukommen. Sie liebte das bunte Leben in dieser Stadt, fühlte sich inmitten des turbulenten Treibens erst richtig lebendig.

Die Sonne schien in den Wagen, und Sandra schloss für einen Moment die Augen. Sofort dachte sie an diesen Mann von vorhin, Gabriel, der so feinfühlig gewirkt hatte wie keiner ihrer Freunde und Bekannten. Die waren eher Machos. Sie lernte selten Männer kennen, die so verträumt und zurückhaltend waren wie Gabriel. Sie wollte ihn unbedingt wiedersehen. Es machte Spaß, sich mit ihm zu unterhalten.

Von Machos hatte sie genug. Ihr letzter Partner hatte ernsthaft verlangt, dass sie jede Woche seine Wohnung putzte und aufräumte. Das konnte er schön selbst machen.

Sandra musste lächeln. Ordnung zu halten war sowieso nicht ihre Stärke. Im »kreativen Chaos«, wie sie es immer nannte, ließ es sich gut leben.

Endlich fuhr der alte Mann rasant am Flughafen vor. Das Hauptgebäude war in der Form eines riesigen Halbkreises erbaut und weckte in Sandra erst recht die Sehnsucht nach der großen weiten Welt, wann immer sie es sah. Sie liebte es, am Flughafen zu stehen, die Passagiere zu beobachten, die verschiedenen Nationalitäten anhand ihres Verhaltens und ihrer Kleidung zu erraten.

Sandra zahlte, gab dem Mann ein großzügiges Trinkgeld,

denn die Alten hatten es noch schwerer in diesem Land, das wusste sie.

»Obrigado«, sagte er dankbar, küsste die Geldscheine und fügte ein »Gott segne Sie« auf Portugiesisch hinzu.

Sandra stieg lächelnd aus, betrat eiligen Schrittes das Flughafengebäude und lief zu dem Terminal, den June ihr genannt hatte. Es gab insgesamt zwei Terminals und zwölf Flugsteige. Zahlreiche Geldwechselstuben und Automaten befanden sich im Gebäude, es war voll, die Menschen schoben ihr Gepäck auf Kofferwagen, Kinder spielten Fangen, eine Mutter wies ihre Tochter auf Englisch zurecht. Sandra mochte Kinder, aber sie konnte sich kein eigenes vorstellen. Es würde ihren Wunsch nach Freiheit zu sehr einschränken.

Suchend ging sie durch die belebte Halle. Sie hatten die orangefarbene Blume im Haar als Erkennungsmerkmal ausgemacht, falls Sandra keinen Handyempfang haben sollte. Denn das kam bei ihrem günstigen Anbieter leider öfter vor.

Aber keine Frau in ihrem Alter schaute sich suchend nach ihr um. Sandra sah nur Paare, die sich glücklich in die Arme schlossen, Familien mit quengeligen Kindern und ältere Menschen, ein sehr niedliches weißhaariges Paar, Hand in Hand.

Erneut blickte sie auf ihr Smartphone, bedauerte es kurz, den günstigsten Anbieter gewählt zu haben. Andererseits mochte sie es nicht, jede freie Minute am Handy zu verbringen. Und davon hielt sie ihr schlechtes Netz oft ab.

Sandra lief weiter, und endlich trat eine Frau Mitte dreißig mit einem großen roten Hartschalenrollkoffer auf sie zu. Sie sah sehr sympathisch aus, modern, selbstbewusst, ein bisschen erschöpft von der Reise, trug eine Designer-Handtasche über der Schulter, an den Füßen teure Samt-Ballerinas. *Warum haben wir einander eigentlich keine Fotos geschickt? Das hätte die Sache deutlich erleichtert*, dachte Sandra amüsiert.

»Sandra?«, fragte die Frau freundlich, und sie bestätigte. Die Frau stellte sich auf Englisch als June vor, und Sandra nahm sie einfach herzlich in den Arm. Sie spürte, dass das vielleicht ein wenig zu spontan für June gewesen war, löste sich wieder.

In einem Englisch-Portugiesisch-Gemisch entschuldigte sie sich aufgedreht für ihre Verspätung. Ihr Englisch war nicht schlecht, aber auch nicht herausragend.

»Kein Problem, das Flugzeug hatte Verspätung«, erwiderte June gelassen. Sie schien ein ausgeglicheneres Temperament zu haben als Sandra. Vorsichtig fragte sie auf Englisch nach, ob sie Deutsch spreche.

Verblüfft sah Sandra sie an. »Ja, meine Großmutter hat es mir beigebracht.«

»Und mir meine«, erwiderte June lächelnd.

Sandra freute sich. So lange hatte sie die deutsche Sprache nicht mehr gehört. Und jetzt war sie noch neugieriger, warum June sie in Brasilien aufsuchte. »Du kannst gern bei mir wohnen«, schlug sie spontan vor. »Ist zwar etwas chaotisch bei mir, aber gemütlich.«

»Oh, das ist lieb, danke für deine Gastfreundschaft, aber ich habe schon ein Hotel gebucht. In der Nähe deiner Buchhandlung.«

Sandra sah June neugierig von der Seite an, während sie mit dem großen Koffer im Schlepptau Richtung Ausgang marschierten. In der Nähe der Buchhandlung? Als June vor ein paar Tagen aus New York angerufen hatte, war die Verbindung sehr schlecht gewesen. Was wieder mal an Sandras Anbieter gelegen hatte. Sie hatte verstanden, dass es um ihre Großmutter Maria gehe, dass Junes Großmutter eine Freundin von ihr gewesen und June Journalistin sei und Sandra, die Enkelin von Maria, gern besuchen und sprechen wolle. Irgendetwas hatte sie auch über die Buchhandlung gesagt, aber Sandra hatte den

Zusammenhang nur halb verstanden. Die Uhrzeit ihrer Ankunft hatte June ihr dann per Kurznachricht mitgeteilt.

Sie traten aus dem Flughafengebäude, die heiße Luft schlug ihnen entgegen.

»Puh, heiß hier«, entfuhr es June. Sie sah sich um, stützte sich auf ihren Koffer, als hätte sie Kreislaufprobleme.

»Alles gut?«

»Ja, na ja, ich muss mich erst an die Hitze gewöhnen, habe vermutlich auch nicht genug getrunken.«

»Mit dem großen Koffer willst du dann sicher lieber Taxi fahren, oder?«, fragte Sandra.

»Ja, gern. Aber man soll sicherheitshalber nur bestimmte Taxen nehmen in Brasilien, richtig?«

Sandra stimmte zu. »Keine Sorge, ich kenne mich aus.« Wie viele Touristen hatte June offenbar von der hohen Kriminalitätsrate in Brasilien gehört. Und leider war diese nicht zu leugnen. Dennoch ging Sandra ohne Furcht durch die Straßen Rios, nur in der Nacht fühlte sie sich allein als Frau unwohl. Bisher war ihr zum Glück nie etwas geschehen.

Gerade als Sandra auf einen Taxifahrer zugehen wollte, klingelte Junes Handy. Sie hielten inne, June warf einen Blick darauf, entschuldigte sich. »Das ist mein Freund, ich muss kurz rangehen, er macht sich sonst Sorgen, okay?«

»Klar, die Liebe geht vor.« Sandra lächelte und wartete.

June nahm ab. »Hendrik, ich bin gut gelandet, der Flug hatte nur etwas Verspätung ...« Sie lauschte, ihre Miene wurde ernster. »Oh, das ist ja schade. Wirklich?«

Nachdem sie ein paar Worte mit ihm gewechselt hatte, verabschiedete sie sich bedrückt und legte auf. »Er kann leider nicht kommen.«

»Oh, er wollte auch nach Rio reisen?«, fragte Sandra erstaunt.

»Ja, er ist Däne und Chefkoch in unserem Restaurant und interessiert sich sehr für die brasilianische Küche.«

»Ihr habt ein Restaurant?«

June sah sie an. »Äh, nein, so meinte ich das nicht. Das erkläre ich dir nachher in Ruhe.«

Sandra nickte verwirrt, kaufte einem Straßenhändler eine Flasche Wasser ab und reichte sie June.

»Danke. Vor allem aber wollte er mir in Brasilien beistehen«, fuhr June nachdenklich fort. Dann öffnete sie die Flasche und nahm mehrere Schlucke.

Beistehen? Das Ganze klingt ja immer mysteriöser, dachte Sandra. Worum ging es hier? Doch während sie vor der Flughafenhalle standen, wollte sie nicht genauer nachfragen. Ständig liefen Passanten mit Gepäck an ihnen vorbei, fuhren Wagen vor und brachten Fluggäste zum Terminal.

June schien sich zusammenzureißen, lächelte bemüht. »Ich hätte so gern mit ihm alles hier erkundet. Wir kennen uns noch nicht lange. Unsere Beziehung ist recht frisch und besonders. Er hat eine Ex-Frau, eine ganz liebe Frau, die leider einen Unfall hatte und im Rollstuhl sitzt.«

»Nossa Senhora! Das tut mir sehr leid. Wie schrecklich, die Arme.«

»Ja, das ist es. Es ist schon ein paar Jahre her, sie ist recht selbständig, aber natürlich auf Hilfe angewiesen. Als wir zusammen buchen wollten, hatte sie starke Unterleibsschmerzen und musste ins Krankenhaus. Deshalb bin ich erst mal allein geflogen, Hendrik wollte nachkommen. Dann war alles wieder gut. Aber jetzt hat sie wieder starke Krämpfe. Die Ursache ist immer noch unklar.«

»Herrje, vielleicht geht es ihr ja bald besser und dein Hendrik kann nachkommen?«, fragte Sandra aufmunternd.

»Das wäre schön. Er kannte meine Großmutter Luise, die

Freundin deiner Großmutter Maria, er ist ein wenig involviert in die ganze Geschichte.«

Sandra sah sie neugierig an. »Ich bin gespannt auf die Geschichte. Wie hast du mich denn ausfindig gemacht?«

June lächelte jetzt wieder. »Ich bin Journalistin. Ich habe durch sehr viel Recherche herausgefunden, dass deine Großmutter Maria nach Brasilien ausgewandert ist. Zusammen mit ihrer Familie. Ich kannte ihren Nachnamen, Kirschbaum, wusste, dass sie in Berlin Buchhändler waren. Und da deine Großmutter damals im Exil, in Rio, eine Buchhandlung aufgemacht hat, später sogar mit mehreren Filialen, wie ich erfahren habe, bin ich fündig geworden.«

»Du scheinst eine gute Journalistin zu sein.« Sandra lächelte beeindruckt.

»Danke. Es gehörte auch Glück dazu. Wenn Maria nicht so eine starke Frau gewesen wäre und in Brasilien in den Vierzigerjahren keinen eigenen Laden eröffnet hätte, wäre es schwieriger geworden.«

»Ja, sie war eine bewundernswerte Frau«, pflichtete Sandra ihr bei.

»Meine Großmutter Luise auch«, fügte June hinzu. »Und eine Frau voller Geheimnisse, aber dazu später mehr.«

»Gern. Ich bin schon so neugierig.« Sandra wandte sich an einen Taxifahrer, verhandelte mit ihm einen Preis, und der sportlich gebaute Mann willigte ein und nahm June den wuchtigen Koffer ab, hob ihn hoch, als wäre er leer, legte ihn in den Kofferraum. Die beiden Frauen stiegen hinten ein.

Im Wagen nannte June dem Fahrer die Adresse des Hotels, und sie fuhren los, auf die Schnellstraße ins Stadtzentrum. Die ganze Zeit sah sich June um, und Sandra freute sich über ihren interessierten Blick, mit dem sie die zahlreichen hohen Häuser betrachtete.

»Wow, Rio ist riesig, eine wirklich dichtbesiedelte Stadt«, sagte sie. »Über 6,7 Millionen Einwohner ist ja auch eine beeindruckende Zahl.« Lächelnd ergänzte sie: »Ich recherchiere immer alles, bringt der Beruf mit sich.«

»Verstehe. Ja, Rio ist groß und bunt und sehr spannend.«

»Ich freue mich immer, neue Ecken der Welt kennenzulernen. Brasilien scheint ein wundervolles Land zu sein.« June wandte den Blick zurück zu den belebten Gehwegen. »Zum Glück wurde die massive Abholzung des Regenwaldes eingeschränkt.«

»Ja, es ist so wichtig für den Klimaschutz.«

»Ohne Brasilien wird der Klimaschutz nicht funktionieren«, pflichtete June ihr bei. Diese Amerikanerin schien sich wirklich dafür zu interessieren, das gefiel Sandra. Ihre Heimat und diese klimapolitischen Themen waren ihr sehr wichtig.

»Es ist ein faszinierendes Land, du wirst sehen. Aber ach, ich würde auch so gern andere Länder kennenlernen und bereisen«, erklärte Sandra. »Leider bin ich aus Brasilien noch nicht herausgekommen.«

»Oh, wirklich? Dann warst du also nie in Deutschland – ich meine, wegen deiner Großmutter? Sehr schade.«

»Ja, das ist es. Meine Großmutter hat mir früher von ihrer Kindheit in Berlin erzählt. Ein bisschen von ihrer Buchhandlung später, aber nicht viel. Sie wollte nicht über ihre letzten Jahre dort reden, was ich verstehen kann. Die Gräuel, die sie als Jüdin in der Nazi-Zeit durchstehen musste, möchte man sich kaum ausmalen. Vielleicht wollte sie mir keine Angst machen. Ich bin ja auch Jüdin, wie meine Mutter. Der jüdische Glaube wird ja über die Mutter vererbt, aber das weißt du ja sicher. Wir haben die Religion jedenfalls nie gelebt. Großmutter damals in Berlin wohl auch nicht. Das hat ihr nicht gefehlt, aber Berlin, wie es vor dem Krieg war, schon, das habe ich immer gespürt, wenn sie von ihrer Kindheit und Jugend erzählte.«

»Das kann ich mir vorstellen. Ich lebe in Berlin, oder besser gesagt, habe die letzten Jahre dort gelebt. Eine wunderschöne, interessante Stadt, obwohl sie natürlich auch negative Seiten hat.«

»Wie fast jede Stadt. Berlin ist im Gegensatz zu Rio bestimmt ein harmloses Pflaster.« Sandra lachte. »Das heißt, du lebst nicht in Amerika?«

»Dort bin ich geboren und aufgewachsen, nach dem frühen Tod meiner Eltern hat mich meine Großmutter aufgezogen. Aber fürs Studium bin ich nach Berlin gegangen und habe dort geheiratet. Die Ehe hat nicht gehalten, aber ich bin geblieben. Der Tod meiner Großmutter, ihr Vermächtnis, hat mich wieder in die Staaten geführt. So habe ich Hendrik kennengelernt, der in New York lebt. Seitdem steht mein Leben auf dem Kopf. Und vor allem seit ich von der Vergangenheit meiner Großmutter erfahren habe. Sie hat mir so vieles nie erzählt, dabei war sie für mich wie eine Mutter.«

»Oh, wieso hat sie nichts erzählt?«

»Ich denke, aus demselben Grund, aus dem deine Großmutter vieles für sich behielt. Sie konnte es wohl nicht, die Zeit des Zweiten Weltkriegs war zu traumatisch. Sie hat mir nie gesagt, dass sie aus Deutschland stammt und ausgewandert ist. Ich habe jetzt erst durch ihr Testament davon erfahren.«

Der Taxifahrer bremste scharf ab, sodass sie sich festhalten mussten. Ein Wagen vor ihnen hatte abrupt gehalten. Es war viel los auf Rios Straßen. Ständig wurde gehupt, immer wieder schlängelten sich Personen durch den Verkehr, immer wieder versuchten Bettler oder Straßenhändler ihr Glück. »Sehr viel Trubel, und leider viel Armut«, stellte June fest. »Aber ich liebe diese Samba-Rhythmen.«

Sandra gab ihr recht. Das Taxi fuhr weiter, im Schneckentempo, schneller ging es nicht in diesem turbulenten Verkehr.

»Was hast du denn noch erfahren?«, fragte Sandra nach.

June schien zu überlegen, wo sie anfangen sollte, schüttelte dann den Kopf. »Unsere Großmütter haben sehr viel mitgemacht. Meine Großmutter Luise musste in Deutschland um ihr Leben fürchten, weil sie sich dem Regime widersetzte und Flugblätter verteilte. Und nach ihrer Flucht hatte sie auch keine leichte Zeit im Exil, in New York. Ihr Verlobter Richard wurde immer lethargischer, alles blieb an ihr hängen, wie oft an den Frauen im Exil, was heutzutage kaum einer weiß. Luise hat ihre besten Freundinnen sehr vermisst, deine Großmutter Maria Kirschbaum und eine Anni Graf. Die drei waren beste Freundinnen. Aber irgendetwas Gravierendes muss zwischen ihnen vorgefallen sein, sodass ihr Kontakt 1939 plötzlich abbrach. Und was das war, müssen wir herausbekommen und die Nachfahren von dieser Anni finden, denn sonst können wir unser Erbe nie antreten, das hat Luise in ihrem Testament so verfügt.«

Verblüfft sah Sandra sie an. »Unser Erbe? Erst wenn alle drei Nachfahren gefunden wurden?«

»Ja, genau. Deshalb bin ich hier. Ein Glück habe ich schon mal herausbekommen, dass du hier in Brasilien lebst.«

»Aber wie sollen wir die von dieser Anni finden? Hast du gar keine Hinweise auf ihren Verbleib damals?«

»Leider nein. Ich hatte gehofft, dass du etwas über sie weißt, von deiner Großmutter?«

Sandra schüttelte bedauernd den Kopf. »Der Name sagt mir tatsächlich etwas, sie hat einmal von dieser Anni gesprochen, ich weiß aber nicht mehr, was sie genau gesagt hat. Ich war noch ein Kind, fand nur den Namen schön.«

»Herrje, dann hast du also gar keinen Hinweis. Das habe

ich befürchtet. Vielleicht kommen wir auf eine Spur, wenn wir mehr über die Flucht deiner Großmutter Maria herausfinden.«

»Vielleicht.« Sandra dachte nach. »Ihre Flucht scheint abenteuerlich gewesen zu sein, ging quer durch Europa, mehr weiß ich darüber leider nicht, ich war ein Kind. Sie hat oft über ihre Buchhandlung gesprochen. Über die in Berlin und wie sie diese hier gegründet hat. Bücher haben sie wohl gerettet. Waren ihr Leben. Das habe ich von ihr.«

»Ich liebe Bücher auch«, erklärte June.

Die Frauen lächelten einander verstehend an. Dann hakte June nach: »Und was genau hat Maria über ihre Buchhandlung erzählt? Alles kann uns weiterbringen.« Sie konzentrierte sich jetzt nur noch auf Sandra, hatte keine Augen mehr für die Umgebung. Sie befanden sich in Ipanema, dem Ausgehviertel unweit der Buchhandlung.

Sandra überlegte. »Großmutter meinte, dass jüdische Buchverleger und Buchverkäufer im Reichsgebiet schon 1936 nur noch ›Jüdisches Schrifttum‹ vertreiben durften. Dass sie noch Glück hatten, ihre Buchhandlung überhaupt führen zu dürfen. Das ist mir auch in Erinnerung geblieben, weil es Jahre vor dem Krieg war, wie sie sagte. Es war ihnen nur erlaubt, die Bücher an Juden zu verkaufen. Ihr Mann Jakob hatte sich aber wohl öfter darüber hinweggesetzt, was lebensgefährlich werden konnte. Es gab Denunzianten, und Großmutter hatte riesige Angst um die Kinder, um Jakob, um ihre Familie.«

KAPITEL 4

Berlin, März 1937

»Jakob, du weisst doch, du darfst nur noch an unsere Leute verkaufen«, sagte Maria zu ihrem Mann, nachdem er in der Buchhandlung Herrn Papies verabschiedet hatte. Der hatte ein bestelltes Buch für seine Frau abgeholt, das Jakob ihm in Papier eingeschlagen hatte. Dabei hatte Herr Papies Maria und Tabea abschätzig von oben herab angesehen, wie noch nie. Beschwörend fuhr Maria fort: »Jakob, wir müssen die Anordnungen einhalten, auch wenn es uns nicht gefällt. Du weißt nicht, ob uns sonst doch jemand meldet.«

Diese Anordnungen bestanden schon länger. Jüdische Buchhändler durften nur noch jüdische Literatur und nur noch an Juden verkaufen. Jakob missachtete die neuen Gesetze regelmäßig. Einerseits gefielen ihr seine Eigensinnigkeit, sein unbezwingbarer Stolz, andererseits versetzte er sie damit in Angst und Sorge.

Sie nahm seine Hand in ihre, drückte sie, deutete zu ihrer Kleinen. Tabea saß wie so oft, seit Maria wieder einige Stunden im Laden mitarbeitete, an dem edlen Mahagoniholztisch und las konzentriert in einem Kinderbuch. Dabei spielte sie gedankenverloren mit einem ihrer geflochtenen Zöpfe, zog immer wieder diese niedliche Schnute und murmelte vor sich hin. Mit ihren vier Jahren konnte sie tatsächlich schon einige Buchstaben lesen.

»Denke bitte an die Kinder«, sagte Maria leise. »Es gibt so viele Denunzianten, auch Juden.«

Jakob drückte ihre Hand, ließ sie wieder los. »Du weißt, ich denke immerzu an euch. Frau Papies ist eine liebe Stammkundin«, erklärte er. »Sie kommt so oft zu uns, liest gern jüdische Autoren, sie mag unsere Familie. Und sie sieht nicht den Juden in mir, sondern den Menschen.«

Sie sah es an seinen Augen. Sie wusste es. Jakob verletzte es zutiefst, nicht gleichwertig behandelt zu werden, und Maria verstand ihn. Es tat weh, sehr sogar.

»Das weiß man leider heutzutage nie, bei keinem, wie er zu uns steht. Menschen und ihre Einstellungen verändern sich. Die Propaganda wirkt, Jakob.« Sie sah ihren Mann bittend an.

In dem Moment kam Frau Papies in die Buchhandlung gehetzt, einen modernen Hut schief auf ihrem Haar, sah sich immer wieder um, als würde sie verfolgt werden. Sie hatte das eingepackte Buch dabei, das ihr Mann gerade für sie abgeholt hatte, legte es lautstark auf die Theke. »Herr Kirschbaum, es tut mir so leid, aber mein Mann hat gedroht, Sie anzuzeigen, wenn Sie an Arier verkaufen. Er hat mir sogar verboten, jüdische Literatur zu lesen. Ich will Sie nicht in Schwierigkeiten bringen, hier, ich gebe es zurück.« Und ehe Jakob reagieren konnte, huschte sie wieder aus der Buchhandlung, als wäre der Leibhaftige hinter ihr her.

Am Abend saß Jakob wie ein Häuflein Elend am Küchentisch, stützte den Kopf in die Hände.

Maria trat von der Spüle, an der sie den Abwasch erledigt hatte, zu ihm, strich ihrem Mann über den Arm. Was konnte sie tun, damit es ihm wieder gut ging? Sie liebte ihn so sehr.

Als sie zu Bett gingen, schmiegte sie sich an ihn, spürte ihn, atmete seinen vertrauten Duft ein. Sie fasste einen Entschluss.

»Jakob, wenn du denkst, es ist besser, nicht auszureisen, dann lass uns eine Buchhandlung in einer Einrichtung der jüdischen Gemeinde eröffnen«, flüsterte sie.

Er sah sie nachdenklich an.

»Das ist doch möglich für uns«, fuhr Maria fort. »So können wir wenigstens weiter Bücher verkaufen, das tun, was wir lieben.«

»Du verlangst von mir, die Buchhandlung meines Großvaters und Vaters aufzugeben?«

»Nein, nicht ich. *Sie* tun das. Und nein, du musst nicht aufgeben, die Buchhandlung muss nur umziehen, in Räumlichkeiten der jüdischen Gemeinde. Ich habe schon ein mögliches Ladenlokal im Auge.«

Überrascht stützte er sich auf, sah sie an. »Du warst allein unterwegs und hast einen Laden gesucht?«

»Warum nicht? Tabea und ich haben einen kleinen Spaziergang unternommen.« Sie lächelte. »Ich liebe die Arbeit mit Büchern doch so sehr wie du.«

Einen Moment lang starrte er nachdenklich vor sich hin. Dann wurde seine Miene ernster. »Denkst du, ich kümmere mich nicht genug um das Wohl unserer Familie?«

»Was, nein! Das tust du. Du bist den ganzen Tag im Laden und arbeitest so fleißig. Ich hatte einfach die Zeit. Sieh dir das Lokal bitte an, sonst nimmt es ein anderer.«

Er zuckte mit den Schultern, legte sich wieder auf den Rücken, starrte traurig an die Zimmerdecke.

Maria lag neben ihm, sehnte sich nach ihm, wusste aber, dass er jetzt keinen Kopf für sie hatte. Schon länger hatten sie nicht mehr miteinander geschlafen. Die Schikanen setzten ihm zu. Machten aus diesem einst so stolzen Mann eine verletzliche Hülle. Der Hass auf die Juden verletzte sie alle tief.

Jakob fehlte ihr, der alte Jakob, der ihr abends im Bett oft noch etwas aus einem Buch vorgelesen hatte. Maria seufzte innerlich, versuchte, ihre Gedanken auf einen eventuellen Umzug der Buchhandlung zu lenken. Es würde viel Arbeit bedeuten, alle Bücher sorgfältig zu verpacken und in ein neues Ladenlokal zu schaffen. Lohnte sich das überhaupt? Würden sie ihnen nicht auch dort bald verbieten, eine Buchhandlung zu führen? Die Nazis ließen sich immer wieder neue Beschränkungen und Schikanen einfallen.

Jakob überlegte ein paar Tage, fast ein paar Tage zu lang. Dann, Ende März, kam die Anordnung, dass die letzten verbliebenen jüdischen Buchhändler nun wirklich nur noch in Einrichtungen der jüdischen Gemeinden Bücher vertreiben durften. Und als wäre das nicht genug, hatte sie Herr Papies, der Mann ihrer Stammkundin, offenbar verpfiffen. Jakob konnte es nicht fassen. Aber ihm blieb keine Wahl mehr. Er musste sich dem Regime fügen. Dem, was er so hasste.

Manchmal erinnerte er sie an Luise, ihre rebellische Freundin. Nur dass er sich widersetzte, indem er es aussitzen, hierbleiben wollte. Luise dagegen war aktiv gewesen und agierte sicher schon von der Ferne aus. Zwar hatte sie in den Briefen, die Maria bisher von ihr erhalten hatte, nichts dergleichen geschrieben, eher, dass es in der Fremde nicht leicht sei, dass Richard verzagte. Dennoch bekräftigte sie immer wieder, dass es in Amerika sicherer und besser sei als unter diesem Hitler und dass Maria und Anni, so schnell es ging, nachkommen sollten.

Am nächsten Morgen nach dem Frühstück, Noah war bereits in der Schule, und Tabea spielte in ihrem Zimmer, verkündete Jakob gepresst: »Also gut, sie zwingen mich ja, ich gebe unsere Buchhandlung in Schöneberg auf, Maria. Aber nur an diesem Standort. Wir sehen uns morgen das Ladenlokal unserer jüdischen Gemeinde zusammen an. Wenn es noch zu haben ist. Ganz klein kriegen sie mich nicht.«

Maria nickte erleichtert. Immerhin. Immerhin legte er sich nicht mit den Nazis an.

Jakob nippte an seinem Tee, stellte dann die Tasse wieder ab. »Von diesem Hitler lasse ich mich nicht aus meinem Land vertreiben. Und von Hitlers Schergen auch nicht. Menschlich bin ich zutiefst enttäuscht. Aber ich arbeite weiter als deutscher Buchhändler. Was soll ich im Ausland? Du siehst doch, wie es Richard dort drüben ergeht.«

Maria seufzte. Ein klein wenig Englisch konnten sie beide sprechen, aber nicht gut genug, um englische Literatur lesen und empfehlen zu können.

»Danke, Jakob. Ich hoffe, das Ladenlokal ist noch zu haben. Und dass wir mit den Einnahmen über die Runden kommen.«

»Das werden wir. Es gibt so viel gute jüdische Literatur. Und so viele gebildete Menschen in der jüdischen Gemeinde. Es kann ja nicht immer so weitergehen. Es wird wieder gut werden, Maria, ganz bald.«

Doch sie entgegnete nichts, war müde geworden, ihre Befürchtungen kundzutun. Sie nippte an ihrem Tee, der mittlerweile lauwarm war. Er schmeckte schwach nach Pfefferminze, denn sie verwendete die Beutel mehrfach seit ein paar Wochen.

Der Umzug der Buchhandlung musste schnell gehen. Während sie das Ladenlokal leer räumten, traten Jakob Tränen in die Augen, die er verschämt wegwischte. Die Buchhandlung seines Großvaters und Vaters war eine Institution in ihrem Kiez gewesen. Da schon einige ihrer jüdischen Freunde ausgewandert waren oder mit sich selbst zu tun hatten, blieben nur zwei, die ihnen halfen, die unzähligen Kisten zu packen. Man unterstützte sich gegenseitig in diesen Zeiten, Geld für Umzugshelfer hatten sie nicht mehr. »Wir müssen das Geld, was sie uns gelassen haben, zusammenhalten«, hatte Jakob gesagt.

Die Bücherkisten wogen schwer. Nicht nur Maria, auch die Kinder halfen beim Packen. Anni war leider auf dem Land.

Und dann kam Frau Papies vorbei. »Herr Kirschbaum, Frau Kirschbaum, es tut mir so unendlich leid. Ich habe mich von meinem Mann getrennt, ich wollte, dass Sie das wissen.«

Erstaunt sah Maria diese tapfere Frau an. Sie hatte ihren Mann sicher geliebt, aber sein Handeln und seine Gesinnung verachtet. Wie viel Mut es sie gekostet haben musste, in diesen Zeiten.

»Danke«, brachte Jakob heraus.

»Kann ich Ihnen helfen?«, fragte die gute Frau sogar.

»Auf keinen Fall. Das haben Sie schon. Ich wünsche Ihnen alles erdenklich Gute.«

»Ich Ihnen auch.« Frau Papies zog ein Taschentuch hervor, winkte damit Tabea, die sie mit großen Augen ansah, tupfte sich dann die Augen und ging mit gesenktem Kopf weiter.

Beeindruckend, dachte Maria. Es gab sie noch, die guten Menschen. Vielleicht hatte Jakob ja doch recht, und sie würden bald wieder die Oberhand gewinnen.

»Lass uns weitermachen, Maria.«

Sie brachten die vielen Bücher in ihre neue Buchhandlung, die um einiges kleiner war als ihr alter Laden. Der enge Verkaufsraum stand bald voller Kartons, ein einziges Chaos.

Dort konnte Jakob seine Tränen nicht mehr zurückhalten, wischte sie schnell verschämt weg. Maria lenkte die Kinder ab, musste selbst schwer schlucken. Auch sie hatte ihre alte Buchhandlung mit den Mahagoniregalen und den hohen, stuckverzierten Decken geliebt. Das neue Ladenlokal war schmaler, schlichter, und die wenigen schönen Regale, die sie hatten mitnehmen können, wirkten hier völlig fehl am Platz. Die Sonne schien fast gar nicht herein. Sie hatten die Bücher großzügig aussortieren müssen, da nicht alle in den neuen Laden gepasst hätten. Einige konnten sie an jüdische Verlage remittieren, aber die Bücher von nicht-jüdischen Autoren, die sie nicht mehr verkaufen durften, mussten sie zurückgeben, ohne einen Ausgleich dafür zu erhalten. »So nehmen sie uns noch mehr von unserem Geld«, schimpfte Jakob.

Die nicht-jüdische Literatur hätten sie schon vor längerer Zeit abgeben müssen, aber Jakob, in seinem Willen, Widerstand zu leisten, in seiner Hoffnung, dass alles irgendwie vorübergehen würde, hatte dies noch nicht getan. Stattdessen hatte er sich vergraben in seinen Büchern, in seinem Laden, bis zuletzt. Die neue Buchhandlung sollte ein neuer Lebensabschnitt sein. Hoffentlich würden sie sich mit der späten Rückgabe jetzt keinen Ärger einhandeln.

Maria versuchte, zuversichtlich zu denken, stellte die Zimmerpflanze, die in der früheren Buchhandlung so gut gediehen war, auf den neuen Tresen. Ein Freund von ihnen, der Tischler war, hatte ihn im Tausch gegen Bücher gezimmert. Alles sah ein bisschen provisorisch aus, aber das mache nichts, meinte Jakob, als er neben Maria trat und den Arm um sie legte. »Denn lange wollen wir hier ja nicht bleiben. Sobald es geht, ziehen wir mit der Buchhandlung wieder nach Schöneberg zurück. Denn da ist unsere Stammkundschaft. Und vielleicht sogar wieder in das ehemalige Ladenlokal.«

»Das ist bis dahin doch sicher neu verpachtet«, entgegnete Maria vorsichtig. Dass der alte Vermieter froh gewesen war, »die Juden los zu sein«, wie er Maria gegenüber gesagt hatte, hatte sie Jakob nicht erzählt. Dorthin würden sie nicht wieder zurückkehren können. Aber was brachte es, Jakobs Gefühle noch mehr zu verletzen?

Ihr wurde wieder bewusst, wie sehr er die Augen verschloss vor all dem, was um sie herum geschah. Wie sehr er die Wirklichkeit ausblendete. Dabei wurden auf offener Straße immer öfter Menschen abgeholt, Läden wurden mit Farbe und Parolen beschmiert, jüdische Existenzen vernichtet. Auch Noah hatte in der Schule Probleme. Er redete kaum darüber, aber der Lehrer hatte Maria kürzlich darauf angesprochen. »Er rebelliert, kommt mit vielen Klassenkameraden nicht zurecht«, hatte er gesagt. »Wenn das so weitergeht, muss er die Schule verlassen.«

Sie hatte versucht, mit Noah zu reden, aber der saß nur bockig vor ihr, mit verschränkten Armen, und nickte die ganze Zeit. »Noah, bitte, reiß dich zusammen. Das müssen wir alle.«

»Warum? Die anderen reißen sich auch nicht zusammen!«

»Bitte. Mir zuliebe. Ich sage deinem Vater vorerst nichts. Aber dann möchte ich von deinem Lehrer nicht mehr hören, dass du dich so benimmst.«

Noah zuckte nur mit den Schultern. Er war ein kluger Siebenjähriger, ein kleiner Trotzkopf, wie sein Vater. Maria konnte es ihm nicht verdenken. Es schmerzte sie zutiefst, dass ihr Sohn und ihre Tochter mit dieser Ablehnung aufwachsen mussten, die sich sicher in ihre Kinderseelen brannte. Wie konnte sie ihnen in diesem Land nur helfen? Und wie Jakob, dem diese Hetze gegen Juden, die Ausgrenzung, dieses Abgestempeltwerden als Unmensch, am meisten von ihnen allen zu schaffen machte. Sie hoffte sehr, dass ihr sensibler Mann, der er in seinem tiefsten Inneren auch war, daran nicht zerbrach.

KAPITEL 5

Berlin, 30. Juli 1938

SEINE HÄNDE ZITTERTEN, als er den Brief in Händen hielt. Als wäre er von einer Krankheit befallen. »Was ist mit dir, Jakob?«, fragte Maria besorgt nach, legte den Stift nieder, mit dem sie gerade die zu bestellenden Bücher notiert hatte, und trat zu ihm an den Verkaufstresen der Buchhandlung. »Was steht in dem Brief?«

Er riss sich sichtlich zusammen. »Es ist ein Schreiben mit genauen Anweisungen für den Verkauf der Bücher für Juden. Auch andere jüdische Buchhändler und jüdische Verlage haben es erhalten, wie dem Text zu entnehmen ist«, erwiderte er mit tonloser Stimme.

»Was denn wieder für Anweisungen?«, hakte Maria wütend nach.

Jakob las vor: »Jüdisches Schrifttum bezeichnet die Literatur von jüdischen Autoren. Dieser muss seine Abstammung nachweisen. Alle Veröffentlichungen werden vorzensiert, jedes Werk braucht eine Genehmigung vor dem Druck. Wenn jemand jüdische Literatur erwerben möchte, muss er sich als Jude ausweisen. Und er muss schriftlich versichern, dass er das Buch nicht an Arier weiterreicht.«

»Wie bitte? Das kann nicht sein«, entfuhr es ihr.

»Doch, es steht hier. Verlage oder Vertriebe von Juden müssen ab jetzt den Zusatz ›Jüdischer Buchverlag‹ oder ›Jüdischer

Buchvertrieb‹ führen. Wir also: ›Jüdische Buchhandlung‹.« Es verletzte ihn zutiefst, das sah sie ihm an. Und sie verstand es.

»Vati, wieso müssen wir das?«, hörten sie die helle Stimme von Tabea, die von ihrem Tisch aufgestanden war, an dem sie wieder mit einem Buch gesessen hatte.

Maria drückte die Kleine an sich. »Das ist eben eine Anordnung«, sagte sie und bemühte sich, beiläufig zu klingen.

Jakob sah Maria an. »Es ist Schikane. Das ist es.«

»Schikane?«, fragte Tabea. »Was ist das?«

»Das ist, wenn ein Mensch einen anderen Menschen niedermacht, obwohl der nichts Schlechtes getan hat.«

»Und wieso tut einer das?« Tabea war zu klug, um sich einfach abspeisen zu lassen. Und ihre Frage war ja durchaus berechtigt.

»Das frage ich mich auch, jeden Tag«, entfuhr es Maria. »Komm, Schatz, wir gehen nach Hause, und ich mache dir eine heiße Schokolade, in Ordnung?«

»Au ja. Können wir die leckeren Zuckerkekse dazu einkaufen?« Tabea sah ihre Mutter bittend an.

Aber Maria schüttelte den Kopf. »Zucker ist ungesund«, entgegnete sie ausweichend. Sie wollte ihrer Tochter nicht erklären müssen, dass der Laden, in dem es diese Zuckerkekse gab, in der Nähe des Damenmode-Hauses Westmann lag. Dort hatten vor wenigen Wochen Nazi-Anhänger mehrere Geschäfte geplündert, wie Maria von einer Nachbarin gehört hatte, und das gegen fünf Uhr morgens, es wirkte wie eine konzertierte Aktion. Es wurde schlimmer, man konnte es nicht mehr leugnen. Und Maria wollte ihre Tochter beschützen.

Hand in Hand traten sie den Rückweg zu ihrer Wohnung in Schöneberg an, in der sie immer noch lebten. Die kleine Kinderhand in ihrer fühlte sich so zart und verletzlich an, warm und weich. Maria hielt sie fest, ganz fest.

Die neue Buchhandlung lag deutlich weiter von ihrer Wohnung entfernt als ihre alte. Die Straßen von Berlin waren bevölkert von Menschen, die mit gesenkten Köpfen die Gehwege entlanghasteten, und Menschen, die hocherhobenen Hauptes voranschritten. Maria erkannte die Angst in den Augen der einen. Und Überheblichkeit in denen der anderen.

Tabea stellte ihr kindliche Fragen über Hunde, denn sie hatten gerade von Ferne einen abgemagerten Hund auf der Straße gesehen. Tabea wollte zu ihm, doch da war er schon verschwunden. Die Kleine machte sich Sorgen. »Was fressen Hunde, wenn sie kein Herrchen haben?«, wollte sie wissen. Sie liebte Tiere und wünschte sich sehnlichst einen eigenen Hund. Maria beantwortete ihre Fragen liebevoll, erklärte, dass herrenlose Hunde ganz bestimmt von lieben Menschen gefüttert würden. So gern hätte sie den Kindern ein Tier ermöglicht, denn Tiere gaben Halt, sie heilten wunde Seelen, aber in diesen Zeiten war das schlicht nicht ratsam. Außerdem hoffte Maria immer noch, dass ihr Mann sich für ihre gemeinsame Auswanderung entscheiden würde.

Endlich kamen sie vor ihrem Wohnhaus an, einem Bau aus dem neunzehnten Jahrhundert mit einer Stuckfassade. Gerade als Maria den Schlüssel aus ihrer Tasche zog und aufschließen wollte, hörte sie eine dunkle Stimme in ihrem Rücken.

»Ach, Judenpack wohnt hier noch? Aber nicht mehr lange, das sage ich dir.« Der Mann hatte es zu seinem Kompagnon gesagt, der neben ihm stand, beide trugen Nazi-Uniformen, die der SS, wie Maria aus den Augenwinkeln erkannte.

Sie schluckte, ihre Hände zitterten, sie fand mit dem Schlüssel das Schlüsselloch nicht, wollte die beiden ignorieren, schnell aufschließen, mit Tabea hineinhuschen, aber es ging nicht.

Die Kleine drehte sich zu den Männern, sah sie mit ihren

unschuldigen Augen groß an. Maria zog an der Hand ihrer Tochter, damit sich Tabea wieder umdrehte, aber der Uniformierte sagte jetzt verächtlich: »Und dann kriegen sie auch noch so viele Kinder. Wie die Ratten. Diese schwarzen Haare, daran erkennst du sie sofort.«

»Mama, was ist mit meinen Haaren?«, flüsterte Tabea jetzt verletzt und ängstlich.

Maria, die immer noch mit zitternder Hand mit dem Schlüssel kämpfte, fuhr wie eine Löwenmutter herum, um ihr Kind zu verteidigen. »Gar nichts ist mit deinen Haaren, Schatz. Lassen Sie uns in Ruhe, bitte!«

Der eine der beiden, ein Großer mit tiefliegenden Augen, lachte höhnisch auf. »Das hättest du wohl gern. Auch noch vorlaut werden. Weißt du was, dich nehmen wir jetzt mit!« Er packte Maria am Arm, der andere, ein gedrungener Typ, hielt Tabea fest und wollte sie ihr entreißen.

»Nein!«, rief Maria, »Lassen Sie uns!«

Sie hielt die Hand ihrer Tochter fest, hatte aber Angst, ihr wehzutun. Tabea schrie, Passanten sahen kurz zu ihnen, aber sie gingen weiter, froh, nicht selbst betroffen zu sein. Plötzlich trat ein weiterer Uniformierter dazu, packte den Gedrungenen am Ärmel und befahl: »Loslassen, sofort loslassen.«

Die beiden Männer ließen augenblicklich von Maria und Tabea ab und machten den Heil-Hitler-Gruß vor dem Hinzugekommenen. Jetzt erst erkannte Maria, dass es Siegfried war. Annis Siegfried, diesmal in Uniform, nicht wie sonst immer in Zivil. Und hinter ihm stand Anni, sichtlich erschrocken presste sie sich die Hand auf den Mund.

»Wegtreten«, befahl Siegfried, nachdem er die beiden zurechtgewiesen hatte, und sie gehorchten, zogen ab.

Ein Glück. Maria fiel ein Stein vom Herzen. »Danke, Siegfried.«

»Du bist eine Freundin von Anni«, entgegnete der nur.

Maria nickte, kniete sich zu Tabea, die verängstigt wirkte, schloss sie in ihre Arme. »Geht es dir gut, mein Schatz? Hat er dir sehr wehgetan?«

»Mmhmm.« Tabea sagte nichts mehr. Das kleine Mädchen, das so gern redete. Maria küsste ihre Tochter auf die Stirn, stand auf.

Anni fiel ihr in die Arme. »Mein Gott, Maria, was wollten die denn von euch?«

»Ich weiß es nicht. Ich glaube, sie hatten einfach nur Langeweile«, log sie. »Es hatte nichts mit uns zu tun.« Dabei sah sie Tabea vielsagend an. »Es hatte nichts mit uns zu tun, hörst du, Schatz?«

Tabea blickte sie nur verstört an.

Maria betrachtete Siegfrieds Polizeiuniform. Die hatte sie diesmal gerettet. Wäre er wieder in Zivil gewesen, wie er es bei der Gestapo eigentlich immer war, hätten sie ihm vielleicht nicht sofort geglaubt, einer von ihnen zu sein. Einer von ihnen. Das war er, das konnte Anni doch nicht länger leugnen.

»Ein Glück war Siegfried mit dabei«, sagte Anni und sah ihren Verlobten voller Stolz an.

»Ja, ein Glück«, brachte Maria hervor. Warum waren Anni und Siegfried zu ihrer Wohnung gekommen? Heute war nicht Donnerstag, sie war nicht mit Anni verabredet gewesen.

Ihre Freundin kniete sich neben Tabea, umarmte sie. »Alles wieder gut, Süße, ja?«

Tabea schwieg, presste die Lippen zusammen.

Maria litt mit ihr. Dann blickte sie zu Siegfried. Heldenhaft schaute er sie an. Aber ihn in dieser Polizeiuniform zu sehen, machte ihr bewusst, wie gefährlich es sein konnte, Anni zu viel zu erzählen. Über Ausreisegedanken, darüber, wie sich

Jakob auch in der neuen Buchhandlung den Anweisungen widersetzte.

»Was führt euch denn zu uns?«, wandte sich Maria an ihre Freundin. Dabei fühlte sie Siegfrieds Blick auf sich.

Anni stellte sich wieder hin, lächelte jetzt. »Luise hat geschrieben! Ich hab den Brief beim Rausgehen im Briefkasten entdeckt, diesmal stehen unsere beiden Namen darauf. Wir wollten eh hier in der Nähe spazieren gehen, Siegfried hat gleich einen Termin, aber noch etwas Zeit. Und da dachte ich mir, lesen wir den Brief doch gleich gemeinsam. Siegfried hatte nichts dagegen, warte ...« Sie zog einen geschlossenen Umschlag aus ihrer Handtasche, öffnete ihn sorgfältig mit dem Finger, holte den Briefbogen heraus.

Maria überlegte einen Moment, ob sie die beiden nach oben bitten musste, entschied sich dann aber dagegen. Sie hatte Tabea eine heiße Schokolade versprochen, sie wollte lieber Zeit allein mit ihrer Tochter verbringen, die immer noch ganz verstört wirkte und Ruhe brauchte.

Anni hatte den Brief endlich entfaltet und reichte ihn Maria. »Willst du lesen?«

Tabea hockte sich auf die Treppenstufe vor der Haustür.

»Ja, gern.« Maria sah Luises vertraute Handschrift, schlagartig wurde ihr bewusst, wie sehr sie ihre Freundin vermisste. Luise, die auf ihrer Seite stand. Luise, die Mutige, die diesen beiden Nazis sofort etwas entgegengesetzt hätte, um Tabea zu schützen. *Habe ich meine Tochter nicht genug beschützt?*, dachte Maria traurig. Sie hatte es immerhin versucht. Nur war sie nicht so schlagfertig wie Luise.

Bevor sie anfangen konnte zu lesen, meinte Anni bedauernd: »Hoffentlich schreibt uns Luise, dass sie endlich unser Restaurant eröffnen konnte. So lange, wie sie schon in den Staaten ist, ganz bestimmt.«

»Ja, vielleicht.«

»Sonst macht sich Siegfried, also ich auch, machen wir uns langsam Sorgen, ob das wirklich eine gute Investition meines Geldes war«, fuhr Anni fort. Sie hatte damals Ärger mit Siegfried bekommen, weil sie Luise das Geld mitgegeben hatte, ohne es mit ihm zu besprechen. Maria erinnerte sich gut daran. Am nächsten Tag hatte Anni verheult vor ihr gestanden.

Siegfried schüttelte nun ärgerlich den Kopf. »Dein Geld siehst du nicht wieder! Es war ein großer Fehler, es ins Ausland zu überweisen. Noch dazu, um es in ein Restaurant zu investieren! Lass das mit deinen Finanzen in Zukunft mich erledigen. Für Finanzen sind die Männer zuständig, nicht die Frauen.«

Maria sah ihn irritiert an. Es war Annis Erbe. Sie waren nicht verheiratet. Zum Glück nicht. Bemüht nett wandte sie sich an ihn: »Auf Luise ist Verlass! Du kennst Luise, Siegfried. Wenn sie es bisher nicht geschafft hat, das Geld in ein Restaurant zu investieren, dann nur, weil es schwerer ist als gedacht. Ich bin mir sicher, dass sie unser Geld nicht verschwendet. Denn das ist ja deine Sorge, oder, Anni?«

Ihre Freundin nickte zögerlich. »Na ja, nicht direkt verschwenden, aber irgendwie habe ich schon die Befürchtung, ich sehe es nie wieder.«

»Das musst du nicht. Luise wird das Restaurant eröffnen, früher oder später, dafür lege ich meine Hand ins Feuer.«

»Jetzt lies doch bitte, Maria. Siegfried hat einen wichtigen Termin in der Prinz-Albrecht-Straße.«

Maria wusste, dass sich dort das Gestapo-Hauptquartier, die Zentrale der politischen Polizei, befand. Sie nickte schnell und las laut vor: »*Liebe Anni, liebe Maria,*

diesmal schreibe ich an euch beide, weil ich nicht viel Zeit habe und ihr auch nicht mehr! Ich möchte, dass ihr beide zusammen noch einmal darüber nachdenkt. Bitte versucht zu kommen. Nach der Konferenz von Évian, die Präsident Roosevelt ins Leben gerufen hat, muss euch die Lage doch klar sein. Die Konferenzteilnehmer haben zwar ihr Mitgefühl mit den Flüchtenden bekundet, aber fast alle haben die Aufnahme zusätzlicher Flüchtlinge abgelehnt!

Was die Zeitungen hier im Exil über Deutschland schreiben, ist vermutlich nicht halb so schlimm wie die Lage vor Ort. Ihr habt in euren Briefen immer öfter von Anfeindungen, Schikanen und Ähnlichem geschrieben. Maria, allein dass ihr eure traditionsreiche Buchhandlung habt räumen müssen, ist alarmierend genug.

Bitte, nehmt endlich euren Mut zusammen, rede noch einmal mit Jakob. Die Kinder, ihr alle seid in größter Gefahr. Reist aus, solange es noch geht. Wenn ihr nicht genug Geld mitnehmen könnt, ist das egal. Denn wenn ich eines in New York gelernt habe, dann dass es auf den Einzelnen ankommt. Wenn man etwas erreichen möchte, schafft man es. Kann sein, dass man als Dishwasher, Tellerwäscher, anfangen muss, so wie ich. Aber ich werde es hier schaffen, da bin ich mir sicher. Und ihr ebenso.

Wenn ihr hier seid, werden wir gemeinsam unser Restaurant eröffnen. Das ist unser Ziel, und Ziele muss man sich setzen, sonst geht man unter, auch das gibt es hier zur Genüge – Exilanten, die noch nicht Fuß gefasst haben, ich will nichts beschönigen. Aber ihr seid kluge, fleißige Frauen, ihr werdet euch einfinden.

Richard hat dies bisher leider immer noch nicht, das will ich euch nicht verschweigen. Er verkriecht sich in sein Schneckenhaus, geht nicht unter Menschen und lernt so natürlich nicht das amerikanische Englisch. Er ist auf die deutsche Sprache fixiert, nimmt nicht teil an unserem neuen Leben. Aber Jakob ist offener, und du sowieso, Maria. Auch du, Anni, denke bitte gut nach, ob es nicht für dich sicherer ist, auszuwandern. Schließlich hast du doch jüdische Verwandte –«

Maria hielt inne, sah Anni erschrocken an. Sie hätte das vor

Siegfried nicht laut vorlesen dürfen. Dessen Miene hatte sich schlagartig verändert, war ernster geworden, nachdenklich.

»Entschuldige, Anni«, brachte sie heraus, aber die schüttelte den Kopf, hakte sich bei Siegfried ein.

»Wir kennen uns so lange, Siegfried weiß das natürlich, das sind ganz entfernte Verwandte, das ist kein Problem, nicht wahr, Schatz?«

Siegfried nickte, wirkte aber ernst. »Nein, ist es nicht.«

Maria las weiter den Brief vor: *»Es ist zu gefährlich für euch, zu bleiben. Sobald ihr mir schreibt, dass ihr ausreisen werdet, schicke ich euch Affidavits über George, den amerikanischen Freund von Richard, er wird für euch bürgen, und mit diesen Bürgschaften und den Visa, die ihr hoffentlich noch bekommt, könnt ihr hier einreisen. Alles Liebe, eure Luise.«*

Sie ließ den Brief sinken. Tabea saß immer noch auf der Treppe und starrte zu Boden. Den Kopf in die Hände gestützt, das Kinn auf den Knien. Maria betrachtete den Schopf ihrer Tochter traurig. Das dunkle Haar.

Sie hätte den Brief nicht laut vor ihr lesen dürfen. Jetzt hatte sie der Kleinen sicher noch mehr Angst gemacht.

Sollte sie Luise schreiben und um die Affidavits bitten? Ohne Jakob zu fragen? Mit ihnen wurde bescheinigt, dass ein Verwandter oder Freund, der amerikanischer Staatsbürger war, genügend finanzielle Mittel besaß, um den Auswanderern zu helfen. Aber nein, ohne Jakobs Einverständnis würde es nichts bringen. Ihre Gedanken rasten.

»Luise schreibt es doch selbst, ihr wäret überall unerwünscht«, unterbrach Anni die Stille verhalten. »Also, ich bleibe bei Siegfried, und für euch ist es auch besser in der Heimat. Siegfried beschützt euch, so wie vorhin«, sagte ihre Freundin bemüht zuversichtlich.

Maria hörte aber die leisen Zweifel in ihrer Stimme. Sie

musterte Siegfried, der zu Boden blickte, dann wandte sie sich an Anni. »Danke, aber Siegfried kann uns nicht beschützen, er ist ja nicht immer bei uns.«

»Nein, aber er hält seine Hand über euch in der Gestapo-Zentrale. Das ist ja das Gute an seiner neuen Position, da kann er das. Das hat er mir versprochen, nicht wahr, Sigi?« Anni hob den Blick zu ihm.

Er zögerte. Dann sah er sie liebevoll an, strich ihr eine blonde Haarsträhne zurück, die sich aus ihrem seitlich hochgesteckten Zopf gelöst hatte. »Für dich würde ich alles tun. Alles.«

Maria durchlief ein kalter Schauer. Wie hatte er das gemeint?

Erleichtert lächelte Anni sie an. »Siehst du.«

Siegfried räusperte sich. »Lass uns jetzt gehen, Anni.« Es klang wie ein Befehl.

»Natürlich.« Anni wollte den Brief an sich nehmen, aber Maria umklammerte ihn fest vor der Brust.

»Warte, kann ich ihn bitte mitnehmen und Jakob zeigen?«, fragte sie.

»Gern.«

Die beiden Freundinnen verabschiedeten sich mit einer Umarmung, Anni, die wie immer nach Blumen duftete, löste sich, strich Tabea über den Kopf. »Tschüss, kleine Tabea.«

»Tschüss«, flüsterte die, ohne aufzusehen.

Maria und Anni tauschten einen sorgenvollen Blick. Aber Siegfried wollte weiter, und so hakte sich Anni bei ihm unter und schritt an seiner Seite die Straße entlang. Maria beobachtete das Paar, bis es außer Sichtweite war, dann wandte sie sich ihrer Tochter zu.

»So, Schatz, jetzt gibt es endlich deine heiße Schokolade, ja?«

»Mhmm.« Tabea stand auf, griff nach der Hand ihrer Mutter. »Ist Siegfried lieb?«, fragte sie.

Maria, die es endlich geschafft hatte, den Schlüssel ins Schloss zu stecken, hielt irritiert inne. »Wieso fragst du das?«

»Weil er Annis Freund ist. Aber Vati sagt, alle in Uniform sind böse.«

Maria hatte die Haustür geöffnet, stockte, hielt die schwere Holztür. Ein abgestandener Geruch drang aus dem dunklen Hausflur. »Viele in Uniform sind es, aber nicht alle. Siegfried ist bei der Polizei. Es gibt immer auch Gute.« Sie hoffte es für Anni, so sehr. Und für sich und ihre Familie hoffte sie es ebenso. Dass sie Siegfried vertrauen konnten. Dass er, obwohl er bei der Gestapo arbeitete, ein guter Mensch geblieben war. Dass das möglich sein konnte. Dass er sie nicht in eines dieser Lager bringen würde, von denen man immer öfter hörte.

KAPITEL 6

Rio de Janeiro, August 2023

DAS TAXI HIELT VOR DEM HOTEL. Sie stiegen aus, gingen hinein, und Sandra wartete in der Lobby, während June eincheckte, ihr Gepäck aufs Zimmer brachte, sich kurz frisch machte und sich etwas Leichteres anzog. Als sie wieder herunterkam, wollte sie gleich die Buchhandlung sehen, und so führte Sandra sie zu Fuß zu ihrem Laden, der sich ganz in der Nähe des Hotels befand. Gut, dass June darauf beim Buchen geachtet hatte.

Das Leben in ihrem Viertel pulsierte. Straßenmusiker spielten brasilianische Musik, Kinder tanzten dazu, Jugendliche mit Sonnenbrillen standen zusammen und lachten, Frauen und Männer in sommerlicher, farbenfroher Kleidung kamen ihnen entgegen, und da Sandra alle anlächelte, lächelten sie zurück.

Währenddessen registrierte sie, wie sich June beeindruckt und ein wenig scheu umsah. »Wie wirkt Rio auf eine Deutsch-Amerikanerin?«, fragte Sandra neugierig.

June lächelte. »Die Lebensfreude der Menschen, obwohl viele sicher nicht viel zum Leben haben, ist beeindruckend. So viele strahlen, sie tanzen, sie lachen. Sie wirken vor allem zufrieden. Das könnten sich einige in Amerika, aber auch in Deutschland zum Vorbild nehmen.«

Nordamerika muss so anders sein und Deutschland ebenso,

dachte Sandra. Wie gern würde sie beides selbst vor Ort erleben.

Sie bogen in die Straße ein, in der sich ihre Buchhandlung befand. Kleine Läden und Cafés reihten sich hier aneinander.

»Da vorn ist die Buchhandlung meiner Großmutter. Es ist leider die letzte Filiale. Meine Mutter und ich haben es nicht geschafft, das Lebenswerk meiner Großmutter ganz zu halten. Sie hatte es geschafft, mehrere Filialen aufzubauen, und das als deutsche Exilantin. Aus dem Nichts. Aber zu unserer Verteidigung muss ich sagen: Schon zu ihren Lebzeiten musste sie selbst einige Filialen wieder schließen. Die Leute haben kein Geld mehr für Bücher, zumindest sind sie es ihnen nicht mehr wert. Es ist so schade, dass die Menschen immer weniger lesen.«

»Das ist es. Aber ich bin sicher, es wird wieder zunehmen, wenn sie merken, wie wenig es ihnen gibt, so viel Zeit auf den sozialen Medien zu verbringen. Wie viel Erfüllung und innere Ruhe ihnen ein Buch schenken kann.«

»Das hast du schön gesagt. Aber ich bin mir nicht sicher, ob die Menschen das heutzutage noch erkennen.«

Sandra blieb vor ihrer Buchhandlung stehen. »Tadaa, das ist sie.«

Sichtlich angetan betrachtete June den türkis angestrichenen Laden mit dem großen Schaufenster. Davor stand eine grüne Bank. Sandra versuchte, alles mit den Augen einer Fremden zu sehen. In der Auslage hatte sie verschiedene Bücher auf einem rosé lackierten Stuhl drapiert. Daneben Seidenblumen in knalligem Orange. Sie ließ sich für die Schaufensterdeko immer wieder etwas Neues einfallen. Aber das hatte nicht bewirkt, dass ihr Umsatz zunahm.

Auf Junes Stirn hatten sich Schweißperlen gebildet. Sandra reichte ihr eines der orangefarbenen Stofftaschentücher aus ihrer Handtasche. »Zum Abtupfen, ich habe immer welche dabei. Selbst mir ist es manchmal fast zu heiß.«

June nahm es dankbar entgegen und tupfte sich damit die Stirn. »An die feuchte Hitze muss ich mich erst mal gewöhnen. Aber mir ist lieber heiß, als dass ich friere. Ich bin eine Frostbeule, mag Wärme. Und deine Buchhandlung mag ich auch. Sehr. Sie sieht wunderschön aus. Das Türkis strahlt richtig in der Sonne.«

»Ja, schon meine Großmutter hat Farben geliebt. Zumindest seit sie hier in Brasilien lebte, hat sie einmal gesagt. In Berlin, vor allem in den letzten Jahren, war wohl vieles sehr dunkel und grau. In Brasilien sei sie richtig aufgeblüht, meinte sie.«

»Das kann ich mir vorstellen. Wenn man die Bilder von den Dreißiger- und Vierzigerjahren sieht. Gut, sie sind schwarzweiß, aber sie strahlen auch diese Tristesse aus. Die Tristesse, die sich in den Herzen der meisten Menschen ausgebreitet hatte, verständlicherweise.«

Sandra gab ihr recht. »Ich habe mal einen Bildband über das damalige Berlin gesehen. Genauso kam es mir vor. Sehr trist. Die Liebe zu Farben habe ich von meiner Großmutter.« Sie deutete auf die orangefarbene Blume in ihrem Haar und das gelbe Sommerkleid. »Selbst die Bücherregale sind bunt, schon seit damals, meine Mutter hat sie einmal nachstreichen lassen«, erklärte Sandra und ging vor, schloss die Tür zu ihrer Buchhandlung auf. Sie trat ein, drehte das Schild wieder um, auf dem *Fechado* stand – geschlossen.

»Oh, wow.« June war ihr gefolgt, sah sich in dem Raum voller Bücher interessiert um, betrachtete die grün und gelb gestrichenen Regale. »Deine Großmutter Maria scheint wirklich ein großes Bedürfnis nach Farbe gehabt zu haben nach den dunklen Jahren in Berlin und ihrer Flucht. Es gefällt mir, sehr sogar. Es wirkt besonders.«

»Danke, mir gefällt es auch sehr gut. Ich finde es toll, dass Maria sich damals so auf dieses Land eingelassen hat.«

»Das stimmt. Meiner Großmutter Luise ist es im Exil in den Staaten anfangs schwergefallen, ihrem Verlobten Richard noch mehr.«

»Es ist sicher nicht leicht, seine Heimat, sein Zuhause aufzugeben, erst recht nicht, wenn man es nicht möchte und es ungewiss ist, ob man jemals zurückkehren kann. Es gibt so viele Menschen, auch heutzutage, die auf der Flucht sind. Wie schwer sie es haben, wie sehr sie leiden, wird viel zu oft übersehen.«

June sah Sandra an. »Du scheinst auch ein sehr mitfühlender Mensch zu sein, das finde ich schön.«

»Danke. Ja, ich bin emotional, das tut mir manchmal gar nicht so gut.« Sie lachte fröhlich. »Aber ich mache das Beste daraus. Jeder ist, wie er ist. Sieh dich gern genauer um. Kaffee habe ich hier leider nicht, aber ein paar Häuser weiter gibt es ein kleines Café, in das vor allem Einheimische gehen. Wir könnten dort einen brasilianischen Kaffee, einen *Cafezinho*, holen und ihn vor der Buchhandlung auf der Bank trinken. Dann kann ich Kunden bedienen, falls jemand kommt.«

»Das klingt verlockend, zumal ich ja jetzt im Land des Kaffees bin. Außerdem hast du den Laden schon schließen müssen, um mich abzuholen, das war sehr nett.«

Sandra lächelte. »Ich bin ja meine eigene Chefin, das ist der Vorteil. Also komm.«

Das traditionelle Café lag nur hundert Meter von Sandras Buchhandlung entfernt. Sie traten ein, der Hauptraum war recht klein, aber mit vielen Accessoires ausgestattet. Moderne Gemälde schmückten die Wände, dazwischen Fotografien aus alten Zeiten. Über der Theke hing eine Tafel, auf der mit

Kreide die Tagesangebote standen, daneben Regale mit Wein und Kaffeedosen. Im Hintergrund lief Samba-Musik.

Sandra trat an die Theke, begrüßte die junge Bedienung und bestellte auf Portugiesisch: *»Dois cafezinhos, por favor, Nivia.«*

Sie kannten sich, scherzten kurz, und Nivia bereitete zwei Kaffee in Espresso-Tassen zu. Wie herrlich er duftete. Sandra liebte Kaffee, trank vermutlich viel zu viel davon, aber ohne Kaffee am Morgen war sie kein Mensch.

Ihr Blick fiel auf ein Bild, auf dem Stefan Zweig abgebildet war. »Das ist ein bedeutender österreichisch-jüdischer Schriftsteller, der auch aus Europa erst nach Amerika, dann nach Brasilien geflohen war.«

»Ich kenne ihn. Er ist sehr bekannt, auch bei uns. Ja, leider wurde er hier in Brasilien nicht glücklich«, entgegnete June nachdenklich. »Nicht jedem gelingt es, im Exil anzukommen, das Glück zu finden.«

Sandra nickte. »Man muss offen sein für Neues. Offen für andere Kulturen, andere Traditionen. Das sollte man sowieso immer sein. Vielleicht hing Stefan Zweig zu sehr an Deutschland?«

»Wie viele Schriftsteller, allein schon wegen der Sprache. Der Verlobte meiner Großmutter hatte in New York wie gesagt genau dieses Problem. Er versperrte sich der englischen Sprache, ging kaum aus dem Haus, lernte es dadurch nicht und konnte so keine englischen Texte verfassen, also nie ankommen.«

»Ja, es ist nicht leicht. Wir hatten Glück, dass wir mehrsprachig aufgewachsen sind, dass wir beide dank unserer Großmütter auch Deutsch können. Mit Englisch tat ich mich in der Schule auch schwer. Eine Sprache ganz neu lernen zu müssen ist eine Herausforderung.«

»Das stimmt«, gab June ihr recht.

Die Bedienung hatte den Kaffee zum Mitnehmen fertig, hatte ihn in kleine Tassen gefüllt und Pappdeckel daraufgelegt, damit er heiß blieb. Sandra würde die Tassen später wieder zurückbringen, wie immer.

Sie bedankten sich bei Nivia, und Sandra nahm das kleine Tablett mit den Kaffeetassen mit. »Etwas umständlich, aber ich liebe guten Kaffee einfach und kann mir keine Profi-Kaffeemaschine leisten.«

Auf dem Weg zurück erklärte sie June: »Den brasilianischen Kaffee kannst du süßen, so wie du willst, aber auf jeden Fall musst du ihn in einem Zug heiß trinken.«

»Tatsächlich? Verbrennt man sich da nicht die Zunge?«, fragte June.

»Und wenn schon, Hauptsache *hot*«, erwiderte Sandra lachend.

Sie beeilten sich, damit der Kaffee heiß blieb, aber es waren ja nur ein paar Schritte. Vor ihrer Buchhandlung angekommen, bat sie June, sich auf die Bank zu setzen und kurz das Tablett mit den Tassen zu halten. Dann schloss sie rasch auf und drehte das Schild um, kam wieder nach draußen, nahm June alles ab und setzte sich zu ihr auf die Bank. »So, jetzt pass auf.« Sie nahm eine der kleinen Tassen, legte den Pappdeckel beiseite, schloss genießerisch die Augen und trank den Kaffee in einem Zug. Dann öffnete sie die Augen wieder und lachte. »*Hot, hot*, aber soo gut.«

June lächelte, zögerte kurz, tat es ihr dann gleich.

Sandra beobachtete sie amüsiert. Ein wenig verzog sie das Gesicht, weil es ihr wohl doch zu heiß war, aber gleichzeitig schien ihr der Kaffee sehr gut zu schmecken.

»Köstlich. Wirklich köstlich.«

Sandra freute sich. »Brasilianischer Kaffee ist einfach der

beste auf der Welt – behaupte ich einfach mal, ohne je Kaffee in einem anderen Land getrunken zu haben«, scherzte sie.

»Du wirst sicher noch viele verschiedene Kaffees in anderen Ländern in deinem Leben probieren, da bin ich mir sicher.« June hielt inne, dachte einen Moment nach. »Es ist wirklich schade, dass Hendrik nicht hier sein kann. Er ist ein Genussmensch, klar als Chefkoch, er würde den Kaffee lieben, so wie ich.«

»Genieß die Reise für dich«, entgegnete Sandra. »Was brauchen wir Kerle, um glücklich zu sein?« Sie lächelte. »Ich bin gern Single, dann bin ich niemandem Rechenschaft schuldig, bin frei.« Doch als sie das sagte, dachte sie unwillkürlich an Gabriel, den Mann, den sie vor ihrer Buchhandlung getroffen hatte. Nun, da June zu Besuch war, würde sie erst einmal keine Zeit für ein Wiedersehen mit ihm haben. Der Anruf bei ihm musste also warten.

Obwohl sie June gerade erst kennengelernt hatte, fühlte Sandra sich für sie verantwortlich, wollte ihr Brasilien nahebringen, ihr Land, das ihr so am Herzen lag, das auch ihre Großmutter geliebt hatte. Und dass ihre beiden Großmütter Freundinnen gewesen waren, fand sie sehr schön. »Großmutter hätte bestimmt gewollt, dass wir uns auch anfreunden«, sagte sie unvermittelt.

June sah sie an. »Kann ich mir sehr gut vorstellen.«

Sandra biss sich auf die Lippen. War sie mal wieder zu schnell vorgeprescht? June schien zurückhaltender zu sein als sie, und schließlich kannten sie einander kaum. Viel zu früh, um von Freundschaft zu reden.

June fuhr fort: »Wir müssen das Geheimnis lüften, weshalb sich die drei Freundinnen damals zerstritten haben. Dann finden wir hoffentlich einen Hinweis auf Annis Verbleib. In keinem der Briefe, die meine Großmutter Luise mir hinterlassen hat, also der Briefe von Maria und Anni, ist irgendeine Spur. Sie enden alle 1939.«

»Und trotzdem wollte Luise, dass sie oder eben ihre Nachfahren einen Teil des Erbes erhalten. Obwohl es ein Zerwürfnis gab. Schon seltsam.«

»Ja, da war sie sehr korrekt. Maria und Anni hatten ihr damals Geld mitgegeben, um gemeinsam ein Restaurant in Amerika zu eröffnen. Ein Plan B, falls es in Deutschland noch schlimmer werden würde, was es ja wurde. Luise hat alle Einnahmen gut verwaltet.«

»Ich suche heute Abend im Haus nach Briefen, die meine Großmutter Maria damals vielleicht von den beiden anderen bekommen hat.«

»Das wäre großartig, hoffentlich gibt es noch irgendwas von damals«, erklärte June. »Meine Großmutter Luise hatte eine Art Tagebuch in ein Notizbuch geschrieben, vielleicht so etwas?«

Sandra sah sie elektrisiert an. »Ja natürlich! Jetzt, wo du es sagst, fällt es mir wieder ein. Das hatte ich ganz vergessen. Ein Reisetagebuch hatte sie geschrieben! Sie hatte es mir als Kind nur einmal kurz gezeigt. Darin hat sie alle Stationen ihrer Flucht notiert, hat sie mir erzählt, wollte es mir aber nicht zum Lesen geben. Das sei nichts für Kinder. Dieses Büchlein war ihr sehr wichtig. Insofern existiert es vielleicht noch irgendwo.«

June sah sie begeistert an. »Wirklich? Das klingt fantastisch!«

»Es ging wie gesagt quer durch Europa«, erinnerte sich Sandra. »Als Kind fand ich das sehr spannend, vielleicht rühren daher mein Fernweh und meine Lust, zu reisen.«

»Das kann gut sein, wobei die Flucht durch Europa sicher alles andere als eine angenehme Reise war.«

»Ja, ganz sicher nicht. Vielleicht haben wir Glück und sie

hat in ihrem Reisetagebuch auch etwas zu Annis Verbleib geschrieben.«

»Ja. Meinst du, du findest es?«, hakte June aufgeregt nach.

»Das ist das Problem. Ich habe keine Ahnung, wo es sein könnte. Ich habe es seit damals nicht mehr gesehen. Aber denken wir optimistisch.« Sandra dachte nach: »Wenn ich es finde, könnten wir die Fluchtroute meiner Großmutter nachreisen. Denn wenn irgendein Hinweis auf Anni darin steht, könnten wir vor Ort recherchieren, um weiterzukommen!«

June sah sie angetan an, schien aber zu zögern. »Wir zusammen?«, hakte sie nach.

Sandra merkte, dass sie übers Ziel hinausgeschossen war. »Na ja, wenn du das möchtest. Es war nur so eine Idee, ich kann ja überhaupt nicht weg. Ich habe keine Vertretung für die Buchhandlung. Beides, also eine Vertretung und so eine Reise, kann ich mir nicht leisten. Ich habe einen Notgroschen, mehr nicht.«

»Ich habe auch nicht so viel, dass ich dir viel leihen könnte, aber wenn wir nicht alles versuchen, um Anni oder ihre Nachfahren zu finden, werden wir unser Erbe nie antreten können.«

»Das stimmt leider«, seufzte Sandra. »Vielleicht finde ich ja eine Freundin, die hier die Stellung hält, die ich später bezahlen kann. Nur kenne ich keine, die Buchhändlerin ist und Zeit hat. Und was, wenn wir nichts herausfinden? Wer lässt sich darauf ein, vielleicht später Geld zu bekommen, oder auch nicht?«

June seufzte. Sandra hatte eine Idee: »Ich könnte die Buchhandlung solange schließen. Ich trage mich eh schon länger mit dem Gedanken, sie ganz zu schließen. Die Einnahmen sind schlecht, ich muss bald aufgeben, so leid es mir tut. Ich muss mir einen anderen Job suchen.«

»Was? Das wäre ja traurig. Mir hat die Geschichte meiner

Großmutter Luise gezeigt, wie sehr diese Generation kämpfen musste, was für mutige, tolle Frauen das waren. Deshalb möchte ich ihr Restaurant auf jeden Fall erhalten, wenn wir erben, zumindest wenn ihr einverstanden seid.«

»Also ich habe nichts gegen ein Drittel Restaurant in New York«, erwiderte Sandra lachend. »Du hast ja recht, es waren tolle Frauen. Wir dürfen nicht so schnell aufgeben.«

June stimmte ihr zu.

»Okay«, fuhr Sandra fort, »ich frage im Freundeskreis herum, ob jemand einspringen kann als Verkäuferin. Falls wir bei unserer Reise auf keinen Hinweis stoßen und unser Erbe nicht erhalten, werde ich Schulden haben, diese irgendwie abbezahlen. Ich werde versuchen, die Buchhandlung zu behalten, aber ob das dann klappt, weiß ich nicht.«

»Schön, dass du es versuchen willst. Und hoffentlich finden wir etwas heraus«, entgegnete June und wirkte erleichtert.

»Ja, wir denken positiv.« Sandra dachte nach. »Manchmal braucht man einen Anstoß, um sich auf so eine große Reise zu wagen. Die jüdische Fluchtroute meiner Großmutter durch Europa nachreisen, das klingt superinteressant. Es ist meine Familiengeschichte, die Familiengeschichte von vielen. Und es wird eine Spurensuche, die uns einen Hinweis auf Anni geben wird, da bin ich mir jetzt sicher. Ist so ein Gefühl.« Sie legte lächelnd ihre Hand auf ihren Bauch. »Sonst haben wir ja eh keinen Ansatz, dem wir in Brasilien nachgehen könnten.«

June nickte. »Vielleicht steht aber ja ein eindeutiger Hinweis über Anni im Reisetagebuch, dann müssten wir diese Reise nicht unternehmen.«

Sandra seufzte nach diesem Dämpfer. »Jetzt habe ich mich schon darauf gefreut. Aber klar, wir können es ja erst mal durchforsten – wenn ich es denn finde.« Wieso musste diese June so vernünftig sein?

»Okay. Wenn wir beim ersten Darüberlesen nichts über Anni finden, unternehmen wir diese Reise zusammen, gehen die Seiten intensiv auf unserer Reise durch und recherchieren vor Ort.«

Sandra schlug begeistert die Hände zusammen. »Dann wärst du also dabei?«

June nickte lächelnd.

»Wie schön!« Sandra umarmte sie stürmisch, spürte aber, dass ihr das zu schnell ging, und löste sich wieder. »Entschuldige. Wie gesagt, ich bin manchmal etwas emotional.«

»Kein Problem. Ja, dann wäre ich dabei. Wir kennen uns zwar kaum, aber auf so einer Reise lernt man sich ja kennen, da bin ich mir sicher.«

Sie lachten.

»Dann muss ich das gute Stück jetzt also nur noch finden, puh. In meinem Chaos. Vielleicht steht da dann auch drin, wie es dazu kam, dass meine Großmutter meinen Großvater doch noch überreden konnte, zu fliehen.«

»Oder ob es einen anderen Auslöser gab?«

KAPITEL 7

Berlin, Dezember 1938

Das grosse Loch in der Glasscheibe ihrer neuen Buchhandlung starrte sie von Weitem an. Maria fröstelte, zog sich den Schal mit der linken Hand enger um den Hals. Der Dezember war eisig kalt. Notdürftig hatte sie das Loch in der Glasscheibe mit Zeitungspapier verschlossen, doch der Wind kroch trotzdem hindurch, wie das Grauen in ihre Glieder nach den schrecklichen Morden und Anschlägen auf jüdische Geschäfte und Synagogen im November.

Sie hielt Tabea an der rechten Hand, ging weiter auf die Buchhandlung zu. Noah lief links neben ihr, trug umsichtig den Topf mit der noch heißen Suppe. Suppe, die immer dünner wurde, so wie sie alle. Ein leises Schwappgeräusch war zu hören, das Knirschen ihrer Schritte, sonst Stille.

Wie die Stille nach der Nacht der brennenden Synagogen. Auch die Synagoge unweit ihrer Wohnung in Schöneberg war stark beschädigt worden, doch anstatt die Menschen wachzurütteln, sie laut aufschreien zu lassen, hatte dieses furchtbare Treiben die meisten noch mehr gelähmt und mundtot gemacht.

»Das Loch sieht aus wie ein Auge«, meinte Noah, während sie auf die Tür zugingen.

»Wie ein blindes Auge«, fügte Tabea leise an. »Gruselig.«

»Hat Papa immer noch keinen Glaser gefunden?«, hakte Noah an seine Mutter gewandt nach.

»Nein, leider nicht. Aber es ist ja kein Wunder. So viele Glasscheiben, wie sie ersetzen müssen.«

Zu viel war zerbrochen, im ganzen Land, zu viel in den Seelen der jüdischen Bevölkerung.

Das Loch war durch einen großen Stein entstanden, der am nächsten Morgen in der Buchhandlung gelegen hatte. Zum Glück hatte der Rest der Scheibe standgehalten. Zum Glück war keiner verletzt worden. »Wir hatten Glück«, hatte Maria zu den Kindern gesagt.

Das Zeitungspapier sollte die letzte Wärme im Laden halten, es war Marias Idee gewesen. Aber die Kälte zog herein, auch die Kälte dieser Menschen, in ihre täglichen Gedanken. Man konnte nichts mehr gegen sie tun.

Jeden Tag erinnerte die kaputte Glasscheibe seitdem an diese grauenhafte Nacht. Der 9. November. An den blinden Hass, die unvorstellbare Wut, die sich bei vielen Menschen entladen hatte, Wut auf sie, auf Juden, dabei kannten diese uniformierten Männer ihre Familie überhaupt nicht. So viele jüdische Geschäfte, Wohnungen und Schulen waren verwüstet, zerstört und geplündert worden, so viele Synagogen brannten, im ganzen Land. Ein Nachbar war getötet worden, ein anderer verhaftet, Maria wusste sogar von zwei Frauen aus der Gemeinde, die vergewaltigt worden waren, wie sie wenige Tage später erfuhr. Eine Siebzigjährige und ein sechzehnjähriges Mädchen.

Entsetzt hatte sie Jakob davon erzählt. »Wir müssen gehen, Jakob, es gibt keine andere Lösung mehr.«

Er wusste es selbst, gab er zu, schlug sich verzweifelt die Hände vors Gesicht. »Wenn dir das geschieht, Maria, oder etwas den Kindern, werde ich meines Lebens nicht mehr froh.«

»Tabea und Noah leiden sehr darunter, dass sie nicht mehr in die öffentliche Schule dürfen«, hatte sie schon vor einer

Woche zu ihm gesagt. Ihre Tochter war im Sommer auf Jakobs Wunsch noch in einer öffentlichen Schule eingeschult worden.

»Wir sind gleich, wir sind nicht aussätzig«, hatte er gesagt. »Das will ich meinen Kindern vermitteln.«

Tatsächlich hatte Tabea schnell eine Freundin gefunden, die kein Problem damit hatte, dass sie Jüdin war. Doch die anderen Kinder hänselten Tabea jeden Tag. Das jüdische Mädchen mit den dunklen Haaren. Richtig gehässig waren einige geworden, wie sie Maria traurig anvertraut hatte. Dabei hatte sich die Kleine so auf die Schule gefreut. Und jetzt, seit den Novemberpogromen, war es jüdischen Kindern verboten, die öffentlichen Schulen zu besuchen.

Tabea hatte abends herzzerreißend geweint und ihre Mutter gebeten, zu Hause bleiben zu dürfen, sie wolle nie wieder eine Schule betreten. Es zerriss Maria das Herz, auch Jakob litt mit seiner Tochter mit, das sah Maria ihm an. Er gab vor Tabea zu, einen Fehler begangen zu haben.

»Du musst aber zur Schule gehen, mein Kind«, hatte er gesagt. »Bildung ist wichtig, erst recht in diesen Zeiten. Bildung kann helfen, gegen die Dummheit in der Welt.«

Sie schickten sie in eine jüdische Schule.

Doch auf dem Weg dorthin wurde Tabea wieder angegangen. Als sie morgens immer öfter Bauchweh bekam, sich vor Schmerzen krümmte, erlaubte Maria ihr, zu Hause zu bleiben. Und Noah schwänzte. Als das herauskam, erhielt er ein Attest für eine Woche von einem befreundeten Arzt.

Jakob hieß es nicht gut, aber streiten wollte er sich mit Maria nicht, wie er sagte. »Meine Kinder tun mir ja auch sehr leid. Womit haben wir das alles verdient«, klagte er ein ums andere Mal verzweifelt. »Wir sind rechtschaffene Leute, wir arbeiten, sind fleißig, haben nie jemandem etwas Böses getan.«

»Es ist nicht zu verstehen«, antwortete Maria. »Es ist die

Propaganda, die bei manchen Menschen verfängt. Aber zum Glück nicht bei allen.«

»Es sind aber nicht genug, die ihr widerstehen. Es sind nur Einzelne.«

Und die hatten in besagter Nacht im November nur zugesehen oder geschlafen, dachte Maria.

So viel zersplittertes Glas, so viele Brände, so viele wurden in Konzentrationslager gebracht oder ermordet. Endlich sah es Jakob zutiefst schockiert ein, dass es in diesem Land, ihrer Heimat, keine Zukunft mehr für sie gab. Dass er auch diese Buchhandlung in der Einrichtung der jüdischen Gemeinde würde aufgeben müssen. Von vorn anfangen, in einem fremden Land.

»Die Nazis haben uns beinahe unser ganzes Geld gestohlen«, erklärte er bitter. »Wovon sollen wir leben im Exil ohne Geld?«

»Wir werden es schaffen, du wirst sehen. Luise wird uns helfen, in New York eine Wohnung zu finden, wir sind gesund und können arbeiten, es wird gehen. Ich bin mir für nichts zu schade.«

»Genau das wollte ich vermeiden. Du bist zu schade. Du bist meine Königin. Und ich ein Versager. Du hattest recht, Maria, meine kluge Frau, bitte verzeih mir.«

»Hör auf, Jakob, du hast die Hoffnung nicht aufgegeben, das war auch stark. Da gibt es nichts zu verzeihen.«

»Aber jetzt lässt erst recht kaum noch ein Land Juden einreisen.«

»Ich gehe zur Botschaft und frage, ob es noch Visa für Amerika gibt.« Es musste jetzt schnell gehen.

Plötzlich betraten die Kinder die Wohnküche, sie hatten offenbar an der Tür gelauscht, tanzten freudig im Kreis herum. »Wir fahren mit dem Schiff, endlich!«, trällerte Tabea fröhlich.

»Nach Amerika, zu Tante Luise.« Sie juchzte und strahlte wie schon lange nicht mehr.

Und auch Noahs Miene wirkte endlich wieder gelöster, wie Maria sah. Er blickte seine angespannten Eltern an. »Mutti, Vati, das klappt, ihr müsst nur fest dran glauben.«

Maria lächelte, nahm ihre Kinder in den Arm, drückte sie. Dann ließ sie die beiden wieder los. »Ich gehe morgen früh zum Konsulat in der Bendlerstraße«, sagte sie und sah zu Jakob, der nachdenklich wirkte. »Jakob, kannst du mitkommen? Vielleicht macht es mehr Eindruck, wenn du dabei bist.«

»Aber Liebes, ich muss in die Buchhandlung. Ich löse unser Geschäft auf, muss die Finanzen regeln, damit wir wenigstens etwas haben.« Seine Brille war wieder heruntergerutscht, er schob sie fahrig höher.

»Gut, dann erledige das, ich gehe allein.«

In eisiger Kälte und im Schneeregen stand Maria frühmorgens in einer langen Schlange, zwischen vielen anderen Frauen, manche mit kleinen Kindern an der Hand. Und viele waren früher da gewesen.

Nach Stunden, als sie ihre Zehen und Finger schon nicht mehr spüren konnte und ihr Magen vor Hunger rebellierte, trat eine Frau aus dem Konsulat und schickte alle nach Hause. »Heute gibt es keine Visa mehr für Amerika.«

Die Enttäuschung der Frauen war riesig, wie Maria ihnen ansah. Verzweiflung pur, Kinder weinten. Es gab offenbar jeden Tag nur eine begrenzte Zahl an Visa, wie Maria erfuhr. Panik breitete sich bei manchen Ausreisewilligen aus. Andere standen nur stumm da, erstarrt vor Angst, sie sah es in ihren Gesichtern.

»Wir kommen mit, Mutti«, erklärte Tabea am Abend, als sie im Bett lag, und Noah, der sich das Zimmer mit ihr teilte, stimmte ihr zu.

Die lieben Kinder, dachte Maria. *Wenn ich sie nicht hätte.*

Und sogar Jakob bot, als sie im Bett lagen, an mitzugehen. »Ich habe zwar immer noch einiges abzuwickeln in der Buchhandlung, aber wenn es hilft?«

»Danke, Jakob. Ich denke, bei Kindern haben sie Mitleid.«

Heute öffnete die Botschaft erst um vierzehn Uhr, Maria konnte also morgens noch in der Buchhandlung helfen.

Aber als sie mit Tabea und Noah am US-Konsulat ankam, sank Marias Mut. Wieder hatte sich bereits eine riesige Schlange vor dem Gebäude gebildet. Wie ihr eine Frau erklärte, stand sie schon seit fünf in der Früh an. Ihre Lippen sahen blau aus, sie zitterte am ganzen Leib.

Noah blickte seine Mutter entsetzt an. »Die wollen alle nach Amerika?«

»Ja, ich fürchte schon.«

»Aber nehmen die denn noch so viele auf?«

Eine rundliche Frau vor ihnen wandte sich mit Tränen in den Augen an Noah. »Nein, Kleiner, das tun sie nicht. Es gibt eine Quotenregelung und nur noch eine stark begrenzte Anzahl an Visa. Juden sind auch in Amerika nicht mehr erwünscht.«

Maria blickte sie niedergeschlagen an. Ihre Augen füllten sich mit Tränen.

»Wir sollten uns Visa für ein anderes Land holen«, sagte die Frau vor ihnen. »Aber heute versuche ich es noch einmal. Mein Bruder ist schon 1933 nach Amerika ausgewandert. Er war klüger als wir. Ich habe niemanden mehr, meinen Mann haben sie in der Pogromnacht mitgenommen, in ein Lager, wie so viele. Und dort wäre er angeblich krank geworden und gestorben, haben sie mir gesagt. Er war kerngesund. Ich glaube ihnen kein Wort! Sie haben ihn umgebracht!«

»Wie schrecklich, das tut mir sehr leid«, erklärte Maria.

Die Frau nickte mit aufeinandergepressten Lippen. »Bringen Sie Ihre Familie schnell weg von hier. Egal wohin.«

»Aber in welches Land lassen sie uns denn noch?«, fragte Maria. Durch die Reichsfluchtsteuer und die Enteignungen waren die meisten Juden verarmt, wer wollte sich schon Probleme ins Land holen?

»Ich will aber zu Tante Luise«, sagte Tabea.

»Ich auch«, erklärte Noah. »Wir fahren mit dem Schiff nach Amerika, Mama, dafür sorg ich.« Er versuchte in letzter Zeit immer häufiger, die Familie zu beschützen. Seit er merkte, dass sein Vater immer gebückter ging und immer mehr verzagte, dachte sich Maria.

»Wir versuchen weiter unser Glück«, entgegnete sie tapfer.

»Glück hatte ich schon lange nicht mehr«, sagte die Frau vor ihnen bitter. »Und jetzt geben se uns och noch die Schuld am 9. November, die denken sich immer wieder was Neues gegen uns aus. Das hört nie auf. Das ist mir endlich klar geworden.« Tränen schossen ihr in die Augen, sie drehte sich um.

Nieselregen setzte ein, es wurde immer kälter, je länger sie standen. Maria fühlte, wie klamm Tabeas Finger wurden, wie ihre eigenen. Sie rieb die Hände, auch die von Tabea, hauchte die kleinen Finger an. Ihr Atem glich einer Wolke.

»Mama, wieso warten wir, wenn es eh nicht klappt?«, fragte die Kleine.

»Weil wir die Hoffnung nicht aufgeben dürfen, niemals, Schatz, merke dir das.«

Maria sah, wie Noah die Lippen zusammenpresste. Sie sahen schon ganz blau aus vor Kälte. Der tapfere Junge. Viel zu schnell mussten die Kinder erwachsen werden. Maria hoffte so sehr, dass sie heute Glück haben würden.

Vier Stunden warteten sie, im Nieselregen, ohne einen Bissen gegessen zu haben.

»Im Erdgeschoss des Konsulats gibt es den Wertheimschen Teeraum«, sagte eine Frau hinter ihnen bitter.

»Mama, können wir dort einen Tee trinken?«, fragte Tabea sofort.

Die Frau fügte wütend an: »Geht nicht. Dort hängt das übliche Schild: *Juden unerwünscht!* Nicht einmal eine Tasse Tee bekommen wir noch.«

Maria schluckte. Wieso hatte sie nicht Tee für die Kinder mitgenommen? Irgendwie hatte sie gehofft, dass es nachmittags gehen würde mit der Kälte. Aber auch der Tee wäre inzwischen eiskalt. Sie sah Noahs Blick, fühlte sich, als hätte sie versagt als Mutter. Wieso hatte sie sich nicht einfach früher durchgesetzt, auf ihr Bauchgefühl vertraut und Jakob überredet, früher auszuwandern? Wieso konnten sich Frauen nie durchsetzen? Oder lag es an ihr? Würde ihre Familie womöglich sterben, weil sie zu schwach gewesen war? Maria spürte, dass sie die Panik nun auch ergriffen hatte. Sie versuchte zu atmen, die Gedanken wegzupusten.

Endlich standen nur noch zwei Frauen vor ihnen an. Doch dann trat eine Dame im strengen Kostüm aus dem Konsulat, schüttelte bedauernd den Kopf. »Besuchsvisum für Amerika ausgeschlossen.«

»Und gibt es morgen oder übermorgen wieder welche?«, fragt eine Frau sofort nach.

Die Angestellte schüttelte mit gepressten Lippen den Kopf und ging wieder hinein.

»Was?! Gar keine mehr?« Die Stimmen der anderen wurden hysterisch. Maria erstarrte.

»Und was machen wir jetzt?«, fragte Noah, pustete in seine klammen Hände, um sie zu wärmen.

»Ich weiß es nicht, Noah. Ich weiß es nicht.«

Als sie erschöpft und unterkühlt am Abend nach Hause kamen und die knarzenden Treppen hinaufstiegen, stand Jakob blass im Mantel vor der Tür ihrer Wohnung. Neben sich drei Koffer und zwei Kartons, aus einem ragte Tabeas Puppe.

»Jakob, was soll das?«, fragte Maria ahnungsvoll und außer Atem. So viele Juden waren schon ihrer Wohnungen verwiesen worden, und Jakob bestätigte diesen fürchterlichen Verdacht.

»Sie haben uns die Wohnung genommen. Ein SS-Offizier wird hier einziehen, haben sie gesagt, ich hatte nur eine halbe Stunde Zeit, dann musste ich die Schlüssel abgeben.«

Die Kinder weinten bereits, auch Maria traten Tränen in die Augen.

Beruhigend wandte sich Jakob an die Kinder: »Tabea, ich habe deine drei Puppen eingepackt, und Noah, deine Mundharmonika und deine Karten.«

»Und wo sollen wir jetzt hin?«, brach es aus Maria heraus.

»Sind wir jetzt obdachlos? Auf der Straße?«, fragte Noah schluchzend.

»Nein, das nicht«, erwiderte Jakob schnell. »Wir bekommen eine Wohnung in einem Haus von einem jüdischen Vermieter. Zumindest vorübergehend. Ich habe hier nur auf euch gewartet.« Er zog einen Zettel hervor, reichte ihn Maria. »Hier ist die Adresse. Unsere Post bekommen wir dann leider nicht mehr. Dorthin sollten wir uns nichts schicken lassen, unseren Namen weder ans Klingelschild noch an den Briefkasten schreiben. Dann können sie uns nicht so schnell finden und ins Gefängnis oder ein Arbeitslager bringen.«

Entsetzt hörte Maria ihm zu. »Aber wohin soll Luise mir dann schreiben?«

Er zuckte hilflos mit den Schultern. »Erst mal am besten gar nicht. Die Post hier abzuholen, wäre Wahnsinn, viel zu gefährlich. Lasst uns jetzt aber rasch dorthin gehen, offenbar sind da auch noch ein paar Möbel in dieser Wohnung.« Er sah Maria vielsagend an. Eine Wohnung mit Möbeln darin, das hieß, die Bewohner waren abgeholt worden.

Sie fühlte sich wie gelähmt, riss sich aber zusammen, nahm je einen Koffer zur Hand. Jakob hob den dritten an und klemmte sich einen Karton unter den Arm, dann bat er die Kinder, den zweiten zu tragen.

Erschöpft und am Ende ihrer Kräfte erreichten sie nach einem anstrengenden Fußmarsch die Adresse. Ein einfacheres Haus als ihres, ein dunkles Treppenhaus, in dem es nach Moder roch, eine deutlich kleinere Wohnung. Tatsächlich sah es darin aus, als hätten die Bewohner nur kurz den Raum verlassen. Beklommen sah sich Maria in der gepflegten, aber einfachen Wohnung um. Es hatte offenbar eine Familie hier gewohnt. Die Kinder mussten den Spielsachen nach im ähnlichen Alter wie ihre gewesen sein. In der Wohnküche gab es ein Radio.

»Sind sie alle tot?«, fragte Tabea tonlos. »Oder wieso können wir hier wohnen?«

Ihr kluges Mädchen. Tabea ließ keine ausweichenden Antworten zu.

»Der Vermieter hat gesagt, sie wurden in ein Arbeitslager gebracht«, erklärte Jakob.

Maria schluckte. »Ich bete für sie, dass es ihnen gut geht und sie bald wiederkommen.«

»Müssen wir dann wieder raus, wenn sie zurückkommen?«, fragte Tabea weiter.

»Wir wollen doch eh schnell weg«, erwiderte Noah und beruhigte seine Schwester damit ein wenig.

»Ganz genau«, pflichtete Maria ihm bei. Entschlossen ging sie zum Herd, griff sich den Teekessel, der dort stand, füllte ihn am Wasserhahn auf. Eine fremde Küche, von Menschen, die sich nach ihrem Zuhause sehnten. *Wie das Leben zerrinnen kann*, dachte sie, betrachtete dabei den Wasserstrahl.

Nachdem sie alle einen heißen Tee getrunken hatten, brachte Maria die Kinder zu Bett, las ihnen noch etwas vor, hielt Tabeas Hand, bis ihre Kleine eingeschlafen war, und ging dann zu Jakob in diese fremde Wohnküche.

Dort saß er am Tisch, den Kopf verzweifelt in die Hände gestützt. »Ich war so ein Narr«, flüsterte er. »Entschuldige, Maria.«

»Du wolltest nur das Beste für unsere Familie«, erwiderte sie leise mit einem Kloß im Hals und schloss die Tür. Dann setzte sie sich zu ihm.

»Aber jetzt sitzen wir in der Falle.« Seine Stimme war lauter geworden, vibrierte.

»Wir schaffen das«, sagte sie schnell. »Wir kommen noch hier raus.«

»Was, wenn wir erst die Kinder vorschicken?« Seine Stimme klang düster wie der Tod.

»Die Kinder? Allein?«

»Es machen einige, schon seit November, immer mehr.«

Sie wusste es. Erst kürzlich hatte sie von Bekannten gehört, die ihre Söhne und Töchter mit Kindertransporten nach England schicken wollten. In Sicherheit. Hoffentlich.

Wie schrecklich – niemals würde ich meine Kinder allein in die Fremde schicken, wie groß muss die Verzweiflung der Eltern sein, hatte sie gedacht.

»Wenigstens Tabea und Noah sollen überleben«, flüsterte er.

»Wir werden alle zusammen gehen«, entgegnete Maria fest. »Zusammen überleben.«

»Es ist zu spät.«

»Es ist nie zu spät.« Doch ihre Gedanken rasten. Wäre es ein Fehler, die Kinder bei ihnen zu behalten? Immerhin wären sie in England in Sicherheit. Maria wusste gar nichts mehr, nur noch eines: Sie liebte ihre Kinder, ihre Familie so sehr, sie mussten zusammenbleiben, egal wo. Es musste einen Ausweg aus dieser Hölle geben, und sie würde ihn finden.

Sie gingen zu Bett. Doch Maria konnte in diesem fremden Bett in diesem Schlafzimmer dieser armen Menschen nicht schlafen. Jakob atmete bereits ruhig neben ihr. Sie stand wieder auf, räumte leise die Koffer aus, die er in aller Eile gepackt hatte.

Zwischen ihren Kleidern lag eines der Tagebücher, die sie in der Buchhandlung zum Verkauf anboten. Wie kam das denn da hinein? Andächtig strich sie über den dunklen Ledereinband, auf dem in schnörkeliger Schrift *Tagebuch* stand, blätterte es auf. Weiße Seiten, vermutlich hatte Jakob es mehr aus Versehen eingesteckt. Oder damit sie eine Art Notizblock hatten? Er wusste ja, dass Maria gern etwas aufschrieb.

Einen Moment lang starrte sie blicklos vor sich hin, fasste dann einen Entschluss. Sie musste all das festhalten. All diese Schikanen, dieses Grauen, damit es niemals vergessen werden würde. Dezidiert festhalten.

Sie ging mit dem Tagebuch in die Küche, setzte sich an den Esstisch, blätterte es erneut auf. Leere, weiße Seiten. Unschuldige weiße Seiten. Wie sollte sie anfangen? Maria dachte an Luise, die sich bestimmt die schlimmsten Sorgen um sie machte, denn sie hatte ihr schon länger nicht mehr geschrieben. Das wollte sie als Erstes tun. Zum Glück kannte sie die Adresse in New York mittlerweile auswendig. Vorsichtig riss sie die letzte Seite aus dem Tagebuch heraus, nahm den Stift zur Hand, den die Vorbesitzer auf dem Küchentisch zurückgelassen hatten, und begann ihren Brief:

Liebe Luise,
du machst dir sicher die schlimmsten Sorgen. Es ist auch alles so schrecklich, wir haben einen furchtbaren Fehler begangen. Wir hätten auf dich hören und mit dir auswandern sollen.

Sie hielt inne, überlegte, schrieb weiter. Dass sie ihr Hab und Gut verloren hatten, dass Amerika keine Juden mehr aufnahm, dass sie ein anderes Land finden wollte.

Von Anni habe ich nichts gehört, sie scheint irgendwo auf dem Land zu sein, so hat es mir ihre Nachbarin gesagt. Ich habe keine Adresse von ihr. Da wir selbst nicht mehr zu Hause wohnen.

Aus Sicherheitsgründen, fügte sie hinzu. Denn sie wollte, dass sich Luise nicht allzu sehr sorgte. Dann schrieb sie weiter:

Daher erhalte ich auch keine Briefe mehr. Du kannst mir also nicht schreiben. In unserem Haus haben sich SS-Offiziere breitgemacht, Jakob sagt, es wäre Wahnsinn, nur wegen der Post dorthin zu gehen. Du kannst dir nicht vorstellen, wie hasserfüllt viele sind. Als hätten wir ihnen etwas getan. Du kennst mich, uns, Luise, du weißt, es ist nicht so.
Ich drücke dich ganz fest, bleib gesund und werde glücklich in Amerika. Und irgendwann sehen wir uns alle wieder, führen unser Restaurant, in dem es dann auch Berliner Streusel-

kuchen geben wird. Diese schöne Vorstellung gibt mir Kraft und Hoffnung.
Alles Liebe, herzliche Grüße auch an Richard – ich hoffe, eure Hochzeit war schön.
Deine Maria

KAPITEL 8

Rio de Janeiro, 2023

SANDRA STAND GEBEUGT über einer Umzugskiste, tauchte mit zerzausten Haaren auf. »Ich habe keine Ahnung, wo meine Großmutter das Tagebuch aufbewahrt haben könnte«, erklärte sie frustriert und fuhr sich durch ihre Locken. »Warum kann ich nicht ordentlich sein?«

June sah sich um, betrachtete die Wände, die in Sandras Haus ebenso bunt waren wie in der Buchhandlung. Das kleine Zimmer, in dem sie standen, diente ihr als Abstellkammer. Mehrere Umzugskisten stapelten sich neben dem grünen Schrank, davor lagerten alte Möbel.

»Das können viele nicht«, beruhigte June sie. »Wir Frauen müssen nicht perfekt sein. Nur aufgeben, das dürfen wir nicht.« Sie trat dichter zu ihr. »Was ist denn in dieser Kiste?«

»Erinnerungsstücke aus meiner Kindheit, nichts, was uns weiterbringen könnte«, erklärte Sandra und stützte die Hände in die Hüften.

»Immerhin hast du den Brief von Maria an ihre Tochter Tabea gefunden.«

Maria hatte an jedes Kind einen Brief verfasst, eine Art Abschiedsbrief, in dem sie ihnen schrieb, wie sehr die Eltern sie liebten. Falls Jakob und ihr etwas zugestoßen wäre, hätten Tabea und Noah das für immer wissen sollen. Sandra war ein Schauer über den Rücken gelaufen, als sie June den Brief vorgelesen hatte. So viel Liebe, so viel Wärme, aber auch so viel Leid und Tragik. Und offenbar hatte Maria ihn während ihrer Flucht bei sich getragen, sonst wäre er nicht in Brasilien gelandet.

June riss Sandra aus ihren Gedanken. »Du hast das Tagebuch zwar als Kind einmal gesehen, aber vielleicht hat deine Großmutter es ja doch später weggeworfen?«

»Oh nein, hoffentlich nicht. Aber nein, wie gesagt, das glaube ich nicht, weil es ihr so wichtig war. Und weil sie sich wie ich schwer von Dingen trennen konnte. Wie du an den Kartons siehst. Meine Mutter und ich haben das von ihr geerbt«, fügte sie seufzend hinzu.

Sandra sah sich im Raum um. Sie wohnte gern in dem rosa-gelben Haus, das schon ihrer Großmutter gehört hatte, aber es wurde von Jahr zu Jahr voller. Bis zu Großmutters Tod hatten ihre Eltern hier gelebt und die alte Dame gepflegt. Mit zwanzig war Sandra mit einer Freundin in eine kleine Wohnung gezogen, doch nachdem ihre Eltern gestorben waren und sie das Haus geerbt hatte, war sie hier wieder eingezogen. So viele Erinnerungsstücke, die sie in Kartons gepackt, aber nie weggeworfen hatte.

Das rosa-gelbe Haus stand zwischen einem orange- und einem mintfarbenen, diese farbenfrohe Häuserzeile machte gute Laune, was auch ihre Freunde, die sie gern zu sich einlud, immer wieder bestätigten.

»Und weißt du eigentlich, ob Tabea und Noah beide die Flucht überlebt haben?«, fragte June nachdenklich.

Sandra schüttelte den Kopf. »Meine Mutter hat einmal erzählt, dass ihre Geschwister früh gestorben sind. Aber wann genau und woran, weiß ich leider nicht.«

June schlussfolgerte: »Ihre Geschwister? Dann war deine Mutter Beatriz das dritte Kind von Maria?«

»Genau, sie hat Beatriz später hier in Brasilien bekommen.«

Sandras Blick blieb an zwei Kartons haften, die in einer Ecke hinter einer Kleiderstange voller Mäntel und Jacken standen. Sie ging hinüber, öffnete eine der beiden Kisten. »Die beiden habe ich noch nicht durch.« Sie kramte ein wenig darin herum, aber es befand sich nur alte Kleidung ihres Vaters darin. »Nur alte Herrenkleidung. Mein Gott, meine Mutter konnte auch nichts wegwerfen.«

»Wie hieß eigentlich dein Großvater?«, fragte June, ganz Journalistin, weiter.

»Was meinst du?«, hakte Sandra irritiert nach.

»Jakob? Oder gab es einen anderen Mann in Marias Leben hier im Exil, vielleicht einen Brasilianer, mit dem sie Beatriz bekommen hat?«

Sandra lachte auf, hielt inne. »Was? Nein. Keine Ahnung.«

June hob entschuldigend die Hände. »Tut mir leid, aber ich möchte das alles verstehen, umso eher finden wir vielleicht einen Hinweis auf Anni, wer weiß.«

Sandra überlegte. »Also meinen Großvater habe ich nie kennengelernt, er ist gestorben, bevor ich geboren wurde. Alle sprachen immer nur über ›Avô‹, das heißt auf Portugiesisch Großvater.«

June seufzte. »Wäre ja auch zu einfach gewesen. Dann wissen wir jetzt also immer noch nicht, ob die kleine Tabea und ihr Bruder Noah die Flucht überlebt haben. Oder was aus Jakob geworden ist.«

»Tut mir leid, ich schäme mich, dass ich mich nie mehr für meine Familie interessiert habe. Dabei ist Familie in Brasilien sehr wichtig.«

»Ich verstehe das, mir geht es ja ähnlich. Aber es liegt natürlich auch daran, dass diese Kriegsgeneration nach allem, was sie durchgemacht hat, oft nicht oder nicht viel über damals reden wollte.«

»Was ich auch verstehe«, gab Sandra zu.

»Oh ja.« Sie wechselten einen bedrückten Blick, dann öffnete Sandra den letzten Karton.

Sie juchzte auf, denn in ihm lagen obenauf ein paar alte Briefe, darunter Frauenkleidungsstücke. »Da sind Briefe drin, zwar nicht das Tagebuch, aber immerhin. Denn die Umschläge sehen nicht taufrisch aus. Hoffen wir mal, dass sie nicht nur vom Finanzamt oder der Bank sind.«

Sie nahm sie in die Hand, blätterte die Kuverts durch. Enttäuscht sah sie June an. »Tatsächlich nur Geschäftsbriefe, von brasilianischen Verlagen, einer Bank.« Wieder ein Rückschlag.

Doch dann fiel ihr ein Kuvert auf, auf dem Marias Name von Hand geschrieben stand. Mit schwungvoller Schrift, ihre Adresse in Rio. Aufgeregt zog Sandra das Schreiben aus dem Kuvert, überflog es. »Wow, ein Liebesbrief an meine Großmutter!«

Sofort kam June zu ihr, beugte sich mit ihr darüber. Er war auf Deutsch geschrieben, als Absender stand da nur *Auf ewig dein*, kein Name, nichts.

»Hatte ich doch den richtigen Riecher«, flüsterte June.

Sandra las vor: »*Liebste Maria, ich denke jeden Tag an dich. Seit ich dich das erste Mal sah. Ich weiß, wie wichtig dir deine Kinder sind, weshalb ich mich zurückgezogen habe. Aber dennoch gehst du mir nicht aus dem Kopf. Dein Mut und dein kluger Geist haben mich fasziniert. Noch nie habe ich eine Frau wie dich kennengelernt, und ich hoffe nach wie vor, dass du dich für ein Leben mit mir entscheidest. Auf ewig dein.*« Sie lächelte amüsiert. »Großmutter hatte einen Verehrer.«

»Vielleicht ja sogar mehr als das«, wandte June ein. »Vielleicht hat sie sich für ihn entschieden, und er ist dein Großvater. Nicht Jakob.«

Sandra sah sie verdutzt an. »Du hast recht. Wahnsinn. Oder sie hat sich gegen diese Liebe und für die Vernunft entschieden, der Kinder zuliebe. Jetzt will ich unbedingt wissen, wer wirklich mein Großvater ist. Das muss doch auf einem Amt einzusehen sein.«

»Da steht nur, wer offiziell dein Großvater ist.« June zwinkerte ihr zu. »Ich bin sicher, wir finden die Wahrheit heraus. Aber jetzt sollten wir erst mal das Reisetagebuch finden, dadurch kommen wir hoffentlich endlich auf eine Spur, die uns zu Anni führt.«

Sandra gab ihr recht. »Aber für heute reicht es, findest du nicht?«

June pflichtete ihr bei. »Ich bin hundemüde, Jetlag. Ich gehe jetzt in meinem Hotel etwas essen und dann früh ins Bett.«

»Oh, ich wollte dir ein brasilianisches Restaurant zeigen und das Nachtleben von Rio.«

»Gern die nächsten Tage, aber heute schaffe ich das nicht mehr.«

»Gut, dann gehe ich allein los, in meiner Lieblingsbar treffe ich immer Freunde.«

»Du scheinst wirklich gern auszugehen«, stellte June fest, während Sandra die Kartons wieder verschloss, ehe sie das Zimmer verließen.

»Ja, sehr gern sogar. Deshalb bleibt eben im Haus einiges liegen. Bevor ich nachher ins Bett gehe, werde ich aber noch in einem anderen Zimmer nach dem Tagebuch weitersuchen, versprochen.«

»Prima. Morgen suchen wir dann wieder gemeinsam. Ich werde mich gleich im Hotel nach dem Essen in ein Archiv von meiner Liste einloggen. Dass Anni keine Jüdin war, höchstens wegen ihrer Verwandtschaft als ›Mischling‹ galt, macht es schwieriger als bei Maria. Über Juden ist mehr archiviert.«

»Verstehe. Komm, ich begleite dich zum Hotel und gehe dann in die Bar«, schlug Sandra vor.

Erleichtert bedankte sich June. »Ehrlich gesagt würde ich allein auch nicht durch Rios Straßen gehen wollen. Aber wie kommst du dann nach Hause?«

»Ach, ich finde schon einen galanten Verehrer, der mich begleitet.« Sie lachte. »Sagt man ›galanter Verehrer‹ auf Deutsch?«

»Es klingt etwas altmodisch, aber du hast ja auch von deiner Großmutter Deutsch gelernt, wie ich.« Die Frauen amüsierten sich.

»Warte einen Moment.« Sandra legte schnell roten Lippenstift auf, parfümierte sich ein und hatte dann eine Idee. »Ich weiß, wen ich frage, ob er mit mir etwas trinken geht.« Sie nahm ihre Handtasche, suchte nach seiner Nummer. Aber der kleine Zettel hatte sich im chaotischen Innenleben ihrer Tasche versteckt. »So ein Mist, wo ist er?« Sie zog ihr Portemonnaie heraus, einen Lippenstift, Taschentücher, eine Postkarte, Kassenzettel, legte alles auf den Tisch.

June sah ihr amüsiert zu. »Handtaschen sind doch immer wie ein schwarzes Loch, hat mein Ex zumindest gesagt.«

Sandra nickte lächelnd. Endlich fand sie den Zettel, schnappte sich ihr Handy, tippte die Nummer ein und schrieb eine Nachricht. Dann sah sie auf, sah Junes fragenden Blick und erklärte: »Ein sehr attraktiver Kunde, der von meiner Buchhandlung fasziniert war.«

June zog eine Augenbraue hoch. »Von der Buchhandlung, alles klar«, erwiderte sie neckend.

Sandra lachte, freute sich, dass June immer lockerer wurde, schickte die Nachricht an Gabriel ab.

KAPITEL 9

Von einem Mototaxi liess sich Sandra eine enge Straße einen Hügel hinauffahren. Ihr Kleid flatterte, ihr Haar wehte im Wind. Es ging vorbei an einer der Favelas von Rio, einer Siedlung der Armen. So viel Leid und Elend gab es in ihrem Land – falls sie wirklich etwas erben würde, würde sie auf jeden Fall einiges für arme Kinder spenden, wie sie es schon hin und wieder tat.

Ein kleiner Junge sah ihr nach und winkte, Sandra winkte zurück. Das Mototaxi fuhr weiter den Hügel hinauf, an dessen Spitze sich ihre Lieblingsbar befand. Sie liebte diesen Ort, hier konnte man bei einem Caipirinha und guter Musik den Sonnenuntergang über Ipanema und dem Meer bewundern. Gabriel hatte sofort zugesagt, kannte und mochte die Bar offenbar auch.

Sandra bezahlte, stieg ab, Samba-Rhythmen erklangen von der Terrasse, eine Live-Band spielte, worüber sie sich freute. Sie wippte sofort zur Musik mit, betrat die von bunten Lichterketten erleuchtete Terrasse der Bar, die schon gut gefüllt war mit fröhlichen Leuten.

Die Stimmung war ausgelassen, einige tanzten Samba auf der Tanzfläche, Sandra grüßte im Vorbeigehen den einen oder anderen. Sie fühlte sich wohl unter Leuten, sah sich um, ob Gabriel vielleicht schon da war.

Vermutlich nicht, so spontan, wie sie ihm geschrieben hatte. Sie trat an die Theke, bestellte sich einen Caipirinha, stützte sich mit dem Ellbogen auf den Tresen und sah sich um.

Die Sonne hatte sich bereits orangerot gefärbt, war dabei, unterzugehen. Der Barkeeper schäkerte mit ihr, sie flirtete zurück. Sie genoss es, umworben zu werden, genoss ihre Unabhängigkeit, ihre Freiheit.

Kurz darauf bekam sie ihren Caipirinha, warf einen Blick auf ihr Handy, aber Gabriel hatte ihr nicht geschrieben. Sie ging mit ihrem Getränk zum Geländer, um aufs Meer zu sehen, dachte über all das nach, was sie von June erfahren hatte. Obwohl sie einander noch nicht lange kannten, war ihr diese Frau unheimlich sympathisch, auch wenn sie sehr unterschiedlich zu sein schienen. Zum Beispiel war June viel organisierter. In all diesen Archiven hätte Sandra niemals so lange recherchiert, dazu gehörten jede Menge Disziplin und Durchhaltevermögen. June schien wirklich ein ganz anderer Typ zu sein als sie. Allein, dass sie jetzt lieber ins Bett gegangen war, um dort sogar noch weiter in einem Archiv zu wühlen, anstatt Samba zu tanzen und Caipirinha zu trinken in Rio.

Sandra sah aufs Meer. Sie hoffte sehr, dass sie das alte Tagebuch ihrer Großmutter noch finden würde und es zu einer gemeinsamen Reise mit June käme. Das würde sicher in jeder Hinsicht interessant werden. Nur ob sie sich gut verstehen würden?

Nach einer Weile drehte sie sich zur Seite, da sah sie Gabriel, der sich einen Weg durch die Feiernden bahnte. Er trug ein lässiges weißes Hemd, Jeans, Turnschuhe, seine schwarzen lockigen Haare sahen nass aus, vermutlich hatte er noch geduscht. Oder war das Gel? In der Hand hielt er bereits ein Bier. Er hatte sie entdeckt, lächelte, kam zu ihr.

»Olá«, begrüßte sie ihn.

»Olá.« Er beugte sich zu ihr, küsste sie rechts und links auf die Wangen. Sein Aftershave duftete erdig und nach Zitronen. »Wie geht es dir?«, fragte er. »Ich darf doch Du sagen?«

»Natürlich, gern.«

»Du strahlst so.«

»Mir geht es auch wunderbar, es ist viel geschehen, seit wir uns gesehen haben.«

»Oh, in der kurzen Zeit? Und offenbar nur Gutes.«

»Ja, ein Traum von mir wird wahr. Zumindest wenn ich vorher eine Sache finde.«

»Das klingt rätselhaft, gefällt mir.«

»Das ist es. Das Rätsel meines Lebens.« Sie lachte.

Er sah sie fragend an, mit seinen dunklen, schönen Augen.

»Es geht um meine Familiengeschichte, um meine Großmutter, die Deutsche war, Jüdin, und vor den Nazis geflohen ist.«

Sofort sah er sie noch interessierter an. »Tatsächlich? Dann bist du als ihre Enkelin ebenfalls jüdisch, richtig?«

»Ja. Wir haben die Religion nie gelebt, aber ja, das bin ich.«

Er lächelte. »Und welcher Traum wird wahr? Entschuldige, wenn ich zu neugierig erscheine. Aber ich bin immer interessiert an guten Geschichten.«

»Meine Großmutter stammt wie gesagt aus Deutschland, sie hatte dort zwei beste Freundinnen, und es gab ein Zerwürfnis zwischen den dreien. Den Grund kennen wir nicht. Wir, also die Enkelin einer der Freundinnen und ich. Sie heißt June und ist nach Brasilien gekommen, um mehr über das Leben unserer Großmütter herauszufinden.« Von dem Erbe sagte sie ihm besser nichts. »Wir wollen zusammen die Fluchtroute meiner Großmutter nachreisen, quer durch Europa, wenn ich ihr altes Reisetagebuch finde.«

»Oh, quer durch Europa, das klingt sehr interessant.«

»Als meine Großmutter noch lebte, hat sie mir nur wenig

über die Flucht erzählt. Und ich war ein Kind, erinnere mich kaum. Genaueres steht aber in ihrem Reisetagebuch, das hat sie mir damals gesagt. Lesen durfte ich es nicht, es sei nichts für Kinder, hat sie gesagt. Ich bin mir ziemlich sicher, dass es sich noch irgendwo befinden muss, nur wo im Haus ist die Frage. Übrigens hat sie nach ihrer Flucht hier im Exil die Buchhandlung gegründet, in der du heute warst.«

Beeindruckt hatte Gabriel zugehört, wirkte jetzt sehr nachdenklich. »Das klingt nach einer bewegenden Geschichte. Die jüdische Fluchtroute durch Europa, eine starke Frau, die eine Buchhandlung im Exil in Brasilien gründet …«

»Ja, eine starke Frau war sie. Ich würde so gern diese Reise unternehmen, nach Europa. Europa ist schon lange mein Traum. Am liebsten mehrere Wochen oder Monate.«

»Oh, so lange«, sagte er leise und nahm einen Schluck von seinem Bier.

Sie sah ihn an. »Bisher habe ich immer gedacht, wenn ich endlich den Mut finde und länger auf Reisen gehe, dann war es das mit der Buchhandlung, dann werde ich sie schließen und verkaufen müssen. Aber irgendwie denke ich jetzt: Kann ich das meiner Großmutter antun? Es war sicher nicht leicht, die Buchhandlung in einem fremden Land zu gründen, nach ihrer langen, schwierigen Flucht.« Sie seufzte, sog an ihrem Strohhalm, genoss den limettigen, zuckerigen Geschmack ihres Caipirinhas.

»Ich würde sie auch nicht sofort schließen«, erwiderte Gabriel. »Diese Buchhandlung ist ein ganz besonderer, inspirierender Ort, das habe ich gleich gespürt.«

»Ja, das Problem ist nur: Die Reise wird mein letztes Geld verbrauchen, ich kann mir keine Vertretung leisten. Ich hoffe auf eine nette Freundin, die erst mal unentgeltlich als reine Verkäuferin einspringt. Der ich dann später etwas zahle.

Buchhändlerin ist so viel mehr als nur verkaufen, aber einen besseren Plan habe ich nicht. Und wenn ich die Buchhandlung während der Reise schließe, war es das sicher.« Sie blickte aufs Meer, dann wieder zu ihm.

Er sah sie nachdenklich an. »Und wenn ich mich solange in den Laden setze, die Kunden bediene, die kommen, aber vor allem dort arbeite? Ich verlange auch nichts dafür«, schlug er spontan vor und schien selbst über sein Angebot überrascht.

»Du?«, entfuhr es ihr.

»Und meine Schwester ist sogar Buchhändlerin, sie kann mir sicher helfen. Ich habe noch etwas gut bei ihr. Und dann kann ich, wenn keiner da ist, schreiben, in einem inspirierenden Ambiente, inmitten von Büchern, vielleicht hilft das ja.«

»Das klingt toll. Aber Moment, schreiben? Was schreibst du denn?«, fragte sie verblüfft.

»Romane«, erwiderte er lächelnd. »Zeitgenössisch-historisch. Und es kommt auch die Liebe darin vor.«

Sandra sah ihn an, musste lachen. »Du bist Schriftsteller? Und das sagst du mir jetzt erst?«

»Du hast nicht gefragt. Und ich mag es nicht, wenn man weiß, wer ich bin, und womöglich direkt annimmt, als Autor wäre ich bestimmt verkopft und arrogant.«

Sie schüttelte lächelnd den Kopf. »Wieso das denn? Moment, wie heißt du weiter? Gabriel ...?«

Er zögerte kurz. »Gabriel da Rocha.«

»Nein!« Sie lachte auf.

»Doch.« Er lächelte bescheiden.

Wie hatte sie ihn nur nicht erkennen können? Ganz Brasilien kannte ihn, und sie als Buchhändlerin erst recht. Zumindest seine Romane.

»Deshalb vermeide ich Fotos auf meinen Büchern«, erklärte er.

»Wieso das denn? So viele Leserinnen lieben dich. Und ein paar männliche Leser auch«, fügte sie amüsiert hinzu und dachte: *Und wenn die Leserinnen wüssten, wie attraktiv er aussieht, wie gut er duftet und wie sympathisch er ist, würden sie vermutlich vor meiner Buchhandlung Schlange stehen.*

»Abgemacht. Du darfst dich gern in meine Buchhandlung setzen und schreiben. Darf ich das dann auch bewerben?«

»Auf keinen Fall.«

»Bitte.« Sie zog die Lippen zu einem Schmollmund, aber Gabriel schüttelte lächelnd den Kopf.

»Die Betonung liegt auf schreiben. Ich brauche viel Ruhe. Noch habe ich keine zündende Idee für meinen nächsten Roman. Um ehrlich zu sein, habe ich eine Schreibblockade. Schon länger. Und einen Abgabetermin. Das ist mein Problem.« Er fuhr sich verzweifelt mit beiden Händen durchs Haar.

»Das mit der Blockade tut mir leid. Wie gern würde ich dir helfen, sie zu überwinden, ich weiß nur nicht, wie.«

»Indem du mich in deiner Buchhandlung schreiben lässt. Und deine Reise genießt.«

»Wenn sie denn zustande kommt. Abgemacht, wenn dir deine Schwester dann auch noch ab und zu helfen würde und ihre Unterstützung nicht zu teuer ist.«

»Ana Iris hilft mir sicher. Und ich bezahle sie.«

»Auf keinen Fall!«

»Auf jeden Fall. Ich zahle damit quasi Miete für meinen Büroplatz, keine Widerrede.«

»Na schön, Gabriel da Rocha. Ich bin mir sicher, dass deine Schreibblockade nicht lange andauern wird. Ich liebe deinen besonderen Sprachstil und deine Geschichten sehr. Die Figuren sind feinfühlig erzählt und immer vielschichtig und bewegend.«

Er lächelte dankbar, verbeugte sich leicht. Sie sahen einander an, und Sandra spürte die besondere Verbindung zu diesem Mann. Ein Schriftsteller, noch dazu so ein wundervoller und sympathischer. Ein leises Kribbeln meldete sich in ihrem Magen.

Nachdem Gabriel sie mit einem Taxi nach Hause gebracht hatte, hatte Sandra sich darangemacht, weiter nach dem Tagebuch zu suchen, gerade im ehemaligen Schlafzimmer ihrer Großmutter. Immer wieder musste sie an diesen schönen Abend mit ihm denken, hielt versonnen lächelnd inne. Er hatte sie freundschaftlich umarmt zur Verabschiedung, auf die Wangen geküsst, ließ sich dann weiter zu sich nach Hause fahren.

Sandra seufzte leicht, fuhr fort, nach dem Tagebuch zu suchen, aber auch hier fand sie nichts. Sie hatte bereits fast das ganze restliche Haus auf den Kopf gestellt. Das Tagebuch schien sich in Luft aufgelost zu haben. Es war mittlerweile fünf Uhr in der Früh, und im Haus sah es noch chaotischer aus als je zuvor, denn Sandra war zu müde, um alles wieder zurück an seinen Platz zu räumen. Wo könnte es ihre Großmutter nur versteckt haben? Ihr fiel nichts ein. Schließlich beschloss sie, sich drei Stunden hinzulegen, bevor sie in die Buchhandlung musste und dort mit June verabredet war. Sie ging ins Bad, machte sich fertig und legte sich ins Bett. Sofort dachte sie wieder an Gabriel, an seine Küsse auf ihre Wangen und wie gut er geduftet hatte. Mit einem wohligen Gefühl schlief sie ein.

Das schrille Piepen des Weckers riss sie aus dem Tiefschlaf. Sie hatte wirres Zeug geträumt. Von Gabriel, der in Berlin am Flughafen stand und nach ihr rief. Gestern hatte er gesagt, er wolle gern einmal nach Berlin reisen, und schon baute sie ihn in ihren Traum ein. Verrückt.

Müde stand sie auf, ging rasch ins Bad, dann in die Wohnküche, in der das alte Küchenbüfett ihrer Großmutter stand, und bereitete sich einen Cafezinho zu. Die ganze Zeit sah sie sich dabei in der Küche um und fragte sich, wo das Reisetagebuch nur sein könnte. Marias beigefarbenen Büfettschrank hatte sie schon durchforstet, dann gab es noch zwei dunkelbraune Holzregale, auf denen ein paar Koch- und Backbücher standen. Rasch zog sie alle hervor, aber dazwischen hatte sich das Tagebuch nicht versteckt. Ihr Blick fiel auf den gelb gestrichenen Holztisch, auch von ihrer Großmutter. Die Schublade! Sie trat hin, zog sie auf, aber außer allerlei Krimskrams befand sich nichts darin.

Mamãe hätte vielleicht gewusst, wo es sich befindet, dachte sie traurig. Oder sie hätte es gefunden, wie sie immer alles gefunden hatte, was Sandra verlegt hatte. Mütter schienen diese Gabe zu besitzen. Aber ihre Mutter lebte nicht mehr, und sosehr Sandra auch versuchte, sich in sie oder ihre Großmutter hineinzuversetzen – ihr fiel nicht ein, wohin sie das Tagebuch hätte legen können. Lose Bodendielen gab es ihres Wissens nach im Haus nicht, die Fliesen in der Küche und im Bad fühlten sich fest an, das hatte sie schon getestet. Außerdem, warum sollten die Frauen ihrer Familie das Tagebuch gut versteckt haben? Vor wem? Oder stand etwas Geheimnisvolles darin? Für ein Kind war es sicher nicht das Richtige gewesen, aber jetzt war sie erwachsen.

Müde und abgeschlagen öffnete Sandra kurz darauf die Ladentür ihrer Buchhandlung, als gleich hinter ihr eine Kundin den Laden betrat. Sandra grüßte nett und bot ihre Hilfe an, aber die Frau wollte sich nur umsehen, blätterte dann ein paar Bücher durch und verließ wieder den Laden, weil sie schnell zur Arbeit musste. So ging es oft. Die Menschen sehnten sich nach guten

Geschichten, um ihrem Alltag zu entfliehen, aber die Muße, sie zu lesen, nahmen sie sich selten. Stattdessen verplemperten sie ihre Lebenszeit damit, lustige Videos oder Beiträge auf dem Smartphone anzusehen.

Dank ihres einfachen Handyvertrags konnte Sandra zum Glück nicht so lange online sein, hatte es geschafft, sich mehr Zeit zum Lesen zu nehmen, was sie so sehr liebte. Jetzt musste sie sich aber der unliebsamen Buchhaltung widmen, die sie die letzten Tage vernachlässigt hatte.

Die Tür ging auf, und June betrat lächelnd den Laden. Sie trug einen chicen, sommerlichen Hosenanzug, ganz sicher ein Designer-Teil. »Guten Morgen.«

»*Bom dia*«, grüßte Sandra zurück, froh, die Buchhaltung doch irgendwann anders erledigen zu können. Sie kam um den Tresen herum, umarmte June herzlich. »Hast du gut geschlafen?«

»Es geht.«

»Wenn dein Bett im Hotel nichts ist, kannst du wie gesagt gern bei mir schlafen.«

»Danke, das ist lieb, aber es lag nicht am Bett, eher an der Aufregung. Und das Frühstück ist prima, ich möchte dir nicht zur Last fallen.«

»Das würdest du nicht.«

»Ich weiß.« June sah sie neugierig an. »Und, hast du das Tagebuch gefunden?«

Sandra schüttelte bedauernd den Kopf. »Tatsächlich habe ich, als ich wieder zu Hause war, die halbe Nacht gesucht und das ganze Haus auf den Kopf gestellt. Ich dachte, das will ich dir nicht antun, heute den ganzen Tag in dem alten Zeug zu kramen. Du willst sicher lieber etwas von Rio sehen. Aber nichts. Rein gar nichts. Sogar die Dielen habe ich untersucht, ob sie lose sind.«

Sichtlich enttäuscht und nachdenklich hatte June zugehört. »Ich bin leider auch nicht weitergekommen in dem Online-Archiv. Mist, das ist so seltsam. Warum sollte deine Großmutter das Reisetagebuch so gut versteckt haben, dass es keiner findet?«

»Das frage ich mich ja auch die ganze Zeit. Vielleicht steht etwas darin, was ihr im Nachhinein unangenehm war?«

June gab ihr recht. »Dann kann es sein, dass sie es später doch vernichtet oder weggeworfen hat.«

Sandra seufzte. »Hoffentlich nicht. Ich hatte mich schon so auf unsere Reise gefreut.«

»Ich mich tatsächlich auch. Dass ein eindeutiger Hinweis auf ihren jetzigen Wohnort drinsteht und wir nicht reisen und vor Ort recherchieren müssen, ist ja sehr unwahrscheinlich.«

Sandra nickte. Sie sahen einander niedergeschlagen an.

»Möchtest du ein Glas Wasser?«, fragte Sandra. »In der Hitze Rios muss man viel trinken.«

»Gern, mir ist eh gerade etwas schwummrig.«

»Setz dich«, schlug sie vor, holte zwei Gläser hinter ihrem Tresen hervor, schenkte aus einer Mineralwasserflasche ein.

June sah sich nach einer Sitzgelegenheit um, entschied sich dann für die Holztruhe neben dem grünen Tisch, auf deren Ende immer noch der Stapel Bücher lag, der Sandra heruntergerutscht war, als sie Gabriel das erste Mal gesehen hatte.

Die Truhe knarzte. June sprang sofort wieder auf. »Oh, Entschuldigung, die hält mich nicht aus.«

»Ach, das geht schon, die ist so alt, die ist von meiner Großmutter.«

Wieder sahen sie einander an, hatten offenbar den gleichen Gedanken.

»Vielleicht ist es da drin«, sagte Sandra tonlos. Sie stellte die gefüllten Wassergläser in einem Regal ab, ging eilig zur

Truhe und legte die Bücher darauf auf den Tisch. »Ich habe schon ewig nicht mehr hineingesehen.« Sie kniete sich hin, öffnete den alten Holzdeckel, die leicht rostigen Scharniere knarzten. Es lagen alte Zeitschriften darin, von vor zehn Jahren. Brasilianische Zeitschriften. Enttäuscht nahm sie diese heraus, um zu prüfen, ob sich dazwischen etwas versteckte. Staub wirbelte auf. Sie musste husten, blätterte die Magazine durch, in der Hoffnung, dass sich ein Brief oder Papier mit handschriftlichen Notizen darin befand. Nichts. Sie legte sie auf dem grünen Tisch ab.

Die Truhe war ansonsten leer. Beide Frauen starrten hinein.

Sandras Blick fiel auf die Innenseite des Deckels. Dieser war mit altem Stoff bespannt, und ihr fiel jetzt auf, dass sich ein Gegenstand unter dem Stoff befand, denn er hing etwas herunter.

»Da ist etwas, warte.« Sie suchte mit den Fingern nach einer offenen Seite der Auskleidung, fand eine, steckte seitlich die Hand hinein und zog ein abgewetztes braunes Lederbüchlein heraus. »Das ist es!«, jubelte Sandra. Jetzt erinnerte sie sich wieder genauer an das kleine Journal, das ihre Großmutter ihr früher einmal gezeigt hatte. Darauf stand in Schnörkelschrift: *Tagebuch*.

Man sah ihm an, dass es viel erlebt hatte, die Ecken waren abgestoßen, der braune Ledereinband abgegriffen.

»Wow, wie genial!«, rief June freudig.

Vorsichtig öffnete Sandra das Tagebuch auf der ersten Seite, und dort stand in schön geschwungener Schrift mit verblichener Tinte: *Maria Kirschbaum.*

Ehrfürchtig und gerührt blickte sie June an, und Tränen traten ihr in die Augen, ohne dass sie es verhindern konnte. Sie war selbst überrascht, wie sehr es sie bewegte, das Fluchttagebuch ihrer Großmutter wieder in den Händen zu halten. Vorsichtig blätterte sie die vergilbten Seiten um. Sie hatte Sorge, dass das Papier zerfallen könnte. June sah ihr dabei über die Schulter.

»Maria hat damals fein säuberlich die Etappen ihrer Flucht notiert«, erkannte Sandra. »Perfekt.«

June nickte. »Und es handelt sich offenbar wirklich um einige Länder.«

»Ja, die Schrift ist schwer zu entziffern, so klein und verblichen.«

»Und die Seiten sind sehr vollgeschrieben.«

Aber man konnte sie mit Mühe lesen. Manchmal waren es ein, zwei Sätze, manchmal mehrere, manchmal nur Stichworte. Über ihr Befinden und das ihrer Familie, soweit Sandra es auf den ersten Blick erkennen konnte. »Es steht so viel und so klein Geschriebenes darin. Es wird ewig dauern, alles zu lesen«, stellte Sandra fest. Sie sah June herausfordernd an. »Wollen wir es auf der Reise Kapitel für Kapitel vor Ort lesen? So können wir alles besser einordnen und überlesen nichts.«

June lächelte. »Ich merke schon, du willst diese Reise auf jeden Fall unternehmen. Warte, ich überfliege mal, in welche Länder es ging und ob mir der Name ›Anni‹ ins Auge fällt.« June blätterte das Tagebuch durch, las immer wieder ein Land in Europa vor. »Frankreich, Spanien, Portugal.« Rasch blätterte sie zum Ende, las noch das Ende vor, von Marias Tochter, die ein Buch mit einem selbst bemalten Bucheinband geschmückt hatte, aber alles war so aus dem Zusammenhang gerissen, dass es nichts brachte. »Okay, ich bin dabei. Am besten ist es, wir brechen so schnell wie möglich auf und lesen es intensiv vor Ort«, erklärte June.

Sandra freute sich. »Ja, so machen wir es.« Sie sah wieder hinein, las ein wenig. »Mein Gott, meine Großmutter hat sogar ihre damalige Gefühlslage notiert«, rief sie aus. »Was für ein Schatz.« Sie atmete bewegt durch. »Jetzt können wir die Fluchtroute meiner Großmutter nachreisen.« Sie blickte June an und nahm lächelnd ihre Hand.

»Ich hoffe so sehr, dass wir irgendeinen Hinweis auf Anni finden.«

KAPITEL 10

Berlin, Januar 1939

WIE SEHR MARIA DER BRIEFAUSTAUSCH mit ihrer Freundin Luise fehlte. Und auch von Anni hatte sie immer noch nichts gehört. Wie auch, nun, da Maria ja selbst nicht mehr zu erreichen war. Sie fühlte sich schrecklich ohne ihre Freundinnen, beschloss, Anni aufzusuchen, vielleicht war sie in Berlin.

Doch als sie die Damenpension erreichte, in der ihre Freundin ein Zimmer bewohnte, erklärte die Wirtin ihr, Anni sei schon lange nicht mehr dort gewesen. »Wenigstens wird die Miete bezahlt, das wäre ja noch schöner«, fügte sie hinzu. »Vermutlich ist das Fräulein Graf immer noch bei der Tante in der Uckermark.«

Maria ließ sich die Adresse geben, ging zum Bahnhof und fuhr mit dem Zug in die Uckermark.

Nach einem kleinen Fußmarsch kam sie am Haus der Tante an. Es lag mitten im Grünen, und Maria merkte, wie gut es tat, einmal aus der Stadt herauszukommen. Äcker und Wälder um sie herum, die reinste Idylle. Selbst bei diesem nasskalten Januarwetter. Doch als sie dann klingelte und eine füllige, traurig wirkende Frau öffnete, zerbrach sie beinahe. Das, was die Tante ihr erzählte, dieses Unfassbare, das Anni ihr geschrieben hatte, ließ sie taumeln, ließ sie den letzten Glauben an die Menschen verlieren. Den Glauben an Freundschaft. Ihre Freundin, niemals hätte sie ihr das zugetraut!

Mit letzter Kraft, weil sie für ihre Kinder da sein musste, fuhr sie wieder zurück nach Berlin, die Landschaft kam ihr mit einem Mal nur noch trist vor, alles Schöne hatte sich verabschiedet.

Maria fühlte sich hohl. Sie ging in die Wohnung in der jüdischen Gemeinde, die sich nicht wie ein Zuhause anfühlte, bereitete das karge Abendessen vor, Steckrüben, mehr gab es nicht.

Während die Rüben kochten, schossen ihr Tränen in die Augen. Sie hatte Luise vertraut wie einer Schwester, war sich so sicher gewesen, ihre Freundschaft würde ewig währen. Bis zu ihrem Lebensende. Aber das vorhin Gehörte, das konnte sie ihr nicht verzeihen, niemals.

Sie hörte Schritte und Jakobs Stimme in ihrem Rücken. »Maria, wo sind die Kinder?«

Sie fühlte sich wie gelähmt.

»Alles in Ordnung?«, fragte er, trat hinter sie, berührte ihren Rücken.

Sie drehte sich langsam um, bemühte sich, es sich nicht anmerken zu lassen. Die tiefe Enttäuschung, das, was sie ihm nicht sagen konnte, nicht wollte. Zumindest jetzt nicht. »Sie sind spielen, auf der Straße«, erklärte sie schwach.

Die Brille rutschte ihm auf die Nase hinunter, er sah sie sorgenvoll an, schob das Gestell fahrig hoch. »Hast du dich erkundigt, welches Land uns noch aufnimmt?«

»Nein, du?!«, entfuhr ihr harsch. Über sich selbst erschrocken sah sie ihn an.

»Es tut mir so leid«, wiederholte er tonlos, das, was er die ganze Zeit immerzu sagte. Er wirkte so hilflos, überfordert.

Sie hatten einander immer respektvoll behandelt, aber diese Nachricht vorhin, die Maria erhalten hatte, dann die zunehmende Verzweiflung, in Deutschland gefangen zu sein wie ein Tier in einer Falle, machten etwas mit ihr, der sonst so sanften Maria. Ihre Nerven lagen immer mehr blank.

»Entschuldige«, flüsterte sie. »Ich werde morgen unsere alten Pässe abgeben und neue beantragen. Die brauchen wir auf jeden Fall, egal für welches Land, habe ich erfahren.«

Seit Januar mussten alle Juden ihre Pässe abgeben, die neuen mit Stempel wurden nur für Auswanderungen ausgestellt und bei genehmigungspflichtigen Sonderfällen. Dann wurde ein drei Zentimeter großes »J« hineingestempelt, in Rot, ergänzend zum »J« in der Kennkarte, dem neuen inländischen Ausweis. Dieser musste mit Kennort und Kennnummer stets bei sich geführt werden, um ihn gegebenenfalls unaufgefordert vorzuzeigen.

In Marias Kopf rotierte es. So viele Restriktionen, so viel zu bedenken. »Und dann gehe ich morgen auch noch zum Hilfsverein. Vielleicht erfahre ich da, wie es weitergehen kann. Wohin wir überhaupt noch auswandern können.« Es war ihre letzte Hoffnung. Der Hilfsverein der Juden in Deutschland, der aufgelöst werden sollte, der aber noch zur Auswanderung beraten durfte.

»Maria, du bist so wunderbar. Natürlich, sie helfen uns bestimmt. Was wäre ich ohne dich? Ich fühle mich wie ein Versager.«

Sie schluckte, blickte zu Boden. »Das bist du nicht«, flüsterte sie. So gern hätte sie zu Jakob aufgesehen, zu einem Mann, der alles in die Hand nahm, der sich um ihre Familie, um ihre Ausreise kümmerte. Stattdessen ging er weiter jeden Tag in die Buchhandlung, vergrub sich in der Literatur und hoffte, dass ein Wunder geschehen würde.

»Ich gehe meine Hände waschen«, sagte er leise. »Ich bin zu nichts nutze.« Mit diesen Worten verließ er die Küche.

Maria starrte ihm nach. Es erinnerte sie daran, was Luise

in den letzten Jahren aus Amerika geschrieben hatte. Wie gelähmt die Männer im Exil oft waren, wie viel die Frauen in Wahrheit stemmten. Und dabei wurden die Männer als Helden in der Fremde gefeiert, aber die unsichtbaren Heldinnen blieben die Frauen.

Und die Männer in Deutschland? Viele verzagten ebenso.

Maria nahm ein Glas aus dem Regal, füllte es am Wasserhahn, trank es in einem Zug aus.

Am nächsten Morgen wartete sie, bis Jakob zur Buchhandlung aufbrach und sie sein »Bis später« hörte. Dann das Schließen der Wohnungstür. Die Kinder waren in der jüdischen Schule, Noah hatte heute Tabea das erste Mal allein zur Schule begleitet. Er versuchte, den Eltern zu helfen, wo es ging.

Maria spülte rasch ihre Teetasse aus, nahm ihre Handtasche, ging in den Flur, zog ihren Schal und ihren Wintermantel an, setzte ihren Hut auf und verließ die Wohnung.

Es war nass und kalt. Nieselregen setzte ein. Sie senkte den Kopf, zog ihren Schal enger. Die Menschen auf den Straßen sahen angespannt aus. Selbst die, die keine Juden waren, fürchteten sich vor weiteren Attacken. Maria wusste, wie schwer es war, zuzusehen, wenn Mitmenschen drangsaliert und schikaniert wurden. Es herrschte Angst auf den Straßen. Angst bei der jüdischen Bevölkerung, aber fast genauso viel Angst bei denen, die es nicht wagten, aufzubegehren. Konnten sie sich noch im Spiegel ansehen? Wenn sie nichts taten, wenn einer Mutter ein Kind entrissen wurde? Wenn die Nachbarn, seit Jahren rechtschaffene Leute, von SSlern abgeführt wurden? Jeder hatte Angst um seine Familie und sein Leben, und Maria verstand es zum einen auch sehr. Sie erinnerte sich selbst, deshalb einmal nichts getan zu haben. Aber so bekamen diese Verbrecher freie Hand, es war zum Verrücktwerden.

Sie hastete weiter und kam endlich in der Linkstraße 15, der Auswandererberatungsstelle, an. Zuerst die Pässe, hatte sie entschieden. Hier konnte man sich um Passbescheinigungen bemühen, soviel sie wusste. Ach, war das alles kompliziert. Und wen man von den Bekannten fragte, der wusste oft etwas anderes. Vieles änderte sich auch wieder.

Erneut hieß es warten, wieder in der Kälte in einer Schlange, in der viele husteten.

Endlich war sie an der Reihe, betrat das alte Gebäude, folgte einem Wegweiser zu einem Raum und klopfte dort an. Ein Mann rief »Herein!«, und Maria trat ein. Der ganze Raum roch nach Bohnenkaffee. Sie atmete tief durch.

Ein freundlich blickender Beamter um die Sechzig sah ihr entgegen. Ihre Hoffnung wuchs. Er schien ihr wohlgesonnen zu sein. Sie lächelte ihn an, setzte sich, wie angeboten. Schon lange hatte sie keinen echten Bohnenkaffee mehr gerochen. Sie bemühte sich, nicht zu sehr auf seine Tasse zu schielen. Aber er hatte ihren Blick gesehen.

Nachdem sie ihm ihr Anliegen und ihre Not geschildert hatte, dass sie dringend herausfinden müsse, welches Land sie noch aufnahm, sah er sie bedauernd an.

»Dann haben Sie noch gar kein Schiffsticket?«

»Nein, darum kümmere ich mich danach. Irgendwie.«

»Das tut mir so leid, Sie haben umsonst angestanden.«

»Was? Wieso?«, entfuhr es ihr.

»Weil ich Ihnen den Pass nur ausstellen kann, wenn Sie einen Reisetermin angeben und nachweisen können. Mit einem Schiffsticket eben.«

»Oh nein. Das wusste ich nicht. Ich dachte, ich muss erst die neuen Pässe für meine Familie haben, um in ein Land zu kommen, und das muss ich auch erst einmal finden, eines, das uns überhaupt noch aufnimmt. Und dann brauche ich Visa und bestimmt andere Bescheinigungen ...« Verzweifelt fuhr sie sich mit der Hand übers Gesicht, konnte die Tränen nicht mehr zurückhalten.

Bestürzt sah der Herr sie an, stand auf. »Nicht doch, gute Frau. Warten Sie. Ich kann nicht viel für Sie tun, aber wenigstens guten Bohnenkaffee kann ich Ihnen anbieten.« Er ging zu einem Regal, auf dem eine Dose stand. Dann nahm er ein Blatt Papier, faltete es schnell zu einer Art Tüte, schüttete Kaffeebohnen hinein und verschloss sie mit ein paar Knicken.

Maria hatte sich schon wieder gefangen, sah ihm gerührt zu. Es gab noch gute Menschen in diesem Land, es gab sie.

Aufgewühlt, mit dem Päckchen Kaffeebohnen in ihrer Manteltasche, trat sie hinaus auf die Straße. Die Schlange war noch länger geworden. So viele wollten nur noch weg hier, aber es wurden ihnen so viele Steine in den Weg gelegt. Täglich änderten sich die Vorgaben und Anweisungen, zumindest fühlte es sich so an. Einerseits wollten die Nazis, dass die Juden das Land verließen, andererseits legten sie ihnen so viele Hindernisse in den Weg. Es schien ihnen Spaß zu bereiten, sie zu schikanieren. Und sie schienen den anderen Ländern sagen zu wollen: *Seht, dieses verarmte Judenpack, das macht nur Ärger. Weist sie besser ab*. Was für ein perfides Spiel.

Sie ging eilig weiter durch die Straßen Berlins. Nässe und Kälte drangen durch die dünnen Sohlen ihrer Schuhe. Doch sie wollte nun unbedingt zum Hilfsverein, wenn sie schon hier nicht weitergekommen war. Früher hätte sie Jakob bitten können, sie in seiner Mittagspause zu fahren. *Aber nach der Pogromnacht haben die Nazis ja weitere Gesetze gegen Juden durchgepeitscht*, dachte sie wütend. Einmal, dass Juden deutscher Staatsangehörigkeit ihre Führerscheine abliefern mussten. Außerdem mussten sie die Kraftfahrzeugscheine abliefern, die Kennzeichen zur Entstempelung beim Polizeirevier vorzeigen.

Maria hatte ihren Wagen geliebt, und auch Jakob war es sehr schwergefallen, ihn abzugeben. So gern hatten sie in guten Zeiten Ausflüge ins Berliner Umland mit den Kindern unternommen. Zum Wannsee oder zum Schlachtensee. Wie unbeschwert die Zeit damals gewesen war – niemals hätten sie sich vorstellen können, wie sich alles für sie verändern würde.

Als Maria am Stadtpark Schöneberg vorbeikam, hielt sie einen Moment inne, betrachtete traurig das aufgestellte Schild. Selbst die meisten Parks und Grünanlagen durften Juden nicht mehr betreten. Es war kein Leben mehr, sie mussten weg hier.

Sie ging wieder schneller, weiter zum Hilfsverein. Zwar erfuhren sie durch das *Jüdische Nachrichtenblatt*, das seit einiger Zeit jede Woche in allen jüdischen Briefkästen steckte, einiges zu Ausreiseangelegenheiten, aber tagesaktuelle Nachrichten gab es im Hilfsverein. Seitdem die jüdische Presse nach den Novemberpogromen komplett liquidiert worden war, galt das *Jüdische Nachrichtenblatt* als Ersatz für Zeitungen, die Inhalte wurden vom Reichsministerium für Volksaufklärung streng überwacht. Jakob hatte sich so aufgeregt, erst recht natürlich die befreundeten jüdischen Zeitungsverleger. Verzweifelt waren sie gewesen, sie alle. Auch Maria stand unter Schock. Sie wollten sie auslöschen, wirklich auslöschen, das musste doch jetzt dem Allerletzten klar sein. Aber immer noch gab es Mitbürger, die hofften, dass sich alles irgendwie wieder beruhigte.

Dabei stand jede Woche etwas von neuen Beschränkungen im *Jüdischen Nachrichtenblatt*. Maria schrieb sich die wichtigsten oft in ihr Tagebuch, das ihr auch als Notizbuch diente. Eben wie diese, dass Auswanderungspassagen seit diesem

Jahr nur noch für ein bestimmtes Schiff und dazu noch für eine ganz bestimmte Abfahrt möglich seien. Eine Buchung von offenen Passagen war nicht mehr zulässig. Außerdem durften zwischen Buchung und Abfahrt nur sechs Monate liegen, und jede Schiffsfahrt musste möglichst ohne Umwege gebucht werden.

Sechs Monate, hatte sie gedacht, *welche Zustände werden in sechs Monaten in diesem Land herrschen?* Was brachte die Zukunft für Juden? Maria mochte es sich nicht ausdenken, so unfassbar war es schon, was alles um sie herum geschah.

Vor dem *Hilfsverein der deutschen Juden* stand wie erwartet eine lange Schlange. Maria reihte sich ein, bedauerte, nicht noch etwas gegessen zu haben. Ihr Magen knurrte. Die Frau vor ihr blätterte in einem Nachschlagewerk. Maria konnte den Titel lesen: *Philo-Atlas. Handbuch für die jüdische Auswanderung*. Sie kannte ihn, sie hatte ihn für die Buchhandlung bestellt, und er war eines der meistverkauften Werke.

Die Frau, vermutlich um die dreißig, drehte sich zu ihr. »Kennen Sie das? Der letzte Titel, der im Philo-Verlag noch erscheinen durfte, vor Weihnachten.«

»Ja, ich weiß. Ich bin Buchhändlerin.«

»Oh, wie schön.«

»Er ist sehr nützlich.« Der Atlas führte sechshundert Stichworte auf, die man nachschlagen konnte. A wie Abmeldung, polizeiliche, oder Z wie Zollrevision. Außerdem beinhaltete er fünfundzwanzig Tabellen, in denen Preise zu Schiffspassagen standen, oder Postsendungspreise, es gab sogar kolorierte Ausschnitte von Landkarten aus aller Welt.

Vieles änderte sich aber von Monat zu Monat, und inzwischen war einiges nicht mehr aktuell.

Die junge Frau erzählte ihr, dass sie schon Englischkurse

belegt hatte. Sofort erinnerte sich Maria an Luise, die das vor ihrer Ausreise getan hatte, die geschrieben hatte, dass es mit dem gelernten britischen Englisch in Amerika sehr schwer sei.

Wegen der ganzen Arbeit in der Buchhandlung, der Fürsorge um die Kinder, des Haushalts war Maria keine Zeit dafür geblieben, ihr Englisch aufzubessern. Jakob und sie sprachen einfaches Englisch, dennoch wäre es sicher gut gewesen, einen Kurs zu besuchen.

»Und ich habe einen Kurs absolviert, in dem ich Säuglingspflege und Krankenpflege gelernt habe«, berichtete die Frau weiter. »Ich war bisher Hausfrau, ich dachte mir, ich lerne etwas, was man im Exil gut gebrauchen kann, deshalb ist mir jetzt vor dem Leben dort nicht bange.«

»Das war sehr klug«, pflichtete Maria ihr nachdenklich bei. Brauchte man Buchhändler irgendwo auf der Welt? Ganz sicher nicht dringend. Aber jetzt noch einen Säuglingskurs anzufangen, wäre zu spät. Immerhin kannte sie sich durch die Kinder gut aus. Sie mussten aus Deutschland raus, am besten sofort.

Die Frau gab zu, noch nicht zu wissen, in welches Land ihr Mann und sie ausreisen könnten. »Ich musste mich lange um meine Mutter kümmern. Sie ist jetzt gestorben.« Sie schluckte. »Deshalb konnten wir vorher nicht gehen.«

»Ja, bei uns ging es auch nicht«, erwiderte Maria betroffen. Wieder dachte sie daran, dass Jakob viel zu lange gezögert hatte. Würde sie ihm das je verzeihen können?

»Ich hoffe, der Hilfsverein weiß noch ein paar Länder, die uns aufnehmen«, erklärte die redselige Frau.

»Das hoffe ich auch.« Betreten sah Maria vor sich hin, knetete ihre Finger, die sich eiskalt anfühlten.

Endlich kam sie an die Reihe. Die ältere, schlanke Frau, die in dem Büro hinter dem Schreibtisch saß, sah sie bedauernd an.

»Es gibt tatsächlich kaum noch Länder, die Juden aufnehmen«, erklärte sie.

»Welche wären das? Und welches Land raten Sie uns?«, fragte Maria nach.

»Sie haben keine Auswahl mehr. Nehmen Sie, was geht. Das ändert sich wirklich täglich. Lassen Sie mich mal sehen.« Sie ging ihre Listen durch, seufzte, schüttelte den Kopf, las weiter.

Maria saß vor dem Schreibtisch, ihre Hände zitterten. Sie setzte sich auf ihre Finger, um sie zu wärmen, aber auch um ihr Zittern zu verbergen.

Die Frau sah auf. »Chile. Aber ein Visum ist teuer. Und legal kaum noch zu bekommen. Einige verdienen an Ihrem Unglück und verlangen unter der Hand horrende Preise.«

Maria schluckte. »Was kostet es denn?«

»Sehr unterschiedlich, bis zu dreitausend Reichsmark wurden schon verlangt. Pro Person.«

»Um Himmels willen. So viel haben wir nicht mehr. Sie haben uns fast alles genommen. Aber wir müssen hier weg, ich muss meine Kinder retten. Und ich schicke sie nirgends allein hin.«

»Ich verstehe das.« Die Frau seufzte. »Es wird Geld mit dem Elend der Menschen gemacht. Es ist furchtbar. Sie sollten in eine Agentur gehen und dort gut verhandeln. Oder nach einem Kredit fragen. Dort wird es günstiger sein.«

»Gut, und wo gibt es so eine Agentur?«

»Die nächste ist im Französischen Reisebüro Unter den Linden. Außerdem gibt es zum Beispiel die Palestine & Orient Lloyd Agency, sie hat in ganz Europa Agenten, die bei Auslandskonsulaten Einreisevisa kaufen, gegen harte Devisen. Ich würde es aber erst mal im Französischen Reisebüro versuchen. Gestern gab es dort noch legale Buchungen für Chile. Haben Sie Verwandte oder Freunde in den USA?«

Maria zuckte zusammen, fragte ausweichend nach. »Warum, was sollte das für Chile nutzen?«

»Dann können Sie Ihre Verwandten oder Freunde in Nordamerika um Vorzeigegeld bitten. Für ein Visum für Chile. Dann wird es vermutlich einfacher.«

»Nein, es sind keine echten Verwandten, auch keine echten Freunde«, fügte sie bitter hinzu.

Die Frau sah sie irritiert an. Maria dachte panisch nach. Oder sollte sie Luise doch noch einmal schreiben und um Vorzeigegeld bitten? Aber sie hatte sich geschworen, nichts mehr mit Luise zu tun haben zu wollen, nie wieder. Und dabei blieb sie. Sie musste es anders schaffen, ihre Familie zu retten.

Auch im Reisebüro herrschte Hochbetrieb. Maria hatte es endlich geschafft, war an der Reihe, setzte sich einem jungen Angestellten gegenüber. Er schwitzte bereits, unter seinen Achseln hatten sich Flecke gebildet. Er erklärte ihr, dass es tatsächlich noch eine legale Buchung nach Chile gebe. Sogar für vier Personen. »Mit der Italien-Amerika-Linie ist der Preis zweihundertfünfzig Dollar pro Person.«

Geschockt sah Maria ihn an. Auch das lag über ihrem Budget. Sie verhandelte mit dem jungen Reisebüro-Angestellten, und dabei kamen ihr die Arbeit und Erfahrung in der Buchhandlung zugute. Verhandeln hatte sie von Jakob gelernt, ein Glück hatte sie so oft in der Buchhandlung mitgearbeitet. Und offenbar besaß sie dafür ein gewisses Talent. Der junge Angestellte schwitzte noch mehr, wollte seine Chefin fragen, ob er sich auf den reduzierten Preis einlassen dürfe, aber diese hatte die ganze Zeit zu tun. Er schien ein weiches Herz und eine Schwäche für Bücher und somit für Buchhändler zu haben, und so konnten sie sich auf einen für Maria möglichen Preis einigen. Sie versprach, ihm als Dank zwei Bücher seines Lieblingsautors zu besorgen.

Der junge Mann telegrafierte umgehend an ein Partnerbüro im Ausland. »Die Tickets können Sie dann in vier, fünf Tagen hier abholen. Ich wünsche Ihnen viel Glück.«

Als Maria erschöpft, aber voller Hoffnung in die Wohnung zurückkehrte, saß Tabea weinend neben Jakob am Küchentisch. Vor ihm lagen Papiere ausgebreitet.

Erschrocken trat Maria in die Wohnküche. »Was ist passiert? Ist etwas mit Noah? Wo ist er?«

Tabea zuckte schluchzend mit den Schultern, und Jakob schüttelte ratlos den Kopf. »Er treibt sich mal wieder rum.«

Irritiert eilte sie im Mantel zu ihrer Tochter, küsste sie auf die Wange, wischte ihr die Tränen fort, kniete sich zu ihr. »Was ist geschehen, mein Schatz?«

Tabea schniefte. »Annette will nicht mehr meine Freundin sein. Keiner mag mich mehr.«

Erschüttert zog Maria die Kleine zu sich. Tabea ging nach wie vor ungern in die jüdische Schule, vermisste ihre Freundin Annette aus der Schule zuvor. Aber bisher durfte sich Annette wenigstens am Nachmittag mit ihr treffen. Ihre Eltern waren gegen diesen Judenhass, wagten aber nicht, aufzubegehren.

»Es hat nichts mit dir zu tun, Schatz. Es wurde ihr verboten. Ganz sicher. Es hat wirklich nichts mit dir als Mensch zu tun. Wir sagen es dir immer wieder, weil es so ist.«

Tabea nickte traurig, aber Maria sah ihr an, dass sie es ihr nicht so richtig glaubte.

Maria richtete sich wieder auf. »Wir haben Schiffstickets nach Chile«, verkündete sie. »Wir lassen uns nicht mehr behandeln wie Dreck, wir reisen aus!«

Jetzt kam Leben in Jakob, er sah auf. »Nach Chile? Südamerika?«

»Ich will aber zu Tante Luise«, sagte Tabea unglücklich.

»Das geht leider nicht, Schatz. Das habe ich dir doch erklärt. Es können keine Menschen mehr in die USA.«

»Keine Juden«, widersprach Tabea wütend.

Getroffen sahen sich Maria und Jakob an. Er räusperte sich. »Wenn wir in Chile sind, vielleicht können wir dann nach Amerika zu Luise weiterreisen«, überlegte er laut und versuchte, Tabea so zu beruhigen.

Maria fröstelte, merkte, dass sie immer noch ihren klammen Mantel trug, zog ihn aus und hängte ihn in den Flur. Auf keinen Fall wollte sie zu Luise. Ihr war immer noch kalt.

Als sie wieder in die Wohnküche kam, bat sie Tabea, ins Kinderzimmer zu gehen.

Sie wartete, bis ihre Tochter den Raum verlassen hatte. Dann schloss sie die Tür und setzte sich zu Jakob.

»Ich konnte die Tickets etwas runterhandeln, aber sie sind immer noch teuer.« Sie nannte ihm den Preis.

Jakob seufzte, schüttelte den Kopf. »Und das mal vier. Dann haben wir in Chile gar nichts mehr.«

»Ich weiß. Wir müssen von vorn anfangen. Ganz von vorn.«

»Möchtest du einen Tee? Du siehst durchgefroren aus«, bot Jakob an.

Es kam nur selten vor, dass er ihr einen Tee zubereitete. Sie nahm das Angebot dankend an. Andere Männer taten gar nichts im Haushalt, da hatte sie schon Glück mit Jakob.

Während er Wasser in den Kessel einließ, fragte er: »Kann uns Luise nicht unser Geld für das Restaurant zurückgeben?«

Maria zuckte zusammen. Sie hatte befürchtet, dass er das vorschlagen würde. »Nein!«, erwiderte sie vehement.

»Wieso nicht?«

»Weil … sie schon dabei ist, das Restaurant zu gründen.«

»Woher willst du das so genau wissen? Hast du ihr etwa doch diese Adresse gegeben? Ich habe dir doch gesagt, das ist zu gefährlich. Wir dürfen nicht auffallen.«

»Nein, nein, habe ich nicht. Bitte, ich will keine Hilfe von Luise!«

Erstaunt sah er sie an. »Liebes, ist etwas vorgefallen?«

Sie rang mit sich. »Ich habe bei Annis Tante etwas über Luise erfahren, aber bitte frag nicht weiter nach. Ich kann einfach nicht darüber reden. Noch nicht. Und ich habe jetzt wirklich genug andere Sorgen. Wir müssen uns auf unsere Ausreise konzentrieren, wir dürfen keinen Fehler begehen.«

»Gut«, gab er nach. »Wir können Luise ja immer noch von Chile aus kontaktieren, wenn du das dann willst.«

»Ja, vielleicht. Ich bin mir sicher, wir schaffen es auch ohne sie.«

Als sie aufblickte, stand Tabea in der Küchentür, mit einer ihrer Puppen im Arm.

»Mama, ich hab Angst wegen Noah.«

Jakob goss gerade das inzwischen kochende Wasser in eine Tasse, verbrannte sich dabei die Finger. »Autsch!«

Maria ging sofort zu ihrer Tochter. »Wieso? Weißt du, wo er ist?«

Tabea zuckte mit den Schultern. »Er wollte einen Mann treffen. Aber der hat ihn das letzte Mal verprügelt.«

Voll Sorge sahen sich die Eltern an.

In dem Moment hörten sie die Wohnungstür aufgehen, und Noah trat ein. Er trug eine Schiebermütze. Maria musterte erschrocken das Veilchen in seinem Gesicht und die unübersehbaren Spuren eines Kampfes. In der Hand hielt er ein paar Geldscheine.

Entsetzt wechselte sie einen weiteren Blick mit Jakob, ehe

sie zu ihrem Sohn trat. »Noah, wo warst du? Bist du verprügelt worden?«

Er tat es gestisch ab.

»Hast du das Geld gestohlen?«, fuhr Jakob ihn an.

Enttäuschung trat auf Noahs Miene. »Was? Nein.«

»Wo kommst du denn jetzt her? Es ist schon spät«, rügte Maria ihn. »Du bist erst neun. Und wer hat dich so zugerichtet?«

Er sah sie bockig an. »Ist doch egal. Ich kümmer mich wenigstens um die Familie, damit wir Geld haben zum Fliehen.«

Jakob stellte den Wasserkessel hart ab. Maria sah ihrem Mann an, wie sehr es ihn traf. »Noah, es ist meine Aufgabe, dafür zu sorgen«, erklärte er ihrem Sohn mit gepresster Stimme. »Und ich schaffe das schon. Du bist ein Kind, du sollst lernen und dich nicht irgendwo herumtreiben und halbseidene Geschäfte betreiben. Also, wo hast du das Geld her?«

Noah pfefferte die Scheine auf den Küchentisch. »Ist doch egal. Hab was getauscht.« Mehr sagte er nicht, sondern stürmte an Tabea vorbei in ihr gemeinsames Zimmer und schlug die Tür mit einem Knall zu.

Betroffen sah Maria das Geld an. Sie bat Tabea, zu ihr zu kommen und sich auf ihren Schoß zu setzen. Die Kleine tat es, mit ihrer Puppe in der Hand.

Jakob riss sich zusammen, schien endlich aufgewacht zu sein aus seiner wochenlangen Starre. »Abraham Morgenstern, er ist noch rechtzeitig nach Amerika gekommen, habe ich gestern von den Benjaminowtschs gehört. Und dass er uns sicher Geld leihen wird. Die Korrespondenz würde über die Benjaminowtschs laufen.«

»Das ist gut, wir brauchen ein Vorzeigegeld, sonst bekommen wir das Visum womöglich nicht«, erklärte Maria und strich über Tabeas langes dunkles Haar.

Eifrig holte Jakob einen Block und einen Stift von der Anrichte, setzte sich damit an den Küchentisch und begann sofort einen Brief zu schreiben. Erleichtert sah Maria ihm zu.

»Dann packe ich schon mal, Mama, ja? Viel haben wir ja nicht mehr.« Tabea rutschte von ihrem Schoß und rannte in ihr Zimmer.

KAPITEL 11

Rio de Janeiro, 2023

Der grosse Trekkingrucksack war schon voll. Sandra hatte bis gerade noch im Reisetagebuch ihrer Großmutter gelesen, stopfte jetzt rasch einen gelben Bikini mit Blumenmuster in eine Seitentasche, als es an der Haustür klingelte. Sie ging in die Knie, schulterte den Rucksack, lief damit in den Flur ihres Hauses, der hellgelb gestrichen war. Ein großer roséfarbener Spiegel hing an der Wand.

Es klingelte erneut.

»Ich komme!«, rief sie, stellte den Rucksack in einer Ecke ab. Sie hatte sich am Morgen ihre kurzen Jeans-Hot-Pants angezogen, die ihre langen braunen Beine betonten, dazu ein bauchfreies orangefarbenes Top. Ihre dunklen Locken hatte sie locker hochgesteckt und sich eine orangefarbene Seidenblume ins Haar geschoben.

Nun klingelte es zum dritten Mal. June war überpünktlich, etwas, das Sandra nie verstehen würde. Wie konnte ein Mensch auf die Minute fertig werden?

Sie hatten Last-Minute-Flüge gebucht, die schon morgen starten würden, und June würde die Nacht bei ihr verbringen.

Sandra trat zur Tür, öffnete sie schwungvoll. Draußen stand June mit ihrem riesigen roten Hartschalenkoffer. Sie hatte wie besprochen im Hotel ausgecheckt und sich mit einem Taxi zu Sandras Haus fahren lassen.

»*Oh no*, dieser Koffer«, entfuhr es Sandra. »Daran habe ich gar nicht mehr gedacht.«

»Wieso? Was ist damit?«

»Komm rein.«

June rollte ihren Koffer in den Flur.

»Na, mit dem kannst du unmöglich reisen.«

»Wieso das denn nicht? Ich reise überall mit ihm hin. Ich bin doch auch so nach Brasilien gekommen.«

»Ja, schon, aber mit dem Flugzeug, und dann weiter mit dem Taxi. Ich bin mir sicher, die Fluchtroute geht auch über unwegsameres Gelände. Wir haben beide kein Riesenbudget und können uns nicht die ganze Zeit chauffieren lassen. Du brauchst einen Rucksack, das wird eine Backpacktour, wir müssen mit unserem Gepäck länger zu Fuß laufen.«

»Hast du das gelesen?«

»Nein, aber davon gehe ich aus.«

»Hast du sonst etwas Interessantes darin gelesen?«

»Leider nichts über Anni, das hätte ich schon gesagt. Aber viel Zeit hatte ich ja auch nicht.« Sandra blickte skeptisch auf Junes Schuhe.

»Was?« June folgte ihrem Blick. Sie trug wieder die beigen Samtballerinas, wie bei ihrer Ankunft in Rio. Das konnte ja heiter werden.

Sandra, die vorsorglich ihre bequemen Turnschuhe angezogen hatte, entfuhr ein Seufzer. Sie deutete auf ihren Rucksack. »So etwas brauchst du. Weißt du was, ich habe noch einen.«

»In so ein Ding bekomme ich nie meine ganzen Sachen hinein, und knitterfrei sowieso nicht«, entgegnete June skeptisch. »Und ich kann das doch nicht alles tragen.«

»Genau, deshalb lässt du die Hälfte hier.« Sandra ging nach oben ins Schlafzimmer, um ihren zweiten Rucksack für June zu holen.

Wieder zurück, stellte sie ihn vor June. »Bitte schön.«

June sah den Rucksack pikiert an. Sandra musste zugeben, dass er schon bessere Tage gesehen hatte und von ihrem Trip in den Amazonas immer noch ein wenig dreckig war. Nein, er stand vor Dreck, war übersät mit Schlammspritzern. Es war ja auch ihr alter Rucksack, sie hatte sich nicht die Mühe gemacht, ihn zu säubern, nachdem sie sich den neuen gegönnt hatte.

»Okay, wir tauschen. Ich nehme meinen alten, putze ihn für mich, was ich eigentlich schon längst tun wollte, und du bekommst meinen neuen Rucksack.«

»Wirklich? Das ist ja nett.«

»So bin ich«, scherzte Sandra. »Aber tragen musst du ihn selbst.«

»Okay. Dann lasse ich wirklich einige Klamotten hier. Wo packen wir um?«

»Im Wohnzimmer.« Sandra hob ihren Rucksack wieder hoch, schnappte sich den alten, und June folgte ihr mit dem Rollkoffer.

»Einen Moment, ich wasche den größten Dreck ab, ganz sauber muss er ja nicht sein, wird ja eh wieder schmutzig.« Sie ging mit dem alten Rucksack in die Küche, rubbelte dort mit einem Schwamm den Schlamm des Amazonas ab. Was musste June nur von ihr denken? Aber eigentlich war es Sandra egal, sie scherte sich nicht viel darum, was andere von ihr dachten, denn wenn sie damit anfinge, würde sie nur unglücklich werden, das hatte ihr ihre Großmutter einmal gesagt.

Zurück im Wohnzimmer sah sie, wie June vor ihrem aufgeklappten Koffer auf dem Boden saß und ihn etwas verzweifelt anstarrte. Sandra bestaunte die ordentlich gefalteten Kleidungsstücke und die Beutelchen, die alles perfekt unterteilten.

Sie gesellte sich zu ihr, und beide machten sich daran, umzupacken. Sandra ihre Sachen in den älteren Rucksack, und nachdem der neue leer war, legte June ihre gefalteten Kleidungsstücke sorgsam hinein, einige sortierte sie aus und ließ sie im Koffer.

»Und du vertraust diesem Gabriel also wirklich deine Buchhandlung an, obwohl du ihn kaum kennst?«, erkundigte sie sich, während sie ihre Kleidungsstücke weiter sorgsam in Sandras neuen Rucksack legte.

»Er ist so hübsch«, schwärmte Sandra fröhlich. »Ich konnte nicht widerstehen.«

June sah sie amüsiert an. »Das ist immerhin verkaufsfördernd.«

Sandra lachte. »Genau. Ach, das habe ich dir ja noch gar nicht erzählt: Er ist Schriftsteller, sogar ein sehr bekannter brasilianischer Schriftsteller. Und er hat eine Schreibblockade und will sich inmitten der Bücher zu einer guten Geschichte inspirieren lassen und in der Buchhandlung schreiben.«

»Oh, wow. Kennt er sich denn mit der Buchhaltung und allem aus?«

»Nein, aber seine Schwester, Ana Iris, ist Buchhändlerin und will ihm helfen. Zumindest wollte er sie fragen.«

»Du weißt also noch nicht, ob sie zugesagt hat?«

»Das erfahre ich gleich«, erwiderte Sandra locker. »Die Alternative wäre, Freundinnen zu fragen, ganz ohne Buchhändlerkenntnisse.«

»Also wenn das mein Laden wäre, würde ich mir mehr Gedanken machen«, gab June zu. »Ich mache mir immer so viele Gedanken.«

»Ich nicht.« Sandra lachte. »Macht einen doch nur wahnsinnig. Ich lebe lieber im Jetzt. Und jetzt freue ich mich so auf die Reise, das kannst du dir gar nicht vorstellen. Alles andere wird sich schon fügen. Gabriel kommt gleich, dann erfahren wir ja, ob ihn seine Schwester unterstützen kann und will.«

»Er kommt hierher?«, hakte June erstaunt nach.

»Ja, ich wusste nicht, wie lange wir hier mit Packen und Kaffeetrinken beschäftigt sind. Wir gehen dann mit ihm in die Buchhandlung, und ich weise ihn schon mal ein, bevor ich dir noch was von Rio zeige.«

In dem Moment klingelte es an der Tür.

Sandra sprang auf, ließ den Blick über das Klamottenchaos im Wohnzimmer wandern, lachte und ging in den Flur.

Dann blieb sie kurz vor dem roséfarbenen Spiegel stehen, betrachtete ihr Gesicht, es strahlte. Sie öffnete die Tür, und als sie ihn sah, wurde ihr sofort heiß.

»Bom dia«, sagte er lächelnd. Seine dunklen Augen funkelten, und auch er schien innerlich zu strahlen. Eine dunkle Locke fiel ihm ins Gesicht, er strich sie hinters Ohr.

»Olá, schön, dass du da bist. Komm rein. June ist auch schon hier. Und es ist etwas chaotisch.«

Gabriel lächelte, trat ein, sah sich interessiert und angetan im farbigen Hausflur um. »Die bunten Häuser hier sind mir schon einmal aufgefallen, als ich in der Gegend zu tun hatte. Ich habe damals gedacht, dass hier sicher ganz besondere, fröhliche Menschen leben.«

Sandra drehte sich freudig zu ihm. »Danke. Meine Großmutter hat dieses Haus gekauft und bunt streichen lassen. Die Nachbarn fanden das so schön, sie folgten ihrem Beispiel. Sie war eine ganz besondere Frau.«

»Du scheinst einiges von ihr zu haben.«

»Charmeur.«

»Bin ich eigentlich nicht, wäre ich gern.«

»Und ich wäre gern ordentlicher, obwohl, eigentlich nicht. Aber dann hätte ich das alte Tagebuch schneller gefunden.«

»So?«, fragte er neugierig, während er ihr zum Wohnzimmer folgte. »Wo hast du es eigentlich gefunden?«

»Habe ich das nicht am Telefon erzählt? In einer alten Holztruhe, in der Buchhandlung. Da hätte ich mich totsuchen können in meinem Chaos im Haus.«

Er lächelte, begrüßte June auf Englisch, die ihn neugierig, aber freundlich und offen ansah. »Hallo. Wie geht es dir? Ich bin Gabriel.«

»Hallo Gabriel. Danke, gut. Wie geht es dir?«

Sandra stemmte die Hände in die Hüften. »Bitte nicht so förmlich«, sagte sie, nun ebenfalls auf Englisch.

»Gut«, erwiderte Gabriel daraufhin, zu ihrer Überraschung auf Deutsch mit einem leichten Akzent. »Von mir aus können wir auch Deutsch sprechen.«

June und sie sahen ihn erstaunt an. *Was für ein sexy Akzent*, dachte Sandra. »Wieso sprichst du denn Deutsch?«

»Ich hatte es in der Schule, eine Lehrerin, die ich sehr bewundert habe, stammte von deutschen Auswanderern ab. Es gibt ja einige in Brasilien. Ihre Erzählungen haben mich so fasziniert, dass ich als Kind unbedingt einmal nach Deutschland wollte. Ich war verrückt nach Autos. Mercedes, BMW.« Er grinste. »Als Kind, jetzt nicht mehr. Jetzt liebe ich Bücher mehr als Autos.«

»Ein seltenes Exemplar Mann.« Sandra lächelte ihn an. Es klang so vertraut, ihn die Sprache ihrer Großmutter sprechen zu hören, es gab ihr sofort ein gutes Gefühl.

»Hat deine Schwester, die Buchhändlerin, denn zugesagt, dich zu unterstützen?«, wandte sich June an Gabriel und unterbrach Sandra damit in ihren Gedanken.

Daran hatte sie schon gar nicht mehr gedacht. Neugierig sah sie ihn an.

»Das hat sie. Ana Iris und ich sind uns einig geworden. Und sie meinte, das sei kein Problem, außer du handhabst irgendetwas völlig anders als in anderen Buchhandlungen.«

»Keine Ahnung, ich schätze nicht. Vermutlich lasse ich nur mehr liegen und bin nicht so ordentlich. Aber das müsst ihr natürlich nicht aufarbeiten.« Sandra sah Junes nachdenklichen Blick. »Ja, vermutlich liegt es schon auch an mir, dass die Buchhandlung nicht mehr so gut läuft, ich gebe es zu. Aber ich träume einfach mehr vom Reisen als vom Aufräumen, und deshalb freue ich mich jetzt riesig auf Berlin.«

»Ihr fliegt nach Berlin?« Sie hörte Gabriel an, dass er sie beneidete.

»Ja, in die Heimatstadt meiner Großmutter, in der ihre Flucht begann.«

»Und in der ich lebe«, wandte June ein. »Seit meinem Studium, aber seit einigen Wochen bin ich wieder in New York, wo ich aufgewachsen bin. Und werde da bleiben.«

Verwirrt sah er sie an. »Dir hat Berlin also nicht gut gefallen?«

»Doch, ich will nicht weg, weil es mir dort nicht gefällt.«

»Sondern weil sie in New York den richtigen Mann kennengelernt hat«, ergänzte Sandra. »Er ist Däne und Chefkoch, klingt perfekt. Ich esse so gern gut.«

June lachte. »Ja, ich auch. Er wollte eigentlich mit, dann kam etwas Wichtiges dazwischen. Aber vielleicht reist er uns ja noch nach.«

Sandra sah Gabriel an, wie interessiert er zuhörte. Bestimmt, um Details irgendwann in einem seiner Bücher zu verarbeiten. Wie spannend seine Arbeit klang. Sie selbst besaß zwar viel Fantasie, aber einen ordentlichen Aufsatz zu schreiben war noch nie ihr Talent gewesen. Schon in der dritten Klasse hatte die Lehrerin unter einen Aufsatz geschrieben: *Sandra hat zu viel Fantasie, ist konfus, kein Sprachgefühl*. Wie sensibel manche Lehrer sein konnten ... Konnte man überhaupt zu viel Fantasie haben? Und absolut kein Sprachgefühl?

Ihre Großmutter hatte sie damals getröstet, ihr einen Streuselkuchen gebacken, ein Rezept aus Deutschland, und gesagt: »Höre nicht auf andere Leute, höre nur auf dein Herz, auf dein Gefühl, mein Kind. Verdränge nichts. Hätten das mehr Juden beherzigt damals, wären sie früher geflohen und würden heute noch leben.« Den letzten Satz hatte Sandra als Kind nicht verstanden, aber später, als sie in der Schule etwas über den Nationalsozialismus erfahren hatte, wusste sie, was Großmutter damit gemeint hatte.

Nachdem sie ihren Cafezinho getrunken hatten, machten sich Sandra, June und Gabriel zu Fuß auf in Sandras Buchhandlung, um Gabriel wenigstens die wichtigsten Dinge zu erklären. Ana Iris konnte heute leider nicht kommen, aber er meinte, er werde ihr alles zeigen. Gabriel machte sich Notizen, lauschte Sandra in ihren Ausführungen, die etwas konfus waren, sodass sie immer wieder lachen mussten.

Gabriel hatte noch eine Verabredung mit einem Kollegen, und Sandra und June brachen auf. Gabriel begleitete sie ein Stück. Sandra hatte June vorgeschlagen, ihr wenigstens kurz ein paar schöne Ecken ihrer Heimatstadt zu zeigen.

»So gern. Ich würde es mir nie verzeihen, nach Rio geflogen zu sein und so gut wie nichts gesehen zu haben«, stimmte June ihr zu. Sie gingen eine belebte Straße entlang, aus einem der Häuser drang der Geruch nach Feijoada, dem köstlichen brasilianischen Schwarze-Bohnen-Eintopf, den Sandra so liebte. Sie merkte, sie hatte Hunger, nahm sich vor, June gleich ein paar nette Lokale zu zeigen, um ihr die brasilianische Küche näherzubringen. Ein Stück vor ihnen liefen Straßenmusikanten, die feurige Samba-Rhythmen zum Besten gaben.

»Was zeigst du ihr denn so von Rio?«, fragte Gabriel nach, der neben ihr lief.

»Ein Tag ist natürlich viel zu kurz, aber ich hoffe ja, sie kommt wieder. Heute will sie erst mal die Christusstatue auf dem Corcovado sehen, aber dann lassen wir uns treiben, und ich zeige ihr unser Rio, das die wenigsten Touristen kennen. Einen Plan habe ich wie immer nicht.«

June, die gerade hinter den beiden lief, weil der Gehweg schmal geworden war, erwiderte: »Ich bin wirklich schon sehr gespannt – das wahre Rio kennenzulernen, ist etwas ganz Besonderes. Vor allem mit einer Brasilianerin als Stadtführerin.«

»Noch dazu einer besonderen Brasilianerin«, sagte Gabriel so leise, dass es nur Sandra hören konnte, und erneut spürte sie das wohlige Kribbeln, das dieser Mann immer wieder in ihr auslöste. Unwillkürlich dachte sie an Maria, die ihren Jakob so geliebt hatte, wie Sandra heute morgen im Reisetagebuch gelesen hatte. So sehr war ihre Liebe auf die Probe gestellt worden.

KAPITEL 12

Berlin, Februar 1939

ENDLICH. ES GAB WIEDER HOFFNUNG. Wie sehr sie ihn liebte. Erleichtert stand Maria mit dem leeren Suppentopf in der kleinen Buchhandlung und betrachtete ihren Mann, der einer Kundin ein Buch reichte. Er hatte ihr gerade gesagt, dass er es geschafft hatte. Sie würden das Vorzeigegeld von seinem Buchhändlerkollegen bekommen, der schon längst nach Amerika ausgewandert war. Sie liebte Jakob dafür, dass er nicht nachbohrte, was zwischen ihr und Luise geschehen war, denn noch immer konnte sie nicht darüber reden. Warum eigentlich nicht?

Sie schämte sich, wurde ihr bewusst. Für Luise. War es das? Oder fühlte sie sich zu einem Teil mitschuldig?

Die Kundin verabschiedete sich von Jakob. »Bis bald, Herr Kirschbaum.«

Er stockte. »Ja, vielleicht«, erwiderte er. Die Kundin sah ihn an, verstand, wie ihre Miene verriet, wünschte ihm alles Gute und verließ den Laden.

Jakob trat zu Maria. Er lächelte, endlich wieder, küsste sie zärtlich auf den Mund. Dann sah er sie liebevoll an. »Jetzt wird alles doch noch gut. Wir werden unsere Kinder retten, unsere Familie. Chile ist ein Anfang, dann können wir vielleicht irgendwann weiter –«

Maria versteifte und unterbrach ihn: »Chile ist sicher ein

schönes Land. Dort wird gelesen, wie überall auf der Welt, wir bleiben dort und fangen neu an.«

»Ja, natürlich, wir müssen nicht nach Amerika«, erklärte Jakob entschuldigend, auch wenn er nicht verstand, weshalb Maria partout nicht mehr in die Staaten zu ihrer Freundin wollte.

»Danke.« Sie hielt immer noch den leeren Suppentopf von gestern in der Hand, um ihn mitzunehmen und zu spülen. Von Tag zu Tag wurde ihre Suppe wässriger, von Tag zu Tag jammerten die Kinder öfter, dass sie Hunger hätten, vor allem Noah, der so rasant wuchs. Hoffentlich würde es in Chile mehr zu essen für sie alle geben. Es klang nach einem Land, in dem viel Obst und Gemüse angebaut wurde.

»Jetzt müssen nur noch die Visa und Pässe eintreffen, unsere Schiffspassage geht ja schon in einer Woche«, sagte sie nervös.

»Ganz sicher werden sie rechtzeitig ankommen«, entgegnete Jakob, aber auch in seiner Stimme klang nun wieder Sorge mit.

Maria hatte sich mit den erworbenen Schiffsfahrkarten bei den entsprechenden Behörden und vor dem chilenischen Konsulat in Berlin angestellt, um die Pässe und Visa zu beantragen. Beides sollte ihr zugeschickt werden. Da Jakob immer noch nicht wollte, dass ihr Name an der Klingel oder dem Briefkasten stand, hatte sie nach Absprache die Adresse einer Nachbarin angegeben. Jeden Morgen fragte sie dort nach, aber bisher hatte diese keine Post für die Kirschbaums erhalten.

Als ein Kunde hereinkam, verabschiedete Maria sich von Jakob, verließ die Buchhandlung mit dem Suppentopf in der Hand, zog ihren Schal enger. Der Februar fühlte sich noch nasskalter als der Januar an. Große Pfützen erstreckten sich auf der Straße, ein Auto fuhr rasant durch eine, sodass ihre

Schuhe und Beine nass wurden. *Die Leute achten zu wenig auf andere, nur noch auf sich selbst, schalten ihr Mitgefühl aus*, dachte sie verärgert. Wieso nur verrohte diese Gesellschaft immer mehr? Sie ging weiter durch das Viertel, sah in die verhärmten, blassen Gesichter der Menschen auf der Straße. Die meisten Passanten liefen gebeugt, wie geprügelte Hunde. Ein Nazi schritt hocherhobenen Hauptes den Gehweg entlang. Einige wechselten schnell die Straße, Maria ging angespannt weiter, schaute aber zu Boden und hoffte, nicht angesprochen zu werden. Er roch nach Überheblichkeit, nach perfider Macht. Ihr Puls raste. Wie oft schon hatte es diese Situationen gegeben, und wie froh war sie, dass sie diesen nun bald entfliehen konnten. Hoffentlich kamen die Pässe und Visa rechtzeitig! Ein Schauer durchlief sie.

Ein paar Meter weiter reckte Maria wieder ihr Kinn nach oben. Jeden Tag sorgte sie sich um die Kinder, hoffte inständig, dass vor allem Noah nicht frech wurde zu einem Nazi, dass sie ihn nicht mitnehmen würden. Denn Noah konnte seine Wut über die vielen Schikanen in letzter Zeit kaum noch im Zaum halten. Er rastete öfter aus, galt in der Schule als schwierig und unberechenbar. Und Maria verstand ihn. Als Neunjähriger konnte man wenigstens um sich schlagen – wie gern hätte sie das selbst getan.

Endlich weg hier, hämmerte es in ihrem Kopf. Dieser Gedanke erschreckte sie auch. Denn Berlin war ihre Heimatstadt, die Stadt, die sie so geliebt hatte.

Und nun würden sie alles hinter sich lassen. Sie fühlte die Erleichterung, den Ballast von ihren Schultern fallen. Chile. So gut wie nichts wusste sie über dieses Land, hatte nichts darüber gelesen bisher. In ihrer Vorstellung schien in Südamerika immer die Sonne, die Menschen lächelten viel und spielten gern Musik.

Solange man mit aufgeschlossenem Geist in ein neues Land ging und arbeitswillig war, konnte es nicht schlecht werden. Die Fahrt mit dem Schiff würde den Kindern gefallen. Dann könnte sich Tabea den Wind um die Nase und durch die Haare wehen lassen und endlich wieder auf andere Gedanken kommen. Und auch für Noah wäre so eine Schifffahrt sicher aufregend. Bestimmt würde auch er dann ruhiger werden.

Eine Woche des Bangens. Die Visa waren an diesem Morgen bei der Nachbarin eingetroffen, aber die Pässe fehlten. Jeden Morgen fing Maria die Nachbarin ab, doch die schüttelte stets bedauernd den Kopf.

Jakob und sie schliefen schlecht, ihre Nerven ließen sie wach liegen. Ohne Pässe kein Entkommen.

Einen Tag vor Abfahrt ihres Schiffes in Hamburg waren die Pässe immer noch nicht da. Sie brauchten ja auch noch Zeit, um nach Hamburg zu fahren! Mit weichen Knien ging Maria erneut aufs Amt, wartete wieder stundenlang. Dann erklärte die zuständige Dame zutiefst bedauernd, dass es manchmal vorkam, dass die Pässe nicht rechtzeitig vor einer Ausreise fertiggestellt würden. In diesen Zeiten. »Manchmal leider auch mit Absicht«, fügte sie entschuldigend und leiser hinzu. »Zumindest kommt es mir so vor.«

»Das ist doch verrückt, totaler Irrsinn, sie wollen, dass wir das Land verlassen, und legen uns dann tausend Steine in den Weg. Ohne Pässe können wir nicht aufs Schiff, dann verlieren wir unsere gebuchten Schiffstickets. Und die mussten wir zuerst buchen.« Maria schossen Tränen in die Augen, ihre Hände zitterten.

»Es tut mir aufrichtig leid.« Die Frau reichte ihr ein frisches Stofftaschentuch. Ein L war darauf eingestickt.

Maria zögerte, aber die Dame bat sie, es anzunehmen und

zu behalten. Maria nahm es, schnäuzte sich. Sie sah der Frau an, wie sehr diese mit ihr litt.

»Vielleicht bekommen Sie ein neues Schiffsticket oder ein bisschen Geld bei der Agentur zurück«, sagte sie hoffnungsvoll.

»Wir haben absolut kein Geld mehr für ein neues Ticket für vier Personen, und es war sehr schwierig, überhaupt eines zu erhalten«, erwiderte Maria, verabschiedete sich und verließ das Amt.

Dennoch. Sie musste es versuchen, vielleicht würde sie ja wirklich Geld zurückbekommen. Also machte sie sich auf den Weg zur Agentur Unter den Linden.

Es war ein guter Tipp von der netten Dame vom Amt gewesen, tatsächlich erstattete man ihr dort immerhin fünfundsiebzig Prozent des Preises, aber es würde in nächster Zeit keine Schiffstickets nach Chile mehr geben. Und nur für dieses Land besaßen sie Visa. Es war zum Verrücktwerden.

Als Maria am Abend völlig erschöpft am Küchentisch saß und es Jakob beibringen musste, wurde dieser mit einem Mal sehr blass, bekam heftige Schmerzen in der Brust. Er fasste sich ans Herz, japste nach Luft.

»Ich ... Ich bin schuld«, erklärte er gepresst. »Wenn meine Familie stirbt, bin ich schuld.«

»Bitte, nein, Jakob, hör auf, wenn einer Schuld trägt, dann Hitler und all die, die sich haben so verblenden lassen.« Sie sprang auf, streichelte ihrem Mann hilflos über den Rücken, und nach und nach beruhigte er sich wieder. Ein Glück, offenbar kein Herzinfarkt. Maria zog den Stuhl heran, setzte sich zu ihm. Die Kinder lagen bereits im Bett, sie hatte extra so lange gewartet, um mit ihm zu reden. Fieberhaft dachte sie nach. Welchen Ausweg gab es jetzt noch? Wie konnte sie ihre Kinder retten?

Schlepper!

»Jakob, ich habe erst vor ein paar Tagen von den Abelsohns gehört, dass sie mit Schleppern das Land verlassen wollten.«

»Oh nein. Maria, ich weiß. Aber ich habe nicht gehört, ob sie es geschafft haben. Du?«

»Nein. Aber wenn man nichts hört, ist es vielleicht ein gutes Zeichen?«

»Oder auch nicht. Diese geldgierigen Leute bringen die gutgläubigen Menschen, die fliehen müssen, um. Sie sind skrupellos, verlangen horrende Summen, verdienen an unserem Leid. Sie nehmen dir Geld ab und lassen dich dann gnadenlos in überfüllten Booten sitzen. Das hast du doch auch schon gelesen und gehört.«

»Ja, aber mir fällt keine andere Lösung mehr ein. Neue Visa für ein anderes Land, Pässe, Tickets, das alles zeitgleich, das werden wir so schnell nicht bekommen.«

»Ich weiß, mir fällt ja auch keine andere Lösung ein. Ich bin sicher, die Schlepper verlangen mehr, als wir noch haben.«

Maria beugte sich zu ihm. Sie konnten nicht aufgeben, um der Kinder willen. »Wir könnten unsere letzten Wertsachen verkaufen. Wir haben noch die Taschenuhr meines Vaters, die Goldkette deiner Mutter –«

»Unsere letzten Familienerbstücke? Ich bin sicher, dass das nicht reichen wird.«

»Mit dem Geld, das wir von der Agentur zurückbekommen haben, aber vielleicht.«

Jakob sah sie geknickt an, ließ den Kopf hängen. »Die Uhr sollte Noah bekommen, die Kette Tabea zur Hochzeit«, flüsterte er.

»Was haben die Kinder davon, wenn sie tot sind?«, entfuhr es Maria panisch. »Lass uns die Sachen verkaufen. Nur so können wir jetzt noch schnell das Land verlassen.«

»Maria, du weißt, ich möchte das inzwischen auch. So sehr. Aber ich fürchte, dass uns das nicht retten wird, im Gegenteil. Dann werden wir sicher sterben. Ich habe mehrere Geschichten gelesen, von jüdischen Flüchtenden, die von Schleppern in kleine Boote gesetzt wurden und auf den Ozeanen ertrunken sind.«

Maria schluckte. Sie wusste ja selbst, dass man diesen Menschen nicht vertrauen konnte, dass es ein Risiko war, ein großes. Zögerlich sahen sie einander an, und Jakob nahm ihre Hände in seine.

»Es muss einen anderen Weg geben«, erklärte er aufgewühlt. »Wir dürfen die Kinder nicht diesem Risiko aussetzen, auf einer überfüllten Nussschale über das Meer zu fahren. Wir dürfen aber auch nicht aufgeben, es muss einen anderen Weg für unsere Familie geben.«

Seine Hände zitterten, und sie fühlten sich eiskalt an.

KAPITEL 13

Rio de Janeiro, 2023

IHR WAR HEISS. Und auch June, die neben ihr in der Zahnradbahn saß, standen Schweißperlen auf der Stirn. Sandra zog einen roten Fächer aus ihrer Handtasche hervor, reichte ihn June. Die nahm ihn dankbar entgegen und wedelte sich Luft zu. Sie saßen mit vielen Touristen in der Corcovado-Bergbahn, die zur Christus-Statue fuhr und einen atemberaubenden Blick auf Teile von Rio de Janeiro bot. Von einigen Stellen aus konnte man die Stadt, die Strände und einmal sogar den Zuckerhut sehen. Weiter ging es durch den Nationalpark Tijuca, sie bewunderten üppige grüne Bäume, Farne, Orchideen, Vögel und Schmetterlinge. Aber vor allem beeindruckte sie die massive Christus-Statue, die während der Fahrt beinahe durchgängig sichtbar war.

Oben angekommen stiegen sie wie die anderen aus. Auch von hier sah man Rio. Um sie herum erklangen begeisterte Ausrufe, alle Touristen wollten Fotos vor der Statue schießen. June schaute sich fasziniert um, wie Sandra sah.

»Soll ich dich auch davor fotografieren?«, fragte sie.

»Ist zwar etwas touristisch, aber gern. Oder noch besser, wir lassen uns zusammen fotografieren.« Schon fragte June einen Mann auf Englisch, der gern seine Hilfe anbot. Sandra und sie nahmen einander in den Arm, lachten in die Kamera und bedankten sich anschließend bei dem Mann.

»Der Christus ist wirklich riesig. Er erinnert an die Freiheitsstatue in New York«, sagte June nachdenklich. »Steht er auch für Freiheit?«

»Er ist der Erlöser«, entgegnete Sandra. »Sein Name ist Cristo Redentor, das heißt übersetzt ›Christus, der Erlöser‹. Immer wenn ich ihn vor mir sehe, denke ich an meine Großmutter. Denn mit ihr war ich als Kind hier oben. Was sie wohl empfunden haben mag, als sie ihn endlich erblickt hat nach ihrer Flucht?«

»Ja, das muss überwältigend gewesen sein. Genauso ging es sicher meiner Großmutter Luise, als sie die Freiheitsstatue in New York gesehen hat.«

Sandra hatte June erzählt, was sie heute morgen im Fluchttagebuch gelesen hatte. Dass Maria und Jakob in ihrer Not nur noch eine Lösung sahen, Schlepper. June war entsetzt gewesen, sie wollten heute Abend unbedingt im Tagebuch weiterlesen.

Nachdenklich schaute Sandra zu der riesigen Statue hinauf, June folgte ihrem Blick.

»Wusstest du, dass der Kopf und die Hände des Christus in Frankreich hergestellt wurden?«, fragte Sandra und beobachtete, wie June überrascht die Augenbrauen hob.

»Wirklich? Nein, ich habe mich tatsächlich bisher noch nicht damit beschäftigen können. Es gab so viel anderes zu recherchieren.«

Sandra lächelte. »Kein Problem. Meine Großmutter hat mir damals davon erzählt. Die Pläne stammen von einem brasilianischen Bauingenieur und einem französischen Ingenieur. Da haben Brasilien und Frankreich zusammengearbeitet. Er besteht im Kern aus Stahlbeton und ist ummantelt mit Speckstein. Verrückt, oder? Und französische Bildhauer haben eben den Kopf und die Arme erstellt, und diese wurden dann mit dem Schiff nach Brasilien gebracht.«

»Wahnsinn. Was für eine Geschichte. Wie groß ist er?«

»Dreißig Meter hoch. Ich habe diese Geschichte meiner Großmutter geliebt. Und seitdem von Frankreich, von Europa geträumt.« Sandra betrachtete den Christus, der erhaben auf dem großen Sockel stand. Dann fiel ihr etwas ein. »Meine Mutter hatte eine Freundin, deren Vorfahren auch im Zweiten Weltkrieg nach Brasilien geflohen sind. Was hältst du davon, wenn wir sie besuchen? Vielleicht kann Leticia uns ein wenig über damals erzählen.«

»Das wäre wunderbar. Das fände ich jetzt auch wichtiger, als noch mehr von Rio anzusehen, denn eines ist schon sicher, ich werde zurückkommen und dieses wunderbare Land erkunden. Aber erst möchte ich mich auf unsere Reise und die Suche nach Annis Nachfahren konzentrieren.«

»Du hast recht«, pflichtete Sandra ihr bei. »Ist vernünftiger.« Sie lachte. »Es kann übrigens gut sein, dass auch Anni irgendwann nach Brasilien ausgewandert ist mit ihrem Siegfried. Es gab einige Nazis, die nach Brasilien kamen nach dem Zweiten Weltkrieg.«

»Stimmt. Weißt du mehr darüber?«, hakte June nach.

»Ich muss zugeben, ich habe mich bisher viel zu wenig für die Geschichte meines eigenen Landes interessiert.«

»Dafür ist es nie zu spät«, entgegnete June lächelnd.

»Wenn wir zurück sind, gehe ich das an.« Gut, dass June ihr nicht vorwarf, zu oberflächlich zu sein, denn das hatte ihre Mutter ihr immer mal wieder vorgehalten.

»Sandra, du hast nur Feiern im Kopf«, hatte sie hin und wieder gesagt.

»Ja, Mama, weil ich das Leben genieße«, hatte sie trotzig erwidert.

Das, was Großmutter in ihrem Alter nicht konnte, dachte sie jetzt bitter.

Wie sehr ihre Großmutter in ihrem Leben hatte leiden müssen, konnte sich Sandra kaum vorstellen. Dass es damals einige Nazis gab, die nach Brasilien auswanderten, musste erschreckend gewesen sein für Maria. Hoffentlich konnte ihr die Freundin ihrer Mutter mehr darüber erzählen. Soviel Sandra wusste, hatte sie sich einmal mit dieser Zeit beschäftigt.

Sie nahm ihr Handy und wählte Leticias Nummer. Die nahm sofort ab, freute sich, von Sandra zu hören. Sie hatte sich nach dem Tod von Sandras Mutter um sie gekümmert, aber mit der Zeit war der Kontakt sporadisch geworden. Nachdem sie sich kurz ausgetauscht hatten, wie es ihnen gehe, erzählte Sandra von June und ihrer Mission, die dritte Freundin ihrer beiden Großmütter zu finden. Eine Deutsche, deren Mann oder Freund bei der Gestapo gewesen war.

»Meu Deus!«, entfuhr es Leticia. »Ist sie auch nach Brasilien ausgewandert? Es gab ja einige Nazis, die hierherkamen.«

»Wir wissen es eben nicht. Immerhin waren unsere Großmütter sehr gute Freundinnen«, erzählte Sandra und fuhr ungebremst fort: »Wir fliegen morgen früh nach Berlin für eine Recherchereise. Aber falls du heute spontan Zeit hast, könntest du uns ein bisschen über damals erzählen, als deine Mutter nach Brasilien kam? Du meintest doch, sie kannte eine Deutsche, deren Eltern Nazis waren. Womöglich kannten sie sich zufällig, oder wir entdecken einen Hinweis auf eine Community von deutschen Exil-Nazis in Brasilien, da gab es ja ein paar.« Sie hatte immer schneller geredet und hielt jetzt hoffnungsvoll inne.

»Natürlich, ich erzähle es euch gern«, erwiderte Leticia nachdenklich. »Vielleicht hilft es euch ja. Treffen wir uns im *Maxim's Rio* an der Copacabana, in einer Stunde?«, schlug sie vor.

»Oh, in einer Stunde, du bist ja superspontan. Das liebe ich an dir.« Sandra lachte erfreut, dolmetschte kurz für June und sah sie fragend an.

June nickte sofort.

»Okay, Leticia, wir treffen uns dann da, danke dir.«

Der weiße Strand der Copacabana reflektierte die Sonne. Zahlreiche bunte Sonnenschirme standen dicht an dicht, Samba-Reggae erklang aus einem mitgebrachten Lautsprecher. Viele sonnenhungrige Menschen in Bikinis und Badehosen genossen das Leben, viele standen einfach im Meer und plauderten. Sandra liebte diesen Strand, beobachtete June, die sich neugierig umsah. Sie hatten beide ihre Sandalen ausgezogen und gingen nun barfuß durch den heißen Sand am Meer entlang.

»Dieser weiße Sand ist ja wunderschön«, sagte June begeistert. »Es ist allerdings ganz schön viel los.«

Sandra lachte. »Ja, wir Brasilianer lieben das Meer und genießen es. Und die Touristen kommen aus aller Welt hierher und lernen von uns, den Augenblick zu genießen.«

»Das finde ich gut. Das muss ich auch mehr lernen. Im Augenblick zu leben, Schönes zu genießen.«

»Da drüben ist das Lokal«, erklärte Sandra. Sie deutete zur gegenüberliegenden Straßenseite, führte June an Palmen vorbei sicher über die belebte Straße, zum *Maxim's Rio*, einem Restaurant unweit des Strandes. Hier konnte man unter einem Sonnendach sitzen und in Richtung Strand sehen.

Das Restaurant war gut besucht, ein Sommerhit lief, viele hatten bereits um diese Uhrzeit Caipirinha-Gläser oder Limonaden vor sich. Sandra hielt Ausschau nach Leticia. Einige Gäste aßen Feijoada, den Bohneneintopf mit Fleisch und Reis, das Nationalgericht. Andere auch Pão de Queijo, die beliebten Käsebällchen, Coxinhas oder Empadas, weitere beliebte traditionelle Leckereien. Sie erläuterte June das alles, schließlich wollte sie ihr vor dem Abflug noch möglichst viel der brasilianischen Kulinarik näherbringen.

»Das muss ich alles irgendwann probieren«, sagte June angetan. »Hendrik würde das auch wahnsinnig interessieren. Er kombiniert als Koch sehr gern nationale Köstlichkeiten miteinander.«

Am anderen Ende des Raumes entdeckte Sandra eine kleine rundliche Frau Ende sechzig, die ihr freudestrahlend zuwinkte – Leticia. Lächelnd ging sie mit June hinüber, küsste Leticia rechts und links auf die Wange und stellte June vor. Leticia zog June zu sich, küsste sie ebenso, obwohl sie sich nicht kannten. June wirkte etwas überrumpelt, schien die herzliche Art der Brasilianer aber zu mögen.

Sie setzten sich, bestellten und kamen schon nach kurzer Plauderei zu ihren Fragen.

»Anni Graf hieß sie. Sagt dir der Name vielleicht etwas?«, fragte Sandra und hielt den Atem an.

Leticia dachte nach, schüttelte den Kopf. »Leider nein.«

»Wäre ja auch zu leicht gewesen«, erklärte Sandra seufzend.

»Vielleicht hat Anni ja hier geheiratet und hatte dann einen anderen Nachnamen«, überlegte June laut.

»Ja, vielleicht«, gab Sandra ihr recht.

»Eine Anni sagt mir leider nichts. Es kamen so viele Nazis nach dem Zweiten Weltkriegs nach Brasilien«, erklärte Leticia. »Die Regierung von Vargas hat ihnen ja Schutz und Unterstützung gewährt. Aber wie viele es waren, kann keiner genau sagen.«

June, die das auch auf dem Weg hierher recherchiert hatte, bestätigte das. »Es wird vielleicht auch geheim gehalten. Einige haben sich sicher nicht als Nazis geoutet.«

Leticia gab ihr recht. »Und ungefähr fünfzehn Prozent aller

jüdischen Flüchtlinge kamen in den Dreißigerjahren nach Brasilien. Und trafen hier schon auf Nazis. Deutsche Immigranten. Meine Mutter hatte sich mit einem Mädchen angefreundet, Leni, deren Eltern deutsche Nazis waren. Der Vater wollte hier die NSDAP mit aufbauen.«

Interessiert hakte June nach: »Die NSDAP in Brasilien? Entschuldigung, ich hatte noch nicht genug Zeit, mich in das Thema gründlich einzulesen.« Sie holte ihr Notizbuch und einen Stift hervor, um alles festzuhalten, wie sie es oft tat bei ihren Recherchen.

»Kein Problem. Ja. Schon vor der Machtergreifung Hitlers wurde die NS-Ideologie durch deutsche Immigranten in der deutschen Kolonie in Brasilien verbreitet. Es gab erschreckend viele Anhänger der NSDAP. In São Paulo gab es sogar eine Auslandsorganisation der NSDAP. Die deutschsprachige Presse in Brasilien wurde ausgebaut und so die Propaganda verbreitet. Deutschland wollte die vielen deutschstämmigen Brasilianer beeinflussen. Die NSDAP verzeichnete immer mehr Mitglieder in Brasilien, vor allem im Süden. Kein Wunder, dass die deutschen Juden hier nicht mit offenen Armen aufgenommen wurden.«

Sandra hörte ergriffen zu. »Wurden sie nicht? Meine Großmutter hat mir nie etwas davon erzählt.«

»Nein, wurden sie nicht. Den Juden in Argentinien, wo ja noch mehr gelandet sind, ging es aber noch schlechter. Auch dort gab es Antisemitismus. Es existieren unterschiedliche Berichte von Immigranten, aber meine Mutter hat mir erzählt, dass sie hier nicht willkommen waren. Nur Leni war nett zu ihr.

Lenis Eltern wollten natürlich erst partout nicht, dass sie mit einer Jüdin spielt, aber die Mädchen haben sich heimlich darüber hinweggesetzt. Die Deutschen blieben wohl weitestgehend unter sich. Zumindest am Anfang. Und als Brasilien dann 1943 in den Krieg gegen Deutschland eingetreten ist, wurde es noch schlimmer, da wurden die Juden offiziell zum Staatsfeind. Deutscher und deutscher Jude war für die Brasilianer ab da eins. Als dann deutsche U-Boote angefangen haben, brasilianische Schiffe zu versenken, hat die brasilianische Regierung sogar die Besitzstände deutscher Einwanderer beschlagnahmt, an die Erzählung erinnere ich mich noch. Wir hatten dann erst recht nichts mehr. Leni hat meiner Mutter immer mal etwas Gutes zu essen gebracht.«

»Oje. Gut, dass wir nicht zu diesen Zeiten leben«, erwiderte Sandra. »Wobei es ja leider auch heutzutage Antisemitismus und Vorurteile in Brasilien gibt. Vor allem im Süden des Landes nimmt es zu, habe ich gehört. Mir ist aber zum Glück noch nichts widerfahren.«

»Ja, Rio wird immer konservativer, und die organisierte Kriminalität nimmt auch zu«, sagte Leticia nachdenklich. »Ich finde, überall auf der Welt werden die Menschen immer engstirniger, immer fremdenfeindlicher, immer brutaler. Dabei mischt sich die Menschheit durch die verschiedenen Fluchtbewegungen durch Kriege doch eh immer mehr.«

»Das stimmt.« June nickte. »Und ja, die Fremdenfeindlichkeit nimmt leider auch in Deutschland zu.«

»Das kann ich wohl erst nach unserer Reise beurteilen«, erklärte Sandra. »Deshalb finde ich es so wichtig zu reisen. Sich selbst ein Bild zu machen von der Welt. Auch um weltoffen zu bleiben.«

»Das ist es auf jeden Fall«, gab ihr Leticia recht.

June wandte sich an Leticia: »Wie könnten wir denn herausfinden, ob Anni in Brasilien gelebt hat?«

Leticia dachte nach. »Es gab ja eine deutsche Siedlung, Rolândia, in der sich viele Deutsche niedergelassen haben. Da lebten viele geflüchtete Juden, aber auch Nazis. Und später gab es El Dorado, eine weitere deutsche Kolonie, in der sich einige Nazi-Eliten tummelten. Vielleicht kannst du dort weiter recherchieren. Oder bei der Einwanderungsbehörde nachfragen, ob sie alte Dokumente haben.«

»Danke, das sind gute Hinweise.« June schrieb *Rolândia* und *El Dorado* in ihr Notizbuch. Dazu *Einwanderungsbehörde.*

»Das geht hoffentlich alles online. Bevor unser Flug morgen startet, schaffen wir es wohl nicht mehr, dorthin zu fahren«, wandte Sandra ein.

»Ich drücke euch die Daumen und höre mich um«, erwiderte Leticia zuversichtlich.

Die Frauen redeten noch eine Weile über die bevorstehende Reise, dann verabschiedeten sich Sandra und June, um die letzten Dinge in ihre Rucksäcke einzupacken. Sie liefen zurück zum Strand, gingen barfuß im warmen Sand, als Junes Handy klingelte. Sie holte es aus ihrer Handtasche, lächelte augenblicklich. »Hendrik.«

Wie glücklich sie sofort aussieht, dachte Sandra, hielt respektvoll ein paar Schritte Abstand, um ihnen etwas Privatsphäre zu geben, aber natürlich hörte sie, wie liebevoll die beiden sich unterhielten.

Und plötzlich wurde ihr bewusst, dass ihr ein Partner doch fehlte. Jemand, der sich um sie sorgte, der wissen wollte, ob es ihr gut ging, jeden Tag. Dem sie von ihrer Reise berichten konnte.

June erzählte Hendrik, dass sie in Berlin weiter nach Anni suchen wollten. »Und Sandra möchte natürlich auch die Heimat ihrer Großmutter Maria kennenlernen.« Dann lauschte sie und lächelte, wie Sandra sah. »Ich vermisse dich auch, unendlich.« Wieder hörte sie zu. »Natürlich, wenn Mareike wieder gesund ist, zeige ich dir gern mal Berlin. Es ist eine tolle Stadt, kulinarisch sowieso.«

Die beiden unterhielten sich noch eine Weile, und Sandra dachte an Gabriel. Er schien ein sensibler Mann zu sein, wie Hendrik nach Junes Erzählung auch. Hatte sie sich bisher auf die Falschen eingelassen? War das ihr Fehler gewesen? Gabriel, der gerade unter einer Schreibblockade und Selbstzweifeln zu leiden schien, wie vermutlich jeder Schriftsteller hin und wieder, wirkte nicht so egozentrisch wie ihre längeren Freunde. Und das, obwohl er Bestsellerautor war.

June verabschiedete sich von Hendrik, richtete Grüße und Genesungswünsche an Mareike aus und schickte ihm viele Küsse durchs Telefon. Dann legte sie auf.

»Du scheinst ja gar kein Problem mit seiner Ex-Frau zu haben«, stellte Sandra fest. Ihr waren die Ex-Freundinnen ihrer Partner immer ein Dorn im Auge gewesen. »Ich bin ein sehr eifersüchtiger Typ, auch wenn ich weiß, dass das nicht gut ist.«

June wiegte den Kopf. »Ich hoffe einfach, dass ich meinem Gefühl vertrauen kann. Dass er sich für mich entschieden hat und mich liebt.«

Sandra nickte, und wieder dachte sie daran, dass es doch schön wäre, auch so einen Menschen in ihrem Leben zu haben. Erst recht, da sie keine Familie mehr hatte und sich seit dem Tod ihrer Mutter oft allein fühlte.

KAPITEL 14

Berlin, April 1939

MARIA FÜHLTE SICH VERLOREN, und das inmitten ihrer Lieben. Sie saß mit Jakob und den Kindern in der Wohnküche, und sie alle lauschten dem Radiosprecher, der einen Ausschnitt einer Rede Hitlers ankündigte. Sie hatten sich nach langen Diskussionen dagegen entschieden, mit Schleusern das Land zu verlassen, zu viele Geschichten waren zu ihnen durchgedrungen, standen im *Jüdischen Nachrichtenblatt*. Dass man diesen Menschen nicht vertrauen konnte, dass es oft den sicheren Tod bedeutete, wenn man in kleinen Booten auf den Ozeanen trieb.

Viele jüdische Flüchtlinge kamen nie an ihrem Zielort an, manche wurden sogar auf griechischen Inseln ausgesetzt, hatte Jakob gelesen. »Judenschiffe – Totenschiffe«, wurden sie genannt. Um die Kinder zu schützen, hatten sie sich gegen Schlepper entschieden. In der Hoffnung, dass es nicht ihren Tod bedeuten, dass ein Wunder geschehen würde, das auch tatsächlich eingetroffen war.

Die schnarrende, herrschsüchtige Stimme Hitlers erklang: *»Erst wenn dieser jüdische Völkerspaltpilz beseitigt sein wird, ist daran zu denken, eine auf dauerhafte Verständigung aufgebaute Zusammenarbeit der Völker herbeizuführen.«*

Entsetzt sah Maria ihren Mann an. Er stand abrupt auf, schaltete das Gerät mittendrin aus.

Tabea fragte irritiert: »Wieso sollen wir Juden Pilze sein? Das klingt eklig.«

»Das ist alles Unsinn, makaberer Unsinn!«, regte sich Jakob auf. »Meine Kinder sollen diese Hetze gegen uns nicht mehr hören. Nie wieder!«

»Aber ich will Radio hören«, widersprach Noah, sprang auf und schaltete das Gerät wieder an.

»Der ›Friede‹ muss notfalls erzwungen werden«, hörten sie jetzt Hitler.

»Was fällt dir ein, dich deinem Vater zu widersetzen«, rügte Maria ihren Sohn. Jetzt stand sie auf und schaltete ab.

»Es kommt zu viel Dreck aus dem Radio«, erklärte Jakob den Kindern, die ihn blass ansahen. »Ihr seid gute Menschen, denkt immer daran, Menschen, keine Pilze!«.

»Papa, aber wieso dürfen wir fast nichts mehr, wenn wir gut sind?«, fragte Tabea. »Wir haben doch nichts angestellt.«

»Ist denen doch egal«, entgegnete Noah sauer.

»Natürlich habt ihr nichts angestellt. Hitler verdreht ständig die Wahrheit. Das Ding kommt weg!«

Jakob packte den Volksempfänger und trug ihn ins elterliche Schlafzimmer. Die Kinder folgten ihm in den Flur, blieben an der Tür stehen. Maria ebenso.

»Aber so kriegen wir ja gar nichts mit, Papa«, sagte Tabea.

»Du sollst halt ein Dummkopf bleiben.« Noah sah seine Mutter herausfordernd an.

»Hör auf, deine Schwester Dummkopf zu nennen«, schalt Maria ihren Sohn.

Jakob hatte das Radio auf der Kommode im Schlafzimmer abgestellt, trat zu ihnen in den Flur, seufzte. »Wir müssen uns respektvoll behandeln, wenn es schon die anderen nicht mehr tun. Tabea, ihr bekommt genug mit. Viel zu viel. Alles, was ihr wissen müsst, erfahrt ihr durch uns, mein Schatz.«

»Und wieso fahren wir nicht zu Tante Luise nach Amerika?«, fragte ihre Kleine weiter.

Jakob und Maria wechselten einen bedeutungsvollen Blick. »Weil wir keine Schiffskarten bekommen haben«, erklärte er, dann wandte er sich an Maria: »Sagen wir es ihnen jetzt?«

Sie nickte. Bisher hatten sie den Kindern nichts Genaues erzählt, aus Sicherheitsgründen, damit sie sich nicht verplappern konnten.

»Wir hatten doch noch riesiges Glück. Wir haben Zugfahrkarten nach Frankreich bekommen. Das ist ein sehr schönes Land«, erklärte er.

Noah horchte auf. »Nicht mit dem Schiff irgendwohin ganz weit weg?«

»Von Frankreich kann man dann immer noch sehen«, erwiderte Maria. »Und jetzt packt rasch, morgen früh geht es los.«

»Morgen früh?« Tabea war ihre Angst anzusehen, Tränen schossen ihr in die Augen.

Maria kniete sich zu ihr, drückte sie an sich. »Wir haben die Karten ganz überraschend bekommen. Je schneller wir wegkommen, desto besser.« Sie stand wieder auf, Noah zog seine Schwester am Ärmel in ihr Zimmer.

»Pack auch du fertig, Maria«, sagte Jakob und schenkte ihr einen besorgten Blick. »Ich geh noch mal in die Buchhandlung und hole ein paar Unterlagen.«

Sie nickte, schloss hinter ihm die Tür.

Sie dachte an Herrn Panitz, den Hauswart in diesem Haus, der immer ganz genau wusste, was geschah. Er war zwar auch Jude, aber sie hatte schon länger das Gefühl, dass man ihm nicht trauen konnte. Er durfte auf keinen Fall mitbekommen, dass sie fuhren.

Tabea erschien wieder im Flur. »Darf ich alle drei Puppen mitnehmen?«

»Doch nicht alle, Schatz. Du musst dich leider für eine entscheiden.«

»Nur eine?« Tabea knabberte an ihrer Unterlippe, überlegte. »Dann die Püppi.« Ihre Stimme vibrierte.

»Sehr schön.«

»Dann sag ich schon mal der Resi und der Erika Adieu.« Sie flitzte wieder in ihr Zimmer.

Maria spürte, dass sie tapfer sein wollte, um ihren Eltern nicht noch mehr Sorgen zu bereiten. Wie musste es nur in dem Kind aussehen?

Mitte März waren endlich die Pässe gekommen, mit einem großen roten eingestempelten J darin. Seitdem hatte sich Maria wieder verstärkt um Schiffsfahrkarten und Visa, egal wohin, bemüht, hatte das *Jüdische Nachrichtenblatt*, in dem es fast nur noch um Auswanderung ging, durchforstet, war immer wieder beim Hilfsverein gewesen. Doch die Wochen zogen dahin, und es passten nie alle Papiere zusammen.

Und in all diesem Unheil ein glücklicher Zufall. Sie hatte Zugtickets nach Frankreich bekommen. Von einer Frau aus der Gemeinde, die hatte die Karten für einen teuren Luxuszug, den Riviera-Express, für ihre Familie gekauft. Schlafwagen, zweite Klasse, in ein paar Tagen. Doch jetzt war ihr Mann abgeholt worden. »Ohne ihn gehe ich mit den Kindern nirgendwohin«, hatte sie gesagt. »Wollen Sie die Tickets haben, Frau Kirschbaum? Ich schenke sie Ihnen. Geld bedeutet mir nichts mehr. Nur noch mein Mann. Ich warte hier auf ihn, ohne ihn will ich nicht mehr leben.«

Maria hatte erst versucht, sie zu überzeugen, sich allein mit ihren Kindern in Sicherheit zu bringen, doch die Frau war stur geblieben. Schließlich hatte Maria sich gerührt bedankt, war nach Hause gerannt, hatte die Tickets Jakob gezeigt und dabei beinahe keine Luft mehr bekommen, vor Aufregung und

Erleichterung. »Wir fliehen nach Frankreich. Dann sehen wir weiter.«

»Aber lassen sie uns mit diesen Tickets überhaupt über die Grenze?«, hatte er zaudernd eingewandt. »Ist es noch legal? Du kennst doch den neuen Erlass, dass eine ungesetzliche Auswanderung von Juden zu verhindern ist. Nicht nur wir, sondern auch Helfer würden dann festgenommen und in ein Lager gebracht.«

»Jakob!«, entfuhr es Maria wütend. »Wir haben legale Tickets. Wir müssen es jetzt versuchen. Eine andere Wahl haben wir nicht und Zeit auch nicht mehr.«

»Du hast ja recht, es tut mir leid. Vielleicht können wir erst mal in Frankreich bleiben«, hatte er geantwortet, aber Maria glaubte nicht daran.

»Je weiter wir von Deutschland wegkommen, desto besser. Aber eins nach dem anderen.«

Am Abend vor der Abfahrt nahm Maria die wenigen übrigen Schmuckstücke, die ihnen geblieben waren, und nähte sie in ihre Mäntel ein. Es war bitterkalt, sie würden die Mäntel brauchen. Dann sah sie auf das Regal im Wohnzimmer, in dem sie ein paar Lieblingsbücher aus der Buchhandlung verwahrte, die nicht von jüdischen Autoren geschrieben waren. Der jüdische Kulturbund hatte kürzlich eine Annonce geschaltet, in der es in etwa hieß: *Vergesst niemals das Buch. Sie können Ihre Bücher mitnehmen, wenn Sie auswandern. Bücher geben Halt, erst recht auf der Flucht.*

Maria hatte lächeln müssen, als sie es gelesen hatte, aber nun kam es ihr wieder in den Sinn. Und ja, Bücher gaben Halt, hatten ihr schon als junges Mädchen großen Halt gegeben. Sie legte Nadel und Garn beiseite, ging zum Regal, in das sie die Bücher gestellt hatte, um sich in dieser fremden Wohnung ein wenig zu Hause zu fühlen. Dies waren ihre liebsten Werke. Es gab so viele gute Autoren. So viele Geschichten, die sie berührt hatten.

Maria sog den Duft ihrer Bücher ein. Wie sehr würde sie allein den vermissen. Sie tastete an den Buchrücken entlang, überlegte, welches Buch sie mitnehmen sollte. Eines, das sie den Kindern vorlesen konnte, das Mut machte und Zuversicht schenkte. Sie zog immer wieder eines hervor, las kurz den Klappentext, erinnerte sich an bewegende Geschichten. Schließlich hielt sie drei ihrer Lieblingsbücher im Arm. *Siddhartha* von Hermann Hesse, denn es enthielt tiefgründige Einsichten über das Leben und das Streben nach Glück, dann *Die Weber* von Gerhart Hauptmann, das Einblicke in das Leben der Frauen damals gab, und von Annette Kolb *Das Exemplar,* über eine junge Frau, die sich auf eine unkonventionelle Liebe einließ.

Jakob kam herein, trat zu ihr. »Nimmst du Abschied?«

»Nein, ich überlege, welches Buch ich mitnehme, aber sie sind alle so besonders.«

»Du kannst doch kein Buch mit auf die Flucht nehmen.«

»Wieso nicht? Dann können wir uns im Zug dahinter verstecken, das fällt am wenigsten auf. Denn vermutlich denkt der Zugschaffner, Flüchtlinge nehmen keine Bücher mit. Nur wir sind so buchverrückt.«

Jakob lächelte, legte ihr die Hand um die Hüfte. Sie spürte seinen Atem an ihrem Hals. »Na gut, zwei Bücher, für jeden von uns eines. Und du suchst aus.«

Sie schüttelte den Kopf. »Diese drei. Das hier hat mir meine Mutter geschenkt. Und das ist von meinem Lieblingsautor. Und das hast du mir zur Hochzeit geschenkt. Sie haben mir alle drei immer wieder Mut gemacht. Und noch ein dünnes Kinderbuch für Tabea nehme ich mit, dann hat jeder etwas in der Hand. Glaube mir, es ist sicherer, bei einer Schaffnerkontrolle zu lesen. Jakob, die Kinder sind das Wichtigste, was wir haben.«

Er gab ihr recht und küsste sie zärtlich.

Am nächsten Morgen standen sie früh im Flur ihrer Wohnung, das wenige Gepäck in der Hand, Tabea hielt ihre Püppi im Arm. Maria fröstelte es vor Aufregung. Gleich würde es losgehen zum Bahnhof. Von dort nach Hamburg, und ab da fuhr ein Zug nach Frankreich. Noah zog seine Schuhe an, band aufgeregt die Schnürsenkel, die anderen warteten auf ihn.

»Beeil dich, Noah«, mahnte ihn Maria.

Der Junge verknotete die Schnürsenkel schnell, sprang auf. »Kann losgehen.«

»Und schön leise im Treppenhaus, Herr Panitz schläft hoffentlich noch«, flüsterte Jakob.

Er ging vor, nach ihm Noah, dann Maria mit Tabea an der Hand, auf Zehenspitzen. Aber die Holzstufen im Hausflur knarzten immer wieder, Maria zuckte jedes Mal zusammen, hielt die Luft an, die anderen ebenso. Wenn sie von Herrn Panitz doch erwischt würden, würde er sie bestimmt melden, und sie alle würden in eines dieser Konzentrationslager kommen, von denen man schreckliche Dinge hörte.

Genau vor Herrn Panitz' Tür musste Noah niesen. Der Junge versuchte, es leise zu tun, aber ein Pruster entfuhr ihm dennoch. *Das war es,* dachte Maria und starrte auf die Wohnungstür des Hauswarts.

KAPITEL 15

Berlin, Mai 1939

»Vielleicht ist er gar nicht böse, wir kennen ihn ja kaum«, sagte Tabea, die sich fest an die Hand ihrer Mutter klammerte, während die S-Bahn anfuhr. Zu ihrer aller Erleichterung war Herr Panitz nicht aus seiner Wohnung gekommen.

Sie fuhren zum Anhalter Bahnhof in Kreuzberg, denn von dort gingen die Fernzüge. Die hohen Rundbogenfenster der Fassade sahen mit einem Mal so fremd aus. So fremd war ihnen ihre Heimat jetzt schon geworden. Sie traten in die lange und breite Bahnsteighalle, dort gab es sechs Hauptgleise, und in ihrer Nervosität fanden sie sich erst nicht zurecht. Doch dann entdeckte Maria ihres. Zum Glück war am Anhalter Bahnhof viel los, sodass sie nicht auffielen mit ihren Koffern. Wie ganz normale Reisende wollten sie wirken, keine gehetzten Gesichter machen, eher aussehen, als ob sie ihre Familie besuchten.

»Sollen wir gleich schon im Buch lesen?«, fragte Tabea.

»Nicht gleich am Anfang«, flüsterte Maria. »Aber auf jeden Fall, wenn der Schaffner kommt.«

»Und was, wenn der keine Juden mitnehmen will?«, fragte Noah leise. Wie sehr es in den Kindern arbeitete. Wie groß ihr Gefühl war, minderwertig zu sein. Bei ihnen allen.

»Wir haben gültige Tickets«, erklärte Jakob mit gepressten

Lippen. »In Deutschland dürfen wir verreisen. Noch. Er muss uns mitnehmen.«

»Passt auf, wer mit euch im Zug sitzt«, hatte die Frau, von der sie die Tickets hatten, gesagt. »Wenn Nazis mitreisen, kann es gefährlich werden. Seht ihnen in die Augen. Wenn ihr wegblickt, wissen sie, dass ihr Juden seid. Sie riechen den Angstschweiß«, hatte sie noch hinzugefügt.

Maria hatte ein paar Stullen geschmiert und Wasser in Flaschen dabei. Wie immer hatte Noah schon in der S-Bahn Hunger bekommen und seine alle gegessen.

Da stand er schon, der elegante Zug. »Der sieht ja schön aus«, murmelte Tabea.

»Lasst uns einsteigen, geht ihr vor«, wies Jakob sie nervös an. Aber Tabea blieb wie angewurzelt stehen. Maria zog an ihrer Hand, doch ihre Tochter stand da und starrte vor sich hin. Etwas, das sie in letzter Zeit öfter tat – sich wegdenken aus einer Situation, wenn sie Angst bekam.

Noah zischte seiner kleinen Schwester zu: »Spiel Mutigsein. Denk dir, du spielst in einem Theaterstück die Hauptrolle.«

»Die Hauptrolle?«, fragte Tabea ehrfürchtig.

»Ja, wieso nicht?«, erwiderte Noah und rückte sich seine Schiebermütze zurecht.

»Noah hat recht«, pflichtete Maria ihm bei und beugte sich zu Tabea. »Du spielst immer die Hauptrolle in deinem Leben. Denk dran, jeden Tag.«

Tabea nickte, und endlich bewegte sie sich wieder. Maria, die Kinder und Jakob stiegen ein, fanden ihr Abteil, sahen sich um. Die Ausstattung des Riviera-Expresses wirkte sehr luxuriös. Ein Sofa aus Stoff mit Nackenkissen, das sich zum Schlafen umklappen ließ, mahagonifarbene Holzvertäfelung an den Wänden und der Tür, ein schwarz-weiß gemusterter hübscher

Teppich. Noah warf sich sofort juchzend auf das Sofa, aber Jakob wies ihn streng an, sich ordentlich hinzusetzen, da der Schaffner gleich kommen werde.

»Ich hab so Hunger.« Der Junge schien zu wachsen, besaß den Appetit einer ganzen Fußballmannschaft.

Maria gab ihm ihre letzte Stulle ab, wies ihn an, aufzupassen, nicht auf den schönen Teppich oder das Sofa zu krümeln. Ihre Nervosität, ob alles gut gehen würde, wuchs.

Sie fuhren bereits mehrere Stunden, die Kinder waren durch das Rattern des Zuges eingeschlafen. Tabea lag an Noah gelehnt, aber Maria und Jakob wagten es nicht, auch nur kurz die Augen zu schließen. Zum Glück hatten sie das Abteil, das ja ein Schlafwagen war, für sich allein. So war die Gefahr, entdeckt zu werden, geringer.

Ob wohl mehrere Juden auf der Flucht in diesem Zug saßen? Und wie viele Nazis? Tatsächlich sah man es den Leuten an, wenn man darauf achtete. Die, die flohen, konnten ihre Angst, ihre Panik und Selbstzweifel kaum unterdrücken. Maria wurde bewusst, wie sehr sie gegen diesen Gesichtsausdruck ankämpfen musste. Denn auch ihre Selbstzweifel hatten sich seit Monaten verstärkt. *Bin ich eine gute Mutter? Bin ich eine gute Ehefrau? Bin ich als Mensch etwas wert?* Die Zerstörung ihres Selbstbewusstseins, das, was Hitler anstrebte, hatte längst begonnen. Sie ärgerte sich sehr darüber, aber all die Repressionen gegen Juden, die immer mehr zunahmen, erzeugten in ihr ein Selbstbild, das wiedergab, wie sie vom Großteil der nichtjüdischen Bevölkerung gesehen wurde. Oft schaffte sie es, dagegen anzukämpfen, aber nicht immer. Sie wusste, Jakob ging es ebenso. Und leider auch den Kindern. Das war das Schlimmste.

In besonders schwachen Momenten schien es gar unmöglich, selbstbewusst zu bleiben.

Maria setzte sich aufrecht hin. Schon als Frau fühlte man sich weniger wert. Als jüdische Frau erst recht.

Sie verlor jegliches Zeitgefühl, jede Minute kam ihr vor wie mehrere Stunden. Der Zug hielt an einem Bahnsteig, Passagiere stiegen aus, andere ein. Noch war kein Schaffner gekommen.

Eine Gruppe Männer lief lautstark redend im Zugflur auf ihr Abteil zu. Plötzlich riss einer die Schiebetür auf, Maria erkannte seine Wehrmachtsuniform, und er polterte los: »Raus da, das ist unser Abteil!«

Jakob und sie waren zusammengezuckt, die Kinder schliefen trotz des Lärms weiter. Ein Geruch von Bier und Zigarettenrauch drang herein. Jakob zog sofort ihre Tickets heraus, sah darauf. Seine Brille rutschte tiefer. Er schob sie hoch. »Das muss ein Missverständnis sein, sehen Sie, dies sind unsere Plätze.« Er hielt dem Soldaten die Tickets hin. Der sah nur kurz drauf, schüttelte ungerührt den Kopf. »Das ist unser Abteil. Verschwindet, aber sofort!«

Vom Lärm angezogen kam ein Schaffner dazu, ein kleiner, korpulenter, älterer Mann. Der Soldat beschwerte sich erneut, und der Schaffner nickte sofort, kontrollierte alle Karten und erklärte Jakob und Maria: »Die Bahn hat Ihre Plätze leider vergeben.«

Entsetzt sahen sich die Eheleute an.

»Bitte räumen Sie das Abteil«, fuhr der Schaffner fort, aber man sah ihm an, wie unangenehm ihm die Situation war. Mit Blicken bedeutete er ihnen, besser nicht zu widersprechen.

Maria weckte die Kinder, rüttelte sie sanft. »Nicht erschrecken, wacht auf, wir müssen in ein anderes Abteil.«

Noah und Tabea blinzelten, wachten auf, starrten die Soldaten panisch an. Tabea fing sofort an zu weinen.

»Schsch, alles gut, die Tickets wurden nur neu vergeben«, versuchte Maria, sie zu beruhigen. »Komm, nehmt alles mit.«

Jakob war schon dabei, die Koffer von der Ablage über ihnen herunterzuholen, alle standen auf, Tabea nahm ihre Püppi an sich, und dann mussten sie sich an den Soldaten vorbeizwängen. Einer von ihnen lachte höhnisch, sie rochen ungeduscht, stark nach Bier. Dann drängelten sich die Männer in ihr Abteil, ließen sich zufrieden auf dem Sofa nieder, streckten lachend die Beine aus.

Maria, Jakob und die Kinder standen verloren auf dem Flur. Der Zug fuhr bereits wieder an, und sie mussten sich immer wieder an der Zugwand festhalten, um nicht hinzufallen.

»Wo können wir denn sitzen? Es sind ja so unendlich viele Stunden bis nach Cannes«, fragte Maria den Schaffner, aber der zuckte hilflos mit den Schultern.

»Ich fürchte, die ganze zweite Klasse ist ausgebucht. Und Sie haben Tickets für die zweite Klasse.«

»Aber wir haben Tickets für dieses Abteil. Es ist nicht unsere Schuld, wenn die Plätze doppelt vergeben werden«, versuchte es Jakob erneut, seine Stimme klang hilflos.

»Ich weiß, es tut mir leid, wirklich.« Der Schaffner sah ratlos nach draußen.

Der Zug fuhr inzwischen schneller, ratterte und wackelte, und Maria wurde übel.

»Stehen können Sie hier nicht die ganze Strecke, das gibt Ärger«, fuhr der Schaffner überfordert fort. Dann flüsterte er: »Sie sollten nicht auffallen.«

Er hat es uns also angesehen, durchfuhr es Maria sofort. Ihr Herz raste.

Sie hatte eine Idee. »Und wie sieht es in der ersten Klasse aus?«, fragte sie vorsichtig. »Die ist vielleicht nicht ausgebucht. Nur leider haben wir kein Geld. Könnten Sie bitte eine Ausnahme machen?«

Tabea hatte sich inzwischen wieder gefangen, sie wischte

ihre Tränen weg, zog die Nase hoch, drückte ihre Puppe an sich. Noah knuffte sie rügend, wandte sich dann an den Schaffner. »Bitte«, sagte er und sah den Mann flehend an.

Der Schaffner zögerte, hatte offenbar Mitleid, fasste sich ein Herz. »Wir können es versuchen. Kommen Sie mit, folgen Sie mir.«

Aufgewühlt gingen sie ihm hinterher.

In der ersten Klasse saß in jedem Abteil mindestens eine Person. Der Schaffner sah sich die Leute immer kurz durch die Glasscheibe an, zögerte, ging weiter. Dann blieb er vor dem letzten Abteil stehen, in dem ein Herr mittleren Alters allein saß und Zeitung las. Der Schaffner öffnete die Tür, entschuldigte sich. »Es gibt leider eine Notsituation. Die Tickets dieser Familie wurden von der Bahn doppelt gebucht, und im Zug gibt es keinen weiteren Platz für sie. Sie hatten vorhin bei der Kontrolle gesagt, Sie fahren nur bis Mannheim. Würde es Ihnen etwas ausmachen, bis dahin Mitreisende zu haben? Die Kinder wirken artig.«

Der Herr hatte die Zeitung gesenkt, sah die Kirschbaums an, musterte sie mit zusammengekniffenen Augen.

Hoffentlich kein Nazi, durchfuhr es Maria panisch.

»In Ordnung«, sagte er mit einem Akzent, den sie nicht zuordnen konnte.

Jakob bedankte sich sofort, seine Brille rutschte ihm wieder auf die Nase, er schob sie hoch. Auch Maria bedankte sich angestrengt und die Kinder ebenso.

In dem noch luxuriöser wirkenden Abteil, das mit edlen Teppichen und einem plüschigen Sofa ausgestattet war, roch es nach Tabak und Aftershave. Eigentlich war das Abteil in der ersten Klasse nur für zwei Personen gedacht, zumindest wenn man dort schlafen wollte. Sitzend sollte es aber zu fünft gehen.

Sie verstauten ihr Gepäck, setzten sich angespannt. Maria verteilte die Bücher, nahm Tabea auf den Schoß, und alle gaben wie besprochen vor, angestrengt zu lesen.

Immer wenn Maria kurz aufsah, begegnete sie dem Blick dieses Mannes. Sie bemühte sich, ihm freundlich in die Augen zu sehen, dann wieder in ihr Buch. Und tatsächlich gab es ihr Halt in diesem Moment, auch wenn sie nicht wirklich lesen konnte vor Nervosität. Wenn es ein Nazi war, konnte er ihnen gefährlich werden. Der Mann schwieg eisern, hatte offenbar keine Lust auf Konversation, was ihr sehr entgegenkam.

Das Rattern des Zuges machte sie irgendwann müde, und ihr fielen beinahe die Augen zu. Sie kannte ja den Roman von Hesse, er hielt sie also nicht gerade wach. Doch sie durfte jetzt auf keinen Fall einschlafen. Wenn sie nur wüsste, ob der Mann gefährlich für sie werden könnte oder nicht.

Nach einer Weile, die Kinder hatten die Bücher inzwischen weggelegt, Tabea steckte mit Noah, der neben ihnen saß, die Köpfe zusammen, und sie flüsterten, zog der Mann ein Journal heraus. Kein jüdisches, das sah sie sofort. Er war also vermutlich kein Jude, das bedeutete potenzielle Gefahr.

»Stört es Sie, wenn die Kinder so tuscheln?«, erkundigte sie sich freundlich.

Er sah auf, schüttelte den Kopf. »Es sind Kinder.« Mehr sagte er nicht, schien in Ruhe lesen zu wollen.

Die Zeit verging schleppend, der Zug fuhr an Feldern, Wiesen und Wäldern vorbei. *Deutschland ist ein schönes Land*, dachte Maria. Ob sie jemals zurückkommen könnten? Sie wusste, wie sehr Tabea sich das wünschte. Wie sehr sie ihre Puppen vermissen würde, ihr Zuhause, trotz allem. Die Kinder kannten nichts anderes von der Welt. Und Maria ja auch nicht. Ihre Eltern waren mit ihr einmal an die Nordsee gefahren, aber außerhalb Deutschlands war sie nie gewesen. Nur Jakob, der war schon einmal in Paris gewesen, wohl eine traumhafte Stadt, aber auch dort gab es schon sehr viele Flüchtlinge, wie man las. Weitere waren nicht willkommen. Nirgends wollte man sie mehr haben.

Sie betrachtete den Mann ihr gegenüber genauer, der immer noch in dem Journal las. Ein Fachmagazin für Ärzte, wie sie jetzt erkennen konnte. Er trug ein Jackett, darunter ein Hemd und eine Weste, aus deren Tasche die Kette einer Taschenuhr heraushing. Er wirkte gut situiert, sonst würde er ja auch nicht erster Klasse in diesem schönen Zug fahren.

Noahs Magen rumorte. Der Junge hatte Hunger. Aber ihr Proviant war längst aufgebraucht. Der Mann sah wieder von seinem Journal auf, musterte Noah, der jetzt aus dem Fenster starrte und mit dem Finger an der Scheibe entlangfuhr. Jakob bat ihren Sohn streng, damit aufzuhören. Es war offensichtlich, dass ihrer aller Nerven blank lagen.

Maria hatte die Idee gehabt, die Reisepässe bei der Kontrolle so zu halten, dass der Kontrolleur und auch die Mitreisenden das eingestempelte rote J nicht sehen konnten. Sie hatten es sogar zu Hause geübt. Es war nicht leicht, aber wenn man die Pässe übereinander fächerte und auf den ersten den Handballen hielt, konnte es klappen. Und wenn der Kontrolleur die Pässe nicht selbst halten wollte. Vorhin hatte es geklappt, aber soviel sie mitbekommen hatte, hatte es einen Schaffnerwechsel gegeben. Hoffentlich würde es jetzt keine Schwierigkeiten geben, dass sie erster Klasse fuhren!

Der Zug wurde langsamer. »Wie lange noch?«, fragte Tabea leise ihre Mutter und schob ihre kleine Hand in Marias. Die ganze Zeit hatte ihre Tochter, die sonst so gern und viel redete, auf ihrem Schoß geschwiegen, in ihr Kinderbuch gestarrt oder an den Haaren ihrer Puppe herumgezupft.

»Das dauert noch«, erwiderte Maria und warf Jakob, dem

der Schweiß auf der Stirn stand, einen kurzen Blick zu. Angstschweiß. Hoffentlich roch ihn der Mann im Abteil nicht.

Kurz darauf erreichte der Zug den nächsten Halt, und wenige Minuten später öffnete ein anderer Schaffner das Abteil. Marias Magen zog sich zusammen. So fest hatte sie sich vorgenommen, sich ihre Angst nicht anmerken zu lassen, aber sie spürte selbst, dass das nicht gelang.

Auch Tabeas kleine Hand in ihrer wurde immer klammer, und Noah trommelte mit den Fingern auf die Armlehne.

»Lass das«, fuhr Jakob ihn an, so harsch, wie er sonst nie mit den Kindern sprach.

Maria warf dem Mann ihr gegenüber einen entschuldigenden Blick zu. Der lächelte kurz, holte seinen Reisepass und das Ticket aus der Aktentasche und beobachtete Jakob, der ihrer aller Reisepässe aus der Manteltasche zog und sie umständlich in der Hand auffächerte. *Viel zu auffällig*, dachte Maria. Sie sah, dass Jakobs Hand zitterte. Auch das noch. Sollte sie ihm die Pässe abnehmen? Aber sie konnte nicht garantieren, dass es ihr gelingen würde. Außerdem würde es vor ihrem Mitreisenden auffallen. Hoffentlich wusste der neue Kontrolleur über die Doppelbuchung, warum sie hier saßen, Bescheid.

Jakob, der am Fenster Noah gegenübersaß, hielt die Pässe gefächert hoch, aber einer verrutschte, das rote J war deutlich zu sehen. Der Mitreisende sah darauf, wandte sich dann mit seinem Ticket an den Schaffner und setzte an, etwas zu ihm zu sagen.

Maria stockte der Atem.

KAPITEL 16

Berlin, Sommer, 2023

NACHDEM SIE SICH GESTERN nach dem Abendessen doch noch in Junes Wohnung hingelegt und zwei Stunden geschlafen hatten, hatten sie sich tatsächlich aufgerafft und zwei Bars im Prenzlauer Berg besucht. Sandra hatte June inständig um diesen Gefallen gebeten, da sie Bars liebte und Berlin nicht verlassen wollte, ohne ein klein wenig ins deutsche Nachtleben geschnuppert zu haben.

»Mit Mitte dreißig bin ich nicht mehr up to date, was das Nachtleben in Berlin betrifft«, gab June zu. »Auch weil ich ja bis zuletzt liiert war, da geht man automatisch weniger weg.« Nachdenklich fügte sie hinzu: »Es war seltsam, vorhin in unsere frühere gemeinsame Wohnung zu kommen. Mein Ex, Anton, ist kürzlich ausgezogen, aber da er so wenig mitgenommen hat, sieht es fast aus wie zuvor.«

»Das glaube ich, dass das seltsam ist«, erwiderte Sandra. Deshalb wollte sie auch keine feste Beziehung, weil eine Trennung immer wehtat. Dennoch merkte sie gerade, dass sie es vermisste, jemanden in ihrem Leben zu haben, dem sie von dieser Reise erzählen konnte, der in Gedanken immer bei ihr war. Wünschte sie sich etwa doch eine feste Beziehung?

Gedankenverloren nippte sie an ihrem Cocktail. Und warum ihr im nächsten Moment schon wieder Gabriel in den Sinn kam, wusste sie nicht. Jedenfalls dachte sie immer wieder an ihn, wie sie sich insgeheim eingestehen musste. Schon auf dem Flug von Brasilien hierher. Bestimmt nur, weil sie sich doch um ihre Buchhandlung sorgte. Ob er und seine Schwester Ana Iris alles hinbekamen? In ihrem Chaos fand sich doch kein Mensch zurecht. Sandra hatte zwar versucht, ihn rasch in ihr System einzuweisen, aber da es eigentlich kein System gab, hatte er es seiner Schwester vielleicht doch nicht richtig erklären können. Hoffentlich half es ihm wenigstens, inmitten der vielen Bücher zu schreiben, und er fand seine Inspiration wieder.

Wirklich sehr faszinierend, wie Autoren ihre Ideen suchten. Sandra nahm sich vor, ihn noch mal genauer danach zu befragen.

Am nächsten Morgen, nach einem herrlichen Frühstück in einem Café am Kollwitzplatz, hatten sich June und Sandra aufgemacht zum Dokumentationszentrum »Topografie des Terrors« in der Niederkirchnerstraße in Mitte. Sandra betrachtete das geradlinige schlichte Gebäude, das eine bedrohliche Kälte ausstrahlte. Es stand auf dem Areal in der Nähe des Potsdamer Platzes, wurde auch »Prinz-Albrecht-Gelände« genannt. Ein Erinnerungsort mit einer Dauerausstellung zu der Geschichte des Terror-Regimes von damals. Sandra fand es beeindruckend, wie sehr sich die Deutschen ihrer Vergangenheit stellten, denn all das durfte wirklich niemals vergessen werden.

June erzählte ihr, dass sich hier die Hauptinstanzen des Nazi-Terrors befunden hatten. »Die Reichsführung-SS, der Sicherheitsdienst, das Geheime Staatspolizeiamt, also die Gestapo samt Gefängnis, und das Reichssicherheitshauptamt.«

»Puh, was es alles gab. Und sogar ein Gestapogefängnis war hier?«

»Ja, in dem gefoltert wurde. Lass uns reingehen. Bist du bereit?«

Sandra zögerte. »Dafür ist niemand bereit, schätze ich.« Sie folgte June.

Im Inneren sah alles sehr nüchtern aus. Auf Infotafeln erfuhren sie etwas über die Organisation und Arbeitsweise der Gestapo, es gab Schautafeln über bekannte Gestapomitarbeiter und ihre Verbrechen, aber leider nichts, was ihnen bezüglich Annis Siegfried weiterhelfen könnte. Das kalte Ambiente, die Bilder und Informationen über die Gräueltaten, die Menschen noch vor wenigen Jahren hier verübt hatten, ließen Sandra immer wieder erschauern. In einer Audio-Tour erfuhren sie etwas über die Folgen für die Gestapomitarbeiter nach dem Krieg, einige wurden im Rahmen der Nürnberger Prozesse verurteilt, viele wurden aber nie zur Rechenschaft gezogen, nie bestraft. Einige arbeiteten sogar weiter in der Bundesrepublik Deutschland.

Wie viele Nazis damals nach dem Krieg wohl nach Brasilien geflohen waren und dort unerkannt lebten? Man konnte den Menschen immer nur vor die Stirn sehen. Was in den Köpfen vor sich ging, wie krank und vernebelt diese innerlich sein mochten, sah man den wenigsten an. Auch hier. Junge, attraktive Männer, die in die Kamera strahlten. Hätten sie nicht diese Uniform getragen, hätte man sie für nette Menschen halten können. Was sie sicher auch sein konnten. Denn jeder Mensch hatte ja durchaus mehrere Seiten. Ganz sicher hatte es SS-Offiziere gegeben, die liebende Ehemänner und Familienväter gewesen waren.

Sandra gruselte es bei dem Gedanken, mit so einem verheiratet gewesen zu sein. Was hatten die Frauen damals gemacht, deren Männer immer mehr von dieser Hitler-Ideologie aufgesogen worden waren, Frauen, die selbst gegen dieses faschistische Regime waren? Was für ein Konflikt. Und was, wenn es Anni damals auch ab einem gewissen Punkt so gegangen war? Anders konnte es sich Sandra einfach nicht vorstellen. Immerhin war Anni mit Luise, der mutigen Widerstandskämpferin, und mit ihrer Großmutter Maria, einer Jüdin, eng befreundet gewesen.

Nachdem June noch mit einem Mitarbeiter gesprochen und ihn ausgefragt hatte, leider ohne Ergebnis für ihre Suche, traten die beiden Frauen wieder hinaus auf die Straße in die Sonne.

Sandra schloss für einen Moment die Augen, genoss die wärmenden Sonnenstrahlen. Die Vorstellung, was ihre Vorfahren und all die anderen Juden oder aus anderen Gründen Verfolgten in diesem Land hatten erleiden müssen, erschütterte sie an diesem Ort noch mehr als sonst.

Zugleich war sie June unheimlich dankbar, dass die wie selbstverständlich die Nachfragen, die Recherche und alles Organisatorische in die Hand nahm. Außerdem freute sie sich, so eine freundliche Reisebegleitung zu haben. Auch die anderen Menschen in Berlin waren bisher offen und nett zu ihr gewesen. June hatte erzählt, dass die »Berliner Schnauze« oft von Touristen kritisiert wurde, dass sie aber selbst keine schlechten Erfahrungen mit Berlinern gemacht hatte. »Klar, manchmal sind sie direkt und geradeheraus, aber das mag ich sehr. So war meine Großmutter Luise auch. In Amerika fehlt mir das tatsächlich manchmal.«

Sandra überlegte, wie die Brasilianer im Großen und Ganzen tickten, aber pauschal konnte sie das gar nicht sagen. Dafür waren die Brasilianer zu bunt gemixt, viele verschiedene Ethnien, dazu viele Einwanderer aus verschiedenen Ländern in all den Jahren.

»Ich brauche jetzt einen Kaffee«, sagte June. »Komm, wir

setzen uns in ein Straßencafé und lesen weiter im Reisetagebuch deiner Großmutter. Zuletzt waren sie in diesem Riviera-Express nach Cannes, ich bin gespannt, was weiter geschah. «

KAPITEL 17

Cannes, Mai 1939

ENDLICH. DER RIVIERA-EXPRESS fuhr dampfend und zischend in Cannes ein. Maria sah aus dem Fenster, erblickte eine große Eingangshalle mit hohen Decken, Säulen und kunstvollen Verzierungen, elegante Fassaden und dekorative Elemente. Sie stiegen beeindruckt aus. Der Bahnhof verströmte die Eleganz und den Glamour eines vornehmen Ferienortes.

Zum Glück hatte sich ihr Mitreisender, Dr. Varikakis, als griechischstämmiger Arzt entpuppt, der äußerst freundlich war und sie keinesfalls melden wollte. All die Angst war unbegründet gewesen, zumindest was ihn betraf.

Nachdem er in Mannheim aber ausgestiegen war, hatten sie wieder gebangt, ob der nächste Schaffner sie des Abteils verweisen würde. Aber ihr netter voriger Schaffner hatte es dem Nachfolgenden erzählt und der dem danach. Das Abteil war glücklicherweise nicht mehr gebucht gewesen, und so hatten sie die ganze Strecke bis nach Cannes dort sitzen bleiben können.

Die Schaffner hatten eine Art Informationskette gebildet, um sie, eine jüdische Familie, zu schützen. Überwältigt hatten sich Maria und Jakob bei dem letzten guten Mann, der ihnen das erzählte, bedankt. Und irgendwann konnten sie dann sogar jeweils ein paar Stündchen im Sitzen schlafen. Zu viert war es zum Liegen zu eng. Je näher sie Frankreich kamen, umso mehr hofften sie, in Sicherheit zu sein. Denn wie sie wussten, hatten sich schon viele Juden vor ihnen nach Frankreich retten können und lebten dort. Aber genau das war auch ein Problem.

Gleich nach ihrer Ankunft wurde ihnen geraten, weiterzufahren. »Geht nach Grasse, das ist eine kleine Stadt in der Nähe von Cannes«, sagte ein Franzose, der ein wenig Deutsch sprach, bereits am Bahnhof zu ihnen, als sie sich suchend umsahen. »Fahrt weiter. Hier sind inzwischen zu viele von euch.« Er gab ihnen sogar das Geld für die Tickets nach Grasse.

Überwältigt bedankten sie sich und fragten sich durch, nahmen schließlich einen Zug nach Grasse.

Aber auch in diesem kleineren Ort, der in einer sanften Hügellandschaft lag, spürte Maria schon am Bahnhof, dass sie nicht willkommen waren, als sie sich in ihrem einfachen Englisch nach einer Pension erkundigten. Die Franzosen, die sie ansprachen, konnten oder wollten kein Englisch sprechen, sahen sie mürrisch und abweisend an, zuckten die Schultern.

Sie liefen mit ihren Koffern in den Ort. »Da ist ein Hotel!«, rief Tabea, doch Jakob schüttelte den Kopf.

»Das können wir uns nicht leisten.«

»Und wo sollen wir dann schlafen?«, fragte die Kleine und drückte ihre Püppi an sich.

»Unter einer Brücke, da ist es trocken«, schlug Noah vor.

»Auf keinen Fall«, erwiderte Jakob bestimmt. »Wir werden ein richtiges Dach über dem Kopf finden. Wir suchen uns Arbeit, ehrliche Menschen werden überall gebraucht. Und Buchhandlungen gibt es hier ja ganz sicher auch. Die brauchen vielleicht Unterstützung.«

Maria hoffte, dass er recht hatte, aber sie ahnte schon, dass es schwer werden würde, ohne die Sprache des Landes zu sprechen.

Es gab eine Sammelunterkunft für Flüchtlinge, in der sie unterkommen konnten. Sie erhielten eine notdürftig mit Decken abgetrennte Kammer. Die Geräusche und Gespräche der anderen Flüchtlinge drangen Tag und Nacht an ihr Ohr, keine Privatsphäre, kein Ort, an dem sie bleiben konnten.

Jakob und Noah zogen jeden Tag los, um Arbeit zu finden, auch an diesem Nachmittag kamen sie niedergeschlagen zurück.

»Wieder nichts«, sagte Jakob, als er sich frustriert zu Maria an den Tisch setzte, der in ihrer »Kammer« stand.

»Es gibt Arbeit, aber nicht für Juden. So viel habe ich verstanden. Wir waren in den beiden Buchhandlungen im Ort, aber keiner wollte oder konnte mich einstellen.«

»Die sind hier nicht anders als zu Hause«, platzte es enttäuscht aus Noah heraus. »Dann hätten wir ja gleich bleiben können.«

»Unsinn, sie lassen uns in Ruhe. Allein das ist viel wert.« Maria sah ihren Sohn und ihren Mann besorgt an. Sie reichte ihnen je ein Glas und schenkte ihnen Wasser ein. In der Unterkunft wurden sie mit dem Nötigsten versorgt, immerhin.

Tabea, die auf ihrer Matratze gesessen hatte, trat zu ihrem Vater, schmiegte sich an ihn. »Vati, alles wird gut. Das sagst du doch immer.«

Auf der anderen Seite des Vorhangs hörte man ein Röcheln.

Jakob seufzte. »Das stimmt, mein Schatz, das habe ich viel zu lange nicht mehr gesagt.« Er zog seine Tochter an sich und küsste sie traurig auf die Stirn.

»Wir finden Arbeit«, erklärte Maria entschlossen. Sie konnte jetzt nicht auch noch den Kopf hängen lassen. »Ich habe vorhin von einer anderen deutschen Frau gehört, dass sich die französische Elite oft für uns einsetzt. Die, die Deutschland gut kennen und die deutsche Kultur schätzen, unterstützen manchmal jüdische Emigranten.«

Jakob sah hoffnungsvoll auf. »Und inwiefern?«

»Das weiß ich nicht. Aber sie sagte auch noch, dass vor allem Kommunisten und Sozialisten sehr hilfsbereit sind.«

»Das klingt ja nicht schlecht.«

Noah sah die Eltern zweifelnd an. »Da war gestern so ein Junge auf der Straße, der hat Steine nach mir geworfen und irgendwas geschrien.«

»Was?« Maria blickte Jakob entsetzt an. »Das hast du ja gar nicht erzählt.«

»Ich habe gesagt, dass es hier nicht anders ist«, widersprach Noah.

Maria seufzte. »Als Erstes müssen wir die Sprache lernen.« Unwillkürlich dachte sie an Luise und verkrampfte sich. Sie wollte jetzt nicht wieder an sie denken, denn es tat zu weh.

Luise hatte es so oft geschrieben: Wenn man die Sprache nicht lernt, schafft man es nicht, in einem fremden Land anzukommen.

»Ich besorge eine französische Zeitung, dann bringen wir uns das selbst bei«, beschloss Maria. »Oft liegen ausgelesene herum. Ich unterrichte die Kinder.«

Noah verdrehte die Augen, murrte: »Ich war so froh, keine Lehrerin mehr zu haben.«

Jakob gab ihm eine Luftohrfeige, berührte ihn dabei aber nicht. »Hast du immer noch nicht verstanden, wie wichtig Bildung ist? Und jetzt erst recht. Jetzt sind wir Flüchtlinge. Wir haben nichts mehr, nur noch unseren Kopf.« Er deutete auf seine Stirn.

Noah zog einen Flunsch, stand auf, ging zu seiner Matratze, legte sich darauf und rollte sich ein.

»Und wir haben uns«, sagte Maria einlenkend. »Und das ist das Allerwichtigste.«

Tabea kam zu ihr, schmiegte sich an sie, und Maria hielt sie fest und atmete den vertrauten, blumigen Duft ihrer Haare ein.

Hinter dem Vorhang hustete eine Frau, ihr Husten wurde täglich schlimmer. Sie mussten raus aus dieser Notunterkunft, denn täglich gab es immer mehr Kranke.

Sosehr sich Maria und Jakob die nächsten Wochen bemühten, sie bekamen keine Aufenthalts- und Arbeitserlaubnis in Grasse. Wie sie erfuhren, erhielt diese nur ein kleiner Teil der Flüchtlinge in Frankreich. Die französischen Beamten auf dem Amt wollten oder konnten ihnen nicht helfen, waren überfordert von der großen Zahl der Flüchtlinge und hatten auch nur begrenzte Möglichkeiten, wie sie sagten.

Maria wurde immer unsicherer, ob sie hierbleiben konnten und sollten. Nachts konnte sie vor Angst nicht schlafen. Jakob erging es genauso. Auch er lag oft wach neben ihr, starrte an die Decke und wälzte sich von einer Seite auf die andere.

»Wir müssen hier raus«, erklärte sie ihm und den Kindern verzweifelt. Es kamen immer mehr Flüchtlinge.

»Und wo sollen wir hin?«, fragte Noah sofort. »Hier kriegen wir wenigstens Essen. Auch wenn es immer zu wenig ist.«

Der Junge hatte immer wieder versucht, Lebensmittel für die Familie aufzutreiben, was ihm in Berlin oft gelungen war, aber hier, mit dieser Sprachbarriere, kam er sehr selten mit einer Ausbeute zurück.

»Auf der Straße müssen wir tote Ratten essen«, fügte Noah hinzu.

Tabea schrie auf, fing an zu weinen.

»Noah!«, rügte Jakob ihn. »Du machst deiner Schwester noch mehr Angst. Natürlich essen wir keine toten Ratten.«

»Aber Frösche essen die Franzosen, habe ich gehört«, widersprach Noah. »Dann geben sie uns auch Ratten. Flennsuse, hör auf«, wandte er sich an seine Schwester.

»*Du* hörst bitte auf«, mischte sich Maria ein. »In der Zeitung habe ich gelesen, dass französische Familien Flüchtlinge aufnehmen sollen – wenn ich es richtig übersetzt habe. Sie werden nicht begeistert sein, aber wenn sie müssen, bleibt ihnen keine andere Wahl. Noah, wenn du helfen willst, könntest du versuchen, eine Familie für uns zu finden.« Sie wusste, dass der Junge sich langweilte, dass er etwas tun wollte, so wie in Berlin.

Er sprang sofort auf. »Das mach ich.« Dann zögerte er. »Aber wie?«

Jakob überlegte. »Das ist ein guter Gedanke, Maria. Frag bei den französischen Hilfsinitiativen nach, Noah. Vielleicht vermitteln sie Flüchtlingsfamilien an französische Familien. Wenn ein Kind sich danach erkundigt, ist es sicher besser.«

»Komm, Heulsuse, wenn du dabei bist, ist es noch besser«, erklärte Noah, nahm Tabea an der Hand und zog sie mit sich. Die Kleine hatte ihre Tränen abgewischt, sah ihre Eltern fragend an.

Jakob nickte. »Gefährlich ist das ja nicht.«

»Pass auf deine Schwester auf, Noah, versprichst du uns das?«, bat Maria.

»Versprochen.«

Die beiden Kinder gingen zur Tür hinaus. Maria und Jakob sahen ihnen nach. »Meinst du wirklich, wir können sie allein gehen lassen?«, fragte Maria zögerlich.

»Natürlich. Noah macht das schon.«

»Hoffentlich.«

Tatsächlich hatten die Kinder das Mitleid einer Französin beim Hilfsdienst geweckt, und sie wurden schon bald als Familie an eine französische Bauernfamilie, die Dubois, vermittelt. Das Landgut lag außerhalb von Grasse.

Zu Fuß liefen sie mit ihren Koffern über Feldwege, hinaus aus der Stadt, vorbei an blühenden Lavendelfeldern, Melonenackern und Aprikosenbäumen. Diese wunderschönen Farben – Maria wurde mit einem Mal bewusst, wie sehr sie Farben vermisst hatte.

»So schön hier«, schwärmte Tabea und strahlte. »Können wir hierbleiben?«

»Bestimmt nicht«, brummte Noah. »Die wollen uns auch nicht, wirst sehen.«

»Vielleicht ja doch, wenn wir ihnen viel Arbeit abnehmen«, entgegnete Maria versöhnlich.

»Ich hab Hunger, ich hol uns ein paar Aprikosen«, sagte Noah, legte den Beutel mit seinen wenigen Habseligkeiten zu Boden und sprang auch schon in Richtung Aprikosenbäume davon.

»Warte! Nein!«, schrie Jakob sofort. »Du kommst sofort zurück, wir sind keine Diebe.«

Noah hatte innegehalten, sah hungrig auf die leuchtenden Aprikosen.

»Mach, was dein Vater sagt«, unterstützte Maria ihren Mann. »Wir stehlen nicht, niemals.«

Noah kam widerwillig zurück, warf sich den Beutel wieder über die Schulter und ging schlurfend weiter.

Nach einer Weile erreichten sie endlich den Hof der Dubois, ein idyllisch gelegenes altes Bauernhaus, umgeben von Zypressen, Lavendel, Oliven- und Obstbäumen. Es war dreistöckig, und rechts daneben stand ein großer Stall.

Monsieur Dubois und seine Frau, beide grobschlächtige, rundliche Menschen, sahen die Flüchtlinge misstrauisch an. Der Mann musterte sie alle von Kopf bis Fuß – vor allem Maria, wie ihr erschien –, kaute dabei auf einem Stück Holz herum. Seine Frau stand links hinter ihm, verschränkte die Arme vor der üppigen Brust.

»Guten Tag. Wir sind Familie Kirschbaum aus Deutschland, wir mussten unsere Heimat verlassen, wurden Ihnen zugewiesen, um bei Ihnen zu arbeiten«, stammelte Jakob in seinem einfachen Englisch. Aber die beiden reagierten nicht, blickten weiter mürrisch, der Mann erwiderte etwas auf Französisch, das nicht nach »herzlich willkommen« klang.

Wie sich bald herausstellte, hatten sie sich nur bereit erklärt, Flüchtlinge aufzunehmen, um kostenlose Arbeitskräfte zu bekommen. Der Mann führte sie, gefolgt von seiner Frau, herum, zeigte ihnen gestisch, dass hier vor allem Schweine gezüchtet wurden und dass sie die Ställe ausmisten mussten. Es gab aber auch mehrere Obstbäume hinter dem Haus und einen kleinen Gemüseacker, auf dem Maria und Tabea arbeiten sollten. »Gemüse«, sagte Madame Dubois. »Das ist Frauenarbeit.«

Sie sprach ein wenig Deutsch, hatte offenbar Verwandte in Deutschland, die sie aber nicht mochte, wie sie erzählte. Bezahlung gab es keine, immerhin ein Zimmer im Haus für alle vier.

Madame Dubois führte sie dorthin, stieß die Tür auf und ließ sie allein. Ein alter Bauernschrank stand darin, ein Ehebett aus demselben Holz und zwei Feldmatratzen, die alt aussahen. Der Bauer war beim Militär gewesen, wie Madame Dubois noch gesagt hatte.

Als sie allein waren, atmete Maria erleichtert durch. Immerhin ein Dach über dem Kopf, vielleicht würden die Dubois' ja noch freundlicher werden und auftauen.

Am nächsten Morgen bekamen sie frisches, duftendes Landbrot, dazu Obst, das von den Bäumen gefallen war und Dellen hatte. Es schmeckte herrlich.

Sonst gab es für sie das schrumpelige Gemüse, das man auf dem Markt nicht mehr verkaufen konnte, aber Maria freute sich, dass die Kinder endlich mal wieder etwas Gesundes zu essen bekamen. Die Verpflegung war notdürftig, aber köstlich, die Arbeit hart. Es ging früh los und endete bei Sonnenuntergang. Aber wenigstens wurden die Kinder wieder fröhlicher.

Maria sah ihre Kleine in einer Arbeitspause liebevoll an. Tabea schnupperte lächelnd an den reifen Trauben, bevor sie sich genussvoll eine in den Mund steckte. Und Noah, der auch öfter im Außengehege der Schweine mitarbeiten musste, wurde mit der Zeit endlich wieder ausgeglichener. Die harte körperliche Arbeit und die frische Luft taten dem Jungen gut. *Hauptsache, es geht den Kindern besser*, dachte Maria, wenn sie wie Jakob dem Bauern beim Ausmisten der Schweineställe half. Der Gestank von Kot drang ihr dann zwar immer penetrant in die Nase, weshalb sie jedes Mal froh war, wenn sie der Bäuerin in der Küche oder im Garten zur Hand gehen sollte. Auch wenn diese verhärmte Frau kaum mit ihr redete. Sie wollte die Flüchtlinge im Grunde nicht in ihrem Haus haben, weil sie ihnen misstraute, den Deutschen.

Maria versuchte weiter, mit alten Zeitungen sich und ihrer Familie Französisch beizubringen, aber oft wusste sie nicht, was ein Wort oder Ausdruck bedeutete, ein Wörterbuch besaßen sie leider nicht. *Wie leicht hätte ich in unserer Buchhandlung eines bestellen können*, dachte sie dann traurig, aber diese gab es nicht mehr, und eine eigene Buchhandlung würde es vermutlich nie wieder geben.

Eines Abends, Ende August, als Jakob und sie kurz vor Sonnenuntergang einen Spaziergang durch die Felder unternahmen, wie in letzter Zeit oft, spürte sie, dass er etwas auf dem Herzen hatte. Die Abendsonne ließ das Weizenfeld rechts von ihnen golden schimmern – wie friedlich und schön alles aussah.

Endlich öffnete Jakob sich, sah seine Frau besorgt an. »Liebes, hast du davon gehört, dass alle Flüchtlinge, die als Asylanten anerkannt wurden, zum Wehrdienst eingezogen werden sollen?«

»Nein!« Maria blieb abrupt stehen. »Das kann doch nicht sein.«

Er zuckte mit den Schultern. »Vielleicht ist es ein Gerücht, aber ich habe es vom Bauern.«

»Dann müsstest du zum französischen Militär?«, entfuhr es ihr entsetzt. »Auf keinen Fall! Das lasse ich nicht zu.«

Jakob nickte unglücklich. »Ich müsste im Ernstfall, wenn es zwischen Frankreich und Deutschland zum Krieg kommt, gegen unsere Landsleute kämpfen. Die es immer noch für mich sind. Und es liegt Krieg in der Luft, meint der Bauer. Auch dass das viele Franzosen denken.«

Maria schluckte. Sie hatte es den Zeitungen entnommen. Mit ihren paar Brocken Französisch. Aber nicht das mit der Wehrpflicht. Ihr Herz klopfte. »Dann müssen wir hier weg, bevor du zum französischen Militär musst.«

»Ja, noch haben wir ja nicht mal eine Aufenthalts- oder Arbeitsgenehmigung.«

»Wir müssen wachsam sein«, mahnte sie, nahm seine Hand in ihre, und nachdenklich und stumm gingen sie weiter. Sie würde gern hierbleiben, der Kinder wegen, denn Tabea liebte den Garten und die Schweine sehr, ging oft in den Stall, um mit ihnen zu sprechen und sie zu streicheln.

Und dann, im September – Krieg.

»Ein Glück sind wir noch vorher aus Deutschland raus«, sagte Jakob aufgewühlt beim Ausmisten der Ställe. Es stand in allen Zeitungen, die Bauersleute redeten aufgeregt darüber und sahen die deutschen Flüchtlinge jetzt noch misstrauischer an. Einzig Tabea hatte Madame Dubois inzwischen gern. Ihr steckte sie immer mal ein Plätzchen zu, das Tabea ihrer Familie brachte, um es zu teilen.

»Jetzt hätten wir sicher nicht mehr so einfach über die Grenze mit dem Zug ausreisen können«, pflichtete Maria ihm bei. Sie stand mit ihren Schuhen im Mist der Schweine, Flüssigkeit drang durch die dünnen, durchgelaufenen Ledersohlen hindurch. Stiefel, wie sie der Bauer im Stall trug, hatten sie nicht bekommen.

Schon wenige Tage später erfuhren sie, dass sie nun als »feindliche Ausländer« in Frankreich galten, weil die Franzosen nicht sicher sein konnten, dass sie nicht doch mit den Deutschen sympathisierten. Alle zwischen siebzehn und fünfundfünfzig Jahren sollten in Lager interniert werden, die dafür extra eingerichtet wurden. Noah hatte es unglücklicherweise mit angehört, als sich die Eltern darüber unterhalten hatten. Eigentlich wollten sie den Kindern Nachrichten wie diese ersparen, sie bekamen schon zu viel Negatives mit.

Aufgewühlt lagen sie in ihren Betten und auf ihren Matratzen, und Maria und Jakob redeten mit den Kindern, wie jeden Abend. Sie fand es wichtig, dass die Kinder lernten, über ihre Gefühle und Sorgen zu sprechen. Sie wollte als Mutter wissen, was sich in ihrem Inneren abspielte.

»Dann kommt ihr beide in ein Lager, und was passiert mit uns? Ich bleib nicht ohne euch bei dieser Hexe.« Noah nannte Madame Dubois so, weil sie ihn mehrfach geschimpft hatte.

»Ich auch nicht«, pflichtete Tabea ihm bei. »Ich will bei euch bleiben.«

Maria wusste für einen Moment nicht, was sie antworten sollte, und Jakob ging es offenbar ähnlich. Sie setzte sich in ihrem Bett auf. »Und wir möchten bei euch bleiben«, versicherte sie beruhigend, hörte aber selbst, dass ihre Stimme zitterte.

»Und wieso sollen die Erwachsenen überhaupt in ein Lager?«, regte sich Noah weiter auf.

»Sie sagen, dass wir eine Gefährdung für die nationale Sicherheit darstellen, dass sich Nazispione unter uns verbergen könnten«, versuchte Maria ihm zu erklären. »Es hat nichts mit dir oder uns zu tun. Sie haben Angst, dass wir für die Nazis arbeiten.«

»Pfft, als ob«, zischte er. »Dann kann ich jetzt auch klauen, wenn sie eh so mies von uns denken.«

»Nein, Noah, das wirst du nicht tun«, schimpfte Jakob und setzte sich auch auf. »Dann gibst du ihnen recht. Wir bleiben ehrliche, gute Menschen. Irgendwann werden sie einsehen, wie falsch sie lagen, da bin ich mir sicher.«

»Und bis dahin? Ihr dürft in kein Lager.«

»Ja, weil dann sind wir ganz allein.« Tabeas Stimme klang jetzt piepsig und panisch. Sie drückte ihre Püppi fester an sich.

»Wir gehen in kein Lager«, beruhigte Maria. »Uns fällt schon etwas ein.«

»Die Dubois melden euch aber sicher«, entgegnete Noah aufgewühlt. »Die hassen uns, das seh ich in ihren Augen.«

»Die hassen ihr Leben«, widersprach Maria. »Da ist auch kaum noch Liebe zwischen den Eheleuten, zumindest habe ich den Eindruck. Meist, wenn Menschen so hart sind, hat es mit ihnen selbst zu tun, nicht mit dir, Noah, merke dir das.«

»Das sagt ihr ständig, aber so langsam kann ich es euch nicht mehr glauben.«

Maria sah Jakob hilfesuchend an, aber sie las in seinem Blick, dass es ihm ähnlich wie Noah ging, schon lange. Die Propaganda und Hetze gegen Juden hatten sein Selbstbewusstsein inzwischen komplett zerstört.

»Lass uns weiterfliehen«, redete Maria am nächsten Tag auf ihren Mann ein.

»Und wohin?« Seine Haut sah fahl aus.

»Hauptsache weg aus Frankreich. Ich erkundige mich.«

Doch schon am nächsten Morgen erschien französisches Militär auf dem Landgut der Dubois.

Maria, die im Gemüsegarten arbeitete, hatte die Wagen kommen sehen, hörte Jakobs Stimme, wie er versuchte zu diskutieren. Sie blickte vorsichtig um die Ecke des Hauses, sah, dass sie ihn bereits an den Armen festhielten. Monsieur Dubois stand selbstgefällig daneben. Sie fragten ihn etwas auf Französisch, dabei sah er zufällig in ihre Richtung. Flehentlich blickte sie ihn an, aber er schüttelte kaum merklich den Kopf, wandte sich an die Soldaten, um zu antworten. Monsieur Dubois warf Maria erneut einen Blick zu. Triumphierend, lüstern, oder täuschte sie sich?

Ein Schauer durchlief sie. Hatte er dafür gesorgt, dass Jakob allein abgeholt wurde? Damit er ihr nachstellen konnte?

Maria dachte panisch nach. Sollte sie zu ihnen laufen und versuchen, die Männer davon abzuhalten, Jakob mitzunehmen, wie es ihr erster Impuls war? Aber sie würden sicher nicht auf eine Frau, dazu auf eine geflohene Jüdin, hören, sondern würden sie auch noch abführen. Und das konnte sie den Kindern nicht antun.

Sie sah Jakobs verzweifelten Blick, wie er mit hängendem

Kopf in das Fahrzeug gestoßen und die Tür hinter ihm geschlossen wurde. Wo brachten sie ihn hin? Was taten sie mit ihm? Würde sie ihren Mann je wiedersehen?

Monsieur Dubois schaute sie erneut an, und seine Augen funkelten.

KAPITEL 18

Cannes, Sommer, 2023

Der SNCF hielt geräuschvoll im Gare de Cannes, einem modernen kubischen Bahnhof mit breiter Glasfront. Die Türen des Zuges öffneten sich ächzend, und Sandra, die neugierig durch das Fenster gesehen hatte, stieg vor June aus dem Zug. Sie atmete die warme südfranzösische Luft ein. Duftete es sogar hier am Bahnsteig leicht nach Lavendel, oder bildete sie sich das ein, nachdem sie an so vielen lilafarbenen Lavendelfeldern vorbeigefahren waren?

Auf der langen Fahrt im Zug hatten sie genug Zeit gehabt, weiter in Marias Reisetagebuch zu lesen, was sie immer mehr Mühe kostete, da Marias Schrift klein und unleserlicher wurde. Ganz offenbar hatte sie ihre letzten Notizen über Jakobs Abholung in großer Eile und mit zittriger Hand verfasst. Leider mussten Sandra und June genau in dem Moment aufhören zu lesen, als Jakob vom französischen Militär abgeholt wurde und in eines dieser Internierungslager gebracht werden sollte. War ihr Mann lebend zurückgekehrt?

Erschreckend, wie wenig sie über Marias Leben damals wusste, vor allem erschreckend, was diese hatte erleben müssen. Ob dieser Monsieur Dubois übergriffig geworden war? Hatte die arme Maria womöglich ein Kind von ihm bekommen, und war das womöglich Sandras Mutter Beatriz? Sie erschauerte. Dann wäre Monsieur Dubois ihr Großvater!

Sandra hoffte sehr, dass sich die tapfere Maria diesem widerlichen Kerl hatte erwehren können. Wie oft wurden Frauen zu Kriegszeiten vergewaltigt, wie oft wurden Frauen überall auf der Welt jeden Tag Opfer von sexueller Belästigung und Vergewaltigung. Nein, es konnte nicht sein, denn ihre Mutter war nicht 1940 geboren.

Sandra atmete auf, während sie weiter mit ihrem Rucksack neben June durch die Bahnhofshalle lief. Reisende kreuzten ihren Weg, viele sprachen Französisch, andere Englisch. June wirkte merkwürdig still. Die Luft im Zug war stickig gewesen. Vielleicht war auch das ein Grund, weshalb sie vorhin etwas aneinandergeraten waren. Denn June hatte vorgeschlagen, online im Zug ein Hotel zu buchen, sich dort erst mal hinzulegen. Sie hatte eines herausgesucht, aber Sandra wollte erst einmal etwas in einem Straßencafé in Cannes essen, sich treiben lassen, war sich sicher, vor Ort ein schöneres Hotel zu finden. »Ich will es lieber sehen«, hatte sie gesagt, und June hatte sich sofort darüber aufgeregt.

»Vielleicht ist das in Brasilien kein Problem«, hatte June erklärt, »und in Europa ging das bestimmt auch noch vor zwanzig Jahren, aber inzwischen ist ständig alles ausgebucht, und ich habe keine Lust, mit dem schweren Rucksack durch Cannes von Hotel zu Hotel zu rennen.«

»Wir müssen ja nicht rennen, sonst sehen wir zu wenig von dieser schönen Stadt. Die meisten Menschen hetzen immer viel zu sehr herum. Lass uns doch erst einmal in einem Straßencafé etwas essen, entspannen und die Stimmung an der Côte d'Azur genießen. So oft habe ich schon davon gelesen, und jetzt bin ich endlich da!«

June hatte sie unschlüssig angesehen, schien sich bemüht zusammenzureißen. »Also gut. Kompromiss: Wir suchen uns ein Straßencafé, vielleicht sehen wir auf dem Weg ja ein nettes

Hotel. Wenn nicht, trinken wir dort einen guten Café au Lait, und ich buche online ein Hotel«, hatte sie erwidert.

Sandra hatte seufzend zugestimmt. Offensichtlich hatten sie unterschiedliche Vorstellungen von einer Backpacking-Reise.

Schweigsam traten sie jetzt mit ihren Rucksäcken auf den Schultern aus dem Gare de Cannes in die Sonne. June hatte auf ihrem Handy recherchiert, dass sich die Strände, Paläste und das Jet-Set-Ambiente der Riviera nur wenige Gehminuten entfernt befanden, da konnte man doch unmöglich gleich in ein Hotelzimmer verschwinden, um sich hinzulegen, wie es June lieb gewesen wäre.

Sandra lief neben June, sie folgten dem Navi, das June angestellt hatte, die Rue des Serbes hinunter und landeten wie beschrieben direkt auf der berühmten Croisette, an der sich der Palais des Festivals befand. Sandra liebte Filme, kannte natürlich das Filmfestival von Cannes aus dem Fernsehen, und es bedeutete ihr viel, einmal selbst hier zu sein. Begeistert drehte sie sich im Kreis. »Wenn das meine Freundinnen sehen würden. Sie würden ausflippen!«

June schien mittlerweile etwas besänftigt. Sie hatte Sandra erzählt, dass sie selbst noch nie in Südfrankreich gewesen war. »Ich kann ja ein kleines Video von dir drehen«, schlug sie nun vor.

Sandra nickte begeistert, schritt dann den roten Teppich entlang, machte Faxen, drehte sich und winkte in die Kamera.

»Sehr schön. Ich schreibe Hendrik noch kurz, dass wir gut angekommen sind.« Und schon tippte June etwas in ihr Handy. Gleich darauf erhielt sie eine Antwort und lächelte selig.

Muss Liebe schön sein, dachte Sandra, freute sich, dass Hendriks Worte Junes Laune sofort hoben. Aber gleichzeitig wurde ihr wieder bewusst, dass sich niemand um sie Gedanken machte, ob sie gut angekommen war. Sicher, ihren Freundinnen könnte sie es schreiben – Giovanna, Maria oder Vitoria –, aber es war einfach etwas anderes.

In dem Moment hörte sie ihr Handy piepen – anscheinend war eine neue Nachricht eingetroffen. Sie holte es aus ihrer kleinen Brusttasche, in der sie ihre Wertsachen hatte, sah darauf. »Gabriel hat geschrieben«, erklärte sie überrascht.

»Der Schriftsteller, der deine Buchhandlung beaufsichtigt?«, fragte June verwundert.

»Ja, hoffentlich ist alles in Ordnung.« Sie öffnete die Nachricht. »Er hat nur gefragt, ob wir gut in Cannes angekommen sind.« Sie tippte, schrieb, dass sie gerade auf dem roten Teppich lief, und erkundigte sich, ob in der Buchhandlung alles in Ordnung sei. Dann schoss sie ein Selfie von June und sich vor einem hübschen Café und schickte es ihm.

Alles super, schrieb er sofort zurück. *Habt ihr schon ein Hotel? Cannes im Sommer soll immer ausgebucht sein.*

Irritiert sah Sandra auf. »Sollen wir vielleicht doch das Hotel gleich online buchen?«

June horchte auf. »Ach, jetzt doch?« Sie lächelte, buchte es rasch am Smartphone. »Das Riviera klappt. Hat sogar einen Wellnessbereich.«

»Perfekt.« Sandra schrieb das Gabriel, der sich offenbar Sorgen machte, dass sie nicht gut unterkommen würden. Wie süß von ihm.

Das klingt gut, bis bald, dein Gabriel, lautete seine Antwort.

»›Dein Gabriel‹. Seltsam.« Sandra sah nachdenklich auf.

»Was lächelst du denn so?«, fragte June amüsiert.

»Ich lächele?« Sandra steckte das Handy ertappt wieder weg. Wieso lächelte sie denn jetzt? Nur weil sich Gabriel Gedanken um sie machte?

Sie setzten sich in das gut besuchte Café, vor dem sie standen. Ein Tisch war gerade frei geworden. Nachdem sie sich mit köstlichen Crêpes, Café au Lait und frischem Obstsalat gestärkt und die Stimmung am Boulevard de la Croisette genossen hatten, holte Sandra das alte Reisetagebuch wieder hervor. Es ließ sie nicht los. Was hatte dieser Monsieur Dubois ihrer Großmutter angetan?

Erleichtert las sie die nächsten Zeilen. Maria war mit den Kindern nach Cannes geflohen. Dort wollte sie mit Tabea und Noah in der Pension, die sie schon kannten, warten, damit Jakob sie finden konnte. Maria hatte weiter notiert, wie es ihnen erging, aber nicht, was mit Jakob geschehen war. Sie machte sich große Sorgen, schrieb über ihren Alltag mit den Kindern, nichts, ob ihr Mann überlebt hatte.

June unterbrach Sandra, die das alles vorgelesen hatte, da es jetzt länger um Marias Alltag zu gehen schien. Sie erklärte, dass sie ins Hotel gehen sollten. Dort wolle sie sich kurz hinlegen, und dann könnten sie wieder losziehen. »So wie in Berlin. Vielleicht ist das ein guter Kompromiss für uns beide, für dich, die du immer so umtriebig bist, und mich, die mehr Ruhe braucht«, fügte sie amüsiert hinzu.

»Gern.« Sandra schlug das Tagebuch zu, und gemeinsam machten sie sich auf ins Riviera.

June ruhte im Zimmer aus, und Sandra ging derweil auf den Balkon und beobachtete angetan das rege Treiben und die mondän gekleideten Menschen in Cannes. Wie es hier wohl 1939 ausgesehen hatte? Die meisten Gebäude hatten damals sicher schon gestanden.

June trat zu ihr auf den Balkon. »Ich kann nicht schlafen, du hast ja recht, wir sind in Südfrankreich, in Cannes, ich will jetzt mehr von dieser Stadt sehen.«

Sandra lächelte, sie machten sich beide frisch und zogen los.

Die beiden liefen erneut zum Festivalpalast und von dort weiter zum alten Hafen von Cannes. Hier lagen viele Luxusjachten, glänzten in der Sonne, die am blauen Himmel stand, und Sandra versuchte, sich vorzustellen, wie so ein Jetsetleben sein musste. Ganz sicher überwältigend. Falls sie jemals ihr Erbe antreten könnte, würde sie auf jeden Fall wiederkommen, an die Côte d'Azur. Aber im Moment sah es ja leider überhaupt nicht danach aus.

Um wie viel es sich konkret handelte, wusste sie nicht, hatte June nicht gefragt. Es hätte so gierig gewirkt, und den Anschein wollte Sandra nicht erwecken, denn das war sie nicht. Sie spendete von dem wenigen, das sie in der Buchhandlung verdiente, immer etwas an die Straßenkinder von Rio. Ein Kind glücklicher zu machen, war so viel mehr wert als alles Geld der Welt.

Aber keine finanziellen Sorgen mehr zu haben, denn die hatte Sandra die letzten Monate gehabt, wäre schon sehr beruhigend. Sie hatte ihr letztes Erspartes auf diese Karte gesetzt, für diese Reise genommen. Sie mussten einfach mehr über ihre Großmutter und dadurch über das Schicksal und den Verbleib dieser Anni herausfinden. Vielleicht war sie ihrer Freundin Maria wirklich nachgereist nach Brasilien, vielleicht ja auch über dieselbe Fluchtroute, die ja sicher einige genommen hatten. June und sie durften keinen Hinweis in Marias Reisetagebuch übersehen.

Am Abend, als sie in einem Restaurant saßen und Fisch gegessen hatten, nahmen sie erneut das Tagebuch, überblätterten ein paar Seiten, nur um zu sehen, wohin es nach Grasse, das sie morgen besuchen wollten, als Nächstes ging. Banyuls-sur-Mer.

»Wie weit ist das von hier genau?«, fragte Sandra und nippte an ihrem Bordeaux.

June sah sofort in ihrem Smartphone nach. So langsam merkte Sandra, wie praktisch ein Handy mit gutem und schnellem Internetzugang doch war. Wie zeitgemäß. Gut, dass sie nicht allein reiste.

»Das ist an der spanischen Grenze. Knapp zwei Stunden von hier, noch in Südfrankreich. Es war wohl eine Art deutsche Kolonie damals, steht hier. Viele Schriftsteller und Künstler lebten zu dieser Zeit dort, sogar Bertolt Brecht, Lion Feuchtwanger, die Manns, Stefan Zweig und einige mehr.«

»Wie spannend.« Sandra gefiel es, wie viel sie auf dieser Reise erfuhr. Ihr wurde aber auch bewusst, wie gut es ihnen ging, wie beschwerlich dieselbe Reiseroute für ihre Großmutter und alle vor dem Nazi-Regime Flüchtenden gewesen sein musste. Lebensgefährlich. Immer den Tod vor Augen, den eigenen und den ihrer Familie.

Am nächsten Morgen wartete Sandra, bereits angezogen, auf June, die im Bad eindeutig länger brauchte. Sie teilten sich ein Hotelzimmer aus Kostengründen, das hatten sie vor der Reise so abgesprochen. Sandra hörte Föhngeräusche aus dem Bad. Sie ließ ihre langen Locken immer an der Sonne trocknen, wusch ihre Haare aber auch nicht täglich wie June.

»Ich verhungere!«, rief sie fröhlich in Richtung Bad. Sie freute sich schon auf ein leckeres französisches Frühstück.

Endlich ging die Badtür auf, und June kam fertig zurechtgemacht heraus. »Kann losgehen. Du hättest aber auch vorgehen können.«

»Ach nein, wir reisen doch zusammen«, widersprach Sandra.

Sie liefen hinunter in den Frühstücksraum, in dem schon einige Gäste saßen. Zum Glück konnte man auch auf der Terrasse in der Sonne sitzen. Sandra ging vor und traute ihren Augen nicht. Ein Mann, der ihr sehr bekannt vorkam, saß dort an einem Tisch bei einem Kaffee und las ein Buch. Er sah auf, zu ihr, als hätte er ihre Aura gespürt.

»Gabriel!«, entfuhr es ihr fassungslos.

Ein unsicheres Lächeln huschte über sein Gesicht.

Auf Portugiesisch fuhr sie fort: »Was machst du denn hier?« Sie ging auf ihn zu. June folgte ihr.

Gabriel stand auf, gab beiden etwas steif die Hand. Er roch frisch geduscht und nach einem angenehmen Aftershave. Damit June ihn auch verstand, redete er auf Deutsch weiter: »Es hat mir keine Ruhe gelassen, ich musste einfach zu dir, ich meine, zu euch. Ich habe sofort einen Flug nach Cannes bekommen und wusste ja, in welchem Hotel ihr seid.«

Sandra spürte ihr Herz klopfen. Dieser Mann war ihr nachgereist. Wie verrückt und beeindruckend.

»Wow, ich weiß einmal gar nicht, was ich sagen soll«, brachte sie heraus. Diese Augen. Sie funkelten dunkel, geheimnisvoll. Seine Locken sahen feucht aus, vom Duschen.

June räusperte sich. »Und was ist mit Sandras Buchhandlung? Du hast die Verantwortung dafür übernommen!«

»Das stimmt. Ihr müsst euch wirklich keine Sorgen um die Buchhandlung machen, meine Schwester kann jetzt sogar Vollzeit dort arbeiten, ihr Vertrag ist ausgelaufen, eine längere Geschichte, es hat aber nichts mit ihrer Kompetenz zu tun, dass sie nicht übernommen wurde. Jedenfalls blüht sie dort richtig auf. Ana Iris macht das alles großartig, ich sitze ihr eher im Weg, hat sie gesagt. Sie liebt deine Buchhandlung, und inzwischen kommen auch ein paar ihrer früheren Stammkunden vorbei.« Gabriel fuhr sich durch die Haare, wirkte nervös, aber auch leidenschaftlich. »Sandra, du hast mich inspiriert, endlich kann ich wieder schreiben, das spüre ich, denn ich habe das perfekte Romanthema gefunden, dank dir.«

»Dank mir?«

»Ja, diese jüdische Fluchtroute zu bereisen, das ist einfach unglaublich spannend.« Er wurde ernster. »Das könnte so etwas wie der Jakobsweg werden für viele. Für die Nachkommen geflüchteter Juden, auf den Spuren ihrer Vorfahren. Diese Route haben viele genommen. Es ist erschreckend, berührend, aber sicher auch heilsam für die Nachkommen. Ich hoffe, durch meinen Roman vielen Menschen etwas geben zu können. Denn so werden ihre Vorfahren nicht vergessen, all das Leid, das ihnen widerfahren ist. Und um das alles gut und richtig festzuhalten, dafür muss ich natürlich recherchieren, vor Ort. Ich wollte dich anrufen, Sandra. Aber meine Schwester hat mich überredet, es nicht zu tun. Sie hat mir versichert, dass ich euch besser überraschen soll. Aber ich will euch wirklich nicht stören.«

Perplex hatte Sandra ihm zugehört, spürte, wie sehr er für das neue Buchthema brannte. Spürte seine Leidenschaft, die auch etwas in ihr entfachte. »Deine Schwester hat recht, ich liebe Überraschungen«, sagte sie amüsiert. Aber dann sah sie Junes skeptischen Blick. Sie sah nicht glücklich aus über seine spontane Aktion. Kein Wunder, sie beide wollten diese Reise zu zweit unternehmen, unter Frauen.

Gabriel spürte die Stimmung sofort, hob entschuldigend die Hände. »Okay, aber nicht jede liebt Überraschungen, das habe ich Ana Iris auch gesagt. Kein Problem, ich werde euch nicht stören, ich werde separat reisen, hoffe allerdings, dass ihr mir verratet, was deine Großmutter Maria in ihr Reisetagebuch geschrieben hat. Und jetzt lass ich euch am besten erst mal in Ruhe frühstücken, wir sehen uns hoffentlich später kurz.« Er ließ seinen Kaffee stehen, schnappte sich sein Buch, ging an ihnen vorbei zur Rezeption, um zu bezahlen.

Sandra sah ihm hin- und hergerissen nach. Wäre June nicht

dabei, hätte sie ihm sofort gesagt, wie sehr es sie freute, dass er hier war, aber June wirkte alles andere als einverstanden.

»Können wir reden? Und vorher erst mal einen Kaffee trinken?«, raunte sie Sandra zu.

Nach dem ersten Café au Lait entspannten sich Junes Gesichtszüge ein wenig.

»Du hättest deinen Hendrik doch auch auf die Reise mitgenommen, wenn er gekonnt hätte«, wandte Sandra ein. »Und vielleicht kommt er ja noch.«

»Das ist doch etwas völlig anderes. Wir sind zusammen, Gabriel ist eine lose, neue Bekanntschaft, der du in deiner schier grenzenlosen Spontaneität deine Buchhandlung anvertraut hast. Und was ist geschehen? Er hat sie einfach zurückgelassen.«

»Seine Schwester ist Buchhändlerin, er hat alles geregelt.«

»Aber das nicht mit dir abgesprochen. Du kennst seine Schwester doch überhaupt nicht.«

Sandra zuckte mit den Schultern, lächelte. »Offenbar ist er genauso spontan und unorganisiert wie ich.«

»Mag sein. Wenn dich das nicht stört.« June nahm erneut einen Schluck, setzte die Tasse so hart auf die Untertasse, dass diese schepperte. »Das hier ist eine Rechercheresie, hier geht es um einiges, um unser gemeinsames Erbe. Du solltest das Ganze ernster nehmen.«

»Ich nehme es ernst. Und Gabriel sicher auch. Sonst würde er ja nicht seinen nächsten Roman darüber schreiben wollen. Und sich die Mühe machen und das Geld ausgeben, um von Brasilien nach Europa zu kommen und alles vor Ort zu recherchieren.«

»Ich denke eher, dass er etwas von dir will und Lust auf eine Reise durch Europa hatte.«

»Beides ist ja nicht verwerflich. Trotzdem hat man ihm angesehen, wie sehr er für sein Romanthema brennt.«

June schüttelte leicht den Kopf. »Ich sehe es schon vor mir. Ich gehe in stickige Archive vor Ort, und ihr schlendert durch die Städte und sitzt im Straßencafé, bei einem Aperol Spritz.«

Sandra lachte. »Entschuldige, aber Letzteres klingt wirklich gut. Nein, ich will doch auch alles über die Flucht meiner Großmutter damals wissen. Sie nachfühlen, mitleiden. Und vor allem genauso alles über ihre Freundin Anni erfahren. Außerdem, ich bin jung und brauche das Geld von unserem Erbe. Nein, im Ernst. Ich will eintauchen in ihre Geschichte, in diese aufwühlende Zeit damals. Aber sieh es doch mal so, Gabriel ist zu Recherchezwecken hier. Er ist Bestsellerautor, kann sicher gut recherchieren. Er kann uns also unterstützen. Zu dritt bekommen wir mehr heraus als zu zweit.«

»Wir brauchen keinen Mann«, brummte June.

Sandra musterte sie. »Das klingt ziemlich feministisch. Dagegen habe ich nichts, im Gegenteil. Ich bin auch der Meinung, dass Frauen für vieles keine Männer brauchen. Aber manchmal habe ich nichts gegen die Hilfe von Männern, das wäre ja sonst auch unklug. Und klug sind wir Frauen doch.«

June dachte sichtlich nach. Der Kellner brachte ihnen das Frühstück. Frisches Obst, Croissants, Orangen-Konfitüre, Rührei.

Sandra ließ nicht locker. »Dein Hendrik war doch bei der Recherche in New York auch hilfreich, hast du gesagt. Vielleicht kennt sich Gabriel ja historisch sogar aus, durch die Recherche für seine anderen historischen Bücher. Vielleicht weiß er etwas über die Lager, in die die jüdischen Flüchtlinge in Frankreich damals gekommen sind. Oder weiß, wie wir herausfinden, ob Jakob damals in einem Lager war und ob er es überlebt hat.«

June zögerte immer noch, biss in ihr Croissant.

Sandra fuhr fort: »Es ist doch wirklich so: Drei Köpfe bekommen mehr heraus als zwei. Egal ob Frau oder Mann.«

»Kann sein, aber ich denke, du wirst nicht richtig bei der Sache bleiben, so, wie ich dich bisher kennengelernt habe. Dann hast du auf unserer weiteren Reise nur noch diesen Gabriel im Kopf.«

»Unsinn. Werde ich nicht, versprochen.« Sandra hob ihre Finger zum Schwur und dachte sofort an Gabriel. Seine dunklen Augen, sein markantes Gesicht und sein warmes Lächeln.

KAPITEL 19

Grasse, Mai 1940

Sie starrte panisch in sein feistes Gesicht zwei Zentimeter über sich, seine Pranke hielt ihr den Mund zu. Er lag mit seinem ganzen riesigen Körper auf ihr, drückte fest zu. Sie spürte das Stroh in ihrem Rücken, sein Gewicht auf sich. Ein Lichtstrahl fiel durch das Dach der Scheune, erhellte seine gierigen Augen, umrundet von aufgedunsener Haut. Rote Adern zogen sich über seine Wangen. Zu viel Alkohol, zu viel Sonne auf dem Feld. Er roch nach Schweiß, Rotwein und Schweinemist. Er versuchte, sie mit seiner Hand auf ihrem Mund ruhigzustellen, aber Maria wehrte sich, spürte seine Erregung, versuchte verzweifelt, zu schreien, doch es drang nur ein kläglicher Laut, ein Quietschen, durch seine grobschlächtige Hand. Hektisch versuchte er jetzt mit der anderen, seine Hose herunterzuziehen und ihre wilden Bewegungen gleichzeitig mit seinem Körper in den Griff zu bekommen. Aber eine Hand auf ihrem Mund, eine an seiner Hose, das war ihre Chance. Mit einer ruckartigen Bewegung drehte sie sich mit letzter Kraft, sodass er taumelte. Schnell wand sie sich unter seinem schweren Körper hervor, er rollte ins Stroh, die Hose schon halb unten, das steife Glied schnellte nach oben. Dabei musste er sie unwillkürlich loslassen. Maria ergriff ihre Chance, sprang auf, rannte zum Scheunentor, aber es war verschlossen, dafür hatte er gesorgt. Sie rüttelte verzweifelt daran, roch ihn kurz darauf hinter sich, spürte, wie seine widerlichen Pranken ihre Brüste umschlossen, hörte seinen keuchenden Atem an ihrem Ohr. Maria schrie gellend auf.

Schweißüberströmt wachte sie auf. Hatte sie in Wirklichkeit geschrien? Es war still im Raum. Dunkel und still. Dieser Albtraum verfolgte sie fast jede Nacht seitdem. Sie starrte in der Dunkelheit umher, als könnte Monsieur Dubois gleich zur Tür hereinkommen. Damals, es war jetzt ein gutes halbes Jahr her, hatte sie es zum Glück geschafft, das Scheunentor knarzend einen Spalt zu öffnen und hindurchzuschlüpfen.

Die Sonne hatte sie geblendet. Außer Atem hatte sie sich umgesehen. Madame Dubois leerte neben dem Haus dunkles Waschwasser aus, blickte zu ihr, sah sie mit zusammengekniffenen Augen an. Sie ahnte, was geschehen war, ganz sicher. Maria hatte es sofort gewusst. Auch dass Madame sie nicht beschützen würde vor ihrem Mann. Dass er das vermutlich öfter tat, mit Aushilfen auf dem Hof. Deshalb waren keine mehr da gewesen.

Seit dem Krieg galten die deutschen Flüchtlinge für einige Franzosen nicht mehr als Menschen. Zumindest hatte Maria das Gefühl. Nur weg hier, mit den Kindern. Aber wohin, ohne Jakob? Sie hielten ihn im Lager fest, wie ihr gesagt wurde, sie durfte ihn nicht einmal besuchen, wusste nicht, wie es ihm ging, ob er gesund war oder überhaupt noch lebte. Wie sehr vermisste sie ihn gerade jetzt. Auch wenn er eher ein Feingeist war, ein Buchliebhaber, der sich bestimmt noch nie mit einem anderen Mann geschlagen hatte, war sie sich sicher: Jetzt hätte er es getan. Auch wenn er keine Chance gehabt hätte gegen Monsieur Dubois, das Schwein. So nannte sie ihn insgeheim für sich.

Maria hatte sich den Rock gerichtet, immer noch zu Madame Dubois gesehen. Hier im Hellen, vor seiner Frau, würde er nicht zudringlich werden. Insofern musste sie jetzt nicht rennen. Sie musste an ihre Kinder denken. Wohin konnte sie mit ihnen gehen, als alleinstehende Frau? Wo würde Jakob sie finden, wenn er hoffentlich bald aus dem Lager entlassen werden würde? Maria wusste, dass sie damit rechnen musste, dass er nie wieder herauskäme, zumindest nicht lebend. Und eines wusste sie auch. Hier auf dem Hof bei Monsieur Dubois konnte sie nicht bleiben. Auch wenn sie den beiden zugeteilt worden war, sie musste nach Grasse und um eine neue Unterkunft für sich und ihre Kinder bitten. Vielleicht hatte ja jemand Erbarmen.

Unter Madame Dubois' skeptischem Blick ging sie in das Nebengebäude, in dem sich ihr Zimmer befand. Rasch packte sie ihre wenigen Habseligkeiten zusammen, wartete auf Noah und Tabea, die gleich vom Feld kommen müssten. Sie durfte Noah auf keinen Fall den wahren Grund erzählen. Der Junge fühlte sich, seit Jakob weg war, für die Familie verantwortlich. Er explodierte schnell, immer noch, das schien sein Temperament. Maria befürchtete, dass er Monsieur Dubois etwas antun würde in seinem Zorn.

»Was ist los?«, fragte Noah, als er mit Tabea ins Zimmer kam und die gepackten Koffer sah.

»Setzt euch«, bat Maria.

Die Kinder nahmen auf dem elterlichen Bett Platz, Tabea sah ihre Mutter mit ängstlichen Augen an. »Ist Papa tot?«, fragte sie leise.

»Was? Nein! Nein, schsch, aber wir können hier nicht bleiben.«

»Warum nicht?«, fragte Noah sofort.

»Weil –« Maria zögerte. »Weil Madame Dubois sehr eifersüchtig ist und glaubt, dass ihr Mann sich für mich interessiert.«

Es lag nahe an der Wahrheit. Sie konnte nicht gut lügen und hatte sich für diese Variante entschieden.

Noah überlegte. »Und du?«

»Was und ich?«, erwiderte sie.

»Interessierst du dich für ihn?«, fragte er forsch nach. In seiner Stimme schwang Wut mit.

»Nein! Wie kommst du denn darauf? Ich bin verheiratet.«

»Vielleicht hast du Vati ja schon abgeschrieben«, entfuhr es Noah. »Sonst würdest du doch nicht einfach weggehen wollen. Wie soll er uns denn dann noch finden, wenn er rauskommt.« Seine Stimme bebte.

»Ja, dann findet er uns nicht mehr«, sagte jetzt auch Tabea bestürzt.

»Wir gehen nicht weit weg. Nur weg von den Dubois. Nach Grasse. Auf dem Amt fragen wir nach einer neuen Unterkunft, und dann erfährt Vati dort, wo wir sind.«

Die Kinder sahen sich einen Moment zögerlich an. Noah nickte dann, stand auf. »Gut. Dann gehen wir.«

»Und die kleinen Kätzchen?«, fragte Tabea jetzt unglücklich. Vor ein paar Tagen hatte die Katze der Dubois' Junge bekommen, und Tabea war hin und weg von den Tierchen. Maria tat es so leid für sie, auch weil sich das Kind hier auf dem Hof so wohlgefühlt hatte. Aber es ging nicht. Sie hatte Angst vor Monsieur Dubois. Panische Angst. Das nächste Mal könnte sie womöglich nicht mehr davonkommen.

»Kätzchen gibt's überall«, erklärte Noah lapidar. »Stell dich nicht so an.«

»Lass mich in Ruhe«, entgegnete Tabea und knuffte ihn.

»Aufhören. Bitte. Wir gehen gleich, wenn die Dubois zu Abend essen. Sie sollen es nicht mitbekommen.«

»Wir verabschieden uns nicht?«, fragte Tabea fassungslos. »Du sagst doch immer, wir sollen höflich zu anderen sein.«

»Ja, das stimmt. Das sollt ihr auch, aber in dem Fall ist es etwas anderes.«

Noah sah seine Mutter jetzt verstehend an. Der Junge hatte schon genug mitbekommen von der Welt, sie sah ihm an, dass er wusste, um was es wirklich ging.

»Los, hör auf rumzunerven«, sagte er zu seiner Schwester. »Komm.«

»Noah, bitte in einem anderen Ton!«, schalt Maria ihn. Dass er seine kleine Schwester immer wieder so despektierlich behandeln musste. Sie wollte noch mal in Ruhe mit ihm darüber reden, wie man Frauen zu behandeln hatte. Egal in welcher Zeit. Auch in Krisenzeiten. Aber jetzt mussten sie los, die Abendessenszeit der Dubois hatte begonnen. Normalerweise bekamen sie eine Stunde danach das, was übrig geblieben war. Oft sogar angebissene Nahrungsmittel, zum Beispiel Äpfel, in denen man noch die Zahnspuren von Monsieur sehen konnte, sein breites Gebiss mit den schiefen Zähnen.

Maria dachte gerade, dass er das sicher extra machte. Dass er normalerweise den Apfel bestimmt gegessen hätte, aber vielleicht erregte es ihn, zu wissen, dass sie in den Apfel beißen würde, dass sie diesen mit ihrem Mund berühren würde. Sie traute es ihm zu. Diese widerlichen Stellen schnitt sie immer großflächig aus, wusch den Apfel dann sorgfältig ab und aß den Rest. Zu oft hatten sie Hunger, selbst auf diesem Landgut, auf dem so viel wuchs und so viele Schweine geschlachtet wurden. In ihrer Not aßen sie sogar Schweinefleisch, auch wenn das nicht koscher war.

Maria hatte es geschafft. Auf dem Amt in Grasse hatte ihr eine nette Französin in ihrem Alter geholfen. Sie hatte die Andeutungen verstanden, die Maria ihr mit ihrem einfachen Französisch, das sie inzwischen sprach, geschildert hatte.

»*Naturalement, madame*«, hatte die gute Frau sofort gesagt, war ihre Listen durchgegangen und hatte ihnen ein Zimmer in einer kleinen Pension in Grasse angeboten.

Weniger ein Zimmer als eine Abstellkammer, aber Maria war überglücklich. Maria sollte die Betten machen in der Pension und putzen, aber alles war ihr recht, sofern sie in Sicherheit vor Monsieur Dubois war.

Es gab so viele hilfsbereite, gutherzige Franzosen. Die Pensionswirtin, Madame Baptiste, war eine aufgeschlossene, resolute Witwe mit roten, langen Haaren, die sie zu einem lockeren Zopf hochgebunden hatte. Sie musste in ihrem Alter sein und ließ es Maria und ihren Kindern an kaum etwas mangeln. Auch hier bekamen sie die Reste vom Frühstück der Pensionsgäste. Aber es war nichts Angebissenes dabei, sondern einfach die Lebensmittel, die übrig geblieben waren. Croissants, Baguette-Scheiben, köstlicher französischer Käse, sogar französische Wurst aus Innereien. Ranghohe Militärs wurden hier immer wieder eingebucht, und so war das Frühstück üppig und mundete sehr.

Maria lernte sogar, Crêpes zu backen, französische Eierkuchen, die Tabea und Noah liebten. Hier in Grasse konnten die Kinder in eine Art Schule gehen, eine für Flüchtlinge, die vom Bürgermeister initiiert worden war. Jeden Abend, wenn sie auf ihren Matratzen in der Kammer lagen, fragte Tabea ihre Mutter: »Hast du was von Vati gehört? Wann kommt er wieder?« Oder: »Wo soll er hier denn schlafen, wenn er wiederkommt?«

Noch eine Matratze hätte nicht auf den Boden gepasst, aber Noah sagte dann jedes Mal: »Das kriegen wir schon hin. Dann such ich mir einen anderen Schlafplatz.«

Maria widersprach nicht, aber mehr deshalb, weil sie nicht mehr zu hoffen wagte, dass Jakob aus dem Lager entlassen wurde.

Eines Tages im Mai überreichte Madame Baptiste ihr einen Strauß Maiglöckchen und erklärte, dass Maiglöckchensträuße in Frankreich traditionell als *porte-bonheur*, als Glücksbringer, verschenkt würden, an Menschen, die man sehr mochte. Maria bedankte sich überwältigt, atmete den betörenden Duft der Maiglöckchen ein. Der nahende Sommer ließ schon fast überall die Blumen erblühen, die Luft roch verheißungsvoll nach Honig.

Zwei Tage später, Maria backte in der Küche Crêpes, einen ganzen Berg hatte sie schon fertig, hörte sie Madame Baptistes Stimme, die nach ihr rief. Sie klang so dringend, dass Maria rasch den Herd ausstellte, die Crêpes-Pfanne herunternahm und zu ihr ins Entrée eilte. Es war doch nichts mit den Kindern?

Eine dürre Gestalt in einem lumpigen Mantel stand dort. Jakob. Ihr Jakob. Abgemagert, mit eingefallenen Wangen, die seine Augen heraustreten ließen. Aber er lächelte sie an. Maria stürzte sich in seine Arme, merkte aber sofort, dass er dabei fast umfiel, hielt ihn, hielt ihn ganz fest, wollte ihn nie wieder loslassen, spürte sein Zittern.

»Ist er das, Ihr Mann?«, fragte die Wirtin auf Französisch, und Maria löste sich und nickte.

»Geben Sie ihm zu essen, so viel er will«, sagte Madame Baptiste. »Was hätte ich dafür gegeben, meinen Mann wiederzubekommen. Selbst so dürr.« Monsieur Baptiste war als Soldat nach der Kriegserklärung Frankreichs an Deutschland am 3. September an der deutsch-französischen Grenze als Wachsoldat bei einem kleinen Feuergefecht ums Leben gekommen. »Was für ein unsinniger Tod«, hatte Madame Baptiste gesagt und ihre Tränen weggeblinzelt.

»Er war so ein guter Mann, ich möchte nie einen anderen haben«, sagte sie jetzt. Dass sie immer wieder zu den Offizieren in ihrer Pension aufs Zimmer ging, hatte Maria anfangs sehr schockiert, aber sie konnte es auch verstehen. Als Frau allein sehnte man sich nach Nähe und Geborgenheit. Solange es Tabea und Noah nicht mitbekamen, war es ihr einerlei. Sie mochte Madame Baptiste – und jetzt noch mehr. Diese erlaubte auch, dass Jakob erst mal mit bei Maria schlafen konnte, sogar in einem der Pensionszimmer, die Kinder sollten weiter in der Kammer schlafen.

»Das kann ich nicht annehmen«, erwiderte Maria sofort. Sie wusste, wie sehr auch Madame Baptiste rechnen musste.

»Doch, das müssen Sie sogar. Es geht nur, solange die Pension nicht komplett ausgebucht ist.«

»Ich danke Ihnen.«

»Und nun geben Sie Ihrem Mann endlich was zu essen, bevor er wie ein Streichholz umkippt.«

Maria staunte, wie viel Jakob verschlingen konnte. Wie ausgehungert er war. »Mein Gott, haben sie euch im Lager so wenig zu essen gegeben?« Sie saßen in der Pensionsküche an einem Tisch.

»Ja, wir waren zu viele.«

»Und wie bist du freigekommen?«

»Ein französischer Lagerkommandant war uns wohlgesonnen, er hat gern gelesen, ich habe ihm ein paar Buchtipps gegeben. Er hat mir und noch zwei weiteren geholfen, herauszukommen. Auch weil wir zu gebrechlich waren.«

Maria hörte ihm gebannt zu. Nicht alle Franzosen waren gegen sie, wie auch nicht alle Deutschen für diesen Hitler waren. Man sollte nie den Fehler begehen, ein Volk über einen Kamm zu scheren.

Jakob stopfte sich erneut ein Crêpe-Stück in den Mund, kaute. Früher hätte er niemals so geschlungen. Als er den Bissen geschluckt hatte, sagte er: »So etwas wie deine Crêpes gab es nie. Französische Eierkuchen, das ist das Himmlischste, was ich je gegessen habe.«

Unwillkürlich dachte Maria an ihre Freundin Anni, die das immer bei ihren früheren Treffen bei ihrem Lieblingsbäcker gesagt hatte, über den Berliner Streuselkuchen. Und sofort zog sich ihr Magen zusammen. Anni. Ob sie noch lebte?

Auch von ihr träumte Maria immer wieder, hatte aber nie mit Jakob darüber reden können. Und auch an Luise dachte sie ständig, zutiefst enttäuscht.

Jakob wurde plötzlich bleich, würgte, legte schnell die Hand auf den Mund. Er hatte zu schnell und zu viel auf einmal gegessen. Rasch stand er auf, trat zum Waschbecken, erbrach sich darin, zitterte. Maria eilte zu ihm, streichelte ihm über den hageren Rücken.

»Es tut mir so leid«, brachte er hervor, und er weinte, sein ganzer Körper bebte.

»Nicht, das ist nicht schlimm. Ich mache das weg. Komm, leg dich erst mal hin, ruh dich aus, und nachher bekommst du wieder neue Crêpes, versprochen.«

Die nächsten Wochen erholte sich Jakob von Tag zu Tag, und Maria freute sich über seinen guten Appetit. Sie arbeitete inzwischen in der Küche der Pension für Madame Baptiste, und weil sich diese auch für Frauenrechte einsetzte, erhielt Maria ein kleines Gehalt dafür. Davon konnte sie weiter ein Zimmer in der Pension für sich und Jakob bezahlen, die Kinder schliefen nach wie vor in der kleinen Kammer, fühlten sich dort aber wohl.

»Mama, können wir hier für immer bleiben?«, fragte Tabea eines Tages. »Ich find's schön in Frankreich, ich hab auch eine neue Freundin gefunden, Adaja.«

Tabea hatte in der Schule für Flüchtlingskinder ein deutsches Mädchen kennengelernt und schien sich überraschend schnell eingewöhnt zu haben.

»Bei Kindern geht das immer schneller«, sagte Jakob, der sich schwertat mit dem »Unnützsein«, wie er es nannte. Er half zwar auch in der Pension, wenn es etwas zu reparieren gab, als eine Art Hausmeister, aber das Handwerkliche lag ihm eigentlich nicht. Oft flüchtete er sich in eines der Bücher, die Maria von zu Hause mitgebracht hatte. Vermutlich kannte er sie mittlerweile auswendig wie sie, aber sie halfen ihm, gaben ihm Halt.

Maria wusste nicht, was sie ihrer Tochter antworten sollte. Für immer hierbleiben. Gab es überhaupt noch ein für immer in ihrem Leben? Gab es das überhaupt jemals? Egal in welchem Leben?

Sie hatte das Gefühl, ihr Leben war so wackelig wie ein schlecht gestapeltes Kartenhaus. Sie würden sicher nicht ewig hierbleiben können. Dabei wünschte sie es sich selbst inzwischen sehr. Madame Baptiste war eine Art Freundin geworden. Diese herzliche, fortschrittliche Frau.

»Ich hoffe es«, sagte Maria schließlich. »Und ich freue mich sehr, dass du eine liebe Freundin gefunden hast, Schatz. Freundinnen sind so wichtig im Leben.« Sie vermisste Anni unendlich.

Ein paar Tage später, Mitte Juni, marschierten die Deutschen in Paris ein. Die Sonne schien in die Wohnküche der Pension, als Maria und Jakob es im Radio hörten. Auch auf den Straßen redeten alle nur noch darüber. Pariser und in die Metropole Geflüchtete flohen aus der Hauptstadt, in der sich die Nazis breitmachten wie fließende Lava.

Triumphierend grinsend standen sie vor dem Arc de Triomphe, ließen sich fotografieren, saßen auf den Champs-Élysées, in den Pariser Straßencafés und lachten, wie ein Reporter im Radio erzählte.

»Er macht nicht halt, niemals«, sagte Jakob gepresst.

Und auch Maria war jetzt klar, dass sie im Süden von Frankreich nicht mehr sicher sein konnten.

Madame Baptiste, die, wie sich herausstellte, Kontakte zum französischen Widerstand, zur Resistance, aufrechterhielt, riet ihnen, das Land sofort zu verlassen. »So viele Verfolgte fliehen jetzt vom Norden zu uns nach Südfrankreich. Geht besser schnell, bringt eure Kinder in Sicherheit, und wenn alles vorbei ist, kommt mich wieder in Grasse besuchen.« Sie hatte die ganze Familie in ihr Herz geschlossen, in ihr verwundetes Herz, denn sie und ihr Mann hatten sich eigene Kinder gewünscht. Besonders Tabea liebte sie sehr. Und jetzt war ihr nicht einmal mehr ihr Mann geblieben, und sie musste erneut Abschied nehmen von Menschen, die ihr am Herzen lagen, vermutlich für immer.

»Aber wo sollen wir hin? Welches Land nimmt denn jetzt noch deutsche Juden auf?«, fragte Maria aufgewühlt. *Schon wieder diese Frage*, dachte sie. Eine Frage, die sie verfolgte. Die Schlinge zog sich enger zu.

»Ja, das ist ein großes Problem. Ich finde es für euch heraus«, bot Madame Baptiste an. »Ich habe Kontakte, wie du weißt, Maria.« Sie zwinkerte ihr zu.

An einem weinseligen Abend hatte sie ihr verraten, dass sie die Offiziere in ihren Zimmern vor allem deshalb besuchte, um ihnen Informationen zu entlocken. Für die Resistance, in der sie sich von Monat zu Monat immer mehr engagierte. Was für eine aufopferungsvolle, wundervolle Frau.

»Tabea, ich habe keine guten Nachrichten«, versuchte Maria ihrer Kleinsten schonend beizubringen, dass sie sie wieder aus ihrem Leben reißen musste.

Nachdem sie es ihr erklärt hatte, sah Tabea sie stumm an und tröstete dann ihre Mutter, der Tränen in die Augen getreten waren. »Mama, du musst nicht traurig sein. Hauptsache, wir sind zusammen. Du, Papa, Noah und ich.«

Überwältigt schloss Maria ihr Kind in die Arme. Was für eine tapfere Tochter sie hatte. Aus ihr würde einmal eine Kämpferin werden, wie Madame Baptiste.

»Maria, ihr müsst nach Lissabon«, sagte diese nach einem Treffen mit ihren Freunden aus der Resistance. »Von dort gehen Schiffe, überall hin in die Welt. Dort wird sich dann etwas finden.«

»Aber wie kommen wir nach Lissabon?« Maria wusste nur, dass dieses Land sehr weit weg war, am letzten Ende von Europa, auch dass dazwischen Spanien lag.

»Züge werden kontrolliert, das geht nicht mehr«, überlegte Madame Baptiste. »Aber ich habe gehört, dass es schon einige über die Pyrenäen versucht haben.«

»Die Pyrenäen?«

»Ein Gebirge zwischen Frankreich und Spanien. Der Weg ist allerdings nicht einfach und nicht leicht zu finden. Aber es gibt *passeurs*, die euch helfen können. Gegen Bezahlung natürlich.«

»*Passeurs?* Was bedeutet das? Schlepper?« Maria nannte das deutsche Wort. Ihr Französisch war zwar inzwischen ganz passabel, sodass sie sich mit Madame unterhalten konnte, aber dieses Wort kannte sie nicht.

Madame Baptiste zuckte mit den Schultern. »Sie bringen euch über die Berge. Es kostet natürlich etwas.«

»Nein, das sind sicher keine guten Menschen!«, entfuhr es Maria.

»Unsere Passeure schon. Zumindest die meisten.«

Maria dachte fieberhaft nach. Sie hatten sich schon in Berlin nicht auf Schlepper einlassen wollen, aber jetzt schien es keinen anderen Ausweg mehr zu geben, und sie konnte Madame vertrauen.

»Was kostet es für uns vier?«

Madame nannte die Summe.

»So viel Geld haben wir nicht.«

Madame Baptiste versprach, zu versuchen, das Geld für sie zu sammeln. »Die Passeure müssen Wachen bestechen und Spanier, die in den Bergen leben. Sie müssen Proviant kaufen, für euch und für sich. Ich hoffe, ihr geratet an einen guten Passeur. Das kann ich leider nicht beeinflussen. Also, was meinst du, wollt ihr das Wagnis eingehen?«

Maria überlegte nur eine Sekunde, nickte dann. »Wir haben keine Wahl.« Sie hatte Jakob nicht um Rat gefragt, bevor sie zugesagt hatte, aber mittlerweile wusste sie, dass er ihr in solchen Entscheidungen freie Hand ließ.

»Das sehe ich leider auch so. Es geht in Cannes mit einem Lieferwagen los. Der bringt euch und andere dann nach Banyuls-sur-Mer. Das ist eine französische Stadt am Fuße der Pyrenäen. Ich habe mir alles erläutern lassen. Es klingt recht sicher, wenn ihr an einen guten Passeur geratet. Sofern in diesen Zeiten überhaupt noch etwas sicher ist.«

»Ich danke dir so sehr.« Sie sahen einander gerührt an, schlossen sich in die Arme. Madame roch nach Lavendel und Rosmarin. Sie mochte ihren Vornamen nicht, hatte sie einmal gesagt, wollte von allen Madame Baptiste genannt werden. Maria vermutete aber, dass es auch mit ihrer Aktivität in der Resistance zu tun hatte. Sie wollte anonym bleiben.

Jakob schloss Maria in seine Arme, hielt sich vielmehr an ihr fest. Seit er im Lager gewesen war, hatte er kaum zugenommen. »Du bist so stark geworden, Maria. Ich liebe dich so sehr.«

»Ich liebe dich auch, Jakob. Zusammen stehen wir alles durch.«

Sie packten rasch das Nötigste in Beutel zusammen, Koffer und Rucksäcke durften sie nicht mitnehmen, hatte Madame gesagt. Kurz nach Mitternacht stiegen sie in Madame Baptistes Wagen ein. Es war dunkel, ein Waldkauz, von dem es viele in Frankreich gab, rief. Madame hatte darauf bestanden, sie selbst nach Cannes zu fahren.

Maria saß vorn, neben ihr im Wagen. Sie sah ihre Freundin traurig an. Wer wusste schon, ob sie sich jemals wiedersehen würden. Wieder eine Freundin, die sie sehr vermissen würde. »Es gibt so viele gute Menschen«, erklärte Maria aufgewühlt. »Danke deinen Freunden in der Resistance bitte noch einmal für das gesammelte Geld. Ihr gebt uns mehr als das. Nämlich Mut und Hoffnung.«

»Das ist gut, denn den Mut und die Hoffnung darfst du nie verlieren, meine Liebe.«

Madame fuhr rasant, Maria musste sich immer wieder im Wagen festhalten, wenn sie eine Kurve passierten.

Bald schon waren sie in Cannes angekommen, wie ihr ein Straßenschild verriet. Es war immer noch dunkel, nur ein paar Straßenlaternen erhellten die schlafende Stadt und Madames rote Haare.

Sie hielt in einer kleinen Nebenstraße an. »Ihr müsst diese Straße entlang, dann rechts bis zum Ende. Dort wartet der Lieferwagen. Mich soll keiner sehen. Macht schnell. Ich hasse Abschiede.«

Maria umarmte Madame, roch ein letztes Mal den Rosmarin und Lavendel, und dieser Duft erinnerte sie sofort wieder an Anni. Sie durfte jetzt nicht noch trauriger werden, brauchte ihre scharfen Sinne.

Jakob, Noah, Tabea und sie nahmen ihr Gepäck, kletterten aus dem Wagen, bedankten sich alle noch mal und gingen bemüht leise die Straße entlang. Maria nahm Tabeas Hand, spürte, wie diese zitterte. In der anderen hielt Tabea ihre Püppi, die schon sehr gelitten hatte und ziemlich verstrubbelt aussah. Tabea drückte die Puppe mit ihrer rechten Hand fest an ihren Körper, wie ein Schutzschild.

Was, wenn dort kein Lieferwagen steht?, durchfuhr es Maria. Madame hatte das ganze Geld schon jemandem gegeben. Wie würden sie dann dastehen, vor den lieben Leuten, die ihnen ihre Ersparnisse geschenkt hatten? Ihnen, den Flüchtlingen, die sie nicht einmal kannten. Madame Baptiste hatte gesagt, es wären alles Freunde aus der Resistance gewesen. Sie hatte ihnen von Maria und ihrer entzückenden Familie berichtet, von den Buchhändlern, die ihr so schöne Geschichten erzählt hatten. Denn das hatte Jakob angefangen. Geschichten zu erzählen. Aus Büchern. Wenn er sie schon keinen Kunden mehr erzählen durfte. Er müsse über die vielen Geschichten in seinem Kopf sprechen, hatte er gesagt, sonst werde er verrückt.

Madame Baptiste hatte ihm stets fasziniert zugehört, auch wenn sein Französisch nicht besonders gut zu verstehen war. »Man kann sich so schön wegträumen«, hatte sie gesagt. Und Jakob, der Buchhändler und Geschichtenerzähler, wie sie ihn von da an nannte, hatte sich nicht mehr ganz so unnütz gefühlt wie zuvor. Sie hatten es gut gehabt in Grasse. Wieso nur konnten sie nicht bleiben?

Sie gingen die Straße weiter bis zum Ende. Hier stand keine Straßenlaterne, es ging nach rechts in einen kleinen Weg in die Düsternis. Maria kniff die Augen zusammen. Wartete da ein Lieferwagen oder war das nur die Mauer?

Noah hatte bessere Augen. »Da, da steht der Lieferwagen«, flüsterte er aufgeregt.

Schnell gingen sie möglichst lautlos weiter. Je näher sie kamen, desto mehr sah man von dem Gefährt, denn der Mond erhellte den Himmel ein wenig.

Der Wagen schien uralt zu sein, die Plane hatte einige Risse und Löcher. *Einige sehen wie Einschusslöcher aus!*, dachte Maria schockiert. Sie versuchte, zuversichtlich zu bleiben. Wenigstens bekamen sie durch die Löcher genügend Luft.

Jetzt sah sie, dass sich andere Menschen mit kleinen Koffern hinter dem Lieferwagen versammelt hatten und gerade dabei waren, einzusteigen. *So viele!?* Zwei Männer in dunkler Kleidung standen dabei, einer hielt eine Liste in der Hand, und jeder Passagier musste seinen Namen nennen. Alles ging schnell, die anderen Flüchtenden ließen die Köpfe hängen, sahen die Neuankömmlinge nicht an.

Hoffentlich bricht der Wagen nicht auseinander, dachte Maria. Dann sollten sie ihre Namen nennen und anschließend schnell hinten aufsteigen.

»*Vite, vite!*«, zischte der eine Mann, sah sich immer wieder um. Er roch aus dem Mund, der andere kaute auf etwas herum, und Maria sah im Mondlicht seine schlechten Zähne. Freundlich wirkten sie nicht. Der eine trug einen Bart, der andere diese typische französische Mütze, die sich Noah auch so sehr gewünscht hatte. Aber dafür hatten sie kein Geld gehabt. Hoffentlich waren diese Männer nette Passeurs, hoffentlich brachten sie sie wirklich in dieses Banyuls-sur-Mer und nicht in einen Hinterhalt. Maria hatte es so oft gehört. Dass Flüchtende in Fallen gelockt, ausgeraubt wurden, dass ihnen das Letzte, das sie noch hatten, genommen wurde. Persönlicher Schmuck, Pässe. Aber letztendlich zählte all das nicht. Sondern nur das Leben.

Dicht an dicht saßen sie hinten im Lieferwagen, im Dunkeln, neben den anderen Flüchtenden. Einige Deutsche, wie Maria den leisen Gesprächsfetzen entnehmen konnte. Vermutlich kamen die meisten aus Deutschland, aber viele blieben stumm. Der Wagen fuhr los, sie wurden hinten durchgeschüttelt, als es über ein Kopfsteinpflaster ging, auch um die Kurven fuhr der Fahrer des LKW rasant. Immer wieder wurden sie an die anderen Menschen gedrückt. Es roch nach Angst, nach Kohl, nach Basilikum. Wie sehr würde sie die französische Küche vermissen. Maria versuchte, ihre Gedanken darauf zu lenken. Immer an etwas Schönes denken in schrecklichen Situationen.

Madame Baptiste hatte ihr einige köstliche Rezepte verraten. Das ihrer Bouillabaisse, dann diese Ratatouille. Maria würde sie auf jeden Fall nachkochen, sie hatte sich die Rezepte in ihrem Tagebuch aufgeschrieben, in dem sie in Stichpunkten ihre Gedanken und die Geschehnisse ihrer Flucht notierte. Immer am Abend vor dem Einschlafen. Sie brauchte das, wollte sich später an all die Ereignisse und Namen der Menschen und Orte erinnern können. Auch an ihre Gefühle. Sie schrieb es auf für Tabea, die kleine Leseratte, aber natürlich ebenso für Noah. Denn Marias Sorge war es, das Ganze doch nicht zu überleben, zumindest Jakob und sie nicht, aber vielleicht schafften es wenigstens die Kinder. Dann würde etwas von ihrer Mutter bleiben. Wenigstens ihr Fluchttagebuch.

Vielleicht würde es sie stark machen, ihnen Mut geben, denn immerhin hatten sie es schon bis hierher geschafft. Und hoffentlich ging es weiter bis nach Lissabon. Und von dort nach Übersee. Doch davon trennte sie dieses riesige Gebirge. Und Spanien, ein weites Land. Es stand ihnen ein langer und gefährlicher Weg bevor.

Maria erschauerte und merkte, dass es nicht geklappt hatte, nur an Kochrezepte zu denken. Zu groß waren ihre Angst und

Sorge um die Familie. Was würde sie in den Pyrenäen erwarten? Gab es da giftige Tiere? Soldaten, die auf Flüchtende schossen? Wie hoch waren diese Berge? Konnten sie diese wirklich zu Fuß überqueren, in einfachen Schuhen? Jakob fühlte sich immer noch schwach, das Lagerleben hatte so sehr an ihm gezehrt. Und Tabea war ein eher lauffaules Kind. Das Mädchen saß lieber und malte oder spielte mit seinen Puppen. Einzig Noah war ein flinker Bursche. Er hatte sich in Frankreich gut entwickelt, hatte zuletzt sogar ein französisches Mädchen kennengelernt, Fabienne, und, wie Maria glaubte, sich sogar ein wenig verliebt. Sie hatte es ihm angesehen, an seinen roten Wangen. Wie unendlich leid er ihr tat, dass er seine erste Liebe schon wieder verlassen musste. Noah hatte zwar nichts gesagt, aber Maria wusste es, als Mutter. Sie alle, zuletzt sogar Jakob, hatten sich in Frankreich wohlgefühlt und eingelebt. Die Menschen, die ihnen nach den Dubois begegneten, waren herzlich und hilfsbereit zu ihnen gewesen, ganz selten waren sie als Juden angefeindet worden. Hin und wieder in der Pension von französischen Offizieren, aber Maria hatte sich immer in die Küche zurückgezogen, sich bemüht, unsichtbar zu sein.

Der Lieferwagen fuhr seit Stunden. Die Menschen darin wurden durchgeschüttelt, das Vibrieren des Motors schläferte ein. Tabea hielt sich schon länger am Arm ihrer Mutter fest, ihren Kopf an sie gelehnt, und schlief. Noah versuchte, sich gegen den Schlaf zu wehren. Jakob saß eingefallen wie ein alter Greis zwischen zwei breitschultrigen jungen Männern, hielt den Kopf gesenkt. Maria sah nicht, ob er schlief oder nicht. Würde er weiter seine Geschichten erzählen oder wieder zurückfallen in diese Verletzlichkeit, die er, seit er aus dem Lager zurückgekommen war, mit sich trug? Was hatten sie ihm dort alles angetan? Er hatte bisher nicht darüber sprechen wollen. Es musste einiges geschehen sein.

Nach vielen Stunden, es war immer noch dunkel, stoppte der Lieferwagen, die Männer stiegen aus, scheuchten die Flüchtenden hinaus. *»Allez, allez, bastards!«*

War es das, das Ende? Hatte Jakob damals in Berlin recht behalten, dass sie sich nicht auf Schlepper einlassen sollten, auf keinen Fall?

Doch dann zog der mit der Baskenmütze wieder eine Liste hervor, rief einzelne Namen auf, und nun sah Maria, dass an einer Straßenecke mehrere Männer standen und auf sie warteten. Ein Hinterhalt? Ihr Herz raste.

Aber im nächsten Moment verstand sie, dass die Menschen in kleinen Gruppen, meist als Familie, diesen Männern zugeteilt wurden.

»Jede Familie bekommt einen Passeur«, sagte eine Frau neben ihr zu ihrem Mann. »Wir müssen in kleinen Gruppen über die Pyrenäen, sonst erwischen sie uns.«

Maria atmete erleichtert aus.

»Mama, was passiert jetzt mit uns?«, fragte Tabea neben ihr leise. Sie hatten die Kinder angewiesen, möglichst wenig zu reden.

»Ich glaube, wir bekommen einen Mann zugeteilt, der uns sicher über die Berge führt.«

Auch Jakob wirkte nun erleichtert, strich Tabea über den Kopf. Noah musterte die Männer und sprach es aus: »Und was, wenn sie uns dort aussetzen? Die Pyrenäen sollen groß sein, hat Fabienne gesagt.«

»Das glaube ich nicht, dass sie das tun. Du musst zuversichtlich bleiben. Immer, Noah. Und selbst wenn es passiert, dann finden wir einen Weg.« Maria wollte den Kindern beibringen, immer weiterzugehen, nie aufzugeben. Denn nur so würden sie hier heil herauskommen. Nur so würden sie stark sein im Leben.

Der Mann neben dem LKW rief ihre Namen auf und dann auf Französisch zu den Passeuren hinüber: »Antoine, Kirschbaums, das sind deine.«

Antoine kam auf sie zu, reichte Maria vier halbe Baguettes, die er unter dem Arm getragen hatte, eine Wasserflasche hatte er sich um den Hals gehängt. »Proviant«, sagte er auf Französisch. Er war ein kleiner, hagerer Mann mit einem riesigen Mund, der sie zwar anlächelte, aber das Lächeln erreichte nicht seine Augen.

Kein guter Mensch, dachte Maria sofort, nahm die Baguettes wie ein Baby in ihren Arm. Hoffentlich täuschte sie sich.

Inzwischen waren sie hundemüde und hungrig, aber sie mussten den Schutz der Nacht ausnutzen und sofort in die Pyrenäen aufbrechen, wie Antoine ihnen sagte, zwischen sechs und sieben würde es hell werden. Sie mussten sich den Weinbauern anschließen, die frühmorgens in die Berge gingen, um nicht aufzufallen. Und deshalb durften sie auch kein sichtbares Gepäck mitnehmen. Keine Rucksäcke oder Koffer, daran erkenne man die Flüchtlinge schon von Weitem, erklärte er der Gruppe. »Eure Beutel gehen auch nicht.«

Entsetzt sahen sich Maria und Tabea an. Auch Jakob und Noah mussten schlucken. Antoine reichte Maria Nadel und Garn, damit sie ein paar letzte Sachen in die Mäntel einnähen konnte, was irgendwie ging, sollten sie sich in die Kleidung stecken oder übereinander anziehen. »Und ihr müsst Espadrilles tragen, werft eure Schuhe weg. Die Weinbauern tragen Espadrilles.« Er hielt welche hoch.

»Aber Tabea sieht nicht wie ein Weinbauer aus«, warf Noah ein.

Antoine nickte missmutig. »Deshalb ist die Gefahr mit

euch auch noch größer als eh schon. Manchmal nehmen die Weinbauern ihre Kinder aber mit, dennoch, es ist schon sehr auffällig.«

Er wartete ungeduldig, während sie ihre Schuhe abstreiften und die Espadrilles anzogen. Er hatte Tabea zu große Espadrilles gegeben, aber die Kleine beschwerte sich nicht. Maria zog ihr mehrere Socken an, damit sie nicht hinausschlüpfte.

Auch die anderen Flüchtenden holten ihre Habseligkeiten aus ihren Koffern und Rucksäcken, steckten so viel wie möglich in die Kleidung. Maria zog mehrere Kleidungsstücke übereinander, wie die anderen, nähte ein paar Dinge ein. Die Bücher! Sie glaubte inzwischen daran, dass sie ihnen Glück brachten. Nicht nur Halt, sondern auch Glück. Wenigstens ihre drei Lieblingsbücher wollte sie mitnehmen. Sie steckte sie in die Innentaschen ihres Mantels, die sie in der Pension größer genäht hatte, ein Tipp von Madame.

»Maria, muss das sein? Die Bücher?«, hörte sie Jakob.

»Ja, bitte, glaube mir, sie werden uns helfen. Ich trage sie ja auch.«

»Und mein Kinderbuch darf nicht mit?«, fragte Tabea.

»Das geht leider nicht mehr in meine Manteltasche. Vielleicht freut sich ein deutsches Kind, wenn es das findet.«

Antoine mahnte zur Eile. Es ging los, durch den kleinen Ort Banyuls-sur-Mer, einen Weg durch ein Wohngebiet entlang. Nachdem sie den schmalen silbernen Fluss überquert hatten, führte der Weg vom Ortsausgang durch Puig del Mas, eine kleine Ansammlung von Häusern, umsäumt von hohen Bäumen.

Dies war laut Antoine das ursprüngliche Dorf, aus dem Banyuls entstanden war.

»Hier passen die Zöllner am meisten auf«, zischte er ihnen zu. »Deshalb mischen wir uns hier unter die Weinbauern.«

Und tatsächlich standen diese auch schon da, nahe einer Straßenlaterne, als warteten sie auf die Flüchtlinge. Sie trugen Spaten, an denen Körbe hingen. Antoine ging zu einem, bekam zwei Spaten und Körbe und reichte sie Jakob und Noah zur Tarnung. »Ein *cabec* nennt sich das«, erklärte er. »Die Leute hier reden Katalanisch, deshalb versteht ihr sie nicht.«

Jakob und Noah legten sich wie die Weinbauern die Spaten über die Schulter, Maria hängte die Körbe daran, und sie folgte den Männern mit Tabea an der Hand. Ab hier ging es in die Berge. Noch war es recht eben, kurz darauf wurde es etwas steiler. Pinien standen rechts am Weg, sahen im Dunkeln aus, als würden sie die Familie beschützen.

Sie liefen und liefen in der Dunkelheit. Irgendwann hielten die Weinbauern an, sagten etwas zu ihnen, hoben die Hände zum Gruß und bogen ab.

Verdutzt sah Maria ihnen nach.

Antoine wandte sich an Maria und Jakob: »Ihr folgt mir jetzt. Die Körbe und Spaten könnt ihr hier zurücklassen.«

Jakob und Noah setzten die Körbe an den Spaten ab, tauschten einen Blick, gingen weiter Antoine hinterher. Nur die Sterne und der Mond erhellten ihren Weg ein klein wenig, aber nur so, dass sie die nächsten Schritte vor sich erahnen konnten. Maria stolperte, Tabea hielt ihre Mutter fest.

Jakob kam außer Atem. Seine Lunge hatte im Lager durch eine starke Bronchitis gelitten, das hatte er ihr einmal erzählt. Er atmete immer schwerer. Maria beobachtete ihn von hinten voll Sorge.

Links von ihnen ging es einen Abhang hinunter, man musste gut aufpassen, nicht danebenzutreten und zu fallen. Immer wieder löste sich ein Stein und kullerte hinab. Maria hielt Tabeas Hand ganz fest. Jakob strauchelte, konnte nicht mehr, bat japsend um eine Pause.

Antoine vor ihnen stoppte, sah sie wenig begeistert an. »Wie soll das denn werden?«, zischte er auf Französisch. »So kommen wir nicht lebend an. Was, wenn ihr rennen müsst? Das ist mir zu unsicher.«

»Was soll das heißen?«, fragte Maria unwohl nach.

Antoine zuckte mit den Schultern. »Ich setze nicht für euch mein Leben aufs Spiel, das müsst ihr verstehen. Ich habe auch Frau und Kinder.« Er zögerte kurz, drehte sich um und ging einfach weiter.

Jakob rang jetzt noch mehr nach Luft, schien eine Art Panikattacke zu bekommen. Maria rief Antoine leise, aber flehentlich hinterher: »Bitte, nicht, Antoine, warten Sie!« Aber er reagierte nicht, wurde von der Dunkelheit verschluckt.

Bemüht beruhigend redete sie auf Jakob ein, Tabea wimmerte, hielt die Hand ihres Vaters, und Noah fluchte leise auf Antoine: »So ein Mistkerl, soll ich ihm hinterher und ihn zwingen zurückzukommen?«

»Nein, nein, bleib bei uns.«

»Aber wir haben ihn bezahlt!«

»Lass ihn, er hat auch Familie. Wir schaffen das ohne ihn.« Noah wollte trotzdem los, aber Maria hielt ihn am Arm zurück. »Bleib bei uns. Ohne dich sind wir verloren. Wir müssen zusammenbleiben!«

Während Jakob sich langsam beruhigte und wieder Luft bekam, starrte Maria in die Dunkelheit. Sie standen mitten in den Pyrenäen, zitterten vor Erschöpfung.

»Aber nur dieser Typ weiß, wo Grenzposten stehen, und kennt die genaue Route«, wandte Noah ein.

»Ich weiß. Wir müssen vorsichtig sein und immer in dieselbe Richtung weitergehen«, erwiderte Maria.

»Gut, dann weiter, solange es noch einigermaßen dunkel ist«, entschied Noah. »Kommt.«

Die Sonne würde bald aufgehen, die ersten Strahlen über die Berglandschaft schicken. Wo sollten sie sich dann verstecken?

Noah schritt jetzt voran. »Das Wasser hat dieser *Cretin* auch mitgenommen«, fluchte er vor sich hin.

Und auch Maria, deren Mund schon extrem trocken war, verwünschte Antoine. Mit Tabea an der Hand folgte sie Noah, hinter ihnen lief Jakob.

»Vati?«, fragte Tabea plötzlich, löste ihre Hand aus Marias, um sich zu ihm umzudrehen. »Vati, geht es dir denn wieder besser?«

Doch ehe Jakob antworten konnte, rutschte Tabea durch die Drehung ab, schrie gellend auf und fiel einen steilen Abhang hinunter.

KAPITEL 20

Banyuls-sur-Mer, 2023

Sandra stand auf einem grünen Hügel, der sacht ins Meer auslief, und betrachtete die wunderschöne Landschaft. Hier verlief damals der wohl bekannteste offizielle Pfad der deutsch-jüdischen Flüchtlinge, der am Gebirgskamm entlangging und einigermaßen gut zu gehen war. *La route Lister*, auch ein uralter Schmugglerpfad. Er lag unterhalb der Straße, war durch einen Gebirgsüberhang verdeckt, wodurch man hier von französischen Grenzwachen, die oben patrouillierten, nicht gesehen werden konnte.

June, Gabriel und Sandra waren schon eine Zeit lang gewandert, hatten ihre Rucksäcke abgesetzt, genossen jetzt den Ausblick. Lang gezogene Hügel, in der Ferne hohe Berge, eine abwechslungsreiche Landschaft. Sandra hatte June in Banyuls-sur-Mer überreden können, eine zweitägige geführte Wandertour durch die Pyrenäen zu buchen, mit Hüttenübernachtung, um ein klein wenig nachzufühlen, wie es für die Flüchtenden damals hier gewesen war, um die Fluchtroute ihrer Großmutter nachzugehen.

Gabriel hatte die Idee sofort großartig gefunden, aber June war verhalten gewesen. Zwei Tage wandern. Sie war es nicht gewohnt, lange in den Bergen zu gehen, noch dazu mit schwerem Gepäck, wie sie zugab. »In Amerika fährt man überall mit dem Auto hin. Und in Berlin habe ich das ehrlich gesagt auch getan. Oder bin mit der S-Bahn oder U-Bahn gefahren. Aber so richtig gewandert bin ich tatsächlich nie länger.«

»Da hast du etwas verpasst«, entgegnete Gabriel. Er hatte einen Wanderrucksack dabei, der nicht neu gekauft aussah, den er aus Rio mitgebracht hatte. »Ich gehe auch in Rio gern wandern, manchmal tagelang.«

Sandra sah ihn erstaunt an. »Wirklich? Ich auch. Wo du denn?«

»Am Bico do Papagaio zum Beispiel.«

»Da war ich auch schon«, erwiderte sie erfreut. »Da gibt es unglaublich schöne Pfade, und man kann sich abseilen, das macht Spaß.«

June sah sie wenig begeistert an. »Ich habe Höhenangst. Ich würde mich niemals abseilen. Wo ist denn dieser Bico ...?«

»Bico do Papagaio, der zweitgrößte Berg im Tijuca-Nationalpark«, erklärte Sandra. Sie und Gabriel warfen sich einen verstehenden Blick zu.

»Wehe, ich muss mich in den Pyrenäen abseilen«, murrte June.

»Das musst du nicht«, hörte sie Rosalie sagen, ihre private Wanderführerin. Sie war um die dreißig, trug kurze Hosen, ein weißes T-Shirt und ihre langen braunen Haare zu einem Zopf gebunden. Gerade war sie ein paar Schritte zurück zur letzten Wegbiegung gegangen, weil sie hoffte, dort Empfang zu haben. »Tja, das war es mit dem Handyempfang. Ab jetzt seid ihr von mir abhängig«, scherzte sie.

Sandra und Gabriel lachten. June seufzte, steckte ihr Smartphone ein. »Dann hoffe ich, dass sich Hendrik keine Sorgen macht bis morgen. Ich habe es verpasst, ihm zu schreiben, dass wir gleich kein Netz mehr haben und zwei Tage wandern.«

»Das wird er sich bestimmt denken«, beruhigte Sandra sie. »Er weiß ja, dass wir in die Pyrenäen wollten.«

June zuckte mit den Schultern. »Vorhin hat er geschrieben, dass er zu Mareike fährt. Ich hätte gern gewusst, wie es ihr inzwischen geht. Eigentlich ging es ihr ja schon besser, hat er in der letzten Nachricht geschrieben. Ehrlich gesagt wundere ich mich, warum er ständig zu ihr fährt.« June hielt nachdenklich inne, sah in die Ferne.

Sandra verstand sie. Sie an Junes Stelle würde sich vermutlich auch Gedanken machen, ob er für seine Ex doch wieder Gefühle entwickelte. Sie folgte Junes Blick. Einfach wunderschön, diese Weite.

Aber wenn sie darüber nachdachte, wie anstrengend, gefährlich und voller Angst dieser Weg für ihre Großmutter und ihre Familie damals gewesen war, schnürte es ihr die Kehle zu. Ganz ohne Guide war man hier doch wirklich verloren. Gut, dass sie Rosalie hatten, diese taffe, quirlige Französin mit deutschen Wurzeln.

»Also, lasst uns weitergehen, *on y va*«, sagte diese jetzt in ihrem charmanten deutsch-französischen Gemisch.

Weiter ging es einen steilen Weinberg hinauf.

»Oh nein, ich habe doch Höhenangst«, erklärte June und schaute nach oben.

»Es gibt hier keinen Pfad, wir müssen zwischen den Rebstöcken hindurch nach oben klettern«, erklärte Rosalie, »aber so haben das die Flüchtenden damals auch gemacht. Sogar Walter Benjamin, der bekannte Kritiker und Philosoph, der nicht gut zu Fuß war. Ich bin sicher, dann schaffst du das auch. Ich gehe vor.«

Während Rosalie losmarschierte, schlug Gabriel vor: »Und ich gehe hinter dir, falls du abrutschst, halte ich dich, June.«

Sie seufzte, rang sichtlich mit sich.

»Natürlich schaffst du das«, bekräftigte Sandra. »Komm, probier die Trauben, sie sehen köstlich aus. ›Wenn du nichts versuchst im Leben, wirst du nicht weiterkommen‹, hat meine Mutter immer gesagt.«

Sandra folgte Rosalie, lief zwischen dunklen Weintrauben den Hang hinauf. Dabei zupfte sie sich ein paar im Vorbeigehen ab und steckte sie sich in den Mund. Sie schmeckten herrlich, reif und süß. »Mmmhm, probier sie, June. Du verpasst etwas.«

June gab sich sichtlich einen Ruck, folgte ihr, hinter ihr Gabriel. Dann hielt sie neben Sandra an, die ihr die Hand entgegenstreckte, um sie zu halten. Tatsächlich war der Hang hier sehr steil. Mit der anderen reichte Sandra ihre eine Traube, steckte sie ihr in den Mund, da sich June an einem Rebstock festklammerte. June sah wirklich ängstlich aus, kaute und lächelte endlich wieder. »Ja, wundervoll«, gab sie ihr recht.

»Bekomme ich etwa keine?«, beschwerte sich Gabriel gespielt.

Sandra lachte, zupfte erneut ein paar Trauben ab, beugte sich zu ihm und schob sie ihm in den Mund. *Was für volle Lippen er hat,* fiel ihr wieder auf. Dann drehte sie sich kokett um und lief weiter.

Oberhalb des Weinbergs machten sie Rast. Rosalie hatte im Gehen eine ganze Weintraube abgepflückt und reichte sie ihnen. Die Sonne schien, die Landschaft sah atemberaubend aus. Ein großer Vogel kreiste am Himmel.

»Wie lange sind wir schon unterwegs?«, fragte June.

»Zwei Stunden ungefähr«, erklärte Rosalie. »Wir kommen gleich zur Hütte. Die Flüchtenden damals hatten diesen Luxus nicht, sich eine Nacht ausruhen zu können, mit einem Dach über dem Kopf.«

»Ich bin sehr dankbar, dass wir in einer Hütte pausieren«, erklärte June und setzte ächzend ihren Rucksack wieder auf. »Ich glaube, ich habe mir in meinen Turnschuhen eine Blase gelaufen, die Socken sind hinten zu kurz. Und mein Rücken tut weh.«

Sie tat Sandra leid. Offenbar konnte sie die Wanderung wirklich nicht genießen. Sie hatten kurz überlegt, Wanderschuhe zu kaufen, aber da sie alles immer tragen mussten, hatten sie sich entschieden, dass Turnschuhe auch gehen würden. In der Tour-Beschreibung hatte nichts vom Klettern gestanden.

»Die Hütte ist nicht mehr weit«, beruhigte Rosalie sie. »Und dort gibt es gutes französisches Essen und Aperol Spritz.«

»Wirklich?«, hakte June sofort besser gelaunt nach.

Rosalie lächelte. »Wir wollen doch, dass es unseren Wanderern gut geht.«

»Dann hoffe ich, dass es auch Bier gibt«, fügte Gabriel lächelnd hinzu.

»Natürlich.«

Nach einer weiteren halben Stunde kamen sie an einer idyllischen Hütte an. Sie hatte ein Zinkdach, darauf Sonnenkollektoren. Rosalie ging vor und erklärte ihnen: »Es gibt Trockentoiletten, ich hoffe, das ist okay?«

June sah sie konsterniert an. »Trockentoiletten?«

»Ja, eine ökologische Sanitäranlage und thermische Sonnenkollektoren. Den Hüttenwirten ist es wichtig, ihre Umweltbelastung und ihren Energiebedarf so weit wie möglich zu reduzieren.«

»Das finde ich gut«, lobte Sandra.

»Ich ja auch«, lenkte June ein.

»Habt ihr Klopapier dabei?«, fragte Rosalie.

Alle drei sahen sich an.

»Nein, so etwas trage ich nicht immer mit mir rum«, scherzte Sandra.

Rosalie lachte. »Manche Wanderer schon. Aber kein Problem, ich habe genug für alle dabei.«

Sie führte die drei in die Hütte, in der in einer Art Wohnzimmer ein paar Wanderer saßen und freundlich grüßten. Ein älterer Herr mit weißen Haaren, der Hüttenwirt, kam auf sie zu, hieß sie auf Französisch willkommen. Er bedeutete ihnen, ihm zu folgen, zeigte ihnen den Schlafraum, in dem sich mehrere Stockbetten dicht an dicht befanden. Sandra sah Junes entsetzten Blick. Sie selbst hatte damit kein Problem, in Brasilien gab es viel Armut, mit einer Freundin war sie schon mehrmals in billigen Absteigen gewesen, als sie ihr Land bereist hatten. Aber June schien Wert auf ein normales Zimmer zu legen, denn sie fragte den Hüttenwirt, ob es auch ein Doppelzimmer gebe. Der lachte, wedelte verneinend mit dem Finger.

»Habt ihr euch nicht unsere Broschüre angesehen?«, wandte sich Rosalie verwundert an June. »Da war ein Bild vom Schlafraum abgebildet.«

June verneinte. »Wir hatten nicht viel Zeit, haben uns sehr kurzfristig entschlossen, selbst ein paar Tage durch die Pyrenäen zu wandern.«

»Meinst du nicht, dass du nach der Wanderung heute und der vielen frischen Luft eh so gut schläfst, dass du gar nicht mitbekommst, wo du liegst?«, versuchte Sandra die Wogen zu glätten.

Und auch Gabriel sprang ihr bei: »Ich schnarche auch nicht, und ich glaube auch, selbst wenn hier einer im Schlafraum schnarcht, schlafen wir alle heute so tief und fest, dass wir es nicht mitbekommen.«

»Wir schlafen alle, auch mit den Männern, in einem Raum?«, hakte June nach, und ihre Stimme klang angespannt.

Rosalie nickte, sah sie entschuldigend an. »Ich hoffe, du bewertest jetzt unsere Tour nicht schlecht. Das hatten wir wirklich alles im Prospekt geschrieben.«

»Nein, nein, alles gut. Ihr habt ja recht, ich schlafe heute sicher wie ein Stein. Ich hatte nur nicht damit gerechnet. Aber man sollte ja immer offen für Neues sein. Außerdem hatten es die Flüchtenden früher tausendmal unkomfortabler in freier Natur. Ich bin froh und dankbar, einen trockenen und warmen Schlafplatz zu haben. Ich werde sowieso immer dankbarer, je mehr ich über die Geschichte unserer Großmütter erfahre.«

Sandra stimmte ihr zu. Und Dankbarkeit war so wichtig, um zufrieden zu sein. Das, was sie selbst in letzter Zeit oft nicht mehr war, wie sie sich jetzt insgeheim eingestand. Zufrieden mit ihrem Leben. Je mehr sie über die Erlebnisse ihrer Großmutter wusste, umso mehr schämte sie sich beinahe für ihre Unzufriedenheit, die sie im Alltag immer wieder überkam.

Zu dritt saßen sie nach dem Abendessen, einer köstlichen französischen Zwiebelsuppe und Baguette, noch mit je einem Glas Bordeaux vor der Hütte auf einer Bank und beobachteten die Sterne. Sandra sah immer wieder heimlich zu Gabriel. Die Muskeln an seinen Oberarmen waren deutlich zu erkennen. Er hatte ihr erzählt, dass er viel Sport trieb, da er als Autor sonst ja nur am Schreibtisch saß und diesen Ausgleich brauchte. Überhaupt gefiel ihr dieser Mann immer besser, je mehr sie ihn kennenlernte. Und auch ihn ertappte sie immer häufiger dabei, wie er sie heimlich beobachtete. Er war wirklich kein Draufgänger oder Macho, sondern eher ein feinfühliger Mensch.

»Hendrik macht sich sicher schon die größten Sorgen um mich«, sagte June seufzend und nippte an ihrem Rotwein. »Ich hatte in meiner Naivität nicht damit gerechnet, dass es hier kein Netz gibt. Typisch Städterin. Anfängerfehler.« Sie lachte, sah sich dann um. Die Sonne war bereits fast ganz untergegangen, tauchte die Berglandschaft in ein orangefarbenes Licht. »Diese Natur ist so überwältigend. Danke, Sandra, dass du mich zu meinem Glück überredet hast.«

Sandra lächelte. »Sehr gern.«

»Es ist inspirierend hier«, erklärte Gabriel. Ihre Blicke begegneten sich. Seine dunklen, tiefgründigen Augen. »Die Flucht über die Pyrenäen«, fuhr er schnell fort, »diese Berge, haben so viele Menschenleben gerettet.« Er nahm einen Schluck Wein, behielt ihn einen Moment lang genießerisch im Mund.

»Ja, es gab auch gute Passeure. Aber hier haben auch viele ihr Leben verloren, wie Rosalie gesagt hat«, fügte Sandra traurig an. »Wie grauenhaft muss es gewesen sein für meine Großmutter Maria, als die kleine Tabea den Berg hinuntergefallen ist.«

Pyrenäen, 1940

»Tabea!«, rief Maria erneut panisch, zitterte am ganzen Leib, kniete vor dem Abgrund, in den ihre Kleine gestürzt war. *Bitte, lieber Gott, lass sie leben!* Sie hörte nichts von ihrem Schatz, kein Wimmern, kein Weinen. Lebte sie? Hatte sie sich verletzt? *Bitte nicht, nimm mir nicht mein Kind,* dachte sie aufgewühlt.

Noah und Jakob hatten sich sofort aufgemacht, den steilen Abhang zu Tabea hinabzuklettern.

Maria konnte die beiden nicht mehr sehen. »Jakob? Noah? Geht es euch wenigstens gut?«, rief sie. Die Schreie hallten in den Bergen. Es war ihr egal. Alles war ihr egal, nur Tabea und ihre Lieben waren jetzt wichtig.

Die Sonne ging inzwischen auf, die Gefahr, gefasst zu werden, stieg immens.

Endlich. Sie hörte Jakobs gepresste Stimme: »Ja, aber es ist schwierig, hier gibt es keinen Halt. Nur ein paar dürre Büsche.«

»Passt auf euch auf! Seht ihr sie?« Maria konnte kaum sprechen, fühlte einen Kloß im Hals, der auf ihre Stimmbänder drückte.

»Nein!«, rief Noah zurück. »Unten ist zu viel Gestrüpp.«

Plötzlich hörte sie einen Schrei von Jakob: »Aaah!« Dazu das Geräusch von rutschendem Geröll.

Oh nein. Marias Verzweiflung wuchs. Nicht auch noch ihr Mann! »Jakob! Was ist?«

»Vati hat sich verletzt!«, schrie Noah hoch. »Am Fuß! Ich geh allein weiter.«

»Schaffst du es hoch, Jakob, oder soll ich kommen und dir helfen?«, rief Maria.

»Auf keinen Fall. Bleib oben, in Sicherheit. Ich komme.«

Marias Herz raste.

Gerade als Jakobs Kopf wieder auftauchte, hörte sie Noah rufen: »Da ist sie!«

»Lebt sie?«, schrie Maria panisch zurück und eilte währenddessen zu Jakob, um ihm hoch zu helfen.

Die Sekunden, bis Noah antwortete, fühlten sich wie Stunden an. Auch Jakob sah zutiefst blass aus.

»Ja! Lebt, sie ist in das Gebüsch gefallen!«, rief Noah endlich. »Ihr Herz schlägt zumindest.«

Ein Stein in der Größe eines Felsbrockens fiel Maria vom Herzen.

»Aber sie ist ohnmächtig!«, rief Noah.

Wieder stockte Maria der Atem, sie spürte Jakobs Hand in ihrer. Sie fühlte sich kalt an, auch er zitterte.

Doch dann rief endlich Noah nach oben: »Hab sie wach gekriegt. Mit 'ner Ohrfeige!«

Maria schlug sich zutiefst erleichtert die Hände vors Gesicht. »Jakob, sie lebt! Unser Baby lebt!«

Die beiden nahmen sich in die Arme. Dann löste sie sich von ihm. »Wie geht es dir, Jakob? Wo bist du genau verletzt?«

»Mein rechter Fuß. Er tut beim Auftreten höllisch weh.«

»Oh nein. Setz dich dorthin, ich sehe es mir gleich an.«

Er humpelte zu einem Felsen, setzte sich, währenddessen trat Maria wieder zu der Absturzstelle, versuchte, hinunterzuspähen. »Tabea, Schatz! Alles wird gut! Noah, kannst du sie tragen?«

»Nein!«, rief Noah zurück.

Nervös versuchte Maria etwas zu sehen. Es dauerte etwas, aber dann entdeckte sie erst Noah und schließlich auch Tabea, wie sie konzentriert hintereinander nach oben kraxelten.

»Der hat mich ins Gesicht geschlagen!«, beschwerte sich Tabea.

»Musste ich doch, blöde Nuss!«, erwiderte ihr Bruder.

Maria musste lachen. »Tabea! Schatz! Das musste er. Er hat dich gerettet! Pass auf, das ist doch jetzt viel zu viel für dich – Noah, trag sie bitte Huckepack!«

»Nein, die kann das schon.«

»Ich kann das, Mama!«, rief Tabea. Und der Klang ihrer lieben Stimme durchströmte Maria, als läge sie in einem warmen Bad.

Endlich sah sie ihre Kleine aus der Nähe. Ihre nackten Arme waren nur leicht zerkratzt, endlich konnte sie die Hand ihrer Tochter nehmen, sie wieder spüren, und bevor sie sie fest an sich drückte, fragte sie schnell: »Tut dir denn irgendetwas weh?«

Tabea schüttelte den Kopf, warf sich in ihre Arme, presste

sich so fest an ihre Mutter, als würde sie sie nie wieder loslassen.

»Mein Schatz, mein armer Schatz. Du bist doch das Wichtigste auf der Welt, was wir haben.« Maria schaute auf, bemerkte Noahs eifersüchtigen Blick. »Oh Noah, du doch auch, das weißt du hoffentlich?«

Er zuckte nur mit den Schultern.

»Komm her.«

Zögerlich trat er zu ihr, sie zog ihn näher zu sich, drückte ihre beiden Kinder ganz fest.

Und auch Jakob war wieder aufgestanden und zu ihnen gehumpelt, strich den Kindern über die Rücken. »Danke, Noah, du hast mir geholfen,und Tabea erst, auf dich ist Verlass!«

Maria sah ihrem Großen an, wie gut ihm dieses Lob tat, viel zu oft hatten sie ihn in letzter Zeit gerügt. Kinder brauchten Lob, ehrliches Lob, um zu selbstbewussten Menschen zu reifen.

»Wir müssen weiter«, fand Noah mit einem Blick zur Sonne, die immer höher stieg. »Hier kann man sich nirgends gut verstecken.«

»Ja, wir müssen weiter. Aber Jakob, kannst du denn auftreten?«

Er ging zwei Schritte, sichtlich unter Schmerzen, nickte. Ihr Mann versuchte, sich zusammenzureißen, aber sie sah ihm an, wie weh es tat. Er ging weiter, brach dann aber zusammen und musste sich auf den Boden setzen.

»Oh nein!«, entfuhr es Maria. Sie standen mitten in den Bergen, weit und breit kein Unterschlupf in Sicht. Sie hatten nichts mehr zu essen und schon lange nichts mehr zu trinken. Was, wenn sie von Leuten, die Juden anzeigten, entdeckt würden? Und davon gab es auch in den Bergen einige, wie sie in Grasse gehört hatten. Franzosen, die sich etwas dazuverdienen wollten. Arme Bergbauern, die überleben mussten. Es gab aber auch die, die den Flüchtlingen Essen und einen Schlafplatz gaben, aber wie sollten sie die unterscheiden?

»Es tut mir so leid«, flüsterte Jakob. »Ich kann nicht laufen. Lasst mich hier und geht weiter. Hauptsache, ihr seid in Sicherheit. Ich kann mich ja da unten in dem Gestrüpp verstecken, das Tabea das Leben gerettet hat.«

Maria schüttelte vehement den Kopf. »Nein, wir bleiben zusammen. Außerdem würdest du in dem Gestrüpp verhungern und verdursten, das lasse ich nicht zu.«

Noah stellte sich breitbeinig hin. »Ich trage dich, Vati.«

Maria zögerte, Tabea nickte sofort. »Ich helfe Noah.«

Gerührt schüttelte der den Kopf. »Das ist lieb, aber nein, dann holst du dir einen Bruch.«

Noah trat zu seinem Vater, half ihm mit Maria zusammen auf. *Gut, dass Jakob kein großer, schwerer Mann ist*, dachte Maria. Aber er war natürlich größer und viel schwerer als der zehnjährige Noah, und deshalb ächzte der Junge so sehr, als er versuchte, seinen Vater Huckepack zu nehmen, dass Maria einschritt. »Das geht auch nicht. Noah, du machst dir den Rücken kaputt. Du bist noch im Wachstum.«

»Das geht, ich bin stark«, erwiderte der. »Komm, Vati, wir versuchen es noch mal.«

Aber auch Jakob hatte eingesehen, dass es nicht ging. »Du bist erst zehn, Noah. Ich danke dir sehr für dein Angebot, aber ich möchte dir nicht die Knochen brechen.«

»Ja, Noah, das war wirklich lieb von dir, aber es geht nicht«, bestätigte Maria. »Ich trage Vati.«

»Du?!«, entfuhr es Noah und Jakob gleichzeitig.

Sie straffte sich. »Ja, ich. Wir Frauen sind stärker, als ihr denkt. Zumindest versuchen muss ich es. Wenn man etwas nicht versucht, hat man schon verloren.«

Sie dachte daran, dass Tabea gerade noch ohnmächtig gewesen war. Aber es half nichts, sie mussten weiter, einen guten Unterschlupf für den Tag suchen. Alles andere konnte lebensgefährlich sein.

Noah half Jakob, auf Marias Rücken zu klettern, was sich aufgrund seiner Verletzung als nicht so leicht gestaltete. Er war doch schwerer als gedacht, aber wenn sich Maria weiter nach vorn beugte, ging es etwas einfacher.

Sie schritt voran, Noah an ihrer Seite, um einzugreifen, wenn es doch zu schwer für seine Mutter wurde. Wie sehr hatte sich Noah in dieser kurzen Zeit entwickelt. Zum Helfer, zum guten Jungen, der er eigentlich ja immer schon war, aber die Vorpubertät und vor allem der Krieg hatten ihm ganz schön zugesetzt. Viel zu wenig Zeit hatte sie für ihn gehabt.

Schritt für Schritt ging es eine Anhöhe hinauf. Schroffe Felshänge, umgeben von einschüchternden Gipfeln. Maria fiel es zunehmend schwer, sie bekam kaum Luft, ihr Mund wurde immer trockener. Was gäbe sie jetzt für einen Schluck Wasser! Aber sie konnte ihren Mann nicht zurücklassen, auf keinen Fall. Sie musste Pausen machen, verschnaufen, und dann ging es weiter. Diese unendliche Berglandschaft, die eigentlich wunderschön aussah, aber wenn man sie nur möglichst schnell und ungesehen überqueren musste, glich sie einem wahren Albtraum.

Die Sonne stand jetzt beinahe am Horizont, aber weit und breit gab es keine Versteckmöglichkeit. Marias Durst wurde immer größer, ihr Herz raste vor Anstrengung. Sie durfte Jakob nicht verlieren! Sie liebte ihn, unendlich.

Dem war das Ganze natürlich so unangenehm, dass er auf ihrem Rücken ständig vorschlug, ihn zurückzulassen. »Sei ruhig«, sagte sie überfordert und außer Atem. »Bitte, ich lasse dich nicht zurück«, fügte sie sanfter hinzu. »Niemals!«

Doch nach einer guten Stunde mit vielen kurzen Pausen, konnte sie einfach nicht mehr, setzte Jakob auf einem Stein ab und brach in Tränen aus. Sie hatte so gehofft, wenigstens einen Bergbach zu finden, aber nicht einmal das. Ihre armen Kinder.

»Mama!«, flüsterte Tabea. Sie war zu ihr getreten, streichelte Maria am Arm. »Nicht weinen, sonst wein ich auch.«

Sie schüttelte den Kopf, versuchte sich zusammenzureißen. Da sah sie durch ihren Tränenschleier eine Gestalt auf sich zukommen. War das eine Nazi-Uniform? Eine Fata Morgana? Kein Wunder, so dehydriert, wie sie alle waren. Die Gestalt schien näher zu kommen. Oder war er etwa doch real?

»Verdammt«, zischte Noah, der jetzt auch in die Richtung blickte. »Jetzt haben sie uns.«

Der Mann schien echt zu sein. Maria wischte sich die Tränen weg. Sie betete. *Lass ihn ein Guter sein, bitte, lieber Gott.*

Jakob und Tabea hatten ihn nun auch gesehen. »Das ist das Ende«, flüsterte Jakob. »Und ich bin schuld.«

»*Salut!*«, rief der Mann jetzt mit einer dunklen Stimme. Als er näher kam und sie musterte, fragte er auf Deutsch: »Kann ich Ihnen helfen? Sie sind doch aus Deutschland, nehme ich an?«, fügte er hinzu.

»Ja«, erwiderte Maria. »Das sind wir.«

Alle sahen ihm angespannt entgegen. Ein Deutscher. Das bedeutete Gefahr. Der Mann war groß und sportlich gebaut, hatte ein markantes Gesicht. Er lächelte nicht, musterte sie. Dann nahm er seine Trinkflasche, die er über der Schulter trug, schraubte sie auf und reichte sie zuerst Tabea. Die nahm sie, wollte sie ihrer Mama geben, aber Maria schüttelte den Kopf, wies auch ihre Tochter an, nichts zu trinken.

»Ich tue Ihnen nichts«, sagte der Fremde. »Ich bin selbst Deutscher. Es ist Wasser, trinken Sie. Sie können mir vertrauen.«

Maria zögerte, dann nahm zuerst sie einen Schluck, kostete. Er hatte nicht gelogen. Sie gab es Tabea, dann Noah.

Während die Kinder begierig tranken, betrachtete Maria den Fremden. Immerhin, er gab ihnen Wasser. Auch Jakob wirkte angespannt.

»Viele sind auf der Flucht aus Deutschland«, sagte der Fremde jetzt mit seiner dunklen Stimme. »Es ist immer erschreckender, was sie berichten, was dort geschieht.«

Erleichtert ließ Maria die Schultern sinken. Er war auf ihrer Seite. Er trug einen Mantel, vermutlich hatte sie deshalb an eine Uniform gedacht.

Noah reichte ihr erneut die Wasserflasche, und sie trank begierig, aber auch bemüht, den anderen etwas übrig zu lassen, reichte sie dann sofort Jakob. Der nahm einen Schluck und räusperte sich. »Bitte helfen Sie uns, ich kann nicht mehr laufen, mein Fuß ist verletzt, und meine tapfere Frau kann mich nicht mehr auf dem Rücken tragen.«

Verblüfft sah der Fremde Maria in die Augen. Er hatte himmelblaue Augen, wie sie jetzt bemerkte. »Sie haben Ihren Mann getragen?«

»Ja, Huckepack!«, rief Noah stolz. »Meine Mutter ist so stark! Mich haben sie nicht gelassen.«

»Mutti ist die Beste«, fügte Tabea hinzu.

Jakob wuschelte den Kindern lächelnd über den Kopf. »Das ist sie.«

Der Fremde schaute immer noch beeindruckt Maria an. »Sie müssen Ihren Mann nicht mehr tragen, ich übernehme das.«

»Wirklich? Das ist ja ... Vielen, vielen Dank!«, brachte sie hervor.

»Ich zeige Ihnen den Weg über die Berge nach Spanien. Dort wollen Sie doch hin, nehme ich an?«

»Ja, wir danken Ihnen!«, sagte jetzt auch Jakob. »Und Sie

kennen sich hier aus? Für uns wirkt alles gleich. Wir hatten schon Angst, dass wir die ganze Zeit mühevoll im Kreis gelaufen sind.«

Der Mann nickte lächelnd. »Das passiert hier tatsächlich manchen. Deshalb gibt es uns.«

»Uns?«, hakte Maria nach. Jakob reichte dem Mann die Flasche wieder.

»Ja, es gibt einige Fluchthelfer auf dem Chemin de la Liberté, dem Weg in die Freiheit. Ich bin Teil eines komplizierten Geflechts von Passeuren, Helfern, Hirten auf den höhergelegenen Sommerweiden. Wir helfen alle zusammen, die Flüchtenden über die Grenze zu bringen, in Sicherheit. Auch die Bauern, Lehrer, Waldarbeiter oder sogar Geistliche sind mit dabei. Selbst unser Bürgermeister aus dem Ort unten, er verrät uns nicht. Ich war jetzt wochenlang zweimal die Woche unterwegs, um Leute hinüberzubringen.«

Beeindruckt hörten Maria, Jakob und die Kinder ihm zu. »So oft? Und so viele riskieren ihr Leben für fremde Menschen?«, fragte sie erstaunt.

»Ja, wir haben keine Wahl. Sonst wären wir genauso unmenschlich wie diese deutschen Nazis.« Er erklärte weiter: »Wir besprechen die Route mit den Flüchtlingen in allen Einzelheiten, um ihnen die Furcht zu nehmen, sagen ihnen, wie man sich herausredet, wenn etwas schiefgeht, wiederholen mit ihnen, was sie auf der spanischen Seite zu tun haben.«

»Und das wäre?«

»Wie der Abstieg geht, wo die Zollstelle ist, wo sie den Eintrittsstempel bekommen, das heißt *›entrada‹*, dann wo sie den Zug nehmen nach Portugal.« Er deutete auf Jakobs Mantel. »In dem Stadtmantel hätte ich euch nicht losgeschickt. Wir lassen oft Kleidungsstücke auswechseln, denn in einem Stadtmantel geht man nicht in die Weinberge, das fällt auf.«

Maria wurde bewusst, dass Antoine doch vor allem auf das Geld aus gewesen war, im Gegensatz zu diesem Mann.

Jakob dankte ihm erneut. »Wir haben leider kaum mehr etwas, das wir Ihnen geben könnten. Unser Geld ist weg, wir sind Buchhändler, wir waren es. Aber sie haben uns alles genommen.«

»Ich selbst möchte nichts dafür, aber manche Helfer muss man bezahlen. Vor allem, wenn sie Unkosten haben.«

Maria und Jakob sahen einander ratlos an.

»Die Bücher«, platzte Noah heraus. »Wir haben noch drei Bücher dabei.«

»Sie haben Bücher dabei?« Der Mann lächelte.

»Sie geben uns Halt und sind unsere Glücksbringer«, erwiderte Maria. »Sie sind nichts wert. Aber für uns sind sie unbezahlbar.« Sie deutete auf ihre Mantelinnentaschen.

»Ja, das glaube ich. Bücher wollen die Hirten oder Waldarbeiter sicher nicht.«

»Wir haben noch eine Uhr«, sagte Jakob, sah Maria dabei an. Sie nickte. Sie hatte sie noch in Berlin eingenäht, er riss sie aus seiner Innenweste und reichte sie dem Mann.

Der betrachtete sie kurz, gab sie Jakob zurück. »Oben an der Grenze kann es sein, dass sie Ihnen das Leben retten wird. Aber vielleicht schaffen wir es auch so. Wie gesagt, ich selbst nehme nichts dafür. Ich helfe aus Überzeugung. Aber ich muss aufpassen. Sie gehen mit Fluchthelfern nicht zimperlich um.«

»Sie kennen keine Skrupel mehr!«, entfuhr es Jakob.

Der Mann fuhr fort: »Deshalb muss ich weg aus Europa, ich habe vielen geholfen, aber sie suchen mich.«

Maria sah ihn betroffen an. Er musste auch weg aus Europa. Vielleicht konnte er sie ja sogar bis nach Lissabon begleiten, wusste, wo die Schiffe ablegten?

»Wie ist Ihr Name?«, fragte sie, während er Jakob auf seinen Rücken hob, als wäre dieser nur ein schwerer Rucksack.

»Mein Name?« Er zögerte und sagte dann: »Samuel. Ich bin Samuel.«

Sie nannten ihm ihre Namen, und ohne weitere Zeit zu verlieren, brachen sie auf.

»Eigentlich dauert der Weg nach oben nur um die zwei Stunden, wenn man jung und gut zu Fuß ist«, erklärte Samuel im Gehen. »Und wenn man nicht im Kreis läuft. Aber mit Jakob auf dem Rücken werde ich länger brauchen.«

»Natürlich, ich bin Ihnen so dankbar«, sagte Maria, die jetzt neben ihm lief. Tabea, die neben ihrer Mutter ging, stolperte wegen ihrer zu großen Espadrilles.

»Hoppla! Hast du dir wehgetan?«, fragte Samuel und hielt inne, bückte sich zu ihr, mit Jakob auf dem Rücken.

»Nein, alles gut.« Tabea war schon wieder aufgestanden.

»Moment«, sagte Samuel. »Ich habe kleinere Espadrilles dabei, von einer kleinen Frau. Die könnten dir besser passen.« Er zog ein Paar aus seiner Manteltasche und reichte sie Tabea. Sie waren rot und mit goldenen Blumen bestickt.

Beeindruckt und mit leuchtenden Augen sah Tabea sie an, dann fragend zu Maria. »Darf ich, Mama?«

Sie nickte lächelnd. »Die sind aber wirklich schön.«

»Haben die einer Prinzessin gehört?«, fragte Tabea ehrfürchtig.

Samuel musste lachen. »Ja, vielleicht war sie eine Prinzessin. Man weiß nie, wen man da über die Berge führt.« Dann wurde er wieder ernster und ging weiter.

Tabea schlüpfte in die Schuhe, die viel besser passten, und hüpfte neben ihnen her.

Auch Samuel musste natürlich Pausen machen mit Jakob auf dem Rücken. Er hatte sie zu einem kleinen Bergbach geführt, und sofort stürzten alle zu dem Wasserlauf, legten sich auf den Bauch und tranken gierig das kühle Nass. Maria lag neben Samuel, bemerkte seinen Blick. Beide sahen schnell wieder beiseite.

Erfrischt und sich wieder etwas lebendiger fühlend, setzten sie sich neben dem Bach auf kleine Felsen, und Samuel begann leise zu erzählen. Das Rauschen und Plätschern des Bachs und seine angenehme Stimme verursachten bei Maria ein seltsames Gefühl. Sie ertappte sich dabei, dass sie Samuel die ganze Zeit beobachtete, während er den Kindern Geschichten erzählte, wie er andere Kinder über die Pyrenäen gebracht hatte. Vor allem die Erzählung von dem kleinen Jungen, der gelähmt war seit Geburt. Ihn hatte er auch auf dem Rücken getragen. Die Nazis hatten den Kleinen ermorden wollen, nannten ihn unwertes Leben. Was war nur mit diesen Menschen los? Maria trieb es die Tränen in die Augen.

Er sah sie forschend an. »Wenn wir laut sein dürften, würde ich euch jetzt auf meiner Mundharmonika etwas vorspielen«, sagte er und zog eine Mundharmonika aus seiner Manteltasche.

Noah wollte sie sich begeistert ansehen, und Samuel reichte sie ihm. Noah hatte sich schon lange eine Mundharmonika gewünscht, aber Jakob hatte in Berlin immer gesagt, dass er lieber Klavier lernen solle. Dazu war es die letzten Jahre natürlich nicht mehr gekommen. Noah war musikalisch, und Maria tat es leid, dass sie ihn in Berlin nicht hatten fördern können wie ursprünglich geplant.

Jakob saß neben ihr auf einem Felsen, streckte seinen verletzten Fuß von sich, flüsterte, als Samuel aufstand und seine Wasserflasche am Bach auffüllte, Maria zu: »Was siehst du ihn so an?«

»Ich sehe ihn nicht an«, erwiderte sie sofort leise, ertappte sich aber selbst dabei, dass ihr Blick immer wieder zu Samuel wanderte.

Es ging weiter, Samuel hob Jakob auf seinen Rücken, und sie stiegen weiter auf. Immer wieder mussten sie ausweichen, da Samuel wusste, dass es an bestimmten Stellen Grenzer gab, die niemanden ohne Papiere durchließen.

Er kannte aber einen Weg, auf dem sie auch ohne Papiere nach Spanien kommen würden.

Als sie ein kleines Steinhaus erreichten, setzte er Jakob ab, ging zu dem Grenzer, der heraustrat und Samuel offenbar schon kannte. Samuel gab ihm etwas in die Hand. *Vermutlich doch etwas Schmiergeld*, dachte Maria, so genau konnte sie es nicht sehen. Der Ausblick von hier oben war überwältigend. Seit Samuel bei ihnen war, konnte sie endlich etwas entspannen. Sie fühlte sich sicher in seiner Nähe. War es das?

Samuel verschwand mit dem Grenzer hinter dem Haus. Nach einer Weile kam der Grenzer zurück und erklärte ihnen auf Französisch: »Samuel ist allein weitergegangen. Das ist sicherer für ihn.«

»Was?! Ohne uns?«, fragte Maria entsetzt. Hatte sie ihn richtig verstanden?

Der Grenzer nickte. »Warten Sie hier, ein Arzt kommt und sieht sich sein Bein an.«

Maria spürte eine tiefe Enttäuschung. Hatte sie sich so in Samuel getäuscht? In seinen Blicken, die die letzten Stunden immer wieder auf ihr geruht hatten?

»Der Arzt wird es bandagieren, dann kann Ihr Mann mit Krücken hinunterhumpeln, das hatten wir schon mal«, erklärte der Grenzer.

»Mit Krücken?« Jakob klang angespannt. »Und wenn das nicht geht?«

»Es muss gehen«, erwiderte der Grenzer. Er hob entschuldigend die Schultern, wies die Familie an, sich dort drüben in den Schatten zu setzen.

Marias Enttäuschung schmerzte. Endlich kam ein anderer Mann aus dem Steinhaus am Grenzposten dazu. Ein älterer spanischer Arzt, der wenig Französisch sprach. Er sah sich Jakobs Bein an, legte eine Schiene an, einen Verband und gab ihm aus Holzstangen gebastelte Krücken. Dann zeigte er Jakob, wie er damit den Berg hinuntergehen beziehungsweise sich hinunterschwingen konnte. Noah wollte es auch sofort probieren, aber Jakob wies ihn zurecht, versuchte es selbst konzentriert, bis es einigermaßen klappte.

»Wieso hat denn Samuel nicht auf uns gewartet?«, fragte Tabea traurig ihre Mutter.

»Weil in diesen Zeiten jeder an sich selbst denkt«, erklärte Jakob seiner Tochter.

»Unsinn«, entfuhr es Maria. »So schätze ich ihn nicht ein. Es wird einen triftigen Grund geben«, verteidigte sie Samuel.

Wieder sah Jakob sie traurig an. Maria wusste selbst nicht, warum sie das gesagt hatte. Sie fühlte sich schlecht. Sie dachte unentwegt an ihn. Durch seine tiefgründige, positive Art hatte er ihr das Gefühl vermittelt, ihnen allen Schutz zu geben. Und dann waren da noch seine himmelblauen Augen. Was war nur los mit ihr?

Ihr Blick fiel auf eine wunderschöne Almwiese in einiger Entfernung. Wie friedlich es hier aussah.

KAPITEL 21

Pyrenäen, 2023

Sandra hielt ausser Atem inne, stand auf einem Berg der Pyrenäen und betrachtete eine grüne Almwiese weiter unten im Tal. Ob es diese gewesen war, die Maria in ihrem Tagebuch beschrieben hatte? Rosalie hatte sie in der Früh zu einem der Grenzübertritte der damals flüchtenden Juden geführt. Der Weg war beschwerlich gewesen, und nicht nur June, die immer wieder laut auf Englisch fluchte, sondern auch Sandra kam an ihre Grenzen. Nur Gabriel schien durchtrainierter zu sein, sie entdeckte nicht einmal Schweißperlen auf seiner Stirn.

Jetzt standen sie alle vier in dieser überwältigenden Berglandschaft, die in unzähligen Gelb- und Rottönen vor ihnen lag. Denn die Morgensonne verstärkte die Farben der kargen Felslandschaft.

»Seht mal da!«, rief Sandra. Weit unten, von wo sie gekommen waren, hatte sie das tiefblaue Mittelmeer entdeckt.

»Das ist die französische Seite«, erklärte Rosalie. »Und wenn ihr auf die andere Seite seht – dort, wo schroffe Klippen hinab ins Meer gehen, das ist die spanische Küste.«

»Wow!« Mehr brachte June offenbar nicht mehr heraus. Sie sah wirklich fertig aus, tat Sandra leid, aber es schien ihr nichts mehr auszumachen, dieser wundervolle Ausblick entschädigte die Mühe.

Sandra spürte es in ihrem Bauch, spürte eine ganz besondere Verbindung zu ihrer Großmutter. Hier oben musste Maria gestanden haben. Von hier ging die Familie ohne diesen Samuel weiter, Jakob mit Krücken, den Berg hinab. Warum nur hatte sie dieser Samuel ohne eine Erklärung zurückgelassen? Es beschäftigte sie, seit sie es gestern in Marias Tagebuch gelesen hatten, fast so sehr wie Maria damals. Doch dann waren sie zu müde gewesen, weiterzulesen, die frische Luft, die viele Bewegung und schließlich der Rotwein, er hatte sein Übriges getan.

Nach einer Katzenwäsche hatten sie sich in die schmalen Betten im Schlafsaal gelegt, Sandra direkt neben Gabriel. Oder er neben sie? War es Zufall oder Absicht gewesen? Er war jedenfalls sofort eingeschlafen, typisch Mann. Sie selbst lag kurz noch wach, hatte Zeit gehabt, ihn genau zu betrachten. Sein markantes Kinn, seine zart wirkende Haut, seine dunklen Locken. Wie ein Engel lag er da, machte seinem Namen alle Ehre. Sie hatte ein angenehmes Kribbeln im Bauch gespürt, doch schließlich waren ihr die Augen zugefallen, und sie war eingeschlafen.

June hatte, wie sie heute Morgen bei dem einfachen, aber köstlichen Frühstück in der Hütte sagte, wenig geschlafen. »Der eine korpulente Mann rechts neben mir hat geschnarcht und immer wieder geseufzt, seine Frau hat sich die ganze Nacht umgedreht und hatte einen lauten, raschelnden Schlafsack.«

Gabriel und Sandra hatten sich einen amüsierten Blick zugeworfen. Aber sie war froh, dass sich June nicht mehr darüber aufgeregt hatte. Sie schien hier in den Bergen langsam zur Ruhe zu kommen, sich immer weniger über Kleinigkeiten dieser Art zu mokieren. *Hauptsache, wir hatten ein Dach über dem Kopf und ein Bett, das, was die armen Flüchtenden damals nicht hatten*, dachte Sandra.

Wie schön das Meer aussah von hier oben.

Gabriel trat neben sie, und wieder wusste sie nicht, ob er ihre Nähe absichtlich suchte oder sich nur wegen der Aussicht so nah neben sie stellte.

»Überwältigend«, sagte er und sah sie an.

Sandra musste lächeln. »Ich hoffe, du meinst mich«, scherzte sie.

Er blieb ernst. »Tatsächlich auch.«

»Dann biete ich dir genug Inspiration für deinen Roman?« Was redete sie da?

»Auf jeden Fall.« Sie sahen sich in die Augen.

»Wollen wir weiter?«, unterbrach Rosalie unbedarft den Moment.

»Gern«, bestätigte June.

Der Weg führte die Hügel bergab und wurde durch kleine Steine an einer Stelle steil und rutschig. Sandra registrierte, dass Gabriel nah neben ihr lief. Sie sah ihn an, und er erklärte: »Ich halte dich, falls du ausrutschen solltest.«

»Danke, das ist nett von dir, aber ich schaffe das selbst.«

Jetzt wusste sie, wem er ähnelte. Diesem Samuel aus Marias Erzählung. Auch er war oft neben ihr gegangen, wie sie einmal geschrieben hatte, um sie zu halten, falls sie fiele, auch er löste durch diese fürsorgliche Art etwas in ihr aus.

Nach einem längeren Abstieg kamen sie an das Ende der Felswand und konnten im Tal bereits den Ort sehen.

»Das ist Portbou«, erklärte Rosalie. »Hier befand sich die spanische Grenzstation, bei der sich die Flüchtlinge melden sollten. Die holprige Straße dort führt direkt da hin.«

»Wie lange waren die Flüchtenden denn dann unterwegs über die Pyrenäen?«, erkundigte sich June.

»Ungefähr zehn Stunden am Stück, außer sie waren sehr

gut zu Fuß, dann konnte es schneller gehen«, erwiderte Rosalie. »Zehn Stunden Wandern am Stück können wir den Touristen natürlich nicht zumuten, deshalb bieten wir die Tour mit einer Übernachtung an.«

Gabriel fragte interessiert nach: »Und dort unten sollten sich die Flüchtlinge melden? Wozu?«

»Sie mussten ihre Papiere zeigen, sofern sie welche hatten. Im besten Fall spanische und portugiesische Transitvisa. Dann bekamen sie ihren Einreisestempel und konnten den Zug nach Lissabon nehmen.«

»Und wenn sie keine Papiere hatten?«, fragte Sandra. Darüber hatte Maria nichts in ihrem Tagebuch geschrieben.

Rosalie sah sie bedauernd an. »Dann wurde man nach Frankreich zurückgebracht, was für viele den sicheren Tod bedeutete. Deshalb hat sich Walter Benjamin ja auch in Portbou das Leben genommen, nach seiner Flucht über die Pyrenäen. Eine sehr traurige Geschichte. Denn ihm war von der spanischen Grenzstelle in Portbou mitgeteilt worden, dass er zurück nach Frankreich gebracht werden würde. Weil gerade eine neue Verfügung aus Madrid eingetroffen sei. Diese besagte, dass niemand ohne ein französisches Ausreisevisum nach Spanien reisen durfte. Sprich Spanien schloss die Grenze, das kam mehrmals vor. Es gab öfter neue Verordnungen, aber diese wurde tatsächlich bald wieder aufgehoben. Hätten die Passeure von Benjamin die Nachricht, dass die Grenze geschlossen wird, rechtzeitig gehört, dann wäre erst mal niemand illegal über die Grenze gegangen, dann hätte er keine Angst haben müssen, zurückgeschickt zu werden, und sich nicht das Leben genommen.«

»Das ist ja tragisch«, befand June.

»Ja, es gibt viele tragische Geschichten und Schicksale auf dieser Route, aber eben auch sehr, sehr viele, die ein glückliches Ende fanden. Um die fünfzigtausend, schätzt man, konnten so ihr Leben retten.«

Gabriel stimmte ihr zu: »Großartig. Und so viele Franzosen und Spanier haben ihre Leben riskiert für die armen Menschen auf der Flucht, für Menschen, die sie nicht kannten.« Wieder sah er Sandra so nachdenklich an. Schließlich zog er sein Notizbüchlein heraus, in das er schon mehrfach geschrieben hatte, und machte sich ein paar weitere Notizen.

June trat zu ihnen, auch sie schien der Ausblick über die Berglandschaft und die Vorstellung, welche Dramen sich hier abgespielt hatten, tief zu berühren. »Meine Großmutter musste zwar nicht so mühsam über dieses Gebirge fliehen, sondern mit dem Schiff nach Amerika, aber so viele andere mussten diese Strapazen auf sich nehmen. Ohne ihr Hab und Gut. Man wird demütig, wenn man hier steht. Es ist heilsam, all die kleinen Alltagsprobleme werden hier mit der guten Bergluft in die Weite geweht.«

Sandra gab ihr recht, wandte sich dann an Gabriel: »Ich finde es wundervoll, dass du das alles aufschreibst. Damit es den Menschen wieder bewusst wird, wie gut es ihnen geht, den meisten zumindest. Können wir uns hier kurz hinsetzen und innehalten?«

Rosalie stimmte zu, und alle setzten sich, sahen in sich gekehrt auf die Berglandschaft oder ins Tal.

Nach einer Weile bat Sandra June, die Marias Tagebuch in ihrem Rucksack trug, es herauszuholen und hier, am Ort des Geschehens, vorzulesen, wie die Flucht für Maria und ihre Familie weiterging.

KAPITEL 22

Lissabon, Juli 1940

Ein schriller Pfiff ließ Maria zusammenzucken. Das Pfeifen eines einfahrenden Zuges. Sie standen in Portbou, dieser spanischen Grenzstadt, in der belebten Bahnhofshalle, hatten so sehr gehofft, mit einem Zug weiter nach Lissabon fahren zu können, wie Samuel es einmal gesagt hatte.

Samuel. Wieso hatte er sie ohne ein Wort ihrem Schicksal überlassen? Was hatte ihn dazu gebracht? Diesen sonst so einfühlsam wirkenden Mann. Er hätte sich von dem Schalterbeamten sicher nicht abweisen lassen. Doch Jakob und sie konnten nichts gegen dessen harte Worte ausrichten. Nach einem schwierigen, kräftezehrenden Abstieg waren sie endlich in Portbou angekommen, hatten den Bahnhof gefunden, und dann das. Der Schalterbeamte blieb hart. Ohne Geld kein Ticket, und vor allem hatten sie kein Transitvisum. Da nützte es nichts, dass der spanische Grenzbeamte in Portbou ein Auge zugedrückt hatte, als er ihr »J« im Reisepass erblickt hatte. Ein Transitvisum hatten sie von ihm nicht erhalten. Hätten sie es erbitten müssen? Wenn Maria das nur gewusst hätte, hätte sie alles dafür getan. Es war alles so hochkompliziert.

Jakob stand blass und ausgezehrt neben ihr. Dieser tapfere Mann. Der Schmerz und die Entbehrungen der Flucht hatten ihn gezeichnet. Sie alle. Aber ihn, vermutlich wegen seiner Schmerzen am Bein, am meisten. Jeder Schritt, jeder Schwung den Berg hinab, hatte ihm wehgetan, aber er hatte nicht gejammert.

Und was hatte es genützt? Panisch sah Maria ihn an. Was sollten sie jetzt tun? Waren all die Mühe und Qual umsonst gewesen? Seine Wangen sahen eingefallen aus, seine Augen lagen tief in ihren Höhlen. Er stützte sich auf die Krücken, selbst das tat ihm sichtlich weh.

Menschen mit wenig Gepäck liefen in der Halle umher. Hier schien es einige auf der Flucht zu geben. Ausgezehrt sahen viele aus, hungrig, verzweifelt. Mütter wie sie, mit weinenden Kindern. Vermutlich hatten einige keine Transitvisa bekommen.

Tabea hielt sich an Marias Mantelzipfel fest. Die Sonnenstrahlen fielen in die Halle und tauchten alles in ein helles Licht. »Mutti, was machen wir jetzt?«, flüsterte ihre Kleine.

»Das überlegen wir gerade«, erwiderte Maria leise. »Vor allem dürfen wir nicht auffallen.«

Sie sah verzweifelt zu Jakob. Ihr Mann, der sich an seine Krücken klammerte, als würde er sonst umfallen, zuckte überfordert mit den Schultern.

»Ich besorge uns Geld«, schlug Noah vor und schob das Kinn vor.

»Wie denn?«, fragte Tabea sofort. »Aber nicht klauen.«

»Ich besorge es«, wiederholte Noah fest. Ehe die Eltern etwas sagen konnten, rannte er los, in die Menge der Leute am Bahnhof.

Besorgt blickte Maria ihm hinterher. Doch da sah sie, dass er gegen einen Mann geprallt war, der ihn jetzt am Arm festhielt. »Oh nein!«, entfuhr es ihr. Doch im nächsten Moment erkannte sie den Mann, und ihr Herz raste sofort. Ein großer, stattlicher Mann.

Samuel!

»Sieh mal, da ist Samuel«, sagte sie aufgeregt zu Jakob und konnte selbst an ihrer Stimme hören, wie sehr sie sich freute. Wie übertrieben es in seinen Ohren klingen musste. Jakob und Tabea drehten sich in die Richtung, erkannten nun auch Samuel, der freundschaftlich den Arm um Noah gelegt hatte und auf die Familie zukam. Er sah Maria in die Augen, aber an seiner Miene konnte sie nicht erkennen, ob etwas geschehen war.

»*Buen día*«, begrüßte er sie auf Spanisch. »Es tut mir leid, dass ich euch zurücklassen musste, ohne Erklärung. Es ging nicht anders.« Er senkte die Stimme und flüsterte: »Die Gestapo war mir auf den Fersen.«

Maria sah ihn erschrocken an. Immerhin, er stand vor ihnen, und sie hatte sich nicht in ihm getäuscht. Es gab einen triftigen Grund für sein Verhalten, es war um sein Leben gegangen.

Tabea freute sich. »Aber Siegfried hat dich nicht gekriegt.«

»Wieso Siegfried?«

»Ach, ein Bekannter«, erwiderte Maria peinlich berührt. Erstaunt sah sie ihre Tochter an. Offenbar hatte sie aufgeschnappt, dass Annis Siegfried bei der Gestapo agierte.

»Nein, kein Siegfried und auch sonst keiner hat mich gekriegt.« Er lächelte die Kleine an.

Noah sah ehrfürchtig zu ihm auf, wie Maria bemerkte, und Samuel erklärte leise weiter: »Es gab eine neue Anweisung. Die Mithilfe beim illegalen Grenzübertritt von Männern im dienstpflichtigen Alter wird seit Kurzem mit der Todesstrafe geahndet. Sie waren mir auf der Spur.«

Entsetzt schaute Maria ihn an. »Du wusstest es und hast uns trotzdem geholfen?«

Samuel sah ihr in die Augen. »Ihr wart in Not. Ich musste es tun.«

Jakob räusperte sich. Sofort blickte sie zu Boden. »Wir

sind leider wieder in Not«, erklärte ihr Mann verhalten. »Wir haben kein Geld für Zugtickets nach Lissabon und vor allem keine Transitvisa.«

Samuel nickte. »Dachte ich mir schon. Ich hatte gehofft, euch hier zu sehen. Jetzt bin ich ja wieder da. Ich habe Geld, von den Amerikanern, vom Emergency Rescue Committee.«

Maria und Jakob tauschten einen erstaunten Blick. Die Amerikaner halfen Juden hier in Spanien bei der Flucht?

Samuel fuhr fort: »Ein gewisser Varian Fry hat ein Komitee gegründet, das Centre Américain de Secours, das Juden auf der Flucht vor den Nazis Papiere besorgt. Er hat eine Liste, auf der Gegner des Nationalsozialismus stehen, die von der Gestapo gesucht werden: Es sind Intellektuelle darauf, aber auch Politiker, Schriftsteller, einige Künstler, fast alles Juden.«

»Wir sind jüdische Buchhändler«, flüsterte Maria nervös.

»Ich weiß. Das zählt in meinen Augen dazu. Ich setze mich für euch ein, besorge Tickets und Visa.«

»Danke, ich danke dir so sehr«, entfuhr es ihr aufgewühlt.

Samuel nickte, lächelte sie an, versicherte erneut: »Es tut mir so leid, dass ich euch nicht einmal vorwarnen konnte, dass ich so plötzlich untertauchen musste.«

»Wir verstehen das, du hast eh schon dein Leben für uns riskiert.« Sie wollte weitersprechen, doch Samuel, der sich während ihrer Unterhaltung immer wieder umsah, hob alarmiert die Hand.

»Wartet.« Er verschwand in der Menge, und Maria und die anderen verharrten angespannt in der Bahnhofshalle. Menschen drängten sich an ihnen vorbei, verzweifelte Menschen, einsame Menschen, von den Strapazen der Flucht gezeichnete Menschen. Wie viele von ihnen würden es schaffen? Wie vielen konnte dieser Amerikaner mit seiner Liste helfen? Konnte Samuel ihnen helfen?

Dankbar dachte Maria an Madame Baptiste, die ihnen die nötigen Papiere beschafft hatte, um die Grenze von Frankreich nach Spanien passieren zu können. Sie und ihre Widerstandsgruppe hatten Großartiges geleistet und waren ein hohes Risiko eingegangen. Offenbar hatten sie auch schon anderen vor ihnen zur Flucht nach Spanien verholfen. Arbeiteten sie mit diesem amerikanischen Komitee zusammen? Vermutlich nicht. Oder hatte Madame es nur nicht erzählt? So viele versuchten zu helfen. Vermutlich verschiedene Gruppen. Franzosen, Spanier, sogar Amerikaner, deutsche Widerständler, wie Samuel. Sie alle riskierten ihr Leben für fremde Menschen.

Maria sah sich weiter nervös nach Samuel um. Nicht, dass er hier am Bahnhof doch noch von der Gestapo gefasst wurde. Und wenn nicht? Würde er sie im Zug begleiten, oder würden sich ihre Wege gleich wieder trennen?

»Ich komme mit nach Lissabon«, hörte sie seine warme Stimme hinter sich, drehte sich schnell zu ihm um und sah die fünf Tickets, die er in Händen hielt. Erleichterung durchflutete sie.

Auch Jakob neben ihr drehte sich mit seinen Krücken umständlich zu ihm und Tabea und Noah, sie strahlten.

»Er kommt mit!«, rief Tabea glücklich aus, hielt sich aber sofort die Hand vor den Mund. Die Kleine wusste inzwischen zu gut, dass es gefährlich werden konnte, wenn man Aufmerksamkeit auf sich zog.

»Wieso das?«, fragte Jakob gepresst.

»Weil ich hier nicht sicher bin«, erklärte Samuel, sah Maria dabei aber erneut in die Augen. Dieser Blick, der so viel in ihr berührte.

»Wann geht der Zug?«, versuchte sie abzulenken. »Und vielen, vielen Dank für die Tickets! Wir werden das irgendwann wiedergutmachen.«

»Das braucht ihr nicht. Wirklich. In einer halben Stunde schon ist Abfahrt. Kommt. Nicht, dass wir ihn verpassen.«

Sie folgten Samuel, der sie durch die Menschenmenge zum Gleis führte. Maria lief hinter ihm, betrachtete seine breiten Schultern, bot Jakob an, ihm mit den Krücken irgendwie zu helfen, aber der lehnte es unwirsch ab. »Lass! Du kannst mir nicht helfen!«

Auf der Zugfahrt entspannte sich Jakob, schlief, die Kinder ebenso. Maria und Samuel saßen einander gegenüber. Sie hatten ein Abteil für sich gefunden, oder besser Samuel. Er kümmerte sich so gut um sie.

»Hält dich in Deutschland nichts?«, rutschte ihr heraus, die Frage, die sie sich schon lange stellte. Er war kein Jude, wie er ihr in den Bergen gesagt hatte. Er hätte in der Heimat bleiben können.

»Nein!«, erwiderte er sofort, und seine Miene verdunkelte sich. Irgendetwas musste geschehen sein, aber er wollte es ihr nicht erzählen, lenkte ab, als gäbe es ein Geheimnis, etwas, das ihn belastete. »So viele meiner Freunde und Bekannten habe ich nicht wiedererkannt. Und die, die diesem Monster nicht blind folgen, die nicht nur wegsehen, die wie ich im Widerstand helfen, sind längst in größter Gefahr. Sie sind im Untergrund, zumindest nehme ich das an. Oder geflohen. Ich habe lange nichts mehr von ihnen gehört. Ich hoffe, sie leben.« Wieder sah er so traurig aus, verletzt, traumatisiert.

»Ihr leistet Großartiges, ich kann es nur immer wiederholen. Wieso tut ihr das? Euer eigenes Leben so aufs Spiel setzen für fremde Menschen?«

»Weil es Menschen sind, weil wir gegen Krieg sind. Antifaschisten, schon immer. Wir handeln aus Überzeugung.«

»Und aus Menschlichkeit. Ihr gebt mir den Glauben an

die Menschheit wieder. Das gibt mir Halt, wie meine Bücher«, fügte sie leise hinzu, denn das eine ihrer Bücher rutschte im Sitzen gerade durch eine Bewegung ein wenig aus ihrer Mantelinnentasche. Sie schob es wieder hinein.

Er sah es, lächelte. »Du hast die Bücher immer noch? Du hast sie den ganzen anstrengenden Weg über die Pyrenäen getragen?«

Sie nickte. »Ja, ich weiß, es klingt verrückt, aber sie geben mir Hoffnung und Halt. Und das ist, neben meiner Familie, das Einzige, was im Moment zählt. Bücher geben mir Kraft.«

»Darf ich mal eines ansehen?«

Maria zog eines der Bücher hervor, *Hesse*, fuhr über den Einband, reichte es Samuel. Der nahm es interessiert, schlug es auf und las.

Ein Mann, der gern las. So einen hatte sie sich als Kind gewünscht. *Und in Jakob gefunden*, dachte sie sofort. Sie betrachtete ihren hageren Mann, dessen Kopf beim Schlafen nach unten hing. Wie sehr hatte sie ihn immer bewundert, weil er so belesen war, weil er Bücher liebte wie sie. Sonst kannte sie nur Männer, die sich nichts aus Büchern machten, wie ihr Vater, ein rechtschaffener Arbeiter.

Interessiert las Samuel Seite um Seite.

Die karge, spanische Landschaft flog an ihnen vorbei. Die Geräusche des Zugs und das sanfte Schaukeln ließen Marias Augen immer schwerer werden. In allen Gliedern spürte sie die Erschöpfung durch die Flucht, die Pyrenäen hatten es wirklich in sich gehabt. Anfangs sah die Landschaft so harmlos und hügelig aus, aber je weiter es ging, umso anstrengender und gefährlicher waren die Wege geworden.

Maria kämpfte gegen die Müdigkeit an, betrachtete wieder Samuel, der immer noch in das Buch vertieft war. Mit einem leichten Lächeln auf seinen vollen Lippen las er in ihrem Buch, vollkommen versunken, in einer anderen Welt. Wie gut sie das kannte.

Lissabon, diese fremde Stadt. Portugal. Sie hatten es geschafft, waren in Lissabon am Bahnhof ausgestiegen und Samuel durch die wunderschöne Altstadt gefolgt. Zwar war auch er noch nie in diesem Land gewesen, wie er sagte, aber er fragte sich forsch durch. Zum Terreiro do Paço, dem Palastplatz, benannt nach einem Königspalast, der hier früher stand. Zu einer der Hilfsorganisationen sollte es gehen.

Samuel bat sie, hier auf ihn zu warten, und verschwand.

Tabea blickte mit großen Augen über den Platz. »Hat hier eine Prinzessin gewohnt?«

»Vermutlich schon«, entgegnete Maria.

Jakob starrte vor sich hin, wirkte abwesend wie so oft in letzter Zeit.

»Wo können wir schlafen, Mutti?«, fragte die Kleine weiter. Seit einiger Zeit fragten die Kinder so etwas nur noch Maria.

»Ich weiß es nicht«, erwiderte sie. »Aber Samuel will sich erkundigen.«

Sie sah jetzt Jakobs verletzten Blick. Bei dem Namen Samuel hatte er aufgehorcht. »Das können wir auch selbst tun«, erklärte er verschnupft, versuchte, mit den Krücken loszugehen. Doch schon der Weg vom Bahnhof hierher war sehr beschwerlich für ihn gewesen. Frustriert und schmerzverzerrt hielt er inne.

»Jakob, bitte, wir sollten seine Hilfe annehmen«, flüsterte Maria ihm zu. »Mehr ist es nicht.«

Er seufzte.

Noah, der den Konflikt der Eltern mitbekommen hatte, lenkte seine kleine Schwester ab. »Sieh mal, Tabea, das Meer! Schön, oder?«

Sofort wanderten die Augen der Kleinen zum Wasser. »Ja.«

»Reingefallen«, freute sich Noah. »Das ist kein Meer, das ist ein Fluss, du –«

»Lass das, Noah«, ging Maria dazwischen.

Der Junge nickte einsichtig. »Ich kann versuchen, einen Fisch zu fangen«, schlug er vor, denn er war ständig hungrig.

Maria schüttelte den Kopf. »Wir brauchen erst einmal eine Unterkunft. Wir warten hier auf Samuel.«

Hoffentlich würde er bei einer Hilfsorganisation etwas erreichen. Dort kümmere man sich speziell um deutsche Flüchtlinge, hatte er gesagt.

Und Jakob hatte sich darüber gewundert, wie sie. »Eine Hilfsorganisation extra für uns gibt es hier?«, hatte er gefragt. »Ich dachte, Juden dürfen laut dem portugiesischen Präsidenten Salazar nicht mehr legal ins Land?«

Die beiden Männer hatten einander angesehen und Maria ein wenig an Kampfhähne erinnert, oder bildete sie sich das ein?

»Ja, das stimmt«, hatte Samuel erwidert. »Aber dennoch gibt es offenbar viele deutsche Juden, die hierher geflüchtet sind. Wie auch immer. Es ist vieles unklar, und vielleicht ist das gut so. Mit den Visa, die ich besorgen konnte, könnt ihr jedenfalls erst mal dreißig Tage bleiben. Ich ebenso. Es gibt mehrere internationale Hilfsorganisationen hier, die euch unterstützen werden. Die HICEM ist eine davon. Sie unterstützt Flüchtlinge sehr. Sogar eine Abteilung für Emigration in der Jüdischen Gemeinde Lissabon gibt es. Wie ihr seht, gibt es selbst hier am anderen Ende von Europa Menschen, die das alles verurteilen, was in Deutschland geschieht. Menschen, die

Risiken für euch auf sich nehmen. Wenigstens ist Portugal im Krieg ja offiziell zum Glück neutral, das hilft sicher auch.«

Beeindruckt hatte Maria ihm zugehört. *Jakob weiß viel*, dachte sie, *aber Samuel noch mehr.*

Ein paar Stunden später konnten sie dank Samuel in einer kleinen Pension nahe dem Tejo in einem Zimmer unterkommen.

Samuel mietete sich nicht dort ein, da die Pension hoffnungslos mit Flüchtlingsfamilien überfüllt war und er ihnen den Vortritt lassen wollte. Er kam bei einem alten Portugiesen in dessen Vorratskammer unter, wie er wenig später erzählte, als er Maria und ihre Familie in der Pension besuchte.

Die Menschen in Portugal waren so freundlich zu ihnen. Dank der Hilfsorganisation bekamen sie Verpflegung, lernten die einfache, aber gute portugiesische Küche kennen, vor allem das portugiesische Nationalgericht, den Trockenfisch, den Bacalhau. Er schmeckte herrlich, dazu Gemüse und Kartoffeln. Außerdem erhielten sie gebrauchte Kleidung, und die Kinder durften bald sogar in eine Art Schule für deutsche Flüchtlingskinder gehen, die es in Lissabon gab.

Maria entspannte sich ein wenig, und Jakobs Bein konnte endlich heilen. *Wenn wir jetzt noch bald ein Visum für Übersee bekommen, egal wohin, wird alles gut*, dachte Maria jeden Abend, denn die Zeit hier, ihr Visum, lief ab.

Tags ging sie bald zu verschiedenen Konsulaten, stand wieder in endlosen Schlangen, aber niemals mit Erfolg. Es erinnerte sie an die Zeit in Berlin, doch hier in der Sonne und Wärme kam es ihr längst nicht so trostlos vor wie damals in ihrer alten Heimat.

Samuel besuchte die Kirschbaums mindestens zwei- oder dreimal die Woche, und jedes Mal, wenn er überraschend auftauchte, schlug Marias Herz schneller. Sie sah ihm an, dass sie ihm auch etwas bedeutete. Dass aber auch er gegen seine Gefühle ankämpfte, aus Respekt vor Jakob, vor ihrer Ehe, um sie nicht in Verlegenheit zu bringen.

Jakobs Bein tat bald weniger weh, seine Nerven beruhigten sich zusehends. Er versuchte, seine Eifersucht nicht mehr zu zeigen, zog sich dafür immer weiter in sich zurück.

Er lief oft durch Lissabon, diese wunderschöne Stadt, die er, wie er sagte, immer mehr schätzte. Erst recht die Buchhandlungen, in denen er Kraft tankte, wie er Maria am Abend erzählte.

Meist ging Jakob extra los, wenn Samuel kam. Dem war das einerseits unangenehm, andererseits genoss er die Zeit mit Maria und den Kindern sichtlich. Samuel blühte in ihrer Gegenwart auf, spielte mit Tabea und Noah im Garten der Pension Karten oder Verstecken, und Maria saß daneben, stopfte Löcher in Socken oder nähte Kleidung anderer Flüchtlinge um, eine Arbeit, die sie erledigte, um wenigstens etwas selbst zu verdienen.

Dabei betrachtete sie Samuel, der so liebevoll mit den Kindern umging und ihnen endlich wieder ein Lachen ins Gesicht zauberte. Noah tat dieser lockere, herzliche Mann so gut. Denn sein Vater, der sich in sich zurückzog, war nur noch ein Schatten seiner selbst, seit sie geflohen waren, seit er nicht mehr »der werte Herr Buchhändler« genannt wurde von seiner Kundschaft. Dass er das vermisste, hatte er Maria einmal gesagt.

Sie bemühte sich um Jakob, überredete ihn, das nächste Mal, als Samuel kam, zusammen mit ihnen am Tejo spazieren zu gehen, bis zum Torre de Belém, dem Turm von Belém. Und Jakob tat es, ihr zuliebe. Hörte Samuel zu, der mehr wusste über diesen Turm, der im sechzehnten Jahrhundert gebaut worden war. »Damals, als Portugal weltweit führende Seemacht war«, führte Samuel aus. »Er sollte ankommende Schiffe begrüßen.«

Und wieder dachte Maria, als sie Samuel lauschte: *Er ist fast noch belesener als Jakob, zumindest kennt er sich in der Welt aus, kennt das Leben, und dank ihm haben wir bisher überlebt.*

Nur noch sieben Tage! Ihre Zeit in diesem schönen Land lief ab. Noch immer besaßen sie nur ihr gefälschtes Transitvisum für Portugal, das Samuel besorgt hatte. Dass es gefälscht war, hatte er ihr erst vor ein paar Tagen erzählt. »Normalerweise bekommt man es nur, wenn man ein Visum für ein Zielland besitzt«, hatte er ihr erklärt. Und ihre Sorge wuchs noch mehr. Er hatte sich für sie erneut in Gefahr gebracht, auch für sich, denn auch er konnte hier nur mit Visum bleiben.

»Und kann man das Visum für Übersee dann nicht auch fälschen?«, fragte sie ihn. Mittlerweile war ihr alles egal, Hauptsache, sie konnte ihre Kinder retten.

»Leider nein, denn es würde nichts bringen, ein Visum für ein Land zu fälschen, das dann keine Flüchtlinge mehr aufnimmt. Wir müssen hoffen, Visa von einem der Konsulate zu bekommen.«

»Wir haben aber nur noch sieben Tage!« Maria sah ihn sorgenvoll an.

»Wir schaffen das, irgendein Land nimmt uns sicher noch auf.«

»Uns?« In ihrer Stimme schwang Hoffnung mit. Würde er mit ihnen kommen, egal wohin?

Aber Samuel ging nicht weiter darauf ein, musste eilig weiter. Welche Geschäfte er hier genau betrieb, wusste sie nicht.

Die nächsten Tage kam er jeden Tag zu ihnen, um ihnen die tagesaktuellsten Informationen zu erzählen, welche Länder noch Juden aufnehmen würden, für welches Land man hoffen konnte, ein Visum zu bekommen. Zu welchem Konsulat Maria morgen gehen sollte.

Sie brach voll Hoffnung am nächsten Tag dorthin auf, bangte darum, ein Visa für Übersee zu erhalten, für ihre Familie, um auszureisen, mit einem Schiff in ein fernes Land. Mittlerweile war es Maria vollkommen egal, in welches Land, Hauptsache, weg aus Europa, denn sie hatte Angst, dass der Krieg sich weiter ausbreitete, es gab Gerüchte.

Nur noch drei Tage, dann liefen ihre Transitvisa ab! Maria schlief immer schlechter, Jakob dagegen tief und fest. Hatte er keine Panik, hier nicht rechtzeitig wegzukommen?

Als sie ihn am Abend, als die Kinder nicht im Raum waren, darauf ansprach, zuckte er nur mit den Schultern. »Ich fühle mich in Portugal wohl«, sagte er zu ihr . »Hier ist das Meer, die Sonne wärmt, wir haben zu essen, hier geht es uns gut. Lass uns hierbleiben. In Europa, dann haben wir es nicht ganz so weit nach Hause, wenn der Krieg vorbei ist. Das ist mein Ernst, Maria.«

Fassungslos sah sie ihn an. »Und wenn sich der Krieg ausbreitet? Abgesehen davon – wenn der Krieg vorbei ist, möchtest du wieder nach Berlin? Auf keinen Fall, Jakob, denn dort leben dann immer noch all die, die mitgeholfen oder weggesehen haben, vergiss das nie. Unsere Kinder würden weiter schikaniert werden. Ich möchte ein gutes Leben für sie, eine unbeschwerte Jugend, das ist es, was mich antreibt. Jeden Tag.«

»Mich auch«, erwiderte er sofort und klang seltsam entschlossen. »Meine Kinder sind das Wichtigste für mich.«

Irritiert sah sie ihn an. »Bedeute ich dir nichts mehr? Oder wie hast du das gemeint?«

»Doch, du mir schon. Aber ich dir nicht mehr so viel, das spüre ich.«

»So ein Unsinn!«, schalt sie ihn, machte sich daran, eine achtlos hingeworfene Hose von Noah wegzuräumen. Wollte ihn nicht mehr ansehen, ihren Mann, hatte selbst Angst, dass er recht haben könnte. So sehr hatte er sich verändert.

Unwillkürlich dachte sie an Luise, ihre ehemalige Freundin, und an deren Richard, ihren Verlobten, aus dem auch ein anderer Mensch geworden war. Und das, obwohl sie in Amerika in Sicherheit waren und Richard nicht in einem Lager gewesen war wie Jakob.

Was dachte sie schon wieder an Luise und Richard! Wut stieg in ihr auf. Sie hatte lange nicht mehr an sie gedacht, und sie war froh darum.

Als Samuel am nächsten Abend zu ihnen kam, fragte sie ihn bitter: »Wo können wir noch hin?« Noch zwei Tage!

Eigentlich hatte sie es nur so dahingesagt, wie so oft, aber sie sah ihm an, dass er Neuigkeiten mitbrachte. Er wirkte aufgeregt, bat Jakob und sie, ihm zum Tejo zu folgen, er müsse mit ihnen reden.

Auf dem Weg dorthin war er merkwürdig still. Hieß das, dass er allein irgendwohin gehen würde, ohne sie? Am Wasser angekommen, hielt er inne, sah auf das glitzernde Nass. Die Abendsonne verlieh dem Tejo etwas Magisches.

Dann drehte Samuel sich zu Jakob und Maria um und lächelte. »In letzter Minute. Aber ich habe es geschafft, ich habe Tickets und Visa für uns bekommen. Echte Tickets, echte Visa.«

Jakob betrachtete ihn merkwürdig angestrengt.

»Das ist ja wunderbar! Für welches Land?«, erkundigte sich Maria atemlos.

»Für Brasilien.«

»Brasilien?«, wiederholte Jakob entsetzt.

Ihr fiel ein großer Stein vom Herzen, auch weil sie registrierte: Er hatte »uns« gesagt. Das hieß, er würde mit ihnen gehen. Ihr Herz pochte. Nach Brasilien. Wie fremd, aber aufregend das klang. Nach viel Natur, Sonne, Meer. Sie blickte zu Jakob, erkannte seine abweisende Miene.

»Nein!«, stieß er entschieden aus.

»Wie, nein?!« Sie sah ihn überrascht an.

»Was sollen wir denn im Dschungel?«, fuhr er fort. »Wir sind Buchhändler. Ich habe Kontakt zu einem Buchhändler in der Alfama. Er will mir Arbeit geben, hat er gestern gesagt, sobald ich hier arbeiten darf. Wir bleiben in Portugal«

»Was? Nein!«, entgegnete Maria vehement. »Jakob, Salazar stellt an verfolgte Juden kein Bleibevisum aus, das weißt du. Und der Ministerpräsident von Portugal wird es sich nicht anders überlegen, er ist ein Diktator, er schikaniert sein Volk und uns Flüchtlinge erst recht.«

»Das wird sich alles ändern.«

»Das wird es nicht. Auch hier gibt es die PIDE, die politische Geheimpolizei, die Widerständler in Gefängnisse bringt. Es gibt keine Schulpflicht, so wenige Portugiesen können lesen, und das macht er nur, um sein Volk kleinzuhalten. Eine Buchhandlung hier, da reichen die wenigen, die es gibt. Und vor allem: Willst du deine Kinder in einer Diktatur aufwachsen lassen?«

»Meine Kinder betrifft das nicht, sie gehen in eine Schule. Dank der Hilfsorganisation«, entgegnete Jakob starrköpfig. »Und ich kann ihnen auch viel beibringen.«

»Aber in diese Schule dürfen sie nicht mehr, wenn unser Visum abläuft, also nur noch zwei Tage! Jakob, was ist mit dir? Samuel hat sich so große Mühe gegeben.« Sie wusste sofort, dass sie diesen letzten Satz nicht hätte sagen dürfen.

Jakob presste die Lippen zusammen, schüttelte den Kopf.

Maria sah Samuel hilfesuchend an, aber er wandte den Blick auf den Tejo, über dem eine Möwe kreiste, trat einen Schritt näher ans Ufer.

Maria fuhr schnell fort: »Jakob, Salazar hat sich seit dem Krieg mit Spanien verbündet, mit Franco, diesem Faschisten. Ich habe riesige Angst, dass dieser ganze Irrsinn sehr bald auch in Portugal ankommt.«

»Unsinn, dieses Land ist neutral, und das wird es bleiben.« Seine Brille rutschte ihm auf die Nasenspitze bei einer Kopfbewegung, er schob sie wieder hoch.

Maria konnte es nicht fassen. Was war mit ihm los? Aber sie gab nicht auf, redete weiter auf ihn ein: »Was bleibt und was nicht, das können wir uns nicht vorstellen. In unseren kühnsten Vorstellungen nicht.«

Jakob schüttelte den Kopf. »Es muss nicht immer alles schlimmer werden, Maria. Du bist doch sonst immer für positive Gedanken. Es ändert sich hier täglich so viel. Auch zum Guten. Die internationalen Hilfsorganisationen unterstützen uns, sind auf unserer Seite. Ich bin sicher, wir bekommen bald ein Bleibevisum für Portugal. Ganz sicher.«

»Und wenn nicht? Dann kommen wir ins Gefängnis.« Maria hatte davon gehört, dass Flüchtlinge, deren Transitvisa abgelaufen waren, inhaftiert wurden. Auch Jakob wusste das.

Stur schüttelte er den Kopf. »Ich bleibe dabei. Und ich entscheide über unsere Familie. Wir gehen nicht in den Urwald! Wir sind Buchhändler!«, beharrte er.

Jetzt schüttelte Maria den Kopf, fassungslos.

»Ich bleibe«, fügte Jakob aufgewühlt hinzu, blickte sie dabei traurig an. »Und meine Kinder auch. Du kannst dir ja überlegen, ob du bei uns bleiben oder mit ihm gehen möchtest.« Er deutete mit dem Kinn zu Samuel.

Zutiefst schockiert sah Maria ihren Mann an. Er drohte,

die Kinder bei sich zu behalten, und verlangte eine Entscheidung?

Sie sah zu Samuel, dem die Auseinandersetzung der Eheleute sichtlich unangenehm war. Er räusperte sich. »Überlegt es euch. Ich werde auf jeden Fall das Schiff nach Brasilien nehmen.« Mit diesen Worten ließ er sie stehen und ging den Fluss entlang in Richtung Süden.

KAPITEL 23

NATÜRLICH HATTE SICH MARIA für ihre Kinder, für ihre Familie entschieden. Niemals hätte sie Tabea und Noah zurückgelassen, und auch Jakob nicht, ihren Mann. In guten wie in schlechten Zeiten hieß es doch, was wäre sie für eine Ehefrau und Mutter, würde sie das nicht beherzigen. Wie es ihr mit dieser Entscheidung ging, fragte keiner. In Brasilien hätten sie frei und sicher leben können, was hier in Europa, in Portugal, auf sie wartete, malte sie sich besser gar nicht aus.

Sie begleitete Samuel zum Pier. Hier herrschte lebhafter Betrieb, einige gingen bereits auf das riesige Schiff, das so vielen die Freiheit verhieß. Ein riesiger Dampfer mit schwarzem Rumpf und einem großen Schornstein.

Maria kämpfte mit den Tränen, sah auf das Schiff und spürte dann plötzlich seine warmen Hände auf ihren Wangen. Sie blickte ihn an, konnte ihre Tränen nicht mehr zurückhalten.

»Maria«, flüsterte er und sah sie eindringlich an. »Du bist eine mutige und beeindruckende Frau. Du hast dich für deine Kinder, für deine Familie entschieden, und dafür bewundere ich dich, noch mehr.« Seine Hände bewahrten sie davor, in sich zusammenzusacken.

So gern würde sie mit ihm nach Brasilien gehen, aber auf keinen Fall ohne ihre Familie. Sie riss sich zusammen, nahm seine Hände von ihren Wangen, denn sie befürchtete, dass er sie hier vor allen Leuten küssen würde. »Jede Mutter hätte so entschieden … und jede gute Ehefrau.«

Er nickte kaum merkbar, schien ebenso mit seinen Gefühlen zu kämpfen, verabschiedete sich abrupt. »Lebe wohl, Maria, gib auf dich acht.«

»Lebe wohl, Samuel«, flüsterte sie. »Du auch.«

Illegal. Ab nun lebten sie illegal in Portugal, wie so viele andere Flüchtlinge auch. Denn das Transitvisum war abgelaufen, ein Bleibevisum bekamen sie nicht.

Der Pensionswirt hatte ihnen schon gesagt, dass sie ohne ein neues Visum das Zimmer räumen mussten. Als Illegale hatte der Wirt sie nun bezeichnet, konnte sie nicht mehr beherbergen, ohne Ärger zu befürchten.

Zum Glück hatte es Noah rasch geschafft, eine neue Bleibe aufzutun.

Ein modriger Keller in einem Wohnhaus in der Alfama.

Noah hatte mit der Besitzerin des Kellers ausgemacht, dass sein Vater ihr das Lesen beibringen würde. Dieser schlaue Kerl. Jakob hatte sofort zugesagt. Endlich gab es wieder eine Beschäftigung für ihn, etwas Sinnvolles. Einer Portugiesin das Lesen beizubringen.

Maria schaffte es, die nette Dame bei der Hilfsorganisation, eine junge Amerikanerin, dazu zu bringen, ihnen auch ohne Visa weiter Lebensmittel zukommen zu lassen. Nur durften die Kinder nicht weiter in die Schule der Hilfsorganisation gehen. »Das geht leider nur, solange sie ein Transitvisum haben. Sonst bekomme ich Schwierigkeiten«, entschuldigte sich die junge Frau. »Es sind mittlerweile zu viele Flüchtlinge in Lissabon. So gern wir allen Kindern Schulplätze geben würden, wir schaffen es nicht.«

Maria verstand das. »Natürlich. Ich will Sie auf keinen Fall in Schwierigkeiten bringen, Sie tun so viel für uns. Danke für die Lebensmittel.«

Es stimmte. Täglich wurden es mehr deutsche Flüchtlinge in Lissabon, die Züge quollen über, einige schliefen in den Gassen der Altstadt.

Lissabon schien, wie Maria gesagt wurde, die letzte vom Krieg unberührte Stadt Europas zu sein. Das einzig verbliebene Tor, um nach Übersee zu kommen.

So viele verzweifelte Menschen, auf der Flucht vor Terror und Krieg. So viele wirkten traumatisiert, sahen erbärmlich aus. Ausgezehrt, halb verhungert. Müde, bleich, um Jahre gealtert. Viele hatten den Großteil ihrer Familie verloren, wie Maria aus Gesprächen erfuhr.

Zusammen mit anderen Geflüchteten, die schon länger in Lissabon lebten, kümmerte sie sich bald um die Ankommenden. Gab ihnen am Bahnhof Wasser, verteilte Lebensmittel, erzählte ihnen von der Hilfsorganisation und wies ihnen den Weg. Dabei dachte sie immer wieder an Samuel, der ihnen geholfen hatte, so sehr.

Sie träumte von ihm, haderte in ihren Träumen mit ihrer Entscheidung, hiergeblieben zu sein. Sie wachte dann schweißgebadet auf, sah ihre Kinder und Jakob neben sich in diesem modrigen Keller liegen und schämte sich. Ihre Familie lebte. Sie waren zusammen, das war doch das Wichtigste auf dieser Welt.

Noah hatte mit der Besitzerin des Kellers ausgemacht, dass er immer heißen Tee bei ihr holen durfte, zum Dank versuchte auch er, sie beim Lesenüben zu unterstützen. Wie lernbegierig sie war. Wie so viele hier. Jakob half auch anderen beim Lesenlernen, ging in dieser Rolle wieder etwas auf.

»Danke, Mama, dass ich zu Hause zur Schule gehen durfte«, sagte Noah eines Tages zu Maria. Er, der die Schule früher so gehasst hatte.

»Ist es dir jetzt endlich bewusst, wie dankbar man sein muss für Bildung?« Es gab so viele Analphabeten in Portugal, durch die Politik dieses Diktators Salazar.

Noah nickte betreten. »Was meinst du, wann wir hier wieder in die Schule gehen können?«

Maria wusste es nicht. Auch Tabea langweilte sich jeden Tag. Deutsche Bücher gab es hier nicht, die drei Lieblingsbücher, die sie dabeihatten, kannten sie auswendig.

»Ich weiß es nicht, Schatz, sobald wir in Portugal offiziell leben dürfen, vielleicht.«

»Aber es gibt ja nicht mal genug Schulplätze für die portugiesischen Kinder«, erwiderte Noah. Tabea spielte neuerdings öfter mit ein paar portugiesischen Mädchen Ball. Sie gingen allesamt nicht in die Schule, weil es keinen Platz für sie gab, und diese Erzählung hatte Noah zum Nachdenken gebracht.

»Ja, das ist traurig. Und solange das so ist, bringen wir euch möglichst viel selbst bei«, erklärte Maria. Seit ihre Kinder nicht mehr zur Schule durften, hatten Jakob und sie begonnen, sie ein paar Stunden am Tag zu unterrichten. Bisher war auf der Flucht dafür kaum Zeit gewesen, aber jetzt, da Jakob hoffte, hierbleiben zu können, musste es sein. Es waren die wichtigsten Jahre der Kinder, die ihnen gestohlen wurden, es tat Maria im Herzen leid. So sehr hatte sie sich immer gewünscht, dass die beiden, auch Tabea als Mädchen, einmal studieren würden, aber dafür brauchte es einen guten Schulabschluss.

»Ich will Buchhändlerin werden«, hatte Tabea erst kürzlich gesagt, als sie an einer Lissabonner Buchhandlung vorbeigegangen waren. »Und dann bestelle ich deutsche Bücher, für Vati, Noah, dich und mich. Dann fühlen wir uns wieder wie zu Hause.«

»Du bist ein Schatz.« Gerührt nahm Maria ihre Tochter in den Arm und knuddelte sie. Dabei dachte sie traurig an die guten Zeiten in Berlin. Als Tabea oft in der Buchhandlung gesessen und gelesen hatte, während Maria selbst so gern dort mitgearbeitet hatte, Kunden beriet, mit ihnen fachsimpelte, neue Autoren und ihre Werke kennenlernte.

Umso erfreuter war sie, als sie bald von der netten Dame bei der Hilfsorganisation hörte, dass sich ein paar bekannte deutsche Schriftsteller nach Lissabon geflüchtet hatten. Welche genau, wusste sie nicht, aber dass Salazars Anweisungen etwas widersprüchlich waren. »Salazar erlaubt berühmten Persönlichkeiten die Einreise nach Portugal, wenn sie rasch nach Amerika ausschiffen. Für sie gibt es diese Möglichkeit. Aber einfachen jüdischen Flüchtlingen erlaubt er neuerdings nicht mal mehr die Durchreise, es gibt aktuell keine legalen Transitvisa mehr.«

»Nicht einmal das?«, entfuhr es Maria entsetzt. »Dann wird es in absehbarer Zeit auch keine Visa für einen längeren Aufenthalt für Juden geben, richtig?«

Die Dame nickte bedauernd, zwirbelte eine Haarsträhne, die ihr über die Schulter fiel. »Ich fürchte ja.«

Maria seufzte tief. Jakobs Hoffnung, in Portugal bleiben und sesshaft werden zu können, würde sich in absehbarer Zeit eindeutig nicht erfüllen. Sie konnten nicht länger in diesem modrigen Keller hausen. Noah hatte schon einen Husten entwickelt, der einfach nicht weggehen wollte.

Sie fasste einen Entschluss. Jakob musste es jetzt einsehen, sie mussten Europa verlassen, die Kinder brauchten Perspektiven, eine Zukunft.

Sie wandte sich an die nette Dame, die ihr so wohlgesonnen schien. »Wir verstehen, dass es zu viele europäische Flüchtlinge sind in diesem Land. Wir wollen keinem zur Last fallen, wir würden so gern gehen.« Maria fasste sich ein Herz. »Mein Mann wollte bisher nicht, aber jetzt muss er es einsehen. Für unsere Kinder. Können Sie uns bitte helfen, nach Übersee zu kommen?«

Die Dame schluckte. Dann nickte sie nachdenklich. »In welches Land wollen Sie denn am liebsten?«

»Am liebsten? Brasilien«, kam es Maria spontan über die Lippen. Sie verbesserte sich schnell: »Nein, es ist egal, Hauptsache, weit weg.«

Die Dame sah in einem Ordner nach. »Das nächste Schiff geht nach Brasilien, Sie haben Glück. Und dort werden Sie auch noch aufgenommen.«

»Wirklich?« Maria wurde eiskalt. Was, wenn Jakob es immer noch nicht einsah und ihr die Kinder wegnehmen wollte?

»Gibt es ein Problem?«, fragte die Dame freundlich nach.

Maria sah sie an. »Na ja, wir können uns die Tickets leider nicht leisten. Und sind Sie sicher, dass wir ein Visum bekommen würden? Und das kostet ja auch etwas.«

Die Dame stand auf, ging zu einem Regal, holte dort einen Zettel, schrieb etwas darauf und reichte ihn Maria. »Gehen Sie dorthin. Sagen Sie, dass Sie von mir kommen, von Miss Clark, sagen Sie, dass Sie Verwandte in Brasilien haben.«

Maria nahm den Zettel entgegen, ihre Hand zitterte. »Das mache ich, Miss Clark. Vielen, vielen Dank, ich werde Ihnen mein Leben lang dankbar sein.«

Mit zitternden Knien und bemüht, den Gedanken an Jakobs Reaktion zu verdrängen, ging Maria zu der Adresse, zu der Miss Clark sie geschickt hatte. Inzwischen kannte sie sich in der Altstadt Lissabons zum Glück gut aus. Hier befand sich ein Schreibwarenladen. *Seltsam*, dachte sie, stand unschlüssig davor und betrachtete das Schaufenster. Wieso schickte man sie hierher? Füllfederhalter, Bleistifte, Büromaterial lagen in der Auslage. In dem Moment bemerkte sie, dass aus einer Seitentür eine blonde, schlanke Frau trat, sich sofort wegdrehte und eilig davonging.

Irritiert sah Maria ihr nach. Von der Seite und auch jetzt von hinten sah sie aus wie Anni, ihre Freundin aus Berlin. Das blonde lange Haar, dieser leicht wippende Gang, die große, schlanke Gestalt, die schmalen Schultern. *Aber das kann ja nicht sein,* dachte Maria traurig. *Und dann noch in Lissabon, absurd.* Oder konnte es doch sein?

Gerade, als sie der Frau nachgehen wollte, wurde Maria abgelenkt von einem Kunden, der aus dem Schreibwarenladen trat und fast in sie hineinrannte. Er entschuldigte sich auf Portugiesisch, hob dabei die Arme.

Maria reagierte nicht, starrte in die Richtung, in der die blonde Frau verschwunden war. Sie schüttelte sich, versuchte, den Gedanken an Anni zu verdrängen, zu schrecklich waren die Bilder in ihrem Kopf, die ihr in ihren Träumen über sie immer wieder begegneten.

Der Mann sah sie irritiert an, hielt ihr jetzt die Tür auf, und so trat sie ein.

Es roch nach edlem Parfum, was sie wunderte, in einem kleinen Schreibwarenladen inmitten der Alfama. Eine gut gekleidete, europäisch aussehende Frau, eher eine feine Dame, stand hinter dem Verkaufstresen. Nachdem sie eine Kundin auf Englisch verabschiedet hatte, wandte sie sich lächelnd und zuvorkommend an Maria und fragte auf Englisch, wie sie ihr helfen könne.

Maria grüßte auf Englisch zurück, sagte, dass sie von Miss Clark komme.

Die Verkäuferin sah sie sofort ernst und alarmiert an, blickte sich dann im Laden um, ob nicht doch noch ein Kunde da war.

Maria fügte rasch hinzu: »Und ich habe Verwandte in Brasilien.« Dann reichte sie ihr den Zettel, den ihr Miss Clark gegeben hatte. Die Verkäuferin sah kurz darauf, ging zur Ladentür, schloss sie ab, bedeutete Maria, ihr in den Hinterraum zu folgen.

Verwirrt ging sie der Dame nach. Dort zündete sich die Verkäuferin eine Zigarette an, zog daran, pustete den Rauch aus und musterte Maria. »Miss Clark schickt dich also. Gut. Kannst du ein Geheimnis hüten?«

Verblüfft sah Maria sie an, dachte sofort wieder an Luise und erwiderte fest: »Oh ja, das kann ich.«

»Gut. Und bitte nenn mich Jennifer.«

»Oh, ich bin Maria.«

»In Ordnung, Maria. Es gibt, nennen wir sie Abgesandte, aller Nationalitäten in Lissabon«, begann Jennifer. »Weil Portugal neutral ist, zumindest offiziell, auch wenn man diese ganzen Verordnungen oft nicht versteht. Weil hier das letzte Tor zur Welt ist. Ich arbeite für die britische Regierung, wir helfen, wie die Amerikaner mit ihrem Emergency Rescue Committee, jüdische Flüchtlinge zu retten.«

Beeindruckt hörte Maria ihr zu.

Jennifer fuhr fort: »Miss Clark ist eine Freundin von mir. Wir helfen vor allem mutigen Frauen. Miss Clark hält dich also offenbar für eine.«

»Mich? Für eine mutige Frau?« Maria fühlte sich geehrt, musste lächeln.

Auch Jennifer lächelte jetzt. Sie zog erneut an ihrer Zigarette, bot Maria eine an, aber die lehnte dankend ab.

»Ich würde alles für meine Kinder tun«, erklärte sie.

Jennifer horchte auf. »Alles? Dann, glaube ich, kann ich offen zu dir sein, Maria. Denn vielleicht möchtest du sogar für uns arbeiten. Wir sind ein Netzwerk von Frauen, Spioninnen, Agentinnen, aus verschiedenen Ländern.«

Verblüfft sah Maria sie an. »Ich soll als Spionin für euch arbeiten?«

»Denk darüber nach.« Sie deutete auf einen Tisch, auf dem Stempel, Papiere, ein Tintenfass standen. »Hier fälschen wir alles, was gebraucht wird. Eine von uns kann das besonders gut, auch eine Deutsche.«

»Eine Deutsche? Es wäre ein Riesenzufall, aber heißt sie Anni Graf?«

Jennifers Miene blieb neutral. »Wir kennen uns nur unter unseren Agentennamen. Und alles ist top secret.«

Natürlich. Eine Deutsche, dachte Maria. Konnte es Anni gewesen sein? Sie hatte ihr so wahnsinnig ähnlich gesehen. Unmöglich.

»Also, was sagst du?«

»Ich ... helfe gern, aber im Moment möchte ich nur eines – meine Familie retten. Wir brauchen Schiffstickets und Visa für Brasilien. Miss Clark meinte, Brasilien nimmt uns noch auf.«

Jennifer seufzte. »Na gut. Schade. Du gefällst mir. Wie viele Schiffstickets und Visa brauchst du, Maria?«

Maria konnte ihr Glück nicht fassen, wurde aber sofort wieder ernst, als sie zu ihrer Bleibe durch die Gassen lief. Es roch nach Gemüse, Bacalhau. Jetzt musste sie irgendwie Jakob dazu bringen, einzuwilligen. Wieso nur hatte sie selbst Brasilien gesagt? Bei einem anderen Land hätte er eher eingewilligt. Was, wenn er wieder Nein sagte?

Zurück im Keller, die Kinder waren gerade auf der Straße, erzählte sie ihrem Mann, dass es nicht einmal mehr Transitvisa für Juden gab. »Es wird nicht besser in Portugal, im Gegenteil, wir werden kein Bleibevisum bekommen, das siehst du jetzt ein, oder?«

Er nickte blass.

Vorsichtig fuhr sie fort: »Die gute Nachricht: Ich konnte Schiffstickets und Visa organisieren. Gleich für das nächste Schiff.« Zögerlich fügte sie hinzu: »Das nächste geht nach Brasilien.«

»Brasilien? Ausgerechnet Brasilien?«, erwiderte er verletzt. »Das ist doch kein Zufall. Das hast du so gelenkt, weil Samuel dorthin ist, habe ich recht?«

»Unsinn! Weil Miss Clark mir Brasilien nannte. Wir haben doch keine Wahl mehr, Jakob!« Sie war laut geworden, lauter als beabsichtigt. Rasch fuhr sie fort: »Wir sind eine Familie, wir bleiben zusammen. Aber die Zukunft und die Gesundheit unserer Kinder gehen vor! Hier gibt es keine Zukunft für Noah und Tabea, und Noahs Husten geht in diesem Keller nicht weg. Ich will nicht warten, bis er eine Lungenentzündung bekommt und womöglich stirbt!«

Jakob hob beschwichtigend die Hände, wurde jetzt auch lauter. »Schweig!«

Maria erstarrte, sah ihren Mann an.

Der rang mit sich. »Du hast recht, Maria, unsere Kinder, sie sind das Wichtigste, was wir haben auf der Welt, unsere Familie. Ich danke dir, dass du die Tickets und Visa besorgen konntest. Ich will nicht wissen, wie. Wir fahren, wir fahren nach Brasilien.«

»Wirklich?« Zutiefst erleichtert sah Maria ihn an. »Danke dir, ich danke dir. Ich möchte dort eine Buchhandlung gründen, Jakob, es ist ein Traum, ich weiß, aber Träume halten einen am Leben.«

Wenig später, als die Kinder nach dem dürftigen Abendbrot schon auf ihren Matratzen lagen und Noah immer wieder hustete, schrieb sie in ihr kleines Reisetagebuch:

Ich habe Noah Brustwickel gemacht, hoffentlich hilft es. Die Sonne in Brasilien wird ihn sicher heilen. Ich bin so dankbar. So viele wundervolle Frauen, so ein gutes Frauennetzwerk. Aber eines geht mir nicht aus dem Kopf: Kann es doch sein, dass Anni in Lissabon ist und Visa fälscht? Unsere brave Anni, die ihren Siegfried so angehimmelt hat, die sich durch das Gedankengut der Nazis so hat einnebeln lassen? Es kann nicht sein. Dann hätte sie sich so verwandeln müssen. Ich sehe wohl eindeutig schon Gespenster.

KAPITEL 24

Lissabon, 2023

»WIR HABEN EINE SPUR! Anni war in Lissabon und war Spionin!« Sandras Stimme zitterte vor Aufregung. Sie hielt das alte Reisetagebuch ihrer Großmutter in der Hand und sah aufgeregt zu June und Gabriel, die neben ihr im Außenbereich eines Fischlokals in der Alfama saßen. Melancholische Fado-Musik erklang aus dem Lokal. Die Straßenlaternen tauchten alles in ein angenehmes Licht, der Mond schien, eine Kerze stand auf dem Tisch.

»Das ist noch keine Spur, nur eine Vermutung«, beschwichtigte Gabriel. »Maria war sich selbst nicht sicher, dass es Anni war, das schreibt sie doch.« Das Rattern der gelben Straßenbahn, die nah am Restaurant entlangfuhr, übertönte seine Stimme.

»Ja, aber man erkennt doch seine beste Freundin, auch von hinten. Die Figur, die Haltung ... Ich gebe Sandra recht«, widersprach June.

Gabriel neigte skeptisch den Kopf.

June fuhr fort: »Dann kann es tatsächlich sein, dass Anni auch auf das nächste Schiff nach Brasilien gestiegen ist. Wenn sie doch Tickets dafür gefälscht hat. Vielleicht musste sie verschwinden, weil sie kurz davor war, als Spionin aufzufliegen?«

»Oder sie ist auf ein anderes Schiff gestiegen, mit einem anderen Zielland«, entgegnete Gabriel. »Und falls es Anni war, dann hatte sie ja offenbar eine Art Job in Lissabon, als Fälscherin von Tickets und Visa. Vielleicht arbeitete sie auch weiter als Spionin? Es schien ja einige Agenten gegeben zu haben in Lissabon. Ich habe darüber einmal etwas gelesen. Dass so viele Frauen darunter waren, wusste ich bis dahin nicht. Finde ich sehr cool. Wenn ich mal einen Krimi schreibe, mache ich eine große Agenten-Story daraus, die in Lissabon spielt. Was ich eigentlich sagen wollte, es kann durchaus sein, dass Anni in Portugal geblieben ist. Sie war nicht jüdisch, wie ihr gesagt habt.«

»Es gab aber Juden in ihrer Familie, worüber ihr Siegfried ja schon etwas schockiert war, so als Nazi. Ich bin sicher, dass das noch zu einem Problem wurde«, entgegnete June.

Der Kellner servierte die Fischteller. Köstlich duftende Dorade, Kartoffeln und Zitronenscheiben mit Rosmarin garniert. Sandras Magen knurrte. Sie hatten zuvor die Alfama, eines der ältesten Viertel in Lissabon, erkundet, waren die steilen Straßen entlanggelaufen, hatten Geschäfte mit traditionellem Kunsthandwerk gesehen, nette Cafés. Und sie fuhren mit der historischen Straßenbahnlinie 28E, die bis hinauf zum Castelo de São Jorge ging, einem Kastell aus dem elften Jahrhundert. Von dort oben bot sich ein herrlicher Blick über die Stadt und den Fluss Tejo. Denn auch wenn sie zur Recherche hier waren, so waren sie sich alle drei einig, dass sie die Highlights dieser faszinierenden Stadt besichtigen wollten.

Mit dem vagen Hinweis, dass Anni bis nach Lissabon gereist sein könnte, hatten sie wenigstens einen Hoffnungsschimmer, hier etwas über sie herauszufinden.

»Guten Appetit«, verkündete Sandra hungrig und genoss das köstliche Essen. Die anderen taten es ihr nach.

June schluckte einen Bissen herunter, erklärte: »Im Nationalarchiv in Lissabon wurden Dokumente der portugiesischen Geheimpolizei ins Internet gestellt, habe ich recherchiert.«

»Dann lass uns morgen da hingehen«, schlug Sandra angetan vor. »Vielleicht finden wir ja wirklich etwas über Anni. Die portugiesische Geheimpolizei hat sicher viele bespitzelt, ähnlich wie die Gestapo.«

»Ach, plötzlich willst du freiwillig in ein Archiv, bei diesem schönen Wetter und in dieser traumhaften Stadt?«, neckte June sie.

Sandra musste lachen. Tatsächlich war es ihr jetzt wirklich ein Bedürfnis, in ein Archiv zu gehen. Sie musste mehr wissen über ihre Familiengeschichte, über ihre Großmutter und das Zerwürfnis mit deren Freundinnen. Wieso hatte sie damals keinen Kontakt mehr zu Anni gehabt? Wieso seit 1939 nicht mehr zu Luise? Würden sie im Archiv etwas über Anni finden?

»Tja, diese Reise macht offenbar etwas mit mir«, gab sie lächelnd zu und nahm einen Schluck Weißwein.

»Mit uns allen«, pflichtete Gabriel ihr bei.

Sie begegnete seinem Blick, sah, wie er sie intensiv anschaute. Und wieder spürte sie diese Anziehung, spürte, wie gut ihr seine Nähe tat. Auch wenn dieser Mann nicht so viel redete wie ihre anderen Partner zuvor, oder gerade deshalb. Gabriel war Schriftsteller, überlegte sich seine Worte sehr genau, und das gefiel ihr. Keine plumpen Komplimente, sondern ernst gemeinte Einschätzungen ihrer Person. Genau das war es, was ihr imponierte: Er sah sie als Person, sah wahrhaft sie, nicht nur ihr attraktives Äußeres. Schon auf der Wanderung durch die Pyrenäen war ihr das aufgefallen. Seine knappen Bemerkungen, seine Bewunderung für ihre offene, fröhliche Art.

June beobachtete Gabriel und sie, wie Sandra nun aus dem Augenwinkel bemerkte. Im nächsten Moment räusperte June sich. »Wisst ihr was, ich gehe, um mit Hendrik zu telefonieren. Ich möchte ihn direkt fragen, ob er wieder etwas für seine Ex-Frau empfindet oder nicht.«

»Oh, ja, das finde ich gut, ehrlich und direkt«, bestätigte Sandra sie.

June nickte. Sie legte ihr Besteck zusammen. »Wir sehen ja an unseren Großmüttern, was dieses Nichtreden mit einem macht. Ich muss sagen, die Geschichten unserer Großmütter halten uns ganz schön den Spiegel vor.«

Gabriel nickte. »Dieses lebenslange Schweigen, Familiengeheimnisse, die so viele so sehr belastet haben, das tut dem Menschen nicht gut. Viele entwickeln da sicher Magengeschwüre oder anderes. Ich bin froh, dass ich darüber schreiben kann. In der Hoffnung, ein klein wenig dazu beizutragen, dass sich mehr Menschen öffnen, mehr Familien aussprechen und versöhnen. Zu verzeihen ist oft schwer, aber es tut einem selbst gut, wenn man es schafft.«

Sandra sah ihn bewundernd an.

June räusperte sich erneut. »Ja, und das Gleiche ist es in Beziehungen. Deshalb spreche ich es bei Hendrik an. Mal sehen, wie er reagiert. Ich gehe dazu ins Hotelzimmer. Ihr könnt ja noch einen Wein zusammen trinken.« Sie stand auf, schnappte sich ihre Handtasche und verabschiedete sich.

Sandra und Gabriel sahen einander an, und seltsamerweise wurde Sandra nervös. Seit er ihnen nachgereist war, waren sie nie lange allein gewesen, und dieser Mann löste etwas in ihr aus. Dabei war sie sich doch so sicher gewesen, dass sie keinen Mann wollte, zumindest keine feste Beziehung. Als Single lebte es sich einfacher – das war so lange ihre Überzeugung gewesen.

Nervös scherzte sie: »Gut, dann trinken wir noch einen Wein, wenn June das so möchte.«

Gabriel sah sie ernst an. »Und du? Was möchtest du?«

Sie spürte ein Ziehen in ihrem Bauch. Sanft und zart.

»Ich möchte das auch.«

Der Ober kam und zerstörte den Moment. Gabriel bestellte neuen Wein, und Sandra beobachtete ihn dabei.

Was wusste sie eigentlich von ihm? Was vorherige Frauen anbetraf, zumindest nichts. Sie nahm sich vor, ihn unauffällig danach zu befragen. Nur so, aus reiner Neugierde.

Sie redeten zunächst bei einem weiteren Wein über ihre Liebe zur Literatur, dann über ihre Einstellung, das Leben im Hier und Jetzt genießen zu wollen.

Er erzählte ihr, dass er nach seinem Studium der Medienwissenschaften lange in einer Filmproduktion als Herstellungsleiter einer Telenovela gearbeitet hatte. »Der Stress, der Druck haben mich krank gemacht. Auch hat mir immer das Kreative gefehlt. Ich bekam Herzprobleme, und das in meinem Alter. Deshalb habe ich die Reißleine gezogen. Deshalb habe ich mich für meinen Traum, für die Arbeit als Schriftsteller entschieden. Und damit für die finanzielle Unsicherheit, die dieser Job mit sich bringt. Ich dachte mir, du hast keine Frau, keine Kinder, bist gern allein, sei mutig, du kannst es wagen.«

Er ist gern allein, hatte Sandra für sich gedacht. *Ja, solo zu sein macht das Leben leichter.*

Gabriel schien nicht auf der Suche nach einer Beziehung zu sein, zumindest klang es für Sandra so durch. Zum einen erleichterte sie das, aber sie spürte auch eine gewisse Enttäuschung. Gabriel fuhr fort: »Die wenigsten Autoren können von ihrer Kunst leben«, gab er zu. »Ich hatte Glück, bin sehr dankbar dafür.«

»Nicht nur Glück, vor allem Talent«, verbesserte sie ihn.

»Wer weiß«, entgegnete er bescheiden. »Tolle Leser habe ich auf jeden Fall. Aber ich weiß auch, wie flüchtig der Erfolg im Buchmarkt ist. Heute ist man ein gefeierter Star, und beim nächsten Buch wird man vielleicht schon von Kritikern zerrissen.«

»Ja, es ist sehr schade, negative Rezensionen müssen dir doch sicher viel ausmachen? Also mich würden sie umhauen.«

»Ja, mich auch. Anfangs habe ich gelitten wie ein Hund, wenn eine kam, hatte Schreibblockaden. Aber inzwischen habe ich mir so oft gesagt: Es ist alles Geschmacksache, und wenn einer eine ganz gemeine Rezension schreibt, hat es eher etwas mit diesem Menschen zu tun. Vielleicht ist er gerade unzufrieden mit seinem Leben? Ich selbst würde das jedenfalls niemals tun. Wenn mir ein Buch nicht gefällt, lege ich es weg. Punkt.« Er lächelte. »Und trotz der vielen guten Rezensionen habe ich jetzt wieder eine Schreibblockade gehabt. Verrückt manchmal. Aber seit ich dir begegnet bin, bin ich mir sicher, dass sie vorbei ist. Zumindest formt sich die Geschichte in meinem Kopf. Dank deiner Großmutter natürlich auch.«

Sandra lachte. »Dann sind meine Großmutter und ich also deine Musen?«

»Ganz genau.«

Sie nippte an ihrem Wein, bewunderte seine Einstellung. Denn seit es üblich geworden war, dass sogar Buchhandlungen im Internet Rezensionen bekamen, seit sie einmal eine schlechte erhalten hatte, wusste sie, wie sehr das verletzen und ärgern konnte. Man steckte so viel Arbeit, Energie und Herz in seine Arbeit, und dann das.

Wieder wurde ihr bewusst, wie viel Spaß ihr die Arbeit in ihrer kleinen Buchhandlung im Grunde immer noch machte. Wie sehr sie ihr am Herzen lag. June hatte recht, sie durfte sie nicht einfach so kampflos aufgeben, erst recht nicht nach den Strapazen, die ihre Großmutter durchleben musste. Allein, dass Maria damals ihre Lieblingsbücher auf der Flucht nie zurückgelassen hatte, dass sie ihr so viel Kraft und Zuversicht gegeben hatten, beeindruckte Sandra sehr. Ihre Großmutter hatte nie aufgegeben, immer weitergemacht, auch wenn die Lage aussichtslos erschien.

Auch Gabriel beeindruckte das zutiefst. »Eine Protagonistin wie deine Großmutter ist faszinierend. Dieser Mut, wie sie sich zur Löwenmutter entwickelt hat, wie sie dafür gekämpft hat, wieder eine Buchhandlung eröffnen zu können. Das Leben schreibt manchmal die besten Geschichten.«

Sandra freute sich, denn durch seinen Roman würde ihrer Großmutter ein wundervolles Andenken zuteilwerden. »Du darfst sie in deinem Buch gern Maria nennen«, sagte sie lächelnd. »Ich bin sicher, sie würde sich riesig freuen.«

Gabriel stimmte zu. »Dann muss ich nicht lange überlegen, welcher Name am besten passt. Denn das ist manchmal wirklich ein längerer Prozess, und ich entscheide nach dem Bauchgefühl.«

Sandra erfuhr noch einiges aus seinem Schriftstellerleben, hörte seinen Erzählungen gebannt zu. Kein Wunder, dass er gute, bewegende Geschichten schrieb, bei jedem Wort spürte sie seine Verletzlichkeit, seine Sensibilität und seine Leidenschaft.

Sie tranken Wein, redeten und redeten. Doch irgendwann wollten die Kellner Feierabend machen, sie waren die letzten Gäste, und so standen Sandra und Gabriel auf und gingen zusammen zu ihrem Hotel. Sie genoss seine Nähe, hätte sich gern weinselig an ihn geschmiegt, aber sie hielt sich zurück. Er war ein Freund, ein guter Freund, mehr nicht. Er war lieber allein. Aber was sprach gegen eine heiße Affäre?

Im Hotel, vor ihrem Zimmer, das sie sich mit June teilte, hielten sie inne, sahen einander in die Augen. Er rang mit sich, das sah sie ihm an. Und gerade als Sandra dachte: *Jetzt küss mich*, wünschte er ihr eine gute Nacht und ging in sein eigenes Zimmer, das sich neben ihrem befand.

Am nächsten Morgen wachte Sandra in ihrem Hotelzimmer auf, registrierte, dass June schon aufgestanden war. Sie sah an die Decke, dachte an den schönen Abend mit Gabriel. Auf dieser Reise hatte er sich bisher immer als zuvorkommend, hilfsbereit und nie egoistisch gezeigt. Selbst auf der Wanderung durch die Pyrenäen, wenn June mal alles zu viel geworden war, hatte er angeboten, ihren Rucksack zu tragen, anstatt sich über sie lustig zu machen. Zu oft hatte Sandra Männer gedatet, die in erster Linie an sich dachten. Die sich manchmal sogar respektlos ihr gegenüber verhalten hatten, wenn sie jetzt so darüber nachdachte. Die über kleine Schwächen lachten, anstatt sie zu unterstützen.

Außerdem schien Gabriel kein Draufgänger zu sein, und das gefiel ihr. Auch wenn sie gestern Abend wirklich gern geküsst worden wäre. Wobei es vermutlich besser so war, eine heiße Affäre mit einem Freund ging meist nicht gut aus.

Sie hörte Wasserrauschen aus dem Bad. June stellte die Dusche an. Sandra, die eigentlich eine Langschläferin war, im Gegensatz zu June, rieb sich müde die Augen. Sie setzte sich auf und freute sich auf den Tag. Gleich würden sie drei zusammen auf der Frühstücksterrasse des Hotels lecker portugiesisch frühstücken, ein Pastel de Nata, dieses köstliche Blätterteigtörtchen mit Vanillepudding, essen und einen Bica, den portugiesischen Espresso, trinken, und dann in dieses Archiv gehen, das June gestern genannt hatte. Auf dem Weg dahin würden sie sicher noch viel sehen von dieser wunderbaren Stadt. Sandra gefiel es in Lissabon. Aufgrund der Sprache fühlte sie sich hier sofort heimisch. Und auch das Wissen, dass ihre Großmutter hier monatelang gelebt hatte, gab der Stadt etwas Besonderes.

Beim Frühstück warf Gabriel ihr immer wieder verstohlene Blicke zu, das konnte sie aus den Augenwinkeln sehen. Sandra fühlte sich glücklich dadurch. Aber sie bemühte sich, es sich vor June nicht anmerken zu lassen. Denn genau das war es ja, wovor June Sorge gehabt hatte, wenn Gabriel sie auf ihrer Reise begleitete. Dass June das dritte Rad am Wagen sein würde, dass sich etwas zwischen Sandra und Gabriel entwickelte.

Im Archiv der portugiesischen Geheimpolizei PVDE, das sich im Nationalarchiv Lissabons befand, stießen sie leider auf keinen einzigen Hinweis zu Anni oder ihrem Siegfried. Aber sie entdeckten einige Dokumente über deutsche Flüchtlinge, die als Illegale in Lissabon geblieben waren und lange ein Leben im Untergrund führen mussten.

Nach zwei Stunden intensiver Recherche traten Sandra, June und Gabriel aus dem Nationalarchiv in die wärmende Sonne.

Sandra hielt sich schützend die Hand über die Augen. »Aber immerhin habe ich von der Archivarin noch einen Tipp bekommen. Wir gehen am besten gleich dorthin, zum Arquivo Histórico-Diplomático.«

»Ein historisches diplomatisches Archiv«, überlegte June laut. »Ob das etwas bringt?«

»Die Archivarin meinte, dass es dort Dokumente über Flüchtlinge und andere Migrationsbewegungen im Zusammenhang mit der portugiesischen Diplomatie geben soll. Und dass fast alles auf Portugiesisch verfasst ist. Aber hey, wie gut, dass wir in Brasilien Portugiesisch sprechen, nicht wahr, Gabriel?«

June freute sich. »Dann seid ihr beide ja die perfekten Recherchebegleiter.«

»Sowieso, oder nicht?«, neckte Sandra sie. »Mit Freunden zusammen macht doch so eine Reise noch viel mehr Spaß.«

»Das stimmt.« June wirkte nachdenklich und ging nicht weiter auf ihre Worte ein. Was lag ihr auf der Seele? Oder sah sie Sandra nicht als ihre Freundin an? War Sandra zu schnell vorgeprescht wie so oft? Von ihrem Telefonat mit Hendrik hatte June nicht viel erzählt, nur dass er sofort gesagt hatte, dass er sie liebe.

Insofern fand Sandra, dass dann doch jetzt alles gut sei, aber June meinte, dass sie wieder Mareike im Hintergrund gehört hätte, dass er für ihren Geschmack eindeutig zu oft bei seiner Ex-Frau zu Besuch war.

»Tut mir leid, gegen Eifersucht scheint kein Kraut gewachsen. Ich konzentriere mich jetzt nur noch auf unsere Suche. Das Leid der jüdischen Flüchtenden damals macht mir dann wieder klar, was für Luxusprobleme, und vor allem eingeredete Probleme, ich selbst habe.«

»Finde ich gut, wie du es siehst«, pflichtete Sandra ihr bei. Sie kannte es selbst aus früheren Beziehungen, diese zermarternde Eifersucht, die man mit dem Kopf und der Vernunft gern ausschalten würde, die sich aber in einem festsetzen konnte wie eine Klette.

Das Arquivo Histórico-Diplomático befand sich im Staatsarchiv von Lissabon und brachte leider auch keine neuen Erkenntnisse, außer dem Hinweis, dass sie noch im Arquivo Histórico Ultramarino forschen könnten. Denn wie ihnen gesagt wurde, verwahrte dieses Archiv unter anderem Dokumente über die Migration und Auswanderung von Menschen aus Portugal, sogar Passagierlisten von Schiffen, die Flüchtlinge transportierten. Dort würden sie außerdem Informationen über die Aktivitäten von Hilfsorganisationen und anderen Gruppen finden, die sich für Flüchtlinge einsetzten. Alle drei waren sich schnell einig, dass sie auf jeden Fall noch dort nach Spuren von Anni suchen wollten.

»Das ist dann aber das letzte Archiv«, meinte June auf dem Weg dorthin müde.

»Und das sagst ausgerechnet du?«, wunderte sich Sandra.

»Ja, vermutlich weil ich schon in so vielen Archiven mein Glück versucht habe und weiß, wie zeitaufwendig so eine Recherche in einem Archiv sein kann. Es fühlt sich manchmal an, wie die Nadel im Heuhaufen zu suchen.«

Und tatsächlich. Sie konnten dort nicht viele Dokumente einsehen, brauchten Genehmigungen, die erst einmal beantragt werden mussten. Selbst als Gabriel versuchte, die junge Archivarin um eine Ausnahme zu bitten, und ihr die Wichtigkeit der Geschichte kurz erklärte, dass diese beiden Frauen nach ihren Großmüttern forschten und sonst nicht ihr Erbe antreten könnten, hatte er keinen Erfolg.

»Ich bin einfach kein charmanter Typ«, erklärte er gespielt zerknirscht. Sie suchten noch weiter, doch irgendwann ließen sie es sein.

Als sie hinausgehen wollten, kam die Archivarin hinter ihnen her. »Moment«, sagte sie auf Portugiesisch, wandte sich an Gabriel. »Ich habe selbst mal für Sie nachgesehen. Das ist ja erlaubt. Und einen Eintrag über eine Anni Graf gefunden.«

Wie elektrisiert schauten sich Gabriel und Sandra an, sie übersetzte es rasch für June, die begeistert in die Hände klatschte. Sandra erkundigte sich sofort bei der Archivarin, was sie denn genau gefunden habe.

»Anni Graf hat in Lissabon als Spionin gearbeitet, für die Briten.«

»Also doch! Und wirklich für die Briten?« Sandra wunderte sich. »Sie war Deutsche, sind Sie sicher?«

Die Archivarin bestätigte es erneut. »Anni Graf war der SOE beigetreten, einer Spezialeinsatztruppe der Briten, die im Zweiten Weltkrieg von Churchill gegründet wurde. Es gab dort einige Frauen mit verschiedenen Aufgaben, das ist leider viel zu wenig bekannt. Anni Graf steht auf einer Liste, ich habe Kontakt mit einem Londoner Archiv aufgenommen, ein Studienfreund von mir arbeitet dort.«

Beeindruckt dankte Sandra ihr und übersetzte für June. Die war genauso perplex wie Gabriel und sie.

Die Archivarin lächelte. »Anni Graf scheint eine mutige Frau gewesen zu sein.« Sie schien jetzt selbst Gefallen an der Geschichte gefunden zu haben und fuhr fort: »Sie hat in Lissabon Schiffstickets und Visa für jüdische Flüchtlinge gefälscht und vielen Menschen dadurch das Leben gerettet. Für sich selbst hat sie wohl auch welche ausgestellt. Dann verliert sich ihre Spur. Mehr steht nicht über sie im Londoner Archiv.«

Begeistert klatschte Sandra in die Hände. »Das ist doch schon sehr viel. Vielen herzlichen Dank!« Stürmisch umarmte sie die junge Archivarin, die nicht recht wusste, wie ihr geschah. Und danach Gabriel. Wie gut er duftete, wie gut er sich anfühlte, dieser große, gut gebaute Mann. Dann löste sie sich von ihm und strahlte ihn an. »Sag nie wieder, du hättest keinen Charme.«

June, die wissen wollte, was die Archivarin noch gesagt hatte, bekam es jetzt von Gabriel übersetzt, nachdem auch er sich herzlich bei der Archivarin bedankt hatte.

»Anni ist also ziemlich sicher ebenfalls mit dem Schiff nach Brasilien gefahren«, stellte Sandra begeistert fest. »Lasst uns sofort zurück nach Brasilien gehen, aber nicht mit dem Schiff, das dauert mir jetzt viel zu lange.«

Gabriel protestierte: »Wir wollten doch die Fluchtroute genau so nachreisen, wie deine Großmutter sie genommen hat, dazu gehört auch die Erfahrung einer langen Überfahrt, quer über den Ozean auf einem Schiff.«

June und Sandra schüttelten unisono den Kopf, und June schlug vor, dass Gabriel ja das Schiff nehmen könne. »Wenn du es für deine Roman-Recherche brauchst, verstehen wir das. Aber wir beide fliegen nach Brasilien. Wir müssen Anni schnellstmöglich finden, sonst geht uns irgendwann das Geld aus. Also mir zumindest, und dann muss ich wieder einen Job bei einer Zeitung annehmen, der mir keinen Spaß macht, und Sandra womöglich wirklich ihre Buchhandlung aufgeben.« Sie sah Sandra fragend an.

Die nickte sofort. »Ja, bitte, Gabriel. Eine Schiffsfahrt zusammen ist sicher lustig, aber June hat recht, es geht bei uns um mehr. Bitte, komm mit uns«, platzte sie noch heraus und sah eindringlich in seine dunklen, warmen Augen.

KAPITEL 25

Rio de Janeiro, 2023

NACH HAUSE ZU KOMMEN, eine Heimat zu haben. Wie wichtig das für Menschen war, verstand Sandra nach dieser Reise, vor allem nach dieser Reise in die Vergangenheit, noch mehr. Für wie selbstverständlich sie es bisher genommen hatte, ein Zuhause zu haben, sich geborgen zu fühlen.

Das Flugzeug steuerte den internationalen Flughafen Rio de Janeiro-Galeão von Westen an. Das Wetter war gut, die Sonne schien am blauen Himmel, und so hatten sie bei der Landung eine beeindruckende Aussicht auf die riesige Guanabara-Bucht, die beeindruckenden Bergformationen, die Rio umgaben, den Zuckerhut und den Corcovado mit der Christusstatue.

Als sie wenig später das Flugzeug verlassen durften und die Gangway hinuntergingen, spürte Sandra die Wärme von Rio, roch den vertrauten Duft ihrer Stadt. Sie freute sich, wieder zu Hause zu sein, denn nun wusste sie für immer, wie wichtig Heimat sein konnte. Vielleicht auch, weil sie ihren Traum, in der Welt herumzureisen, verwirklicht hatte.

Wie wichtig es war, seine Träume auszuleben, sofern es irgendwie möglich war, war ihr auf dieser Reise auch bewusst geworden. Natürlich gab es noch so viel mehr auf der Welt zu sehen, aber die verschiedenen Stationen der Fluchtroute ihrer Großmutter hatten ihr wenigstens schon mal einen Eindruck von der Schönheit Europas gegeben. Wie geschichtsträchtig all diese Länder waren.

Sandra wurde bewusst, wie wichtig es war, mehr über die Geschichte eines Landes zu wissen, vor allem über die Geschichte ihrer eigenen Familie. So oft hatte sie sich als Einzelkind allein gefühlt, aber jetzt, da sie mehr von ihrer Verwandtschaft wusste, fühlte es sich gar nicht mehr so einsam an. Oder lag es auch an June und Gabriel, die ihr beide auf dieser Reise ans Herz gewachsen waren? June als Freundin und Gabriel als guter Freund. Sie durchschaute seine Gefühlswelt nicht. Er wirkte, als wäre er zu großen Gefühlen fähig, und irgendwie auch, als empfände er mehr als Freundschaft für sie. Immerhin hatte er sich entschlossen, nicht allein mit dem Schiff zu fahren, sondern mit ihnen nach Rio zu fliegen.

Er lief vor ihr, June hinter ihr. June schloss auf und sagte: »Ganz schön heiß.«

Sandra drehte sich zu ihr. »Gabriel? Findest du auch?«

June grinste, knuffte sie. »Nein, Rio, ich hatte es gar nicht so heiß in Erinnerung.«

Sandra lachte ertappt. »Ja, Rio ist heiß.« Sie erhaschte einen Blick von Gabriel, der sich zu ihnen umgedreht hatte und alles gehört haben musste. Denn er lächelte amüsiert. Wie unangenehm. *Aber was soll's*, dachte Sandra. Und plötzlich bedauerte sie es, dass er nicht wie June bei ihr im Haus schlafen würde.

Sandra hatte sie noch einmal eingeladen, die nächste Zeit bei ihr in ihrem bunten Haus zu wohnen.

»Wir sind sehr gastfreundlich in Brasilien, ich würde mich wirklich freuen«, hatte sie June versichert.

»Dann nehme ich das Angebot gern an«, hatte die lächelnd geantwortet. »Wie gesagt ist mein Reisebudget ja auch so langsam aufgebraucht.«

Gabriels Wohnung befand sich nicht weit entfernt von Sandras Haus, und so nahmen sie zu dritt ein Taxi. Als die Frauen aussteigen mussten, stieg auch Gabriel aus und reichte ihnen ihre Rucksäcke aus dem Kofferraum. »Ich fahre mit dem Taxi noch die paar Straßen weiter und übernehme die Fahrt.«

»Kommt nicht infrage«, widersprach June, »so knapp bei Kasse bin ich nun auch nicht. Wir teilen, wie bisher.«

Aber Gabriel bestand darauf und schlug vor, sich in ein paar Stunden in Sandras Buchhandlung zu treffen. »Dann lernst du endlich meine Schwester kennen. Ich bin sicher, sie hat deine Buchhandlung zu deiner vollsten Zufriedenheit weitergeführt.«

»Das hoffe ich auch«, scherzte Sandra.

Sie standen vor ihrem Haus, das plötzlich eine ganz andere Bedeutung für sie bekommen hatte. Das Haus ihrer Großmutter Maria. Sie wandte sich an June, die ihren Rucksack schulterte. »Mir ist auf der Reise wirklich klar geworden, dass ich die Buchhandlung meiner Großmutter auf keinen Fall aufgeben möchte. Das bin ich ihr schuldig. Sie hat so viel erlitten, sich so durchgekämpft, ich werde ab jetzt alles geben, diesen kleinen Laden nicht zu verlieren.«

June strich ihr über den Arm, lächelte. »Das finde ich großartig. Und ich helfe dir, wenn ich irgendwie kann, solange ich hier bin.«

»Und ich auch«, pflichtete Gabriel ihr bei.

»Und falls wir unser Erbe je antreten können, kannst du richtig investieren«, fügte June grinsend hinzu. »Deshalb müssen wir rasch nach Anni suchen. Wo könnte denn stehen, ob sie in den Vierzigerjahren nach Brasilien eingewandert ist und wo sie heute womöglich wohnt?« Sie sah abwechselnd Gabriel und Sandra an.

Die überlegte. »Die Einwanderungsbehörden müssten das

doch eigentlich wissen. In Brasilien ist das die Polícia Federal, die Bundespolizei.«

Gabriel bestätigte das. »Wisst ihr was, entspannt ihr euch nach der Reise, geht nachher erst mal ohne mich zu meiner Schwester, ich komme nach in die Buchhandlung und wende mich vorher an die Polícia Federal.«

»Wirklich? Bist du nicht auch hundemüde nach dem Flug?«, fragte Sandra erstaunt.

»Müsste ich eigentlich sein, aber irgendwie fühle ich mich so lebendig und wach wie lange nicht.« Dabei sah er Sandra an. »Ich will wieder schreiben, ich brenne sogar darauf. Dieses Gefühl habe ich so vermisst. Und ich weiß, wem ich es zu verdanken habe.«

Sie schaute ihn amüsiert an. »Deinen beiden Musen.« Sie lachte. »Danke, dass du dich mit der Polícia Federal herumschlagen möchtest. Ich brauche jetzt wirklich erst mal einen Cafezinho.«

»Und ich erst«, pflichtete June ihr bei.

»Dann sehen wir uns später in der Buchhandlung«, freute sich Sandra.

»So machen wir es«, bestätigte Gabriel. »Und vielleicht habe ich dann auch schon Neuigkeiten zu Anni.«

Sandra und June betraten ihr buntes Haus, Sandra warf ihren Rucksack in die Ecke und sah sich angerührt um. »Marias Haus. Hier hatte sie endlich wieder ein Zuhause gefunden, nach dieser langen Flucht. Wie ihr Ankommen in Brasilien damals genau war, weiß ich leider überhaupt nicht aus Erzählungen. Ich hoffe, es steht einiges dazu in ihrem Reisetagebuch.«

»Ich denke schon, wir haben ja noch ein paar Seiten vor uns. Ich hoffe auch sehr, dass sie dann von einem Treffen mit

Anni in Brasilien schreibt«, erklärte June und stellte ihren Rucksack sorgfältig ab.

»In dem Teil, den wir bisher überflogen haben, steht ja leider nichts«, seufzte Sandra. »Ich bereue es wirklich, sie damals nicht mehr gefragt zu haben. Aber ich war wohl zu klein.«

June folgte ihr in die Küche. »Ich habe auch viel zu wenig über meine Großmutter Luise gewusst. Es bedeutet mir so viel, wenigstens jetzt mehr über ihr Leben damals zu erfahren. Es gibt einiges, was ich daraus für mich lernen kann. Ich habe doch einiges von ihr, denke ich.«

Sandra bereitete Kaffee zu. »Ja, ich denke auch, wir haben einiges von unseren Großmüttern oder Großvätern, jeder hat das. Mehr, als man denkt.«

June setzte sich müde in der Wohnküche an den Tisch, sah Sandra zu. »Wie macht man eigentlich einen Cafezinho?« Sandra erklärte es ihr. »Du erhitzt etwas Wasser in einem kleinen Topf, gibst ein, zwei Teelöffel Rohrzucker hinein, lässt das Ganze kurz aufkochen.« Als die Masse im Topf sprudelte, fuhr sie fort: »Dann zwei Esslöffel brasilianischen Kaffee, frisch gemahlen, am besten grob, dazu und kurz ziehen lassen, aber nicht kochen!«

Der Kaffeeduft erfüllte den Raum.

Sandra stellte zwei kleine weiße Porzellantassen bereit und goss den fertigen Kaffee durch ein Sieb in die Tassen. »Cafezinho, endlich wieder.« Sie atmete tief ein. »Der Bico in Portugal war zwar auch nicht schlecht, aber nichts geht über unseren süßen brasilianischen Espresso.« Sie reichte June ihre Tasse.

Die nahm sie entgegen, atmete begeistert ein, pustete kurz, kostete und nickte. »Ein Traum. Und ich als *die* Kaffeeliebhaberin weiß jetzt, wie man ihn in Brasilien zubereitet. Danke.« Dann schaute sie sich in der Wohnküche um, die sie zwar schon kannte, aber jetzt offenbar mit anderen Augen sah. »Es ist sehr gemütlich hier«, stellte sie fest.

Ein mintfarben gestrichenes Küchenbüfett stand neben dem alten Herd, mehrere eingerahmte Bilder hingen an den Wänden, Gemälde brasilianischer Künstler, wie Sandra ihr erklärte. »Die müssen auch von Maria gekauft worden sein. Sie hatte schon immer ein Faible für brasilianische Künstler. Und ich habe das von ihr.«

»Dann passt Gabriel ja gut zu dir«, neckte June sie.

Sandra sah auf, lachte, tat das ab. »Ach was.«

»Doch, das meine ich wirklich. Er ist zwar ruhiger und besonnener als du, zumindest soweit ich euch nach dieser Reise beide kenne, aber du brauchst das, glaube ich. Zwei Seelen, eine quirlige und eine ruhende, sie passen zusammen.«

Sandra spürte, wie sehr sie sich insgeheim freute. »Das klingt wie in einem schönen Roman. Aber das ist das richtige Leben. Ich glaube, ich bin nicht für eine längere Beziehung geschaffen, und möchte Gabriel nicht als Freund wegen einer heißen Affäre verlieren.«

»Wieso glaubst du das? Jeder ist für eine Beziehung, für die Liebe, geschaffen. Nur haben viele Angst davor, weil sie einmal oder schon mehrfach verletzt worden sind.«

»Du hast vermutlich recht. Aber er möchte es auch nicht.«

»Wie kommst du darauf?«

»Jeder brasilianische Mann hätte mich schon lange geküsst, an diesen romantischen Plätzen in Lissabon gab es genug Gelegenheit. Aber Gabriel – wollte nicht. Und schwul ist er nicht, das hat er einmal erwähnt.«

»Dann lag es daran ja nicht.«

»Und woran dann? Sehe ich aus, als ob ich zubeiße?«, scherzte Sandra bemüht, spürte aber, wie unsicher sie sich plötzlich fühlte. Was machte dieser Kerl nur mit ihr?

June musste schmunzeln. »Vielleicht«, neckte sie Sandra. »Nein, keine Ahnung. Du wirst es herausfinden.«

Sandra atmete theatralisch durch, trank ihren letzten Schluck Cafezinho, stellte die kleine weiße Tasse ab und stand auf. »Ich möchte jetzt doch gern sofort in die Buchhandlung. Ich halte es auf dem Sofa nicht aus. Ich muss sehen, wie es läuft, ob seine Schwester Ana Iris wirklich alles hinbekommen hat. Bleibst du hier und ruhst dich aus, oder magst du mitkommen?«

»Ich komme natürlich mit.«

Sie mussten nur wenige Straßen bis zu ihrer Buchhandlung gehen, doch die Strecke kam Sandra plötzlich endlos vor. Wie hatte sie nur die Buchhandlung ihrer Großmutter einer Wildfremden anvertrauen können? Wieso musste sie immer so spontan entscheiden?

Aber im nächsten Moment wusste sie wieder, warum sie es getan hatte. Weil es ihr insgeheim egal gewesen war. Vielleicht hatte sie sogar gehofft, dass Gabriels Schwester für das endgültige Aus der Buchhandlung sorgen würde, damit sie endlich guten Gewissens weiter um die Welt reisen konnte.

Doch jetzt, nach dieser Reise, wollte Sandra vor allem eines: ankommen. Die Buchhandlung weiterführen und zwischendurch die Welt erkunden.

June folgte ihr durch das lebhafte Viertel, in dem es turbulent zuging. Samba-Rhythmen erklangen aus Bars, der Geruch von Bohnen lag in der Luft.

»Wie heißt dieses Viertel?«, erkundigte sich June.

»Lapa. Es ist ein bekanntes und beliebtes Viertel für Buchliebhaber.«

»Oh wirklich, dann gibt es hier mehrere Buchhandlungen?«

Sandra nickte. »Ja, auch Antiquariate und Flohmärkte, auf denen man Bücher finden kann. Und Lapa ist auch bekannt für seine Bars, Restaurants, es gibt Konzerte und einige kulturelle Veranstaltungen. Ich lebe gern hier.«

»Toll, wenn ich mal nur als Touristin wiederkomme, hoffentlich mit Hendrik, dann möchte ich noch viel tiefer eintauchen in Rio, und ich hoffe, dass du uns dann ganz viel zeigst.«

»Oh ja, sehr gern, ich freue mich drauf.« Sandra wurde bewusst, dass sie in June eine Freundin fürs Leben gefunden hatte, die zwar weit weg lebte, mit der der Kontakt aber nicht mehr abbrechen würde. *Nicht wie bei Maria, Luise und Anni damals*, dachte sie sofort. Was musste geschehen, dass man eine enge Freundin aufgab? Was könnte man einer besten Freundin nicht verzeihen? War es ganz profan um einen Mann gegangen?

Sandra führte June heute eine andere Straße zur Buchhandlung entlang, um ihr ein wenig mehr vom Viertel zu zeigen. Sie passierten eine Reihe historischer Gebäude. June bewunderte diese, und Sandra erklärte, dass sie aus dem achtzehnten und neunzehnten Jahrhundert stammten. »Eine Mischung aus portugiesischer und französischer Architektur. Und da ist eine der berühmtesten Sehenswürdigkeiten in Lapa. Die Lapa-Treppe.«

»Oh, wie schön, toll, diese bunten Fliesen auf den Stufen, sind die von verschiedenen Künstlern?«

»Nein, es ist das Lebenswerk eines chilenischen Künstlers, Selarón. Er hat die Stufen der Treppe mit über zweitausend kunstvollen Fliesen aus ungefähr sechzig Ländern verziert«, erklärte Sandra. »Diese Treppe verbindet die beiden Stadtteile Lapa und Santa Teresa, ein Künstlerviertel. Auch sehr spannend, aber dafür haben wir jetzt nicht genug Zeit.«

Sie merkte, wie sehr es sie zu ihrer Buchhandlung zog. Sie kamen dort an. Das Schaufenster war neu dekoriert worden, alles in der Farbe Orange. Orangefarbene Tücher, Orangen in einer Schale, es sah geschmackvoll und interessant aus. Gabriels Schwester schien ein Händchen dafür zu haben, hatte Bücher, die orangefarbene Cover hatten, hier ausgestellt.

Sandra zog die Tür auf, trat ein, gefolgt von June. Es duftete anders, nach Orangen, konnte das sein?

Eine junge Frau, die Gabriel sehr ähnlich sah, seine dunklen Locken und ein ähnlich markantes Gesicht hatte, stand hinter der Theke und verabschiedete gerade eine andere junge Frau, die mehrere Bücher gekauft hatte.

»Adeus«, sagte Ana Iris zu der Kundin, wandte sich dann höflich lächelnd an Sandra und grüßte: *»Bom dia«*. Sie schien sie nicht zu erkennen. Wie auch, sie hatten nur einmal telefoniert, als Ana Iris eine Frage zur Buchhaltung gehabt hatte.

»*Bom dia*, ich bin Sandra«, sagte sie auf Portugiesisch, »die Besitzerin der Buchhandlung.« Und diese Worte erfüllten sie mit großem Stolz.

Ana Iris lächelte sofort. »Wie schön, willkommen zurück. Ist Gabriel auch wieder im Lande?«

Sandra bestätigte, stellte June vor, übersetzte dieser rasch, was sie eben gesagt hatten.

June gab Ana Iris erfreut die Hand, wandte sich dann an Sandra. »Ihr könnt euch gern unterhalten, ohne dass du alles für mich übersetzen musst. Ich sehe mich derweil in der Buchhandlung um, wenn ich darf? Vielleicht finde ich sie ja, die drei Bücher, die Maria über die ganze Flucht gerettet und behütet hat wie einen Schatz.«

Sie hatten darüber gesprochen, dass es ja sein könnte, dass sich darin noch ein Hinweis finden würde. Sandra nickte eifrig. Sie musste sich eh erst mal mit den Notizbüchern beschäftigen, in die Ana Iris hoffentlich alle Bestellungen, Remittenden, Ein- und Ausgaben geschrieben hatte.

Sie ließ sich alles zeigen und musste feststellen, dass Ana Iris ein Glücksgriff war. So ordentlich hatte sie die Bücher nie geführt. Vermutlich war das auch ein Grund, dass sie schon länger keine roten Zahlen mehr geschrieben hatte. Zu oft war es ihr egal gewesen, wenn Rechnungen nicht beglichen wurden, wenn Remittenden liegen blieben. Und immer wieder hatte sie Bücher auch einfach verschenkt. Ihre Mutter hatte sie dafür immer wieder gerügt, als sie noch lebte. »Wenn Großmutter das sehen würde!«, hatte sie dann gesagt. »So wirst du es nie zu etwas bringen, Kind, du bist viel zu chaotisch und gut für diese Welt.«

Sandra hatte es immer abgetan, aber mittlerweile hatte sie eingesehen, dass es als Geschäftsfrau wichtig war, alles korrekt aufzuschreiben. Ana Iris erklärte ihr das System, und Sandra hörte beeindruckt zu. »Und wieso hattest du gerade keinen Job als Buchhändlerin, so gut, wie du bist?«, fragte sie nach.

»Weil ...«, setzte Ana Iris an und zögerte. »Weil mein letzter Vertrag befristet war. Und als mein Chef gehört hat, dass ich schwanger bin, hat er ihn nicht verlängert.«

Entrüstet sah Sandra sie an. »Was? Das ist ja eine Unverschämtheit!«

»Ja, und eine neue Stelle habe ich dadurch nicht bekommen.« Sie legte ihre Hand auf ihren Bauch, und erst jetzt fiel Sandra das leicht gewölbte Bäuchlein auf.

»Gabriel hat gar nicht erzählt, dass du schwanger bist. Herzlichen Glückwunsch.«

»Danke, ja, ich habe ihn gebeten, nichts zu sagen. Ich hoffe, du bist nicht böse. Mein Freund hat Schluss mit mir gemacht, ich muss etwas verdienen.«

»Was? Nein! Natürlich bin ich nicht böse. Nur auf deinen Freund.« Ihr Schicksal ging Sandra ziemlich nah. Wie vielen Frauen erging es so? Sie dachten, es sei die große Liebe, und dann wurden sie einfach abserviert. Noch dazu schwanger, was für ein Mistkerl.

Ohne länger darüber nachzudenken, sagte sie: »Du kannst hier arbeiten, unbefristet. Zumindest wenn ich die Buchhandlung nicht doch noch schließen muss.«

»Was, wirklich?« Ana Iris fiel ihr ungestüm um den Hals, löste sich dann wieder, sah so erleichtert aus. »Und wenn das Baby da ist?«

»Dann sehen wir weiter. Dann soll Gabriel babysitten«, scherzte sie. »Oder habt ihr Eltern in Rio?« Ihr fiel auf, wie wenig sie immer noch über Gabriel wusste.

»Ja, zum Glück, unsere Mutter. Sie ist aber auch alleinerziehend gewesen, muss immer noch arbeiten. Beziehungsweise müsste sie es nicht. Gabriel will sie unterstützen, das lehnt sie aber strikt ab. Und genauso geht es mir. Er hat es mir auch angeboten, aber ich möchte das nicht.«

Beeindruckt hatte Sandra ihr zugehört. Gabriel schien ein wirklich großzügiger Mann zu sein. Aber sie fand es auch gut, dass Ana Iris auf eigenen Beinen stehen wollte. Mein Gott, sie war erst siebenundzwanzig, wie Gabriel einmal erzählt hatte.

»Zur Not richten wir eine Krabbelecke im Laden ein«, erklärte Sandra. »Wir kriegen das schon hin. Gabriel hat dir ja sicher von dem Vermächtnis von Junes Großmutter erzählt. Wenn wir diese Anni oder ihre Nachfahren finden, kann ich dir auch mehr zahlen.«

Ana Iris nickte. »Hauptsache, ich kann davon leben, Geld ist mir nicht wichtig.«

»So ist es bei mir auch«, gab Sandra zu. Ein allzu großes Erbe würde sie heillos überfordern.

»Ich bin mir sicher, dass ihr herausfindet, was mit dieser Anni geschah«, meinte Ana Iris zuversichtlich. »Gabriel hat mich von eurer Reise aus manchmal angerufen und von dir und June erzählt. Was für tolle Frauen ihr seid. Deshalb freue ich mich umso mehr, dass ich bei dir arbeiten kann.«

Sandra strahlte. Das hatte Gabriel gesagt?

Ein Aufjuchzen von June ließ sie aufhorchen. »Sandra!«, hörte sie ihre Stimme. »Ich glaube, ich habe eines von Marias alten Lieblingsbüchern gefunden!«

Sofort eilten Sandra und Ana Iris zu ihr.

June stand vor einem Tisch, der in einer Ecke stand, hatte die Schublade aufgezogen, hielt triumphierend ein Buch mit einem betagten Einband in der Hand. »Von Hesse. Das hat sich hinten in der Schublade verklemmt, das ist doch der Titel, den Maria im Tagebuch genannt hat, und so alt und in Mitleidenschaft gezogen, wie der Einband aussieht, muss es das sein.«

Sie reichte es ehrfürchtig Sandra, die es andächtig entgegennahm. »Wieso habe ich es nie entdeckt?«

June räusperte sich. »Ähm, weil in dieser Schublade ziemlich viel Krams vorn drin lag.«

»Herrjeh, stimmt.« Sandra schlug gespielt peinlich berührt die Hände vors Gesicht.

June und Ana Iris lachten. »Alles hat etwas Gutes«, erklärte Gabriels Schwester. »So hat es all die Jahre keiner weggeworfen, weil es keiner gesehen hat.«

»Oh ja. Sieh doch mal hinein, ob irgendwelche Notizen oder Zettel darin sind«, drängte June gespannt.

Sandra schlug das Buch vorsichtig auf, und June und Ana Iris sahen ihr über die Schulter. Der typische modrige Geruch von alten Büchern stieg Sandra in die Nase. Was hatte dieses Buch schon alles erlebt! Um die halbe Welt war es gereist, wie sie jetzt wusste. Auf der ersten Seite stand nichts, sie blätterte vorsichtig weiter, und auf der nächsten Seite entdeckte sie, mit Bleistift geschrieben: *Maria Kirschbaum, 1939*.

June und Sandra schauten einander bestätigt an. Dieselbe

kleine, enge Handschrift wie in Marias Fluchttagebuch. Es war eindeutig eines der Bücher, die Maria wie einen Schatz gehütet hatte, die ihr Halt auf ihrer langen Flucht gegeben hatten.

Sie blätterte weiter, hielt aufgeregt inne, denn es lag ein kleiner, zusammengefalteter vergilbter Zettel zwischen den Seiten.

Ehe sie ihn auseinanderfalten konnte, ging die Tür zur Buchhandlung auf, und Gabriel trat ein.

»Wir haben es, wir haben eines der Bücher gefunden!«, rief ihm Sandra freudig entgegen. »June hat es gefunden! Und deine Schwester ist toll, ich habe sie schon unbefristet angestellt.«

Ana Iris lächelte ihr dankbar zu.

Erfreut sah Gabriel die Frauen an. »Wahnsinn. Das freut mich! Beides. Ich habe leider nichts über eine Anni Graf bei der Polícia Federal herausfinden können, tut mir leid.«

»Aber vielleicht steht etwas auf diesem Zettel, das uns weiterbringt?«, meinte June hoffnungsvoll. »Falte ihn doch mal auf.«

Neugierig trat Gabriel neben Sandra. Sie roch seinen Duft, gemischt mit einem frisch aufgelegten Aftershave. Ihre Hand zitterte, als sie nun den kleinen Zettel aus dem Buch vorsichtig auseinanderfaltete.

KAPITEL 26

Rio de Janeiro, August 1940

Dreizehn Tage auf See, eingepfercht mit über dreihundert Flüchtlingen. Aber Maria war dankbar, auf diesem Passagier- und Frachtschiff, der *Alsina*, untergekommen zu sein. Der große Dampfer war über hundert Meter lang, hatte einen schwarzen Rumpf und zwei Schornsteine. Er konnte tausendzweihundert Passagiere beherbergen, wie ihr gesagt wurde, und war ausgebucht. Es gab zweistöckige Passagierkabinen und mehrere Decks, in denen die Fracht befördert wurde, aber für dreihundert zusätzliche Flüchtlinge hatte er nicht die notwendigen Einrichtungen. Die Flüchtlinge waren deshalb auf engstem Raum untergebracht worden. Teils mussten sie in gemeinsamen Kabinen schlafen, teils sogar an Deck.

Maria und ihre Familie hatten nur noch Platz an Deck gefunden. Dort war es vor allem nachts eisig kalt, trotz der kratzigen Wolldecken, die man ihnen gegeben hatte. Tabea und Noah drängten sich im Schlaf eng an ihre Eltern, die sie zu wärmen versuchten, aber auch Maria und Jakob froren sehr.

Die hygienischen Bedingungen waren miserabel, und schon nach drei Tagen hatten viele Magen-Darm-Beschwerden, dazu die Übelkeit durch den ungewohnten Seegang. Jakob und Noah hatte es besonders schwer erwischt. Jakob lag nur noch an Deck, leichenblass, übergab sich immer wieder in eine Blechschüssel, die Maria dann entleerte.

Gerade stand sie mit Noah an der Reling und hielt ihren Jungen fest. »Mama, ich sterbe«, sagte Noah blass, nachdem er gerade wieder über der Reling gehangen hatte.

Maria strich ihm liebevoll das Haar aus der Stirn. »Das fühlt sich nur so an. Das wird wieder.«

»Aber mir ist so übel. Ich will nicht mehr.«

»So schnell gibst du auf? Nach all dem? Noah, wir sind endlich frei, mir ist auch nicht gut, aber das ist doch nichts, jetzt, da wir bald ein neues Leben anfangen können, weit weg von den Nazis.«

»Sind in Brasilien keine?«

»Ich hoffe nicht.« Nicht einmal das wusste sie über ihre neue Heimat. Ihr Magen krampfte sich zusammen. Sie dachte an die Toiletten, die ihnen zugeteilt worden waren, die bestialisch stanken. Doch es half nichts, sie musste gleich dorthin, denn auch sie hatte dieser Magen-Darm-Virus erwischt. Bitter dachte sie seit Langem mal wieder an Luise, die vor vier Jahren auf so einem Schiff in die USA gereist war, in schönstem Luxus, wie sie Maria damals geschrieben hatte. Und wieder bedauerte sie es zutiefst, nicht eher das Land verlassen zu haben. Was wäre ihnen alles erspart geblieben. Eine einzige falsche Entscheidung im Leben, die so viel Elend und Leid nach sich gezogen hatte.

Trotz der schwierigen Verhältnisse auf dem Schiff gaben sie nicht auf. Auch die anderen Flüchtlinge versuchten, das Beste aus der Situation zu machen.

Einige organisierten gemeinsame Gebete, Maria kam auf die Idee, eine kleine Lerngruppe für die Kinder zu initiieren, vor allem gegen die Langeweile. Eine ältere Frau, die ebenso an Deck schlief, half bei der Essenszubereitung, und andere schrubbten das Schiff und reinigten die Toiletten. Alle halfen mit, wechselten sich ab.

Für die normal gebuchten Passagiere gab es mehrere Aufenthaltsräume, darunter einen Speisesaal, eine Bar und ein Raucherzimmer, wie Maria von einer jüdischen Frau erfuhr. Sie hatte eine Bekannte, die für sie noch ein Ticket in der ersten Klasse hatte besorgen können.

Wieder dachte Maria an Luise, die damals von solchen Räumlichkeiten auf ihrem Dampfer geschrieben hatte.

Jakob ging es nach ein paar Tagen nicht mehr ganz so elend, und er riss sich zusammen, brachte den kleinen Kindern Lesen bei, erzählte ihnen Geschichten von Brasilien, die er selbst früher einmal gelesen hatte. Von einem wundervollen Land, in dem Bananen und Ananas wuchsen, in dem es ihnen allen endlich wieder gut gehen würde. Erleichtert hörte auch Maria ihrem Mann zu und wollte ihm so gern glauben. Würde jetzt alles gut werden, auch wieder ihre Ehe?

Am 19. August legte das Schiff in Rio an.

Endlich in Sicherheit! Oder nicht? Würde man sie mit ihren gefälschten Papieren einreisen lassen? Eine Sorge, die Maria die ganze Überfahrt umgetrieben hatte, und nicht nur sie. Alle Flüchtenden kannten Geschichten, in denen Juden nach langen Schiffsfahrten gen Übersee zurückgeschickt worden waren. Selbst Flüchtende mit offiziellen Papieren. Sie hingegen hatten gefälschte Visa für Brasilien. Was, wenn diese Agentin sie doch nicht gut genug gefälscht hatte?

Sie versuchte, ihre Angst zu verdrängen, ging tapfer mit ihrer Familie vom Schiff über den langen Holzsteg an Land. Dort standen Männer in Uniformen, die die Papiere der Einreisenden kontrollierten. Fremde Uniformen, anders als die der Nazis.

Einige der mitreisenden jüdischen Flüchtlinge hatten keine gültigen Visa und wurden sofort inhaftiert. Erschrocken schaute Maria ihnen nach. Auch Kranke durften nicht in das Land, weshalb die Ankommenden genau von einem Arzt gemustert und teilweise kurz untersucht wurden. Maria hoffte sehr, dass Jakob nicht zu krank aussah. Er war auf der Überfahrt durch seine Seekrankheit wieder mehr abgemagert.

Sie hatten Glück, alles ging gut. Maria dankte der unbekannten Spionin, dieser Jennifer und Miss Clark insgeheim. Ohne diese Frauen, die ihr Leben für Fremde aufs Spiel gesetzt hatten, wären sie und ihre Familie jetzt nicht in Freiheit.

Doch schon bald machte sich Ernüchterung bei Maria und Jakob breit.

Deutsche Juden waren auch in Brasilien nicht willkommen. Denn alle, die jetzt noch kamen, besaßen kein Geld mehr, wurde Maria von einem Einheimischen erklärt, der ihnen Orangen verkaufen wollte. Ohne Geld galt man auch hier nichts, wie überall auf der Welt, sondern verursachte nur Kosten und Probleme. Sie waren verarmt, hatten nichts mehr, wie sollten sie in diesem fremden Land nur ihre Kinder ernähren und sie zur Schule schicken? So gern hätte Maria für Tabea und Noah Orangen gekauft, aber sie musste ihre allerletzten Groschen zusammenhalten.

Erst einmal brauchten sie einen Platz zum Schlafen. Aber den suchten auch all die anderen Geflüchteten von der *Alsina* und den anderen Schiffen, die schon vor ein paar Tagen angekommen waren.

Noah, den der Hunger am schlimmsten plagte, fand eine faulige Orange am Boden, hob sie rasch auf und teilte das köstliche Fruchtfleisch mit Tabea. Die Eltern verzichteten, der Kinder zuliebe. Dabei fühlte sich Marias Mund so trocken an.

In Rio ging es lebhaft zu, überall wurde Musik gespielt, aber die meisten Leute waren selbst bettelarm, lebten in einfachsten Verhältnissen. Fremde hatten es in dieser Stadt schwer, das wurde Maria schnell bewusst.

Die ersten Nächte schliefen sie, wie andere Geflüchtete, auf der Straße, in einer Sackgasse, unter einem großen Baum. Überall hatten sich Europäer, die ihr Leben gerade noch retten konnten, ein Plätzchen für die Nacht gesucht. Maria tauschte sich mit anderen Frauen aus und erfuhr von einer Stelle, die Essen an geflüchtete Juden ausgab.

Sofort eilte sie dorthin, bekam ein paar Lebensmittel für ihre Familie, dankte den Leuten so sehr. »Wir wollen arbeiten, egal was, wir sind fleißige Menschen«, erklärte sie dem Mann auf Englisch.

Aber der erwiderte bedauernd, Arbeit gebe es keine. »Kommen Sie morgen wieder«, hieß es immer. Morgen, morgen.

Auch Jakob ging von nun an mit Maria früh dorthin, aber es gab keine Arbeit für sie, zu viele waren in dieses Land geströmt.

Noah streunte stundenlang in der Stadt umher, wollte auch Geld verdienen, und Maria machte sich ständig Sorgen um ihn. Hoffentlich geriet er nicht auf die schiefe Bahn. Denn er wollte ihnen so sehr helfen. Hin und wieder brachte er eine auf dem Markt heruntergefallene Banane oder Orange mit, immerhin. Hungern mussten sie nicht, auch dank der Lebensmittel der Hilfsstelle, das war schon einmal viel wert.

Endlich, nach einer Woche auf der Straße, kam Jakob zurück, er war diesmal ohne Maria zu der Hilfsstelle gegangen, weil sie bei Tabea hatte bleiben wollen. Das Mädchen war viel zu oft sich selbst überlassen.

Er erzählte außer Atem, dass ihm Arbeit auf einer Fazenda angeboten worden war.

»Einer Fazenda?«, fragte Maria erfreut nach. »Was ist das?«

»Ein Landwirtschaftsbetrieb – hat mir eine Frau, die mit uns auf dem Schiff gefahren ist und hinter mir in der Schlange stand, übersetzt. Ein Landarbeiter, ich? Nicht schon wieder, dachte ich im ersten Moment. Aber für meine Familie habe ich zugesagt. Maria, jetzt soll alles gut werden.«

Sie fiel ihm dankbar um den Hals.

»Leben wir dann wie in Frankreich auf einem Bauernhof?«, fragte Tabea sofort freudig, aber Maria wusste nicht, was auf sie zukam, versuchte, der Kleinen nicht allzu große Hoffnung zu machen. Sie selbst dachte sofort an Monsieur Dubois, »das Schwein«, und ein Schauer überlief sie.

»Wir lassen uns überraschen«, erklärte sie ihrer Tochter bemüht zuversichtlich. Tabea war so tapfer, aber Maria machte sich Gedanken um die Kleine. Seit sie auf der Straße schlafen mussten, war Tabea noch stiller geworden, jammerte nicht, klammerte sich oft an ihre Mutter und weinte im Schlaf. Sie mussten weg von der Straße! Es konnte nur besser werden.

Die Fazenda sah viel ärmlicher aus als der Bauernhof in Frankreich. Das Hauptgebäude, das aus Holz gebaut worden war, wirkte alt und vermodert. Aber schon von Weitem, sie waren zu Fuß gekommen, hatten sie gesehen, dass hier Orangen angebaut wurden. Die Kinder jubelten sofort. »Dann können wir den ganzen Tag Orangensaft trinken«, sagte Tabea grinsend.

»Das glaubst auch nur du«, entgegnete Noah, der nach all dem Erlebten immer pessimistischer geworden war.

»Ganz bestimmt könnt ihr viel Orangensaft trinken«, lenkte Maria ein. »Wisst ihr denn, wie Orangen angebaut werden?«

Tabea schüttelte den Kopf, und so gingen sie mit den Kindern erst einmal zu einem Orangenbäumchen. Mit großen Augen begutachtete Tabea die Früchte.

»Du hast bestimmt gedacht, die wachsen auf dem Markt«, neckte Noah seine Schwester.

»Pah, gar nicht«, widersprach Tabea. »Aber in Berlin wachsen die ja nicht.«

Maria sah sie lächelnd an. Ein neues Land, eine neue Erfahrung. Niemals sonst hätte sie ihren Kindern eine Plantage zeigen können, auf der Orangen wuchsen. Sie war gespannt, was dieses Land noch für sie bereithalten würde.

»Kommt, da drüben stehen schon die Fazenda-Besitzer, zumindest könnten sie das sein«, unterbrach Jakob sie.

Maria folgte seinem Blick. Vor dem alten Gebäude standen ein Mann und eine Frau, beide mit dunklerer Haut, beide musterten die Fremden misstrauisch.

Doch sie stellten sich rasch als herzliche, einfache Leute heraus, die auf dem geerbten Stück Land ihrer Vorfahren diese Orangenplantage betrieben. Sie wiesen ihnen eine Hütte aus Palmenzweigen zum Schlafen zu, direkt neben dem Misthaufen von den Ziegen und Hühnern.

»Immerhin ein Dach über dem Kopf«, sagte Maria zu den Kindern, als Noah wegen des Gestanks moserte.

Sie bekamen wenig zu essen, denn die Fazenda-Besitzer hatten selbst nicht viel. Aber immerhin viel Orangensaft, worüber sich die Kinder freuten.

Von frühmorgens bis spätabends mussten Maria und Jakob auf dem Feld reife Orangen pflücken und das Unkraut um die Bäumchen herum beseitigen. Auch Noah half mit. Die Sonne stach, und das ungewohnt heiße und schwüle Klima setzte ihnen sehr zu. Tabea wurde bei der Feldarbeit verschont, musste aber in der Küche mithelfen, wenn gekocht wurde. Reis und schwarzer Bohneneintopf, mehr gab es meist nicht.

Durch die harte Arbeit auf dem Feld und die Hitze waren sie abends so erschöpft, dass sie sich nicht um eine andere, körperlich weniger anstrengende Arbeit kümmern konnten. Ihr Traum, in diesem Land gemeinsam eine Buchhandlung zu gründen, rückte in weite Ferne.

Jakob biss die Zähne zusammen, um seine Familie zu ernähren, aber Maria spürte, wie traurig er zusehends wurde. *Nicht, dass er ebenso depressiv wird wie Luises Richard in New York, wie so viele Männer im Exil, die ihre ursprüngliche Arbeit nicht mehr ausüben können*, dachte sie dann. *Dabei wollte ich doch nicht mehr an Luise denken*, ermahnte sie sich ärgerlich.

Aber Jakob war ein Feingeist wie Richard, ein kluger Kopf. Er war ein geborener Buchhändler, würde hier bald wie ein von einem Pilz befallener Orangenbaum zugrunde gehen.

Maria wusste, sie musste es selbst in die Hand nehmen, wenn sie mit ihrer Familie von der Fazenda fortkommen wollte. Nur wie?

Monate später, das Jahr neigte sich bereits dem Ende, als sie allein zum Einkaufen nach Rio gehen sollte, ergriff sie die Gelegenheit beim Schopf und suchte erneut die Hilfsstelle für jüdische Flüchtlinge auf.

Sie traute ihren Augen nicht, als sie dort einen Mann von hinten sah, der sie sofort an Samuel erinnerte. Diese breiten Schultern, diese Statur! Konnte es sein?

Sofort dachte sie wieder an die Frau in Lissabon, die Anni so geähnelt hatte. Diesmal musste sie wissen, ob sie schon wieder ein Gespenst sah oder nicht! Sie eilte zu dem Mann hin, packte ihn an der Schulter und drehte ihn zu sich. Ihr Herz stolperte. Was war nur in sie gefahren?

Aber es war Samuel! Und er sah sie genauso überwältigt und voller Sehnsucht an wie sie vermutlich ihn. Gleichzeitig lag in seinem Blick eine tiefe Trauer, oder bildete sie sich das ein?

Ehe sie es sich versah, schloss er sie in die Arme. Wie gut er duftete, nach Samuel, nach Rosmarin, nach Ankommen. Wie gut er sich anfühlte. Wie sehr er sie an sich presste.

Dann löste er sich genauso abrupt, wie er sie umschlungen hatte, als hätte er selbst gemerkt, wie unschicklich das war. »Entschuldige.«

»Du musst dich nicht entschuldigen«, erwiderte sie leise. »Wie geht es dir?«

»Mir geht es gut, ich bin so froh, dass du lebst, Maria! Dass du dich doch für Brasilien entschieden hast.«

»Wir«, entgegnete sie sofort, und er verstand, nickte, trat unwillkürlich einen Schritt zurück. »Natürlich.«

Hatte er einen Moment gehofft, sie habe ihre Familie für ihn aufgegeben? Ihre Kinder? Niemals würde sie das tun.

»Wir sind auf einer Fazenda untergekommen. Aber die Arbeit auf der Orangenplantage ist sehr hart, und wir leben dort auf dem Land sehr bescheiden. Ich wollte hier fragen, ob es inzwischen etwas anderes für uns gibt. Ob es vielleicht sogar Buchhandlungen gibt, die Hilfe brauchen.«

Samuel nickte nachdenklich.

»Und warum bist du hier?«, fuhr sie fort. »Ich dachte, diese Hilfsstelle ist nur für Juden?«

»Ist sie auch. Aber ich unterstütze sie. Und vermutlich habe ich gehofft, dich so wiederzusehen«, gab er zu. »Und dass es wirklich geschehen ist, muss Schicksal sein.«

Maria schluckte, ihr wurde heiß. Auch sie hatte es sofort gedacht, rasch lenkte sie ab: »Ich ... freue mich ... Ich meine, dass wir uns wiedergefunden haben. In diesem fremden Land. Es ist alles so anders hier. So schön, faszinierend, diese Fröhlichkeit der Einheimischen, diese Zufriedenheit, trotz der Armut.

Aber ich vermisse Deutschland dennoch, das frühere Berlin, mein altes Leben, unsere Wohnung, die Buchhandlung. Auch wenn ich weiß, dass wir nie wieder dorthin zurückgehen werden.« Sie hatte schnell und viel geredet, hielt inne.

»Das verstehe ich«, erwiderte er. »Für mich gibt es auch kein Zurück mehr. Zu viel ist geschehen in Deutschland, durch sie.«

Maria gab ihm recht, dachte an die Nachrichten, die sie zwar spärlich, aber dennoch erreichten. Von anderen Geflohenen oder durch alte Zeitungen, die die Flüchtenden mit dem Schiff mitbrachten. Es nahm kein Ende, die Nationalsozialisten hörten nicht auf, ganz im Gegenteil. Hitler setzte sein Ziel, alle Juden zu eliminieren, mit immer schrecklicheren Mitteln um.

Sie hatte gehört, dass alle Juden, die irgendeiner seiner Anweisungen nicht nachkamen, sofort verhaftet und in ein Konzentrationslager geschafft wurden.

»Ich weiß. Ich bin dankbar, dass wir leben, dass wir hier sein dürfen. Ich danke der brasilianischen Regierung und den Menschen hier so sehr.« Wieder hielt sie inne, Stille.

»Wie geht es dir? Euch? Tabea und Noah?«, fragte er nach.

»Die Arbeit ist hart, ich mache mir Sorgen um Jakobs Gesundheit, große Sorgen, um ehrlich zu sein. Ich will hier bei der Hilfsstelle fragen, ob sie etwas anderes für uns haben. Auch wegen der Kinder. Sie müssen wieder zur Schule gehen. Auf dem Land gibt es keine für sie. Aber hier gibt es vermutlich keine Unterkunft und Arbeit für uns.«

»Weißt du was, ich wohne in einem Zimmer in einem kleinen Hotel. Ich gebe es euch, ich werde schon ein anderes finden«, schlug er vor. »Und nach einer angenehmeren Arbeit höre ich mich um.«

»Was? Das kann ich nicht annehmen.«

»Natürlich kannst du das. Hier in der Stadt können die Kinder in die Schule gehen.«

»Und wenn nicht?«

»Ich bin mir sicher.«

»Oh. Das wäre wundervoll«, bedankte sich Maria. »Es sind ihre wichtigsten Jahre. Ich möchte, dass sie eine gute Bildung erhalten. Der Krieg hat ihnen schon so viel genommen.«

Samuel lächelte. »Dann fahr zurück zur Fazenda und komm mit Jakob, den Kindern und eurem Gepäck wieder. Das Hotel heißt Cataratas.« Er nannte ihr die Adresse, die sie sich merkte, und erklärte ihr, wo sie sich treffen konnten.

»Du bist ein Engel«, entfuhr es ihr. Am liebsten hätte sie ihn erneut umarmt, aber sie hielt sich zurück. Was würde Jakob dazu sagen, dass Samuel all das für sie tat? Würde er überhaupt zustimmen und mitkommen?

Jakob litt, das sah sie ihm an. Die Eifersucht fraß an ihm wie eine Raupe an einem Blatt. Dabei war es doch wirklich Zufall gewesen, dass sie Samuel wiedergetroffen hatte. Zufall oder Schicksal, wie auch immer man es nannte. Sie fühlte sich dennoch schuldig. Warum nur hatte sie ihm begegnen müssen? Gab es wirklich so etwas wie Schicksal? Ihr Herz hatte in Samuels Anwesenheit geflattert, sie hatte nichts dagegen tun können. Seine Blicke, die immer wieder auf ihr ruhten. Die ihr Kraft gaben, die sie aber auch verunsicherten. Sie durfte ihre Familie nicht zerstören, auf keinen Fall, das konnte sie weder Jakob, der ein guter Mann und Vater war, noch ihren Kindern antun. Auf keinen Fall ihren Kindern. Samuel schien das gespürt zu haben.

Nachdem Jakob nach anfänglichem Zögern zugestimmt

hatte, das Hotelzimmer zu übernehmen, hielt sich Samuel zum Glück zurück, suchte keine Gelegenheiten, um sie allein zu sehen. Im Gegenteil. Als ob auch er sich dagegen sträubte, versuchte er stets, einer Zweisamkeit aus dem Weg zu gehen.

Maria war ihm dankbar dafür. Sie musste sich jetzt darauf konzentrieren, anzukommen in dieser fremden Welt, in der die Menschen gelassen wirkten, tanzten, lachten. Es roch so anders als zu Hause, nach anderen Gewürzen, nach köstlichen Kaffeebohnen und heißer Luft. Maria versuchte sich an den Geruch von Berlin zu erinnern. Aber der Geruch von verkohltem Holz, der zuletzt über der Stadt gelegen hatte, nachdem die Nazis immer wieder etwas in Brand gesteckt hatten, war das Einzige, was ihr in den Sinn kam. Diesen Geruch würde sie vermutlich niemals mehr aus ihrem Kopf bekommen.

Samuel fand über die Hilfsstelle, bei der er arbeitete, zunächst keine Arbeit für Maria und Jakob, aber wie sich herausstellte, hatte er schon vor Monaten eine Schule für deutsch-jüdische Flüchtlingskinder in Rio gegründet.

Fasziniert sah Maria ihn an, als sie es erfuhr. »Du hast sie gegründet? Deshalb warst du dir so sicher, dass Tabea und Noah hier in der Stadt einen Platz bekommen?«

»Ja, ich mag Kinder, musste etwas Sinnvolles tun. Deshalb habe ich mich für dieses Schulprojekt entschieden, als ich nach Rio gekommen bin.«

Endlich konnten Tabea und Noah von einer Lehrerin Portugiesisch lernen, aber auch Deutsch sprechen, sich austauschen über die schrecklichen Erfahrungen und Traumata auf der Flucht.

»Ein Seelenort«, nannte Maria dankbar Samuels Schule. Auch all die anderen deutschen Mütter der Flüchtlingskinder waren Samuel zutiefst dankbar. Und Maria merkte, als sie die

Mütter sah, die Samuel anhimmelten, wie Eifersucht in ihr aufstieg.

Sie musste sich ablenken. Die schwirrenden Gedanken in ihrem Kopf übertönen. Ließ sich von Tabea und Noah Notizen aus dem Unterricht zeigen, lernte Portugiesisch mit ihren Kindern. Und auch Jakob lernte mit. Hier in der Stadt ging es ihm zusehends besser, auch wenn sie immer noch von den Almosen der Hilfsstelle leben mussten.

»Ich will ganz bald Arbeit finden, nicht so enden wie Luises Richard«, sagte Jakob immer wieder. Richard, der sich gegen die neue Sprache wehrte, der daran fast zugrunde ging. Zumindest war das Marias letzte Information gewesen. Auch diese Gedanken an Luise versuchte sie immer wieder zu verdrängen. Auszumerzen, zu weh taten sie.

»Aber auch die deutsche Sprache dürfen wir nicht vernachlässigen«, erklärte Maria den Kindern. »Es ist eure Muttersprache, vergesst das nie. Und deshalb bin ich so froh, diese drei Bücher von zu Hause gerettet zu haben.« Sie nahm sie zur Hand, strich gerührt über den Einband des ersten. »Die Bücher haben mir Kraft gegeben, ohne sie hätte ich es nicht geschafft, weiterzugehen, immer weiter.«

»Mutti, dann leih sie doch der Mutti von Rachel. Sie hat gar keine Kraft mehr.«

Tabea hatte sich mit einem jüdischen Mädchen in der Schule angefreundet, deren Mutter seit Wochen krank darniederlag, und keiner wusste, was sie hatte.

»Das ist eine sehr gute Idee, Tabea, das mache ich gern.«

Gleich am nächsten Tag stattete Maria der Mutter von Rachel am Krankenbett einen Besuch ab. Sie brachte ihr Orangen, die in Brasilien so herrlich schmeckten.

»Wie geht es Ihnen, Frau Abelsohn?«, fragte Maria, als sie

eintrat. Die arme Frau lag den ganzen Tag in einem abgedunkelten Pensionszimmer. Die Luft roch abgestanden.

»Es geht mir nicht gut, ich fühle mich so schwach wie eine kranke Krähe.«

Maria ging zum Fenster, zog die Vorhänge auf, öffnete das Fenster. »Sie brauchen frische Luft. Und Vitamine. Ich habe Ihnen Orangen mitgebracht, Vitamine sind so wichtig. Und ein Buch. Bücher sind Vitamine für die Seele.«

»Ein Buch?«, fragte Frau Abelsohn, die sich die rechte Hand über die Augen hielt, irritiert nach. Sie wurde geblendet. »Ich kann doch dieses Portugiesisch nicht«, wehrte sie sofort ab.

»Ich auch noch nicht gut, aber es ist ein auf Deutsch geschriebenes Buch.«

Nun sah Frau Abelsohn auf. »Ein deutsches Buch? Wo haben Sie das denn her?« Sie setzte sich mühevoll im Bett auf.

»Das habe ich auf der Flucht die ganze Zeit bei mir getragen. Und noch zwei andere. Eingesteckt in meine extra dafür genähten Mantelinnentaschen.«

Frau Abelsohn lachte ungläubig auf. »So ein Unsinn, das glaube ich Ihnen nicht.«

»Doch, es ist die Wahrheit.«

»Auf der ganzen mühevollen Flucht? Sie kamen doch auch zu Fuß über die Pyrenäen?«

»Ja, mein Mann hat mich gescholten. Aber ich konnte diese Bücher nicht zurücklassen. Ich hätte ein Stück Seele von mir zurückgelassen, verstehen Sie? Wir sind Buchhändler, Bücher sind unser Leben.«

»Das verstehe ich«, flüsterte Frau Abelsohn beeindruckt. »Welches Buch ist es denn?«

Maria reichte es ihr.

»*Die Weber* von Hauptmann, das kenne ich noch nicht«, sagte sie begeistert, und sofort wurden ihre Wangen rosiger.

»Ich habe immer gern gelesen, schon als kleines Mädchen. Aber auch als Ehefrau, gegen die Langeweile und um mich zu bilden. Aber seit wir fliehen mussten, habe ich schon so lange nicht mehr lesen können. Mein Gott, hat es mir gefehlt.« Sie schlug das Buch vorsichtig auf, begann zu lesen, und Maria merkte bald, dass sie störte. Sie lächelte.

»Wenn Sie es ausgelesen haben, können Sie es ja Rachel geben, damit sie es Tabea zurückbringt.«

»Natürlich, liebe Frau Kirschbaum, das mache ich. Und ich gebe gut darauf acht. Himmel, was für ein Glück, ein deutsches Buch, und das hier in der Fremde. So eine wundervolle Leihgabe.« Wieder vertiefte sie sich in den Text, und Maria stand auf, verabschiedete sich lächelnd und ging.

Einmal mehr fühlte sie sich bestätigt. Bücher gaben Kraft, vielleicht könnte sie so Menschen hier in der Fremde helfen.

KAPITEL 27

WENIGE TAGE SPÄTER STÜRMTE TABEA nach der Schule ihrer Mutter aufgeregt entgegen. »Mutti, Mutti, Rachels Mutter ist wieder aufgestanden, nur wegen unseres Buchs, sagt Rachel!«

»Was, tatsächlich?« Maria, die gerade die frisch gewaschene Wäsche zusammengefaltet hatte, die sie bei der Hotelwirtin in einem Zuber hatte waschen dürfen, hielt erfreut inne.

»Und jetzt will die Mutter von Chava es lesen. Darf sie?«, fragte Tabea fröhlich. Die Gesellschaft der anderen Mädchen tat ihr gut. Sie redete wieder mehr und lachte ab und zu. Vermutlich war es auch dieses bunte Land, in dem die Sonne die Fröhlichkeit in den Menschen hervorzauberte.

»Und Rachels Mutter fragt, ob du noch eines für sie hast«, fuhr Tabea fort. »Du hast ihr von den anderen erzählt, sagt sie.«

»Natürlich darf sie noch eines lesen. Und Chavas Mutter das andere. Ich möchte nur den Überblick behalten, wer welches gerade hat. Du weißt, meine Bücher sind mir sehr wichtig.«

»Dann schreib es dir doch auf, mach so kleine Zettel«, schlug Tabea vor. »Wie in unserer Bücherei in Berlin früher.«

Maria nickte nachdenklich. Daran hatte sie auch schon gedacht.

Am Abend kamen Jakob und Noah endlich mit guten Neuigkeiten heim. Sie hatten beide Arbeit gefunden, obwohl sie ja keine offizielle Arbeitserlaubnis hatten, wie die meisten jüdischen Flüchtlinge in Brasilien.

»Noah hat bei einem Tischler gefragt, der seine Werkstatt in einer Art offenen Garage hat«, erzählte Jakob und legte ihrem Sohn stolz den Arm um die Schulter. »Der Tischlermeister kann ein bisschen Englisch, will, dass ich bei ihm arbeite und Noah auch.«

»Noah? Aber nicht den ganzen Tag, er muss in die Schule. Er ist erst zwölf.«

»Ich will morgens in die Schule und nachmittags arbeiten«, verkündete Noah. »Keine Widerrede, Mutti. In Brasilien arbeiten viele in meinem Alter.«

Maria stimmte zu. Hauptsache, er ging zur Schule. Und das neuerdings mit großer Motivation.

»Der Junge kann auf jeden Fall besser als ich mit einer Säge und Feile umgehen, da bin ich mir sicher«, erklärte Jakob zerknirscht. »Handwerklich begabt bin ich nun leider nicht. Aber als Buchhändler nimmt mich keiner, solange ich die Sprache nicht gut genug kann«, fügte er traurig hinzu.

»Die lernst du doch, Jakob, wir alle. Wir müssen uns Zeit geben. Wichtig ist mir vor allem, dass Noah weiter zur Schule geht. Das sind wirklich gute Neuigkeiten«, sagte sie erfreut und streichelte ihrem Sohn über den Kopf. »Das hast du gut gemacht, Noah. Wer fragt, kommt weiter.«

»Dann muss mir Samuel wenigstens keine Arbeit mehr suchen«, entfuhr es Jakob, und wieder hörte sie die Verletztheit in seiner Stimme. Auch wenn er sich zusammenriss.

»Ja, und mir auch nicht. Ich habe nämlich eine Idee, wie wir langfristig wieder etwas mit Büchern machen können«, erklärte sie und stand entschlossen auf, ging zu der kleinen Kommode, in die sie ihre wenigen Habseligkeiten gelegt hatte. Sie holte das dritte Buch, das sie hatte retten können, hervor.

»Jakob, ich habe eines der Bücher an eine sehr nette Emigrantin verliehen, die am Verzagen war, hier in der Fremde. Und es ging ihr gleich viel besser. Bücher sind Medizin. Auch andere deutsche Emigrantinnen aus der jüdischen Gemeinde in Rio haben Interesse, es zu lesen. Ein deutsches Buch, endlich wieder. Die Frauen haben in ihrem früheren Leben viel gelesen, viele sind Intellektuelle, und es tut ihnen so gut, ihre Muttersprache lesen zu können, hier in Brasilien. Ich hatte eine wunderbare Idee. Ich möchte eine Art Leihbibliothek eröffnen.«

»Eine Leihbibliothek, mit drei Büchern?« Jakob klang skeptisch.

Konnte er sich nicht einfach mit ihr freuen? In die Zukunft sehen, Visionen entwickeln? Zu gern hätte sie dieses Gespräch jetzt mit Samuel geführt, von dem sie wusste, wie offen er für alles war. Ganz sicher hätte es ihm gefallen. Aber Samuel hatte sie schon mehrere Tage nicht mehr besucht.

»Ja, mit drei Büchern«, erwiderte sie angefasst. »Es ist ein Anfang. Keine Buchhandlung, aber der erste Schritt. Zu einer kleinen Bücherei. Bestimmt findet sich noch jemand unter den Emigranten in Rio, der deutsche Bücher besitzt und sie mir zur Verfügung stellen mag.«

»So buchverrückt ist doch keiner, dass er wie du Bücher mit auf die Flucht genommen hat«, erwiderte Jakob.

Obwohl er Bücher liebte, hatte er sie auf der Flucht immer wieder gerügt, diesen Ballast mitzunehmen. Statt Nahrung für die Familie. Es ärgerte Maria, maßlos. Denn Bücher waren geistige Nahrung. Sie hatten ihnen das Leben gerettet, da war sie sich sicher. Gerade von ihm hätte sie dafür mehr Verständnis erwartet. Aber sie merkte immer mehr, wie unterschiedlich ihre Gedankenwelt zu sein schien.

»Vielleicht«, konterte sie aufgebracht. »Aber einige sind ja schon früher ausgewandert, konnten ihren Hausrat, also auch

Bücher, mitnehmen, es gibt einige Juden hier, die sogar ihr gutes Porzellan dabeihaben. Und viele Andenken an ihre Eltern und Großeltern. Weil sie die Zeichen früher erkannt haben.« Wütend funkelte sie ihn an. Sie hatte sich nicht zurückhalten können, hatte es ihm erneut vorgeworfen. Denn all die Strapazen hätten sie nicht erleiden müssen, wären sie früher ausgewandert. Eine falsche Entscheidung im Leben.

Jakob verstand sofort, stand abrupt auf. »Du wirst es mir immer wieder vorwerfen, unser Leben lang.«

Maria tat es schon wieder leid. »Nein, Jakob, ich hätte mich ja durchsetzen können. Aber das werde ich jetzt. Entschuldige, aber kannst du dich nicht für diese Idee erwärmen? Wir eröffnen zusammen eine Leihbibliothek. Ein gemeinsames Projekt, das ist wichtig in einer Ehe, dass man gemeinsame Projekte und Ziele verfolgt.« Sie wollte um ihre Ehe kämpfen.

Er rang mit sich, seine Brille rutschte etwas herunter. Er schob sie nach oben, sah Maria an. »Und wie stellst du dir das vor? Ich werde als Tischler den ganzen Tag arbeiten.«

»Ich weiß, ich kann die Leihbibliothek anfangs allein führen, hier in diesem Zimmer. Aber wir können zusammen über Literatur reden. Wie früher.«

Er dachte nach. »Gut. Aber durch eine Leihbibliothek verdient man nichts, wie stellst du dir das vor? Mein Gehalt allein wird nicht reichen. Die Löhne hier sind sehr gering. Ich möchte keine Almosen mehr annehmen, nie mehr!«

Maria schluckte. »Ich auch nicht. Ich werde dazu wieder für andere nähen. Denn du hast recht, viel werden wir durch unsere Bücherei nicht verdienen. Aber je mehr deutsche Bücher ich sammeln und verleihen kann, umso mehr wird es sich lohnen. Jakob, es ist doch viel eher das, wovon wir träumen. Es wird uns guttun. Uns beiden.« Sie trat zu ihm, umfasste seine Hände, seine schmalen Hände. Keine Tischlerhände, sondern

Buchliebhaberhände. »Bitte, Jakob, ich möchte die Bücherei mit dir gemeinsam aufziehen. Du kennst dich so gut in der Literatur aus. Wir können zusammen Kurztexte für jeden Roman oder jedes Sachbuch verfassen. Ich kann wieder Kunden zu Büchern beraten. Und irgendwann auch du. Es ist ein Anfang. Und es ist das, was mich glücklich macht. Und dich auch. Du wirst nicht glücklich auf Dauer als Tischler, das wissen wir beide.«

Wieder sah er sie an, stimmte ihr nachdenklich zu, drückte jetzt ihre Hände, zog sie zu sich, führte ihre Finger an seinen Mund, küsste sie sanft. Dann legte er seine Stirn auf ihre Hände, verweilte einen Moment so, hob den Kopf wieder. »Du hast recht, Maria, wir müssen versuchen, wieder glücklich zu werden. Etwas finden, um wieder zu uns zu finden. Ich habe das Gefühl, ich habe mich verloren, seit wir Berlin verlassen haben. Irgendwo zwischen Frankreich und Lissabon. Ich bin nicht mehr ich. Und ich hoffe sehr, dass wir wieder zueinanderfinden.«

»Das möchte ich doch auch.«

»Das freut mich, Maria, sehr.« Er zog sie in seinen Arm.

Wie hager er sich anfühlte. Fast schon zerbrechlich. Maria lehnte den Kopf an seinen, dachte unwillkürlich an Samuel, an sein breites Kreuz. Sie schämte sich zutiefst. In guten wie in schlechten Zeiten.

KAPITEL 28

Rio de Janeiro, Juli 1941

MARIA GING IN IHRER NEUEN AUFGABE AUF. Teils musste sie die Emigranten überreden, ihr ihre deutschen Bücher mitzugeben, bot ihnen auch eine kleine Beteiligung an, aber zum Glück gaben alle ohne Gegenleistung. Für die Gemeinschaft, den guten Zweck. Über hundert deutsche Bücher hatte sie mittlerweile gesammelt, auch mithilfe von Samuel, der immer wieder unerwartet auftauchte und ihr eines vorbeibrachte.

Ob es ein Vorwand war, um sie zu sehen? Zur Begrüßung küsste er sie, ganz wie es Brauch in Rio war, erst auf die linke und dann auf die rechte Wange. Und jedes Mal raste Marias Herz, atmete sie tief seinen Duft ein, nahm das neue Buch entgegen, bedankte sich, und ihr Verstand hoffte, dass er bald wieder gehen würde. Sie musste ihn vergessen, aber sie konnte ihn ja nicht davon abhalten, Bücher zu bringen.

»Du tust so viel Gutes mit deiner Leihbibliothek«, hatte er beim letzten Mal gesagt. »Du ahnst nicht, wie wichtig sie für die Emigranten ist. Gerade für die, die zuletzt aus Deutschland, aus dieser Hölle, fliehen konnten.«

Maria litt mit ihnen, dachte an ihre Bekannten in Berlin, die geblieben waren. Lebten sie noch? Waren sie in diesen Lagern interniert? Es schafften immer weniger ins Exil, aber die, die kamen, berichteten Grauenvolles. Wie es in diesen Konzentrationslagern zuging, was man so hörte, von Erschießungen, Vergewaltigungen und immer schlimmeren Schikanen. Umso wichtiger war es für diese Menschen, hier in Brasilien zur Ruhe zu kommen, zu lesen, sich gedanklich abzulenken von den schrecklichen Bildern, die sich in ihr Gedächtnis eingebrannt hatten, vermutlich für immer.

Die beiden Regale in ihrem kleinen Hotelzimmer, in dem sie immer noch zu viert lebten, waren schon recht voll, aber da stets viele Bücher ausgeliehen wurden, ging es. Jakob und Noah hatten die Regale gezimmert, hochwertige Stücke aus Mangoholz. Noah gefiel die Arbeit bei dem Tischler gut, er hatte sogar ganz allein eine Truhe gebaut. Der Tischler hatte ihn gelobt und sie ihm geschenkt. »Die können wir verkaufen«, schlug Noah vor.

Aber Maria wollte sie behalten, legte in die Truhe ein paar Bücher für die Leihbibliothek und lobte ihren Sohn sehr. »Sie ist so schön und praktisch. Du bist handwerklich wirklich geschickt, Noah. Aber versprich mir, dass du weiter die Schule besuchen wirst.«

»Versprochen«, erwiderte er sofort, ging glücklicherweise inzwischen wirklich gern zum Unterricht, wollte Neues lernen, das einzig Gute, was dieser Krieg bewirkt hatte.

Samuel machte sich die nächsten Monate rarer, aber da auch Tabea und Noah so an ihm hingen, kam er doch immer wieder und spielte mit ihnen.

Man sieht, dass er sich eigene Kinder wünscht, so gut wie er mit Kindern umgehen kann, dachte Maria unwillkürlich.

Die kleine Tabea hing an seinen Lippen, lachte über seine Scherze, und Noah sah bewundernd zu ihm auf. Maria ertappte sich bei dem Gedanken, wie schön es wäre, noch ein Kind zu bekommen. Eines, das hier in Frieden aufwachsen konnte, in diesem wundervollen Land, in dieser Herzlichkeit.

Das nicht die Schikanen in Deutschland, nicht die gefährliche Flucht, keinen Hunger hatte erleben müssen. Denn sie merkte sowohl Tabea als auch Noah an, wie sehr sie all das verändert hatte. Tabea lachte zwar wieder öfter, aber das Erlebte hatte tiefe Spuren hinterlassen. Und frei von Schikane lebten sie als jüdische Flüchtlinge in Rio leider auch nicht.

Wenigstens hatten sich die Emigranten zu einer vertrauten Gemeinschaft zusammengefunden. Ihre Familie besaß ein paar lockere Kontakte zu Einheimischen, die Maria beim Einkaufen hatte knüpfen können, aber tiefer ging es leider nicht. Die Brasilianer blieben eher unter sich, zumindest die, die Maria bisher kennengelernt hatte. Sie fand es schade, an der Sprache lag es nicht mehr. Denn mittlerweile sprachen sie alle vier ganz gut Portugiesisch.

Jakob war am Abend nach der Arbeit in der Tischlerei so erschöpft, dass er kaum Freude daran empfand, die Kurztexte für die Bücher mitzuverfassen. Maria schrieb sie schließlich allein, und er sollte sie nur korrigieren, doch immer wieder gerieten sie aneinander. Ein Text, den Samuel bei seinem letzten Besuch für sehr gut befunden hatte, wurde von Jakob komplett umformuliert.

Maria ließ ihren Mann gewähren, steckte zurück. Sie wollte Harmonie und keinen Streit. Sie besaß keinen Ehrgeiz als Schriftstellerin, sehnte sich vielleicht mehr als sonst nach einer heilen Familie, wenn schon die Welt um sie herum immer mehr zerbrach. Leider auch in Brasilien. Denn die Meinungen der Brasilianer gingen auseinander. Die einen standen auf der Seite der Alliierten, manche auf der der Deutschen. Doch je mehr Flüchtlinge ins Land kamen, umso größer wurde die Ablehnung.

Maria versuchte sich herauszuhalten aus den Diskussionen, die auch unter Emigranten entbrannten. *Wer die Schika-*

nen und Unbarmherzigkeit vieler Nazis nicht selbst erlebt hat, kann sich auch kein Bild machen, dachte Maria, wenn sie hörte, wie manch Brasilianer alles verharmloste. Oft hielt sie sich innerlich die Ohren zu. Um sich zu schützen, denn das vergaßen viele. Vor allem viele Frauen. Auf sich selbst zu achten, auf die mentale Gesundheit.

Ihr halfen dabei die Bücher. Für andere mochte es etwas anderes geben. Seit sie die kleine Leihbücherei betrieb, schlief sie besser, seit sie wieder den Duft vieler Bücher einatmen konnte.

Maria verfasste nicht nur Kurztexte, sie legte auch Karteikarten an, nach einem System, das sie sich gemeinsam mit Tabea ausgedacht hatte. »Wie in unserer Stadtbibliothek in Berlin«, hatte Tabea vorgeschlagen, und Maria hatte sie gelobt: »Das machst du sehr gut.«

»Ich glaube, ich werde später mal Bibliothekarin.«

Maria freute sich. »Das ist ein sehr schöner Beruf.« Nur leben konnten sie leider wirklich nicht davon. Maria konnte und wollte von den armen Exilanten nicht viel für die Leihe nehmen, ihr wurde immer klarer, dass es nur eine schöne Nebenbeschäftigung bleiben würde, so wie sie es betrieb oder von ihrem Hotelzimmer aus betreiben konnte.

Jakob, dem die handwerkliche Arbeit gesundheitlich immer mehr zusetzte, sagte ihr das immer wieder. »Du kennst dich doch aus mit Buchhaltung. So kommen wir nie auf einen grünen Zweig.« Er war abends sehr müde, seine Hände schmerzten, hatten oft Risse, die bluteten. Seit er in dieses Lager in Frankreich gekommen war, schien er um Jahre gealtert.

Maria las ihm hin und wieder vor dem Zubettgehen etwas vor, und meistens schlief er dabei ein. Dann deckte sie ihn liebevoll zu, las selbst weiter oder legte das Buch weg und schloss die Augen. Sofort schweiften ihre Gedanken meist schnell wieder zu Samuel.

Das letzte Mal, als er zu ihr gekommen war und ihr ein Buch gereicht hatte, hatte sie das Gefühl, dass er ihre Hand absichtlich berührte. Es war so eindeutig, dass da etwas zwischen ihnen war, das man mit dem Verstand nicht unterbinden konnte.

»Samuel, nicht«, war es aus ihr herausgebrochen. »Ich kann nicht!«

Er verstand. »Ich möchte nichts mehr, als dass es dir gut geht«, hatte er erwidert. »Aber ich glaube inzwischen, dass man seine Gefühle nicht mit dem Verstand eindämmen kann.«

Maria war zusammengezuckt. Nie hatte einer von ihnen bisher über seine Gefühle geredet, und auch jetzt war sie nicht willens, dies vor ihm zu tun.

Sie musste zusehen, dass es Jakob besser ging, das war ihr Ziel, und dass sie nicht mehr finanziell in Samuels Schuld standen. Denn der übernahm immer noch die Kosten für das Hotelzimmer, was sowohl Maria als auch Jakob mehr als beschämend fanden. Aber Samuel beruhigte sie, behauptete, dass nicht er, sondern die Hilfsstelle die Zahlung erledigte, nur war sich Maria da nicht sicher. Keinem der anderen Flüchtlinge wurde ein Hotelzimmer zur Verfügung gestellt, nur den Angestellten, und Samuel war einer von ihnen.

Maria versuchte, sich weiter in dieses neue Leben einzufinden, aber die Angst, dass sich der Krieg bis hierher ausweiten würde, lähmte sie. Auch die anderen Exilanten, die schon dabei gewesen waren, sich etwas Neues aufzubauen, wie Maria mit ihrer Leihbibliothek. Hatte es überhaupt Sinn, die Kraft dafür aufzuwenden, oder mussten sie bald weiterfliehen?

Immer öfter hörte oder las man in Rio von Beschimpfungen und sogar Prügeleien. Es wurde Stimmung gegen Juden gemacht. Der brasilianische Präsident Vargas versuchte zwar weiter, sich offiziell neutral zu verhalten, doch wie Samuel ihr bei seinem letzten Besuch erzählt hatte, wurde Vargas politisch massiv unter Druck gesetzt. Wie lange er diesem noch standhalten würde, wusste keiner.

Samuel hatte vor Kurzem einen Posten bei einer Emigrantenzeitung angenommen, schrieb neben der Arbeit in der Hilfsstelle über die Belange der Geflohenen in Brasilien, über die Lage in Europa, versuchte die Menschen hier in Rio aufzurütteln.

»Ich arbeite wieder im Widerstand, nur diesmal im Exil«, hatte er gesagt, und Maria spürte, wie wichtig ihm das war. »Auch vom Exil aus kann man viel tun«, fügte er hinzu, und Maria dachte unwillkürlich an Luise. Verdammt, wieso konnte sie ihre ehemalige Freundin nicht einfach ganz vergessen!

Gelegentlich überlegte Maria, es Samuel gleichzutun, zu versuchen, von hier aus die Menschen wachzurütteln. Aber nur wie? Sie hatte plötzlich das Gefühl, die Weltlage als einzelne Frau nicht beeinflussen zu können. Zählte es nicht auch, wenn sie sich für die Exilanten in Brasilien einsetzte, die teils so viel erlitten hatten in Deutschland und auf der Flucht? Sie beschloss, weiter an der Vergrößerung der Leihbibliothek zu arbeiten, um vielleicht ihrem Traum näherzukommen. Eine kleine Buchhandlung in Rio wollte sie eröffnen, mit deutscher Literatur für Exilanten.

Inzwischen hatte sie erfahren, dass durch die verschiedenen Auswandererwellen der letzten Jahrzehnte einige Deutsche nach Brasilien gekommen waren. Deutschbrasilianer wurden sie genannt, auch wenn sie schon länger hier lebten.

Maria versuchte, erste Kontakte zu Verlagen aufzubauen. Durch ihr Netzwerk der Exilantinnen, sie kannte inzwischen einige nette Frauen, hatte sie von einem kleinen brasilianischen Verlag gehört, der auch deutsche Literatur verlegte.

Eines Abends, sie deckte gerade den Abendbrottisch, als Jakob von der Arbeit kam, erzählte sie ihm erfreut davon. »Jakob, ich habe einen Verleger gefunden, dessen Bücher wir abnehmen könnten.«

Jakob setzte sich müde an den Tisch, verzog skeptisch das Gesicht, schüttelte den Kopf. »Du meinst, Samuel hat dir einen Kontakt zu einem Verleger vermittelt?«

»Was? Nein! Ich habe den Kontakt selbst hergestellt. Samuel hat nichts damit zu tun.« Maria bemühte sich, ruhig zu bleiben, deckte weiter den Tisch in ihrem kleinen Hotelzimmer. Kochen durfte sie in der Hotelküche, essen mussten sie hier. Teller und Besteck hatten sie der Wirtin abgekauft, ebenso den Tisch und die vier Stühle. Jakob sagte nichts mehr, sah ihr nur müde bei ihrer Arbeit zu.

Maria fuhr fort: »Es war ein sehr netter Verleger. Seine Vorfahren sind im neunzehnten Jahrhundert nach Brasilien ausgewandert, wie viele. Schwaben, man hört es sogar noch am Akzent des Verlegers.«

Doch Jakob schüttelte erneut den Kopf. »Maria, ein einziger kleiner Verleger mit deutscher Literatur, das reicht nicht für eine Exil-Buchhandlung. Du weißt doch, mit wie vielen Verlagen wir in Berlin zusammengearbeitet haben.«

»Natürlich weiß ich das, stell mich nicht hin wie ein Dummchen, das bin ich nicht mehr!«, entgegnete sie jetzt vehement.

Die Kinder waren in dem Moment zur Tür hereingestürmt, hielten erschrocken inne. Maria biss sich auf die Unterlippe. Tabea sah die Eltern traurig an.

»Was gibt es zu essen?«, fragte Noah nur und setzte sich.

»Ist noch nicht fertig, siehst du doch«, rügte Tabea ihren Bruder. »Komm, wir gehen wieder«, schlug sie vor, um die Eltern in Ruhe reden zu lassen. Sie zog ihren Bruder am Ärmel in Richtung Tür. Aber der wehrte sich.

»Na und, ich warte hier«, sagte er und schenkte sich ein Glas Wasser ein, das mitsamt Karaffe schon auf dem Tisch stand.

Maria zögerte, sollte sie alles vor den Kindern besprechen?

»Eure Mutter will eine deutsche Buchhandlung in Rio eröffnen«, sagte da auch schon Jakob. »Wie findet ihr das?« Bisher hatten sie ihnen davon nichts erzählt.

Tabea und Noah sahen sich an. »Das ist doch toll«, erklärte Tabea. »Dann verdienen wir was mit Büchern. So wie zu Hause. Sie zu verleihen, bringt ja nicht so viel, habt ihr gesagt.«

»Klar, aber wer kauft denn in Brasilien deutsche Bücher?«, entgegnete Noah skeptisch.

»Ich habe schon alles durchgerechnet«, verteidigte sich Maria. Sie mochte es nicht, wenn Jakob immer erst das Negative sah, keine Vision für ihre gemeinsame Zukunft entwickelte und das dann noch den Kindern vorlebte. »Es gibt wirklich so viele Deutsch-Brasilianer hier. Es sollen Hunderttausende sein. Sie alle freuen sich sicher über deutsche Literatur. Und wir können ja auch portugiesische Bücher dazu anbieten. Aber das Besondere bei uns, das, was uns von anderen absetzen wird, werden deutsche Bücher sein. Die Nachfrage bei den Exilantinnen, die ich kenne, ist groß. Und auch viele ihrer Männer lesen. Inzwischen verdienen die meisten etwas, sodass sie sich ein Buch leisten können.«

Jakob nahm einen Schluck Wasser, stellte das Glas ab. »Ich weiß nicht, Maria. Natürlich träume ich auch von einer eigenen Buchhandlung, das weißt du. Aber manche Träume sind einfach nicht zu realisieren. Nicht in diesem Land.«

»Wenn man es nicht versucht, wird man das nie wissen«, konterte sie und verschränkte die Arme vor der Brust. Sie erkannte sich selbst kaum wieder.

Am Abend lag Maria lange wach in ihrem Bett und sehnte sich nach jemandem, mit dem sie über ihre Pläne reden konnte. Eine Freundin fehlte ihr, eine so gute beste Freundin, wie Luise oder Anni es damals gewesen waren. Es tat so weh, sie verloren zu haben. Freundinnen, mit denen man über alles sprechen konnte, sei es auch noch so intim. Natürlich kannte sie hier inzwischen viele nette Frauen, aber ihr Verhältnis war nie so eng geworden wie mit Luise und Anni damals. Oder lag es daran, dass sie keine von ihnen mehr so nah an sich herangelassen hatte? Nach dieser bitteren Enttäuschung?

Es tat weh, dass Luise lebte und Maria dennoch nie wieder mit ihr befreundet sein wollte. Seit sie in Brasilien sesshaft geworden waren und eine Postadresse besaßen, hatte Jakob immer wieder gefragt, ob sie Luise nicht anschreiben wolle, ob die ihnen etwas von den Erlösen des Restaurants in New York überweisen könne. Schließlich hatten sie ihr viel Geld mitgegeben, um das Restaurant zu eröffnen, und sie konnten es jetzt selbst gut gebrauchen.

Maria hatte stets Mühe und Not, sich zu erklären, behauptete, Luise hätte ihr kürzlich nach Rio geschrieben, dass das Restaurant schlecht laufe, aber sobald es Gewinn erwirtschafte, würde sie ihnen sofort Geld senden. Zum Glück hatte Jakob bisher nie einen ihrer Briefe aus Amerika sehen wollen. Die erfundenen Briefe, die es niemals gegeben hatte. Jakob glaubte Maria, weil er an das Gute im Menschen glaubte, und Maria konnte und wollte ihm nach wie vor nicht ihr schreckliches Geheimnis anvertrauen. Niemandem auf der Welt.

Ob die arme Anni noch am Leben war? Maria konnte nicht schlafen, drehte und wendete sich im Bett. Sie betete für Anni. Allein diese Ungewissheit, was aus ihr geworden war, tat unendlich weh. Ja, Anni hatte sich auf die falsche Seite gestellt, weil sie ihren Verlobten Siegfried liebte. Und sie hatte seiner nationalsozialistischen Gesinnung nichts entgegengesetzt, aber doch auch das nur aus Liebe. Wer konnte es ihr verdenken?

Auch ich habe zu lange auf meinen Mann gehört und zu lange gezögert, das Land zu verlassen, dachte sie selbstkritisch.

Sie stand leise auf, sodass die anderen nicht wach wurden, trat ans Fenster ihres Zimmers und sah hinaus in die Nacht. Der Mond schien hell. Sie fasste einen Entschluss. Nein, zwei. Zum einen würde sie ihren Traum, eine deutsche Buchhandlung in Brasilien zu eröffnen, jetzt angehen, auch wenn Jakob nicht mitzog. Und zum anderen würde sie nach Anni suchen. Denn die Gestalt in Lissabon, die Anni von hinten so ähnlich gesehen hatte, ging ihr einfach nicht aus dem Sinn.

Im Nachthemd lief sie zum Tisch, öffnete leise die Schublade, holte ihr Tagebuch heraus und schrieb im Mondlicht ihre Gedanken hinein. Ihr Fluchttagebuch, das sie immer noch ab und zu führte. Es war inzwischen zum Exil-Tagebuch geworden. Zu ihrer liebsten Freundin, der sie ihre Gedanken und Gefühle anvertrauen konnte.

Maria hielt inne, tippte sich mit dem Stift an die Lippe. Wie könnte sie etwas über Annis Verbleib herausfinden?

Sie hatte eine Idee. Sie hatte immer noch die Visitenkarte von Miss Clark und beschloss, ihr zu schreiben und Kontakt zu dieser Jennifer aufzunehmen, der britischen Spionin in Lissabon in dem kleinen Schreibwarenladen. Vielleicht konnte Maria durch sie etwas über Annis Verbleib herausfinden. Vielleicht würde diese Jennifer ihr jetzt verraten, ob es damals Anni Graf gewesen war in Lissabon.

Sie schrieb all das in ihr Tagebuch und vertraute ihm noch etwas an, damit sie sich immer daran erinnerte:

Ich werde um meine Ehe kämpfen, für meine Kinder. Und um meine neue Buchhandlung, liebes Tagebuch, so wahr ich Maria Kirschbaum heiße. Meine neue Buchhandlung hier im Exil wird uns eine Heimat geben, sie wird viele Exilanten und Jakob und mich heilen.

KAPITEL 29

Rio de Janeiro, 2023

Die Stärke und die Visionen ihrer Großmutter beeindruckten Sandra zutiefst. Sie stand mit June und Gabriel vor der Synagoge Beit Lubavitch, der größten in Lateinamerika. Die Synagoge war ein imposantes Gebäude im neoklassizistischen Stil, in Weiß und Blau gehalten, und hatte ein Kuppeldach, von vier Säulen getragen. Die Fassade war mit einem Davidstern und hebräischen Schriftzeichen verziert. In Rio gab es die zweitgrößte jüdische Gemeinde Brasiliens, also eine große Glaubensgemeinschaft. Seit Sandra wusste, dass sie selbst jüdisch war, interessierte sie sich mehr für diese Religion, aber dafür war jetzt keine Zeit.

Sie wollte mit June und Gabriel zu einem besonders schönen Café in Rio, dem Café Kurt, oder der Confeitaria Kurt, wie es hier hieß, das ein deutscher Auswanderer in den Vierzigerjahren gegründet hatte und das nicht weit von der Synagoge entfernt lag. Dort wollten sie weiter in Ruhe Marias Tagebuch lesen. Sie musste unbedingt herausfinden, ob Maria damals tatsächlich über diese Miss Clark Kontakt zu Jennifer hatte aufnehmen können. Hatte sie so womöglich erfahren, ob Anni in Lissabon gewesen war?

Sie führte die beiden weiter zur Confeitaria, erklärte: »Meine Großmutter wollte mit Büchern traumatisierte Menschen im Exil heilen, was für ein schöner Ansatz, ganz sicher ist ihr das auch bei vielen gelungen. Aber am beeindruckendsten ist, dass sie endlich auch mal an sich gedacht hat. Gut, auch an ihren Mann, aber vor allem an sich.«

»Das ist wahr«, pflichtete June ihr bei. »Das war großartig von ihr. Maria konnte mit ihren Büchern so vielen helfen, ein Stück Heimat wiederzufinden. Und sie hatte ja recht, vom Exil aus im Widerstand zu arbeiten war schwierig, das sehe ich ja an der Geschichte meiner Großmutter.«

»Egal, was man tut«, widersprach Gabriel, »es ist immer mehr, als nichts zu tun. Und gerade die kleinen Taten helfen. Eure Großmütter waren beeindruckende Frauen, jede auf ihrer Art. Ich denke, ich muss eine Trilogie über sie schreiben.«

Sandra und June lachten. »Und über Anni denkst du dir alles aus, wenn wir nichts weiter über sie herausfinden?«, fragte Sandra.

»Wir werden etwas herausfinden.« Seine Stimme klang fest.

»Schön, dass du immer so zuversichtlich bist«, erklärte June.

»Ja, das finde ich auch«, bestätigte Sandra.

Gabriel sah sie an. »Es macht das Leben leichter. Hätten eure Großmütter aufgegeben, weil alles so schrecklich war, hätten sie nicht überlebt. Und dann hätte es euch nicht gegeben. Jede von ihnen hat viel bewirkt, da bin ich mir sicher.« Als er das sagte, schaute er Sandra an, als bewunderte er auch sie.

Die Confeitaria Kurt im Stadtteil Leblon bot viele europäische Köstlichkeiten an. Auf einem Schild über einer großen Markise stand *Kurt*, sie setzten sich an einen gerade frei werdenden Tisch vor dem Laden. Im Schaufenster standen köstliche Leckereien. Es gab hier Stollen, Spekulatius, österreichische Kuchen, sogar Streuselkuchen.

Begeistert bestellten die drei sich bei einer jungen Bedienung je ein Stück Streuselkuchen und einen Cafezinho dazu.

»Lasst uns weiterlesen«, schlug June vor.

Sandra holte Marias Tagebuch aus ihrer Handtasche, blätterte es vorsichtig auf und las vor. Wieder ging es um Marias Sorge um die Kinder, ob sie genug lernten hier in Rio in der Schule, und einiges über ihren Alltag mehr.

Die Bedienung brachte den Streuselkuchen und Kaffee, beides schmeckte köstlich.

Nachdem sie aufgegessen hatten, las Sandra weiter. Endlich, nach mehreren Seiten, sah sie elektrisiert auf. »Da! Sie schreibt etwas über Anni!«

June richtete sich sofort gerade auf. »Hat diese britische Spionin, Jennifer, tatsächlich geantwortet? Wahnsinn!«

Sandra versuchte, die kleine Schrift zu entziffern, nickte dann aufgeregt. »Ja!« Doch dann las sie enttäuscht: *»Jennifers Brief hat mich sehr traurig gemacht. Es ist so schade, dass Anni es nicht geschafft hat, nach Brasilien auszureisen.«*

Alle drei sahen einander enttäuscht an. »Oh nein«, murmelte June.

Sandra überflog den Text weiter, sah dann wieder auf und erzählte, was darin stand. »Anni war wohl als Spionin aufgeflogen.«

»Anni oder diese Jennifer?«, hakte Gabriel nach.

»Anni. Deshalb konnte sie nicht nach Brasilien.«

»Und wohin ist sie dann?«, hakte June sofort nach. »Steht da etwas?«

Sandra zuckte mit den Schultern, las weiter vor: *»Ich verstehe, dass das geheim bleiben muss*, schreibt sie. *Auch Jakob darf nichts darüber erfahren. Nicht einmal dir, liebes Tagebuch, darf ich es aus Sicherheitsgründen anvertrauen.«* Aufgeregt las Sandra die nächsten Zeilen, die Maria notiert hatte. Nämlich, dass Anni ihr tatsächlich geschrieben hatte, nachdem sie Marias Adresse in Rio von dieser Jennifer bekommen hatte. Maria war unendlich froh, dass Anni lebte. Aber Anni musste untertauchen, um ihr Leben zu schützen, schrieb sie weiter. »*Vielleicht wird dieser Brief das letzte Lebenszeichen von Anni bleiben. Ich packe ihn gut weg, am besten in eines meiner Lieblingsbücher.*«

June seufzte angespannt auf. »Wir müssen die beiden anderen Bücher finden, die sie während der Flucht bei sich hatte.«

»Ja.« Sandra las weiter: »*Alle drei Bücher sind leider schon so zerfleddert, dass ich sie nicht mehr verleihen kann. Aber sie sind mir so wichtig, wie diese Nachricht von Anni. Ich hoffe so, dass sie es schafft, dass sie lebt.*«

»Wo könnten die beiden anderen Bücher sein?«, fragte Gabriel aufgeregt. »Ana Iris scheint sie ja nicht gefunden zu haben.«

»Trotzdem. Wir müssen noch mal in deine Buchhandlung und die Regale durchforsten«, schlug June vor. »Vielleicht hat Anni einen Absender auf den Briefumschlag geschrieben, damit Maria ihr antworten kann.«

Sandra gab ihr recht. »Lasst uns zur Buchhandlung gehen.«

»Ich rufe meine Schwester an, sie kann ja solange schon mal nachsehen«, verkündete Gabriel. Er zog sein Handy hervor, rief Ana Iris an, erklärte ihr alles. »Ein Brief von Anni könnte darin sein, bitte sieh nach.«

Nachdem sie zusammen mit Ana Iris jedes Regal in Sandras Buchhandlung durchforstet hatten, machte sich bei allen Ernüchterung breit.

»Verflixt, wo könnte es sonst sein?«, murmelte June. Sie fuhr sich durchs Haar. »Es ist wie verhext.« Sie scannte die Regale erneut ab.

Sandra gab ihr recht. »Als ob eine höhere Macht nicht wollen würde, dass wir etwas über Anni herausfinden.«

»Das glaube ich nicht, im Gegenteil«, widersprach Ana Iris. »Eure Großmütter haben euch doch geliebt, ihre Seelen und das Universum wollen bestimmt, dass ihr euer Erbe antreten könnt. Vielleicht wollen ihre Geister euch auf die Probe stellen?«, fügte sie hinzu.

»Das haben sie schon zur Genüge getan«, erwiderte Sandra auflachend. »So viele Sackgassen, wie wir bereits betreten haben bei unserer Suche. Kommt, wir setzen uns auf die Bank vor dem Laden in die Sonne.«

Sie gingen hinaus, June schlug vor, Cafezinhos in dem nahegelegenen Café für alle zu holen, und ging los. Ana Iris erklärte Sandra, im Laden Bestellungen durchsehen zu wollen, und ließ die beiden allein.

Sandra und Gabriel setzten sich auf die Bank, Sandra schloss für einen Moment die Augen. Wo könnten die beiden anderen Lieblingsbücher von Maria nur sein? Bei der Suche nach dem Reisetagebuch im Haus hatten sie kein altes Buch gefunden. So zerfleddert, wie sie sein mussten, wären sie ihnen sicher aufgefallen.

»Meine Schwester glaubt fest an die Geister der Ahnen«, erklärte Gabriel amüsiert. »Und wer weiß, vielleicht hat sie ja recht.«

Sandra schlug die Augen auf, sah ihn an. »Ich glaube auch an vieles, in diesem ganzen Universum, aber ich verstehe nicht, was für einen Sinn es haben soll, dass wir Anni nicht finden? Es fühlt sich für mich wie eine Bestrafung an. Wofür auch immer.«

Gabriel räusperte sich. »Es ist sicher keine Bestrafung. Aber vielleicht ist es wichtig, dass du nicht gleich weiterkommst. Damit du noch mehr über die Geschichte deiner Familie erfährst, damit du mehr über dich lernst, damit du den Wert dieser Buchhandlung wieder zu schätzen weißt.«

Beeindruckt blickte sie ihn an. »Ja, das kann sein. Ich schäme mich, dass ich sie aufgeben wollte, ohne zu kämpfen. Um ehrlich zu sein, ist es schon auch meine Schuld, dass sie immer schlechter lief.«

»Von Schuld würde ich nicht sprechen. Du hattest deine Träume, deine eigenen Träume. Die Buchhandlung war der Traum deiner Großmutter.«

Wie gut man mit ihm reden kann, dachte Sandra unwillkürlich. »Ja, das ist wahr. Und dank ihr konnte ich meinen Traum verwirklichen und reisen. Dank ihr habe ich den Mut gefunden, Brasilien zu verlassen. Und ich habe diese Reise so geliebt.«

Seine Oberschenkel berührten ihre leicht. Absicht oder Versehen?

Sandra atmete durch. »Manchmal denkt man, man träumt von etwas Bestimmtem, und merkt dabei gar nicht, wovon man noch träumt, was einem noch wichtig ist, was einem guttut, was zu einem passt.«

»Oder wer«, entfuhr es Gabriel.

Sandra hielt für einen Moment den Atem an, dachte, wie schön es wäre, wenn er sie jetzt küssen würde. Durch diese Reise hatte sie ihn kennengelernt, diesen Mann, der in ihre Buchhandlung geschneit war, der normalerweise wieder gegangen wäre, aus ihrem Leben. Aber dank Junes Großmutter, dank ihrer eigenen, hatte sie genug Zeit mit ihm verbracht, um zu wissen, dass er ein ganz besonderer Mensch war. Einfühlsam, geduldig, dass man so wunderbar mit ihm reden konnte. Nur zu schüchtern schien er zu sein, um sie zu küssen.

In dem Moment entdeckte sie June auf der anderen Straßenseite, die mit einem Tablett zurückkam, auf dem vier Espressotässchen mit Pappdeckeln darauf standen.

»Wirst du jetzt um deine Buchhandlung kämpfen?«, fragte er Sandra leise.

»Das werde ich.« Sie sah ihn entschlossen an, lächelte. »Oh ja, das werde ich. Danke, Maria, du hast mir gezeigt, was mir wichtig ist. Ich werde um deine Buchhandlung kämpfen.«

June hatte den letzten Satz gehört, stellte sich neben sie und reichte den beiden ihre Kaffeetässchen. »Das finde ich gut. Und ich unterstütze dich wie gesagt, jedenfalls solange ich hier bin. Zumindest solange ich gut mit Kaffee versorgt werde«, fügte sie lachend hinzu. Dann wurde sie ernster. »Ich muss mit Walter reden, dem Anwalt, der mir das Testament meiner Großmutter verlesen hat, ihr wisst schon. Was jetzt passiert, wenn wir einfach nichts über Annis Verbleib oder den ihrer Nachfahren herausfinden. Er wollte es mir ja erst nicht sagen, weil er an mich geglaubt hat. Tja.«

Ana Iris, die sie durch das Schaufenster gesehen hatte, kam heraus, und June reichte ihr ihren Kaffee. »Entkoffeiniert. Für Schwangere.«

»Danke schön.«

Sandra nippte an ihrer Tasse, dachte traurig nach. »Dann war es das also. Wir waren kurz davor, aber wir haben nichts über Anni oder deren mögliche Nachfahren herausgefunden, werden unser Erbe nicht bekommen. Na ja, Geld macht auch nicht glücklich.« Sie seufzte. »Aber im Ernst, weißt du gar nicht, was dann mit dem Restaurant und dem Haus in New York passiert?«

»Nein, wie gesagt, Walter wollte die andere Möglichkeit nicht erörtern.« June seufzte. »Tja, ich bin zwar gut im Recherchieren als Journalistin, dachte ich zumindest, aber die Vergangenheit ist so verwirrend, zumindest die unserer Großmütter. Auch was zu dem Bruch der drei besten Freundinnen geführt hat, wissen wir immer noch nicht.«

Sandra nahm erneut einen Schluck Kaffee.

Ana Iris sah die anderen an. »Vielleicht solltet ihr erst dafür sorgen, dass Marias Buchhandlung wieder läuft, vielleicht schicken sie euch dann ein Zeichen, die guten Geister eurer Großmütter.«

Sandra betrachtete sie nachdenklich. So wirklich glaubte sie nicht an Zeichen dieser Art. Aber wer wusste schon, was es zwischen Himmel und Erde alles gab?

KAPITEL 30

Rio de Janeiro, 2023

»Das Plakat muss etwas höher hängen!«, rief Sandra Gabriel zu. Sie stand vor dem Schaufenster ihrer Buchhandlung auf der Straße, Gabriel mit seiner Schwester im Schaufenster, und hielt ein Plakat hoch. Darauf stand auf Portugiesisch und auf Deutsch: *Neu: Deutschsprachige Bücher, Exilliteratur, Familiengeschichten, Liebesgeschichten. Gegen das Vergessen.*

Er hielt das Plakat etwas höher.

»So ist es perfekt!«, rief Sandra. »So könnt ihr es befestigen. Und ihr seht auch perfekt aus im Schaufenster!«, rief sie noch lachend hinterher.

Gabriel sah wirklich so gut aus. Seit gestern wusste sie, dass er sehr lange mit seiner ersten Liebe, einer Jugendliebe, zusammen gewesen war, dass sich diese aber von ihm getrennt hatte, weil er mit ihr keine Kinder wollte. »Damals wollte ich keine«, hatte er hinzugefügt, als er Sandra davon erzählte. »Inzwischen kann ich es mir sehr gut vorstellen, mit der richtigen Frau.« Und wieder hatte er sie dabei so leidenschaftlich angesehen.

Noch vor ein paar Wochen wäre sie davongerannt, wenn ein Mann das zu ihr gesagt hätte. Aber plötzlich spürte sie, wie ihr Herz hüpfte. Vielleicht hatte auch die schwangere Ana Iris ein wenig dazu beigetragen. Denn obwohl sie ihr Kind ohne dessen Vater großziehen würde, strahlte sie so viel Glück aus, dass es beeindruckend war.

»Vor ihrer Schwangerschaft hat sie nicht so gestrahlt«, hatte Gabriel Sandra verraten.

So ein kleines Wesen scheint etwas mit einem zu machen. Und auch durch die Geschichte ihrer Großmutter Maria, die ihre Kinder so sehr liebte und alles für sie getan hatte, kam Sandra diese Vorstellung nicht mehr abwegig vor.

Was dachte sie da nur? Sandra ging zu den beiden hinein in die Buchhandlung, nahm sich eine der Blumengirlanden und brachte sie mit Ana Iris' Hilfe an der Wand mit Klebestreifen an. Gabriel hing ein Werbeplakat auf, das Sandra mit June gestaltet hatte. Dazu die passenden Flyer. Sie hatten alles in einer Druckerei drucken lassen, wollten die Handzettel auf der Straße verteilen. Sandra hatte sich noch eine ganz besondere Aktion ausgedacht, um die Buchhandlung wieder attraktiver zu gestalten, um mehr Menschen zum Lesen zu bewegen.

Gabriel, der bekannte Schriftsteller, sollte auf der Bank vor der Buchhandlung Lesungen abhalten. Natürlich hatte er sofort zugesagt.

Sandra hatte darauf bestanden, dass er dafür ein kleines Honorar bekam, denn sie wollte nicht, dass Autoren bei ihren Lesungen leer ausgingen. »Ich nehme kein Geld von dir«, hatte er entgegnet, »aber wenn du bald mal mit mir essen gehst, erlaube ich dir, mich zu einem Drink einzuladen.«

Am Abend, nachdem sie zu viert viele Flyer verteilt hatten und Gabriel Ana Iris nach Hause gebracht hatte, setzten sich Sandra und June müde mit einem Glas Wein auf Sandras Sofa. Da klingelte Junes Handy. »Hendrik«, sagte sie etwas angespannt, nachdem sie einen Blick aufs Display geworfen hatte. »Er hat sich nicht mehr gemeldet, seit ich ihm am Telefon gesagt habe, dass wir unsere Suche aufgegeben haben und ich nichts erben werde.« Sie sah Sandra vielsagend und enttäuscht an. »Ich hab jetzt keine Lust, mit ihm zu telefonieren.«

»Was? Das hast du mir ja gar nicht erzählt. Unsinn, das hat sicher einen anderen Hintergrund.«

»Du Optimistin. Wer weiß. Ich bin jetzt zu müde.«

»Ich wäre viel zu neugierig, was er will. Außerdem wollen wir doch immer erst mal vom Positiven ausgehen, das hat uns Maria doch vorgelebt. Jetzt nimm schon ab, dann weißt du, was er sagen möchte.«

June zögerte etwas, gab ihr recht, nahm ab. »Hey, Hendrik, na? Wie geht es dir?« Sie lauschte, runzelte dann die Stirn. »In welcher Hausnummer Sandra wohnt?«, wiederholte sie irritiert. »Wieso willst du das wissen?« Sie nannte sie ihm, und Hendrik dankte ihr und erklärte, auflegen zu müssen. Gleich darauf klingelte es an der Tür.

Die Frauen sahen einander perplex an. »Das ist sicher Zufall«, erklärte Sandra und stand auf. »Hier klingeln öfter irgendwelche Leute, die um eine Geldspende bitten. Normalerweise mach ich nicht auf, wenn ich keinen Besuch erwarte. Ist mir zu gefährlich.«

June stand ebenso auf, das Handy immer noch in der Hand. »Und wieso dann jetzt?«

»Vielleicht ist es ja Gabriel.«

June folgte ihr. »Ich komm mit als dein Bodyguard.«

Sandra hatte bereits die Tür erreicht, öffnete sie. Ein attraktiver, großer, blonder Mann stand da.

Neben ihr juchzte June auf. »Hendrik! Was machst du denn hier?«

»Ich hab es einfach nicht mehr ausgehalten ohne dich. Ich hab dich so vermisst!« Er trat ein, schloss June in seine Arme, hob sie hoch und wirbelte sie herum.

Begeistert sah Sandra den beiden zu, sie freute sich für ihre Freundin, sehr sogar.

In den nächsten Tagen lernte Sandra Hendrik kennen, diesen sympathischen, herzlichen Dänen. Da er so neugierig auf die brasilianische Küche war, schlemmten sie sich durch Sandras Lieblingsrestaurants in Rio. Das Confeitaria Colombo, das Café Empório und ein Café im Parque Lage, eine wunderschöne Location, ein ehemaliges Casino, heute eine Kunstschule mit Café in einem Park.

Gabriel kam, wenn er nicht gerade schrieb, so oft er konnte, dazu. Denn seine Schreibblockade hatte sich aufgelöst, dank Sandra und Maria, wie er immer wieder betonte, und er arbeitete meist stundenlang in einem Café in der Nähe ihrer Buchhandlung. »In deiner Buchhandlung ist inzwischen zu viel los«, neckte er sie.

Dazwischen half er ihnen, Flyer zu verteilen, hielt Lesungen auf dem Bänkchen vor der Buchhandlung, was sehr gut ankam. Ganze Menschentrauben versammelten sich manchmal vor Sandras Laden, und tatsächlich betraten viele Zuhörer die Buchhandlung nach der Lesung, sahen sich um und kauften Bücher.

Hendrik war begeistert von der brasilianischen Küche, nachdem sie Sandras Lieblingsrestaurants und -bars getestet hatten. Er ging so zärtlich mit June um, dass Sandra fast neidisch wurde, hielt sie oft im Arm, drückte sie an sich und schien sie nicht mehr loslassen zu wollen. Mareike, seiner Ex-Frau, ging es wohl besser, weshalb er endlich reisen konnte, vor allem wollte er für June da sein, die so enttäuscht am Telefon geklungen hatte, weil sie ihr Erbe nun nie würde antreten können.

June hatte zwar schon mit Walter telefoniert, aber der

schien immer noch davon überzeugt, dass sie etwas über Anni herausfinden würden. »Ihr habt Zeit. Selbst wenn du wieder in New York bist, kann es doch sein, dass ihr noch einen Hinweis findet. Gebt nicht auf, denkt an eure Großmütter, die auch nie aufgegeben haben.«

Wie recht er hatte, erklärte Sandra. Und nun beschloss June, sobald sie wieder in New York war, zusammen mit Hendrik weiter in Archiven zu forschen. »Das finde ich gut«, sagte Sandra. »Aber jetzt sollt ihr erst mal Rio genießen, und ich zeige euch noch ein paar meiner Lieblingslocations.«

Ana Iris, Gabriels Schwester, wurde die nächsten Wochen immer runder, es machte Spaß, mit ihr die Buchhandlung zu führen. Aber nach einem Kassensturz wurde Sandra dennoch klar, dass es hinten und vorn nicht reichte. All ihre bisherigen Flyer- und Plakat-Aktionen und die Lesungen von Gabriel hatten zwar etwas bewirkt, aber noch nicht genug. »Wir brauchen noch etwas, das die Buchhandlung für Leute attraktiver macht«, sagte sie zu Gabriel, als dieser kam, um seiner Schwester Kokoskuchen zu bringen.

Ana Iris strahlte über das ganze Gesicht. »Ich habe ihm geschrieben, dass ich so einen Heißhunger auf Kokoskuchen habe«, erklärte sie Sandra. »Ich hätte morden können dafür.«

Sie lachte. »Den hätte ich dir auch besorgen können, da muss nicht extra dein Bruder kommen.«

Ana Iris zwinkerte ihr zu. »Der ist so besorgt um mich, das ist so süß.« Sie warf ihm einen Luftkuss zu.

Sandra sah Gabriel beeindruckt an. Er kümmerte sich rührend um seine schwangere Schwester, wie nett von ihm.

»Unsere ganze Familie flippt aus vor Freude, dass ich schwanger bin«, erzählte Ana Iris weiter. »Wir haben eine große Familie, und alle können es gar nicht erwarten, dass das Baby auf die Welt kommt. Insofern habe ich nicht so eine Angst, es allein großzuziehen.«

»Das ist doch wunderbar, bei mir gibt es leider gar niemanden mehr«, sagte Sandra und wurde augenblicklich traurig bei dem Gedanken. So schade, dass sie ihre Großmutter nicht lange hatte kennenlernen dürfen, so traurig, dass ihre Eltern schon gestorben waren und es keine anderen Verwandten mehr gab.

Sie beneidete Gabriel und Ana Iris um ihre Großfamilie, in der jeder für jeden da zu sein schien. Und sie bedauerte es, dass ihre Mutter keine weiteren Kinder hatte bekommen können – so sehr hatte sich Sandra immer Geschwister gewünscht.

»Vielleicht heiratest du ja mal in eine Großfamilie ein«, versuchte Ana Iris sie zu trösten, schmunzelte dabei etwas und schaute dann ihren Bruder an. Der senkte rasch den Blick, und Sandra lenkte vom Thema ab. Heiraten stand für sie immer noch in so weiter Ferne. Eine Beziehung hingegen könnte sie sich inzwischen wirklich vorstellen. Jemanden, der für einen da war, der einem das Gefühl gab, eine Familie zu sein. Aber Gabriel hielt sich nach wie vor, warum auch immer, zurück.

»Mein Baby und meine Familie ist jetzt meine Buchhandlung. Für anderes habe ich keinen Kopf«, entgegnete sie.

Ana Iris nickte. »Wir Frauen sollten uns viel mehr um uns und unsere Arbeit kümmern. Eigentlich bin ich ganz froh, dass ich keinen Mann habe, der mir womöglich verbietet, schwanger zu arbeiten – oder später, wenn das Kind auf der Welt ist. Ich liebe es, hier zu sein, inmitten der Bücher. Was bringt einem eine unglückliche Mutter, sage ich immer.«

»Sehe ich ganz genauso«, bestätigte Sandra und beobachtete, wie Ana Iris genüsslich ihren Kokoskuchen aß. Plötzlich hatte sie eine Idee. »Wisst ihr was, wie wäre es mit einer Café-Ecke in meiner Buchhandlung? Mit Kaffee und Kokoskuchen stöbert es sich doch viel besser durch die Bücher, und es lockt Kunden an.«

Gabriel sah sie angetan an. »Ja, dort in der Ecke könnten wir zwei Tischchen und je zwei Sessel aufstellen, und dahinten im Hinterzimmer könnten wir eine kleine Kaffeeküche einbauen. Dort kommt dann die Kuchentheke hin und in der Kaffeeküche die Kaffeemaschine und der große Kühlschrank.«

»Wir?«, fragte sie nach.

»Na ja, das Ganze kostet ja einiges, und du meintest, du hast kaum noch Geld.« Er grinste.

Sandra stimmte ihm zerknirscht zu. »Stimmt, insofern keine glorreiche Idee. Wir müssten sicher auch eine Fortbildung beim Gesundheitsamt machen. Das kostet auch wieder.«

»Ich finde die Idee genial«, widersprach Ana Iris. »So viel kann das nicht kosten. Buchhandlungen, in denen es auch Kaffee und Kuchen gibt, kenne ich zwar, aber nicht hier im Viertel. Und andere Leseratten stehen bestimmt auch auf Kuchen, so wie ich. So würdest du sicher mehr Leute in die Buchhandlung locken.«

Eine ältere Dame, die einen ihrer bunten Flyer in der Hand hielt, betrat den Laden, grüßte, ging zu einem Bücherregal und wandte sich dann in Richtung Ana Iris. »Können Sie mir vielleicht helfen?«

»Natürlich, gern.« Ana Iris ging zu ihr.

Sandra blickte zu Gabriel, überlegte einen Moment, schüttelte den Kopf. »Das klingt schon toll, aber für diese Investition habe ich leider wirklich kein Geld.«

»Du weißt, ich kann dir gern etwas leihen.«

»Nein, ich weiß nicht, ob ich es jemals zurückzahlen kann. Auf keinen Fall.«

»Und wenn ich der Cafébetreiber werde? In deiner Buchhandlung?«

»Du bist Schriftsteller.«

»Die brauchen immer ein zweites Standbein.«

»Ich denke, es läuft so gut bei dir?«

»Ja, im Moment schon, aber man weiß ja nie, wie lange.«

Nachdenklich sah sie ihn an. Eine verlockende Idee. »Nein, ich möchte keine Almosen. Ich will das allein schaffen«, sagte sie dann.

Gabriel gab nicht auf. »Das mag ich ja auch an dir. Aber du würdest mir einen Gefallen tun.«

»Ich dir?«

»Ich bin kaffeetrinkender Schriftsteller, der gemerkt hat, dass er am besten im Café schreiben kann. Oder noch besser in einer Buchhandlung. Du würdest mir einen großen Gefallen tun, wenn du zusagst. Denn der Duft von Büchern und Kaffee, das inspiriert mich. Ein Café in einer Buchhandlung wäre also der perfekte Ort für mich. In deiner Buchhandlung.«

Sie lachte. »Du bist verrückt.«

»Ja, ich bin Künstler, die sind alle verrückt.«

Sag es, dachte Sandra. *Sag endlich, dass du verrückt nach mir bist.*

Aber er sagte es nicht, sah sie nur an. So einen Mann hatte sie noch nie kennengelernt.

Wut stieg plötzlich in ihr auf. Wut darauf, dass er sich ihr gegenüber nach dieser ganzen Reise immer noch so zurückhaltend verhielt. Sie würde ganz sicher nicht den ersten Schritt wagen. Denn wer wusste es schon, ober er sie wirklich als Frau wollte. Vielleicht sah er ja doch nur eine gute Freundin in ihr. Oder er war wirklich verrückt, ein Künstler, ein schwieriger Mensch. Man hörte so oft davon. Beziehungsunfähig, durchgeknallt, ein Alien-Anbeter. Auf der anderen Seite, während ihrer gemeinsamen Reise hatte er überhaupt nicht kompliziert gewirkt.

Sie seufzte. »Gut. Ich überlege es mir mit der Café-Ecke in meiner Buchhandlung. Was eindeutig dagegenspricht: Dann wäre ich nicht mehr meine eigene Chefin.«

Ana Iris hatte der Kundin ein Buch verkauft, kam nun zu ihnen zurück, da klingelte Sandras Handy. Sie sah aufs Display. June. Sie und Hendrik hatten Sandras Lieblingsbars, die Botecos, testen wollen. Sie ging ran und erfuhr von ihrer aufgeregten und etwas angetrunken klingenden Freundin, dass sie schon wieder in Sandras Haus seien und sie ein altes Buch in einer abgeschlossenen Vitrine in Sandras Gästezimmer entdeckt habe. Ob Sandra rasch kommen könne, sie wolle eh nicht einfach so herumstöbern. »Und nein, ich bin nicht völlig betrunken.« June kicherte.

Ana Iris sah Sandra vielsagend an und flüsterte: »Siehst du, ihre Geister sind zufrieden mit deinem Einsatz für die Buchhandlung.«

Gabriel warf Sandra einen entschuldigenden Blick zu.

»Ich komme sofort«, versprach sie June amüsiert und legte auf.

»Ana Iris, es kann auch einfach Schicksal sein. Ohne Geister«, rügte Gabriel seine Schwester.

Schicksal. Sandra sah ihn an. Hatte nicht auch dieser Samuel damals davon gesprochen?

Egal ob Schicksal, Zufall oder Geister – vielleicht würden sie ja jetzt doch noch mehr über Anni erfahren. Sie schnappte sich ihre Handtasche. Warum nur hatte sie nicht in der alten Vitrine nachgesehen? Weil sie abgeschlossen war und der Schlüssel seit Jahren fehlte. *Und weil ein altes Buch nicht nach einem Tagebuch aussah*, beantwortete sie sich ihre Frage selbst.

»Oh Mann, ich habe keine Ahnung, wo der Schlüssel sein kann.« Sandra fuhr sich durchs Haar. »Wieso muss ich nur so unorganisiert sein? Andere Leute haben Schlüsselkästchen, und was habe ich?«

Hendrik beruhigte sie: »Es gibt immer einen anderen Weg. Zur Not können wir versuchen, das Schloss so aufzubekommen.«

»So? Ohne Schlüssel?«

»In meinem vorherigen Leben war ich Panzerknacker«, scherzte er. »Nein, im Ernst, mit einem Draht könnte ich es versuchen.«

Sandra eilte los in Richtung Abstellkammer. »Einen Draht finde ich. Bestimmt. Nur wo? Aber den Schlüssel, keine Ahnung, den habe ich, denke ich, noch nie gesehen.«

Kurz darauf kam sie mit einem Stück Draht zurück, das glücklicherweise in einer Kramkiste gelegen hatte. Auch ihre Abstellkammer sah chaotisch aus. Aber sie hatte nie Lust gehabt, dort aufzuräumen. Es gab so viel Schöneres zu tun.

Hendrik nahm ihr den Draht ab, versuchte, damit das Schloss zu öffnen. June und Sandra sahen ihm aufgeregt zu. Und tatsächlich sprang das Schloss auf, und die Glastür der Vitrine schwang ihnen entgegen.

»Du bist genial, Darling«, freute sich June.

»Hast du daran gezweifelt?«, neckte er sie und trat einen Schritt zur Seite.

June ließ Sandra den Vortritt. »Das da, der Buchrücken sieht sehr alt aus.« Sie deutete auf ein Buch, und Sandra nahm dieses heraus. Dabei fiel ein Briefumschlag zu Boden.

Sandra bückte sich danach, hob ihn auf. Er war an Maria Kirschbaum an diese Adresse adressiert. Aufgeregt drehte sie ihn um und sah auf den Absender. Anni Graf! Eine Adresse in London!

»London! Anni konnte nach London fliehen, danke, ihr Geister!«, stieß sie aus, drückte den Brief an ihre Brust und schaute nach oben.

»Du hast zu viel mit Ana Iris geredet. Was steht denn in dem Brief?«, fragte June aufgewühlt. »In London ist Anni doch vielleicht nicht geblieben. Von dort aus sind viele weiter in andere Exilländer gereist.«

Sandra zog den Brief aus dem Umschlag, das Papier sah sehr vergilbt aus. Annis Handschrift war deutlich größer als die von Maria. Schwungvoll, etwas kindlich.

Sandra faltete den Brief auseinander und las laut vor.

KAPITEL 31

Rio de Janeiro, September 1942

Meine liebe Maria,
als Jennifer mir deinen Brief gegeben hat, bin ich in Tränen ausgebrochen. Tränen der Freude. Es geht euch gut, ihr lebt, ihr seid dabei, euch einzuleben. Ich hatte so eine Angst um euch. Wie geht es Tabea, wie Noah und natürlich dir und Jakob? Ich freue mich so, dass ihr euch eure Liebe bewahren konntet nach all den Strapazen, so viele schaffen es nicht. Sei froh, dass du so einen guten Mann hast. Einen, der sich nicht den Kopf verdrehen lassen hat, wie Siegfried. Ich schäme mich, dass ich ihm so lange geglaubt habe, dass Hitler so viel Gutes im Sinn hätte. So viele glauben es immer noch. Aber was in Deutschland geschieht, lässt diese Worte zu Hohn werden. So viele haben sich in diesem Krieg zu Tieren entwickelt. Wurden Bestien. Anders kann ich es nicht nennen. Ich weiß nicht, wie das geschehen konnte. Aber Menschen verändern sich, leider manchmal in eine schlechte Richtung. Du weißt, was ich durchgemacht habe. Ich kann darüber immer noch nicht schreiben. Aber ich kann dir sagen, wie froh ich war, als ich fliehen konnte, nach Portugal. In dieses sonnige, schöne Land.
Dass ich in Lissabon Jennifer kennengelernt habe, war mein großes Glück. Endlich konnte ich etwas tun, meine Schuld, so lange mitgelaufen zu sein, wieder ein wenig gutmachen.

Jennifer hat dir ja gesagt, was wir tun. Schreiben möchte ich das besser nicht. Du warst auch in Lissabon, ich hätte so gern mit dir geredet, es fehlt mir so. Aber es ging nicht. Auch zu eurer Sicherheit nicht. Schreib mir doch bitte, wie es dir und euch in Brasilien ergeht. Ich bin froh, in England gut untergekommen zu sein. Aber ich bin auch hier nicht sicher, kann nicht bleiben. Schreibe bitte an diese Postadresse, den Brief bekommt dann Jennifer, sie lebt in London, bleibt hier. Sie wird mir deine Briefe weiterleiten.
Deine Freundin für immer
Anni
PS: Was Luise getan hat, werde ich ihr nie verzeihen können. Niemals.

Maria saß in der kleinen Wohnung, die sie sich in Rio mittlerweile mieten konnten, auf einem Stuhl im Wohnzimmer, ließ den Brief nachdenklich und zutiefst erleichtert sinken. Es ging Anni gut, zumindest zu dem Zeitpunkt, als sie den Brief geschrieben hatte. Mein Gott, Anni, ihre liebe Anni, wirklich eine Spionin, wie diese Jennifer. Niemals hätte sie ihr das früher zugetraut. Wie mutig von ihr. Maria war stolz auf sie. Wenn alle zusammen halfen, gegen diesen Hitler anzugehen, das Ausland aufzurütteln, dann musste ihm doch Einhalt geboten werden. Die Nachrichten aus Deutschland, die sie durch andere Exilanten immer wieder erreichten, wurden von Woche zu Woche grausamer. Dabei dachte man jedes Mal, dass das nicht mehr möglich sei.

Wie hatte sich nur dieser starke Hass gegen die Juden entwickeln können?

Maria starrte erneut auf den Brief, auf Annis schwungvolle, kindliche Handschrift. Und ja, auch sie würde Luise niemals verzeihen können, niemals. Und wieder schämte sie sich für Luise, der Grund, warum sie mit keinem darüber sprechen konnte. Die Tür ging auf, und Jakob trat ein. Müde sah er aus, abgearbeitet. Maria faltete den Brief zusammen und wollte ihn unbemerkt wegstecken, um zu verhindern, dass Jakob wieder wegen Luise nachfragte. Sie konnte einfach nicht darüber reden. Aber ihr Mann hatte ihn gesehen.

»Was ist das für ein Brief? Verdient Luise endlich mit eurem Restaurant etwas?«

»Nein, es ist schwer in New York. Er ist von Anni. Sie lebt, es geht ihr gut, sie hat es nach London geschafft. Ich bin so unendlich froh. Nur kann sie dort nicht bleiben.«

Jakob freute sich ehrlich mit ihr. »Aber sie lebt. London.« Er wurde ernster. »Da sie jüdische Wurzeln hat, wird sie es dort nicht leicht haben, einige deutsche Juden kamen nach den Blitzangriffen der Deutschen auf London in Internierungslager, die Briten haben Angst vor Spionen, habe ich gelesen. Auch in England gibt es vermehrt Antisemitismus.«

»Wo gibt es den nicht«, erwiderte sie müde. Jakob setzte sich zu ihr an den Küchentisch, strich ihr über die Hand. Maria lächelte ihm kurz zu, stand auf, holte ein Glas und die Karaffe, schenkte ihm Wasser ein. Jakob trank es durstig, die Arbeit in der Tischlerei, in der er immer noch angestellt war, und die Hitze in Rio machten ihm sehr zu schaffen.

Maria sah ihn besorgt an. Anni hatte so recht. Er war ein guter Mann, ein guter Vater, wie hatte sie jemals nur an einen anderen Mann, an Samuel, denken können? So lange hatte sie ihn nicht mehr gesehen. Sie wollte jetzt nicht weiter darüber nachdenken, etwas viel Wichtigeres lag ihr auf dem Herzen. Sie hatte die letzten beiden Jahre immer eine kleine Summe von ihren Einkünften als Näherin und durch die Leihbücherei, die sie weiterhin betrieb, beiseitegelegt. Aber bisher war noch nicht das Richtige dabei gewesen.

»Ich bin jetzt so weit, Jakob«, sagte sie vorsichtig.

Er wusste sofort, was sie meinte, und nickte. »Ich unterstütze dich. Ich bin stolz auf dich, wenn du eine deutsche Buchhandlung in Rio eröffnen möchtest.«

Ein Stein fiel ihr vom Herzen. »Ich hatte gehofft, du gehst diesen Weg mit mir.«

»Natürlich, ich zimmere dir die schönsten Regale, und sobald sie uns ernährt, gebe ich die Arbeit in der Tischlerei auf.«

Sie schlug vor Freude die Hände vor den Mund, hielt den Atem an.

»Wir sind Buchhändler«, fügte Jakob lächelnd hinzu, »ohne Bücher um uns herum werden wir niemals glücklich werden. Und an deiner Leihbücherei sehe ich auch, dass es eine immer größere Nachfrage nach deutscher Literatur gibt.«

Maria beugte sich zu ihm, umarmte ihn. Dann löste sie sich wieder, überlegte. »Ich habe auch schon andere Verleger gefunden, die deutsche Bücher herausbringen und die uns beliefern können. Es sind auch welche nach Argentinien ausgewandert. Wir brauchen einen Laden, wir müssen klein anfangen, denn Geld haben wir sehr wenig.«

»Ich kann in der Tischlerei um einen Vorschuss bitten«, schlug Jakob vor. »Dann wird es zwar knapp für die Lebensmittel, aber ...« Er überlegte, hatte einen Einfall. »Ich werde Aaron Moyses fragen, du weißt schon, er war in München Juwelier, ist früher ausgewandert und konnte noch einiges mitnehmen. Er liest sehr gern und würde mir bestimmt einen Kredit geben.«

Begeistert sah Maria ihn an. »Das wäre wunderbar. Jakob, *du* bist wunderbar!« Sie umarmte ihn erneut, drückte ihn und wusste endlich wieder ganz sicher, was sie an ihrem Mann hatte. Wie hatte sie das nur vergessen können? Wenn es darauf ankam, konnte man sich auf Jakob verlassen.

Sie nahm Annis Brief, steckte ihn in eines ihrer Lieblingsbücher, das auch Anni so gern gelesen hatte.

Voller Elan machte sich Maria die nächsten Wochen daran, einen bezahlbaren Laden für ihre Buchhandlung zu finden. Aaron Moyses hatte ihnen tatsächlich eine Starthilfe angeboten, wollte im Gegenzug ein Buch im Monat für sich und irgendwann das Geld ohne Zinseszins zurück. »Ich unterstütze die Kultur, das habe ich schon in Berlin getan, das werde ich auch in unserer neuen Heimat so weiterführen«, hatte er gesagt.

Maria und Jakob hatten sich herzlich bedankt und seinem Angebot glücklich zugestimmt. Auch Jakob wirkte wieder zuversichtlicher und zufriedener, seit er sich dazu entschieden hatte, diesen Schritt mitzugehen. Ein Wagnis einzugehen, ein Risiko. Anzukommen in diesem Land, für immer.

Aaron Moyses hatte ihnen den Tipp gegeben, in einem Stadtviertel genannt Lapa nach einem Laden zu schauen. Einem Künstlerviertel, in dem es zwar schon ein paar Buchhandlungen gebe, aber eben auch die entsprechende Kundschaft. Er kannte Stefan Zweig, den berühmten deutsch-jüdischen Schriftsteller, der wie sie nach Rio ausgewandert war. Maria hatte ihm beeindruckt zugehört. Sie liebte die Werke von Zweig. Natürlich würde sie diese auch in ihrer Buchhandlung anbieten.

Gleich am nächsten Tag besuchte sie mit Tabea das quirlige Viertel, sie bestaunten den Aqueduto da Carioca, ein Aquädukt, das aus der Kolonialzeit stammte und früher Wasser aus einem Fluss in die Stadt brachte, wie Aaron Moyses erzählt hatte. Jetzt aber diente es als Brücke für eine Straßenbahn und wirkte irgendwie fremd inmitten dieser Stadt, so fremd, wie sie sich, um ehrlich zu sein, immer noch fühlten. Würde es je verblassen, das Gefühl, hier nicht zu Hause zu sein? Die Sehnsucht nach der Heimat? Es musste.

Tabea betrachtete die meterhohen, beeindruckenden Bögen. »Rio ist so spannend«, sagte die Kleine, und Maria freute sich, denn sie hatte schon länger das Gefühl, dass wenigstens die Kinder hier gut angekommen waren. Tabea hatte sich bereits mit mehreren Mädchen aus Emigrantenfamilien angefreundet, und Noah hatte kürzlich zum Glück auch wieder von einem deutschen Mädchen gesprochen, für das er ein kleines Schmuckkästchen tischlern wollte. Wenn jetzt ihre Buchhandlung laufen würde, dann würde das auch Jakob und ihr dauerhaft Halt geben, ihrer Beziehung, ihrer Ehe.

Nach Feierabend bauten Jakob und Noah fleißig Regale, und als sich Maria endlich mit der Vermieterin eines Ladenlokals, einer älteren, fröhlichen Brasilianerin, die gern feilschte, einig geworden war, bauten sie in ihrer neuen Buchhandlung die Regale auf.

Maria schrubbte die Böden, putzte die Fenster, stellte die ersten angelieferten deutschsprachigen Bücher in die Regale, stellte die Blumen, die Tabea für sie in einem nahegelegenen Park, dem Passeio Público, gepflückt hatte, in eine Vase und wartete mit ihrer Familie aufgeregt auf Kundschaft.

»Und was, wenn doch keiner Geld für neue Bücher übrig hat?«, fragte Tabea. »So viele haben Hunger.«

Sie hatten die Leihbibliothek aufgelöst, die Bücher ihren Besitzern zurückgegeben. Ihre Tochter hatte Angst davor, wie sie kürzlich sagte, aus irgendeinem Grund nach Deutschland in diese Hölle zurückgeschickt zu werden. In der Menschen in Arbeitslagern zu Tode gequält wurden, auch Frauen und Kinder.

»Nein, Liebes, wir werden alles dafür tun, dass sich unser kleiner Buchladen bei den Emigranten herumspricht«, beruhigte Jakob sie.

»Vielen habe ich es ja schon erzählt, dass es die Leihbücherei jetzt nicht mehr gibt, sondern neue Bücher, die sie noch nicht kennen, in unserer Buchhandlung«, bestätigte Maria.

Plötzlich ging die Tür auf, und Samuel trat ein. Ihr Puls raste. »*Bom dia*. Entschuldigt, dass ich so lange nicht bei euch war.«

Jakob grüßte zurück. »Schon gut.«

Tabea rannte zu ihm, umarmte ihn erfreut.

Samuel hob sie lächelnd hoch. »Du bist ja schon wieder gewachsen, junge Dame«, flachste er.

Die Kleine lachte. »Ich werde so groß wie Mutti.«

Er setzte sie wieder ab. Sah Maria sehnsüchtig an.

Jakob umfasste sanft Tabeas Schulter. »Komm, ich glaube, er will etwas mit deiner Mutter besprechen.«

»Und was?«, fragte Tabea neugierig.

»Das erfährst du schon, wenn es wichtig für dich ist.« Er ging mit ihr in den hinteren Teil des Ladens, um Bücher einzusortieren.

Samuel sah sich angetan in der Buchhandlung um, trat näher zu Maria. Dieser Blick, dieser leidenschaftliche, aber auch traurige Blick. Sie musste standhaft bleiben. »Maria, kannst du einen Moment mit rauskommen?«

Sie schüttelte sofort den Kopf. »Nein, du siehst doch, wir müssen arbeiten. Ich konnte endlich meinen Traum verwirklichen.«

Er nickte stolz, sah sie intensiv an. »Ich wollte dir wirklich etwas sagen.«

Zerrissen sah sie zu Jakob, der zumindest so wirkte, als hörte er nichts.

»Also gut. Ein paar Minuten. Jakob!«, rief sie in seine Richtung, »ich bin gleich wieder da!«

Sie folgte Samuel aus der Buchhandlung, ging mit ihm ein

paar Schritte den Gehweg entlang, Gerüche nach Bohneneintopf und Frittiertem schlugen ihnen entgegen. Zwei junge attraktive Brasilianerinnen in bunten Kleidern kreuzten ihren Weg. Samuel sah ihnen nach, was Maria einen Stich versetzte. Dabei hatte er jedes Recht dazu.

Unvermittelt blieb er stehen, zog sie an sich, atmete schwer, löste sich dann wieder.

Ein Glück. Auch Maria verschlug es den Atem. Sein Körper hatte sich so gut angefühlt, sein Geruch.

»Es geht nicht, Maria.«

»Was geht nicht?«

»Du musst mich vergessen.«

Genau das hatte sie versucht. »Ich habe dich vergessen.«

Er sah ihr an, dass sie sich selbst nicht glaubte. »*Ich* muss dich vergessen. Du bist eine verheiratete Frau, hast eine wunderbare Familie.«

»Die habe ich«, bestätigte sie leise.

Samuel holte tief Luft. »Ich verlasse Rio. Ich gehe nach Recife. Das ist über zweitausend Kilometer entfernt. Sie haben mich als Übersetzer rekrutiert. Ich soll für den Geheimdienst von Vargas Briefe jüdischer Migranten durchsehen.«

»Was?« Verständnislos sah sie ihn an. »Warum?«

»Seit die brasilianische Regierung Deutschland den Krieg erklärt hat und die Alliierten unterstützt, sind sie nicht mehr neutral, fürchten, dass mit den jüdischen Emigranten auch Spione ins Land gekommen sind.«

»Du spionierst Briefe von Juden aus?«, fragte sie entsetzt. Samuel, der sich immer auf die Seite der Guten gestellt hatte, arbeitete jetzt für die brasilianische Diktatur?

»Ich mache das, um jüdische Emigranten, sollten sie Spione sein, zu warnen. Ich will sie dazu bringen, aufzuhören, sonst landen sie hier im Gefängnis.«

»Verstehe.« Er tat doch nur Gutes.

»Maria, ich werde dir schreiben. Ich ...« Er sah sie aufgewühlt an. Und auch sie spürte, wie sehr er sie berührte. »Ich möchte nur, dass du glücklich wirst. Und jetzt, da du deine eigene Buchhandlung hast ...« Er hob kurz die Hand, fand keine Worte mehr, drehte sich um und ging den Gehweg in die andere Richtung entlang.

Verwirrt und zutiefst enttäuscht sah Maria ihm nach. Aufgewühlt strich sie ihr grünes Kleid glatt, ging zurück zur Buchhandlung. Es war besser so. Recife, zweitausend Kilometer entfernt. Brasilien war ein großes Land. Aber würde diese Entfernung reichen, um Samuel zu vergessen?

Sie betrat ihre Buchhandlung und beobachtete Jakob, der immer noch Bücher in die Regale sortierte. Wieder eine Entscheidung ,und wieder würde sie ihr ganzes Leben bestimmen.

KAPITEL 32

Rio de Janeiro, 2023

SANDRA BEOBACHTETE GABRIEL und dachte an die vergangene Nacht. Wie glücklich sie sich schätzen konnte, dass sie frei war, zu entscheiden, wen sie wann lieben wollte. Sie stand in der kleinen Buchhandlung ihrer Großmutter. Gabriel und Ana Iris begrüßten gerade eine befreundete Innenarchitektin, Lola Montez, die ganz in Gelb gekleidet war. Mit ihr wollten sie den Umbau für die Café-Ecke besprechen.

Wie sexy er sich seine Locken zurückstrich, wie schön und markant sein Gesicht aussah, erst recht von der Seite. Hatte sich ihre Großmutter noch umentschieden? Hatte sie es gewagt, ihre Gefühle für diesen Samuel zu leben? Sandra brannte darauf, heute Abend in ihrem Fluchttagebuch weiterzulesen. Wer war ihr Großvater? Jakob oder Samuel?

Lange hatte Sandra gedacht, dass frei zu sein bedeutete, lieber Single zu bleiben. Weshalb sie sich die letzten Jahre gegen eine feste Beziehung gewehrt hatte. Aber jetzt, durch die Geschichte ihrer Großmutter, war ihr bewusst geworden, dass wahre Freiheit bedeutete, sich für eine Liebe entscheiden zu können, für ein Leben, das einem guttat, das einem gefiel. Sie wollte niemals finanziell abhängig von einem Mann und dadurch gezwungen sein, bei ihm zu bleiben. So vielen ging es so. Dabei hatten Frauen heutzutage so viele Möglichkeiten. Selbst ihre Großmutter hatte das damals geschafft. Aber Maria war es vor allem um die Kinder gegangen. Und auch um die Buchhandlung, ihren Traum, das hatte Sandra den emotionalen Einträgen in ihrem Tagebuch entnommen. Auch deshalb hatte Sandra zugestimmt, dass Gabriel in ihrer Buchhandlung die Café-Ecke eröffnen könne. Um weiter dafür zu kämpfen, Marias Buchladen nicht schließen zu müssen. Um in seiner Nähe zu sein.

»Wie findest du Gelb für die Sessel?«, riss sie Gabriels Stimme aus ihren Gedanken.

»Gelb? Wie die Sonne? Wunderbar.« Sie lächelten einander an, und Sandra wäre am liebsten zu ihm gegangen, hätte ihn geküsst, ihn gespürt, wie letzte Nacht.

Es war endlich geschehen. Sie hatte doch den ersten Schritt getan, ihn beim Abschied auf den Mund geküsst, und er hatte diesen Kuss sofort erwidert. Seine vollen Lippen, seine Leidenschaft.

»Ich habe es nicht gewagt«, flüsterte er danach außer Atem. »Ich war mir nicht sicher, ob es für dich etwas Ernstes ist. Du hast einmal gesagt, dass du keine feste Beziehung willst.«

»Aber das war zu Beginn unserer Reise. Und nur deshalb hast du mich nie geküsst?«

»Ja, ich wusste, wie sehr ich leiden kann, wenn ich eine Frau so sehr liebe.«

Berührt zog sie ihn zu sich, diesen verletzten, vorsichtigen Mann.

Sein Körper schien für ihren gemacht zu sein. Zumindest hatte sie noch nie beim Sex diese Nähe gespürt wie mit Gabriel gestern, hatte noch nie danach so lange einfach in den Armen eines Mannes gelegen, ohne nicht aufstehen zu wollen. Gabriel erdete sie. Gabriel gab ihr Zuversicht und innere Ruhe. Er erinnerte sie an Samuel, der so wichtig gewesen war für Maria.

War dieser Widerstandskämpfer, der so viele Menschen

über die Pyrenäen gebracht, so viele Menschenleben auch im Exil noch gerettet hatte, ihr Großvater? Sie hoffte es fast.

Dennoch war ihr Respekt vor Jakob gewachsen. Dieser Mann hatte sich der Familie wegen so schwergetan, die richtigen Entscheidungen zu treffen. Und auch er hatte anderen geholfen. Ihnen das Lesen beigebracht, ihnen Geschichten erzählt. Wie viele unsichtbare Helden es gab aus jener Zeit, so viele Menschen, die sich für andere einsetzten und dabei oft ihr Leben riskierten.

Sie hatte mit Gabriel gestern Nacht darüber gesprochen, als sie nackt in seinen Armen lag. »Es gab viele Helden damals, meine größte Heldin ist jetzt meine Großmutter.«

»Es gibt nicht nur eine Heldin in deiner Familie«, hatte er erwidert, sich zu ihr gedreht und sanft ihr Gesicht gestreichelt. »Du bist auch eine Heldin, denn du hast ebenso Mut bewiesen, einmal, indem du für deine Träume eingestanden bist, indem du dich auf diese Reise nach Europa gewagt hast. Aber du hast auch erkannt, wie wichtig das Erbe deiner Großmutter für dich ist, mal abgesehen vom Geld. Du hast erkannt, was dir wirklich wichtig ist im Leben. Nämlich ich«, fügte er lachend hinzu.

Sandra knuffte ihn, drehte ihn auf den Rücken, hielt seine Arme spielerisch fest. »Das hättest du wohl gern«, scherzte sie. Er sah ihre Brüste angetan an. Sie genoss es, mochte ihren Körper. Dann wurde sie ernster, betrachtete seinen nackten, muskulösen Oberkörper, sein markantes Gesicht. Er hatte sich mit ihr auf diese Reise begeben, er würde die Geschichte ihrer Großmutter schreiben, was konnte ein Mann mehr für sie tun?

Sandra freute sich darauf, mit ihm zusammen in der Buchhandlung zu arbeiten. Ihm jeden Tag zuzusehen, wie er in seiner neuen Café-Ecke saß und das Buch über ihre Reise, über die jüdische Fluchtroute, schrieb.

Die Innenarchitektin Lola Montez hatte tolle Ideen, die

Sandra gefielen. Gelb wie die Sonne sollten die Lesesessel sein, und es sollte eine Lampe geben, die wie die Sonne strahlte.

Sandra liebte Sonnenuntergänge, weshalb sie June und Hendrik zum Strand von Arpoador geführt hatte. Sie waren von der Copacabana zu Fuß gelaufen, von hier sahen die Sonnenuntergänge noch überwältigender aus.

Nun standen June und Hendrik neben Gabriel und ihr Arm in Arm am Strand, gemeinsam betrachteten sie das faszinierende Farbspiel. Der Himmel sah orangerot aus, und auch viele Einheimische und Touristen waren nur wegen des Sonnenuntergangs gekommen und filmten mit ihren Handys oder sahen den Himmel einfach nur andächtig an.

Nachdem der orangerote Feuerball im Meer versunken war, drehte sich June zu Sandra. »Wenn man den Himmel so sieht, hat Ana Iris vielleicht recht, und es gibt mehr zwischen Himmel und Erde als das, was wir uns vorstellen können«, sagte sie verträumt. »Lasst uns jetzt etwas essen gehen und weiter in Marias Reisetagebuch lesen, hoffentlich finden wir dann etwas, was uns dabei hilft, das dritte Buch aufzutreiben.«

Sandra stimmte ihr fröhlich zu: »Sonst werden uns die Geister unserer Großmütter zum dritten Buch führen.«

Sie lachten, und Sandra versicherte schnell an Gabriel gewandt, dass sie Ana Iris' Ansichten durchaus schätzte und sich nicht lustig machen wollte. Der hob amüsiert die Hände. »Ich bin da ganz bei dir.«

»Und sonst haben wir ja jetzt auch noch diese Londoner Adresse, an die Maria schreiben sollte«, überlegte June.

Sandra bestätigte. »Ich bin wieder ganz optimistisch.«

Während sie in Richtung der Restaurants gingen, erklärte

June, dass ihr aber noch etwas auf der Seele liege. »Das ist mir im Gespräch mit Hendrik klar geworden. Ich fühle mich irgendwie schlecht, weil meine Großmutter Luise offenbar etwas Schreckliches getan hat, sodass beide Freundinnen nichts mehr mit ihr zu tun haben wollten.«

»Dafür kannst du doch nichts«, entgegnete Sandra sofort.

»Das habe ich ihr auch gesagt«, stimmte Hendrik ihr zu.

»Ich weiß, trotzdem, je mehr wir in das Leben der Freundinnen eintauchen, desto mehr fühle ich mich verantwortlich. Ich weiß, dass es Unsinn ist. Aber es lässt mir keine Ruhe. Ich muss deshalb unbedingt wissen, was es war. Vielleicht führt uns das dann auch zur Lösung, was mit Anni geschah.« Sie drückte Hendriks Hand, blickte zu ihm, dann zu den anderen. »Er hat gemerkt, dass mir was im Magen liegt. Auch wenn Hendrik mich noch nicht so wahnsinnig gut kennt, so scheint er mich doch zu kennen.« Sie lächelte. »Seelenverwandtschaft nennt man das wohl, auch wenn es etwas kitschig klingt.«

Sandra lachte. »Passt ja zu diesem Sonnenuntergang. Also ich habe plötzlich nichts mehr gegen Kitsch. Seltsam, oder?« Sie beugte sich zu Gabriel, küsste seine vollen Lippen und löste sich dann wieder selig lächelnd.

»Ich habe auch plötzlich nichts mehr dagegen«, erwiderte Gabriel verträumt. Sie lachten.

Sandra wurde wieder ernster, blieb stehen, erklärte feierlich gen Himmel: »Großmamas, wir geben nicht auf. Wir werden euer Geheimnis lüften und eure Geschichte weiter herausfinden.«

Am nächsten Morgen schien die Sonne in Sandras Schlafzimmer. Sie wachte auf, spürte Gabriel neben sich, und ein Glücksgefühl durchströmte sie. Er schlief noch tief und fest, und so konnte sie sein Gesicht genau studieren. Was für ein sensibler, liebesfähiger Mann. Er hatte es nicht gewagt, den ersten Schritt zu tun, um nicht erneut von einer Frau so sehr verletzt zu werden. Wie sehr schien er lieben zu können.

Gestern Abend hatten sie im Restaurant im Tagebuch weitergelesen und erfahren, dass Anni Maria geschrieben hatte, dass Siegfried im September 1942 erneut befördert worden war, zum Kriminalrat und SS-Hauptsturmführer. Dass ihr das endlich die Augen geöffnet hatte, er die Trennung aber nicht akzeptieren wollte und gedroht hatte, sie zu finden, egal wo sie sich versteckte.

Gabriel und Sandra hatten sich angewidert angesehen. »SS-Hauptsturmführer?«

»Das waren die ganz Brutalen«, erklärte Hendrik bitter.

»Ja«, bestätigte June. »Aber vielleicht ist das eine Spur. Wenn er sie heimsuchen wollte, müssen wir uns auf Siegfried konzentrieren. Wenn wir etwas über ihn herausfinden, führt uns das vielleicht zu Anni.«

»Mein Gott, die Arme. Aber ja, vielleicht ist das eine Spur«, gab ihr Sandra recht.

»Die Londoner Adresse habe ich gegoogelt, da steht jetzt ein Einkaufszentrum, das bringt uns leider nicht weiter. Siegfried eher. Hoffentlich. Ich werde nachher im Internet nach Gestapo-Archiven suchen«, hatte June daraufhin vorgeschlagen. Und Hendrik hatte sich sofort bereit erklärt, sie zu unterstützen.

Nun sah Sandra nachdenklich Gabriel an, der immer noch schlief. Diese friedlichen Züge, niemals könnte er anderen Menschen wehtun, da war sie sich sicher. Aber Siegfried hatte viele ins Gestapo-Gefängnis gebracht, sonst wäre er nicht erneut befördert worden. Die arme Anni. Sich so in einem Mann zu täuschen, den man liebte, musste wehtun.

Ihr Blick fiel auf den Wecker, sie erschrak. *Mein Gott, so spät schon?*, fuhr sie auf. Das alte Ding hatte mal wieder versagt, sie hatten verschlafen. June und Hendrik, die im Gästezimmer nächtigten, offenbar auch.

Sandra weckte Gabriel mit einem dicken Kuss auf den Mund. »Wir haben verschlafen, *Amor*, heute ist deine Eröffnung«, sagte sie und sprang nackt aus dem Bett, ging ins Bad und machte sich schnell zurecht.

Tatsächlich hat sogar June verschlafen, die sonst so korrekte June, dachte Sandra amüsiert.

Ohne Kaffee getrunken zu haben, kamen alle vier etwas abgehetzt in Sandras Buchhandlung an. Ana Iris hatte zum Glück schon aufgeschlossen und plauderte mit zwei Kundinnen, die sich auf einen Kaffee und die Eröffnungsfeier freuten.

»Entschuldigung, dass es so lange gedauert hat, es gibt gleich Gratiskaffee für Sie«, erklärte Sandra.

Das »Café e livro«, wie sie es genannt hatten, hatten sie zusammen mit der Innenarchitektin Lola in einen echten Wohlfühl-Leseort verwandelt. Lola hatte wirklich Geschmack bewiesen und nahm nur einen Freundschaftspreis für ihre großartigen Dienste.

Gelbe Ballons und eine gelbe Papierblumengirlande hingen an den Wänden, gelbe Blümchen standen in kleinen Vasen.

Endlich hatte Sandra die neue chromblitzende Kaffeemaschine angeworfen und den beiden Kundinnen und dann auch June, Hendrik, Gabriel und sich einen Cafezinho gekocht. Dazu reichte sie Sequilhos, brasilianische Kekse, die Ana Iris gebacken hatte. In Zukunft würden sie diese aber von einem Bäcker beziehen. Die Formalien, um diese kleine Gastronomie zu eröffnen, hatten sie alle erledigt, Ana Iris hatte die Organisation übernommen. Sie war wirklich ein Schatz.

Die Kundinnen sahen sich interessiert in der Buchhandlung um, und Ana Iris beriet sie zu Büchern nach ihrem Geschmack.

June zog Sandra beiseite und raunte ihr zu: »Ich habe gestern noch ewig in einem Archiv recherchiert, deshalb habe ich verschlafen. Mir ist nämlich etwas eingefallen. Meine Großmutter Luise hatte doch damals beim Roten Kreuz nach ihren vermissten Freundinnen gesucht. Wie so viele damals. Und deshalb bin ich bei meiner Online-Recherche gestern auf das Archiv des Internationalen Komitees vom Roten Kreuz in Genf, in der Schweiz, gestoßen.«

Sandra sah sie erwartungsvoll an. »Und? Hast du etwas Neues über Anni herausgefunden?«

»Online ging das nicht so einfach, aber ich habe dort zu Genfer Zeit früh angerufen, habe tatsächlich jemanden im Archiv erreicht. Ich bin an einen sehr netten Archivar geraten, der sich die Geschichte unserer Großmütter in Kurzform angehört hat, sie hat ihn sehr berührt. Er hat für mich tatsächlich nach Siegfried gesucht und etwas herausbekommen.«

»Toll. Und was?« Sandra sah sie ungeduldig an.

»Er ging nach Norwegen. Dort wurde er Leiter der Abteilung IV der Gestapo in Oslo. Er war für mehrere Folterungen bei Verhören verantwortlich. Sein Spezialgebiet.«

»Schrecklich. Und Anni? Hat er sie gezwungen, mit nach Norwegen zu kommen?«

»Das hoffe ich nicht für sie.«

»Und was geschah dann mit Siegfried nach dem Krieg?«

»Seine Spur verliert sich, wie bei so vielen Nazis. Es konnten ja einige unerkannt in andere Länder fliehen.«

Gabriel und Hendrik hatten sich zu den Frauen gestellt und alles mitbekommen. Hendrik gab June recht. »Vor allem nach Argentinien, ein beliebtes Nazi-Fluchtziel, die sogenannte Rattenlinie, der Ausdruck passt gut.«

»Und leider kamen auch einige von ihnen nach Brasilien«, pflichtete Gabriel ihm bei. »Es gibt zu viele hier, auch Neonazis, wie in vielen Ländern.«

Sandra seufzte. »Als hätte man überhaupt nichts aus der Geschichte gelernt.«

»Genau deshalb will ich dieses Buch schreiben«, bestätigte Gabriel leidenschaftlich. »An all diese Schicksale, die Opfer, erinnern, es ist so wichtig.«

Hendrik legte ihm anerkennend die Hand auf die Schulter.

So schön, dass sich die Männer so gut verstehen, dachte Sandra. Diese ganze Suche hatte sie alle zusammengeschweißt. Sie freute sich so sehr über diese neuen innigen Freundschaften, die dank ihrer Großmütter entstanden waren.

Sie wurde abgelenkt, denn es kamen immer mehr Kunden und Gäste zur Eröffnungsfeier, die Werbung mit den neuen Flyern und Plakaten und vor allem die Idee, Kaffee, Kuchen und ein Buch dazu, zeigte Wirkung.

Bis zum Mittag wurde es sogar noch voller. Gabriel holte aus ihrem Haus rasch ein paar Boxen, und sie legten Musik auf. Samba-Rhythmen erklangen in der kleinen Buchhandlung, und die Gäste wippten und tanzten, auch auf der Straße.

Alle, die gekommen waren, lobten das neue Konzept, dass es jetzt auch ein kleines Café in der Buchhandlung gab, und sie wollten ab jetzt öfter auf einen Cafezinho vorbeischauen und vor allem wieder mehr lesen.

Nachdem der letzte Kunde am späten Abend gegangen war und alle mithalfen, aufzuräumen, betrachtete Sandra Gabriel dankbar. Wie glücklich sie sich schätzen konnte, diesen Mann jetzt fast täglich um sich zu haben. Nicht wie ihre Großmutter, die in ihrem Tagebuch wieder von ihrer Sehnsucht nach Samuel geschrieben hatte und von einem Brief, der sie erneut in große Gewissensnöte gebracht hatte.

KAPITEL 33

Rio de Janeiro, 1943

MARIA STAND HINTER DEM TRESEN der Buchhandlung, zog seinen Brief aus ihrer Tasche. Erneut las sie seine Zeilen, las von seiner Liebe für sie.

»Was ist das für ein Brief«, schreckte Jakobs Stimme sie auf. Hastig faltete sie das Blatt wieder zusammen. »Von Anni? Ist etwas geschehen?«, fragte er besorgt nach. »Du siehst blass aus.«

»Was? Nein. Nicht von Anni.« Maria steckte den Brief in ihre Tasche zurück.

»Dann von Luise?«

»Nein.« Fieberhaft suchte sie nach einer Erklärung. Warum nur konnte sie so schlecht lügen? Jakob würde weiterfragen, und vielleicht half ihr das ja. Sie reckte das Kinn vor, sah ihn an. »Samuel hat aus Recife geschrieben.«

Jakobs Miene versteinerte. »Und was schreibt er?«

»Dass es eine schöne Stadt ist. Ob es uns gut geht. Er erkundigt sich nach den Kindern.« All das war nicht gelogen.

Jakob sah sie prüfend an, trat zu ihr, nahm ihre Hände in seine. »Maria, wir haben Samuel viel zu verdanken. Allein, dass er mich auf seinem Rücken über die Pyrenäen getragen hat. Aber ich denke ... dieser Mann braucht immer wieder neue Herausforderungen.«

Maria verstand, was er ihr sagen wollte. Sie drückte seine

Hände. Und er hatte recht. Samuel war ein rastloser Mann, kein Familienvater.

Maria löste ihre Finger von Jakobs, suchte nach Worten, doch zum Glück betrat gerade eine Kundin den Laden, eine Stammkundin, auch Emigrantin, eine Vielleserin. »*Shalom*, Frau Kirschbaum, *Shalom*, Herr Kirschbaum.«

Die beiden grüßten freundlich zurück.

Jakob ging derweil zu einem der hinteren Regale, ließ die beiden Frauen allein. Die Stammkundin trat zu Maria. »Wie geht es Ihnen? Sie sehen so angespannt aus«, sagte sie besorgt.

»Was? Nein, alles gut«, erwiderte Maria tapfer.

Er ist kein Familienvater, hämmerte es in ihrem Kopf. Es war gut, dass er Rio verlassen hatte, dass er über zweitausend Kilometer entfernt lebte. Gut für sie und ihre Ehe.

Sie erkundigte sich freundlich, was die Kundin als Nächstes lesen wolle, hatte aber Mühe, ihr zuzuhören. Maria riss sich zusammen und beschloss endgültig, in ihrer Familie und ihrer Buchhandlung das Glück zu finden. Nicht immer nach anderem zu streben, wie es viele taten, weshalb sie nie glücklich wurden.

Am Abend schrieb sie ihre Gedanken in ihr Tagebuch, damit sie diese nie vergaß. Und fand endlich Zeit, den neuen Brief von Anni zu öffnen, der heute früh auch noch gekommen war, der eine so fremde Briefmarke trug.

Eine Rose war darauf zu sehen, sie sah wunderschön aus. Sie würde den Umschlag mit der Briefmarke auf jeden Fall aufheben und in eines ihrer Lieblingsbücher legen, am besten in das, das ihre Tochter mit einem so wunderschönen selbst gemalten und gebastelten Blumenumschlag eingebunden hatte.

KAPITEL 34

Rio de Janeiro, August 2023

Natürlich, der kindlich mit Blumen bemalte Buchumschlag! Sandra hatte das Reisetagebuch am späten Abend nach der Eröffnungsfeier erneut zur Hand genommen, und Gabriel, June und Hendrik saßen mit ihr in dieser lauen Sommernacht auf ihrer Terrasse.

»Dieser bemalte Buchumschlag ist mir irgendwann einmal aufgefallen«, erklärte sie den anderen jetzt aufgeregt. »Aber ich habe geglaubt, dass meine Mutter Beatriz ihn einmal gemalt und gebastelt hatte.«

June erinnerte sich. »Und weißt du noch, als wir anfangs Marias Reisetagebuch gefunden hatten, haben wir es natürlich überflogen und vor allem das Ende gelesen. Aber ob mit ›Tochter‹ Tabea oder Beatriz gemeint war, wussten wir ja nicht. Und vor allem nicht, dass es sich um einen so wichtigen Brief handelt, der uns vielleicht endlich darauf bringt, wohin Anni schlussendlich emigriert ist.«

Auch die Männer waren wieder hellwach. Sandra sprang auf. »Das von Tabea bemalte Buch steht auch in der Vitrine, wartet, ich hole es.«

Wenige Minuten später kam sie mit dem Buch in der Hand zurück, zeigte es den anderen. Tabea hatte zahlreiche Rosen auf ein Blatt Papier gemalt und dann das Buch mit dem Papier eingebunden.

»Wie schön. Tabea hatte Talent«, fand Gabriel. »Das Künstlerische liegt bei euch also auch in der Familie.«

»Na ja, also ich male zwar gern, aber nicht so gut, dass ich mich als Künstlerin sehe.« Sandra hatte dafür aber jetzt keine Nerven. Sie schlug das alte Buch vorsichtig auf. Und tatsächlich! Inmitten der Seiten lag ein alter, vergilbter Briefumschlag. Darauf die Briefmarke mit der Rose. Durch den Stempel konnte man schlecht lesen, woher die Briefmarke kam. Das Kuvert war adressiert an Marias Adresse in Brasilien, und Annis Absender war aus Tansania!

»Tansania! Nu mach schon auf«, bat June sie ungeduldig.

Sandra öffnete den Brief vorsichtig und las vor:

»*Liebe Maria,*

jetzt hast du lange nichts von mir gehört, aber ich kann dir versichern, es geht mir wieder gut. Es ist viel geschehen. Gutes und Schlechtes. Ich kann es dir hoffentlich einmal persönlich erzählen. Jedenfalls musste ich London verlassen, da ich dort nicht mehr sicher war. Es war eine gefährliche Zeit, aber ich habe es geschafft und bin so glücklich hier. Stell dir vor, ich habe die Möglichkeit bekommen, eine Farm in Tansania zu kaufen. Einige Juden sind über England nach Tansania geflohen. Afrika, Maria, niemals hätte ich gedacht, dass ich mich hier wohlfühlen könnte, dass ich eine Farm führen könnte, aber ich bin hier nach dieser kurzen Zeit schon so glücklich. Die Menschen sind arm, aber zufrieden und gut zueinander, so anders als in Deutschland.«

Sandra ließ den Brief sinken. »Eine Farm in Tansania«, wiederholte sie beeindruckt.

»Ja«, erklärte June. »Damit hätten wir nicht gerechnet.«

Gabriel freute sich. »Ich mochte Afrika schon immer. Ich schreibe gern einen Roman darüber, den dritten Teil der Trilogie.«

»Und ich mag die afrikanische Küche«, erklärte Hendrik lächelnd. »Ich freue mich immer über neue Inspirationen.«

»Was schreibt Anni weiter?«, fragte June nach.

Sandra fuhr fort:

»Ich habe schon so viele Tiere gesehen, wir waren in der Serengeti, es war ein Traum. Meine Farm ist eine Rosenfarm. Du weißt, wie sehr ich Rosen liebe. Ich hoffe sehr, dass du mir schreibst und vor allem, dass wir uns irgendwann wiedersehen. Alles Liebe, deine Anni.«

»Eine Rosenfarm, deshalb die Rose!«, rief June begeistert aus. Sie sah erst Sandra, dann Hendrik glücklich an. »Ich werde zwar erst mal zurück nach New York müssen, ein paar Dinge regeln, und Hendrik muss ja wieder arbeiten, in unserem Restaurant –«

»Oh ja«, warf der gespielt zerknirscht ein.

»Aber Sandra«, fuhr June fort, »dann lass uns ganz bald gemeinsam nach Tansania fliegen.«

»Oh, so gern, aber ich fürchte, noch so eine große Reise kann ich mir momentan nicht leisten.«

»Ich leihe es euch, und keine Widerrede«, erklärte Gabriel fest. Und auch Hendrik stimmte ihm zu. »Wir legen zusammen. Oder wollt ihr so kurz vor dem Ziel aufgeben?«

»Nein.« Sandra freute sich, und June und sie dankten ihnen. »Aber ihr bekommt jeden Cent zurück. Egal wie das Ganze ausgeht.«

June wandte sich an Sandra. »Ich bin so froh, dass wir nicht aufgegeben haben. Und dass wir Männer haben, die an uns glauben.«

Hendrik zog sie amüsiert an sich, küsste sie.

Sandra lachte, küsste auch Gabriel. »Man sollte niemals aufgeben. Und nur Männer haben, die an einen glauben.« Sandra lächelte Gabriel an, dann June, und wurde ernster. »Ich bin auch so froh, dass wir uns kennengelernt haben, June. Ich weiß ja nicht, wie es dir geht, aber ich finde, das hat deine Großmutter gut hinbekommen mit ihrem Vermächtnis. Wir sind wirklich gute Freundinnen geworden.«

Überwältigt nahm June sie in den Arm, löste sich dann wieder. »Mir geht es genauso. Und ich bin meiner Großmutter so dankbar. Ihr waren ihre Freundinnen so wichtig, sie hat zeitlebens darunter gelitten, Maria und Anni verloren zu haben. Egal was sie in deren Augen falsch gemacht hat, Luise hat es bitter bereut. Sie würde sich so freuen, dass wir beide uns jetzt so gut verstehen.«

»Das glaube ich auch.« Sandra wandte sich wieder an Gabriel. »Und ich habe eine neue Familie gefunden, dank Luise, weil sie mich auf diese Reise geschickt hat. Ich mag deine Schwester Ana Iris sehr, sie ist eine wundervolle Buchhändlerin, und wir helfen ihr mit dem Baby, wenn es da ist, sodass sie auch arbeiten kann. Nicht wahr, Gabriel?«

»Auf jeden Fall. Ich freue mich schon auf meine Nichte«, bestätigte er.

»Nichte? Wird es ein Mädchen? Habe ich da was verpasst?«, fragte Sandra aufgeregt.

Gabriel lachte. »Nein, nein, dafür ist es zu früh, aber ich wünsche mir ein kleines Mädchen.« Er sah sie vielsagend an.

Sandra hob lachend und abwehrend die Hände. »Moment! Ich muss jetzt erst mal wieder auf Reisen gehen. Nach Tansania, auf eine Rosenfarm, nicht wahr, June?«

»Auf alle Fälle! Und dort finden wir mehr über Anni heraus, und falls sie Nachfahren hat, finden wir diese.«

Sandra umfasste Junes Hände, zog sie hoch. »Auf nach Tansania, auf eine Rosenfarm!«

ANMERKUNG DER AUTORIN

Ich freue mich so sehr, dass ihr zusammen mit June und Sandra auf diese Reise durch Europa und nach Brasilien gegangen seid, und will euch noch ein paar spannende Hintergrundinfos verraten! Auch in diesem zweiten Band meiner Glücksfrauen basiert sehr viel auf damals wirklich Erlebtem, was die Geschichte auch für mich bei der Recherche und beim Schreiben so berührend gemacht hat.

Die Handlungen und Personen sind alle frei erfunden, aber die Flucht über die Pyrenäen, eine der »jüdischen Fluchtrouten«, gab es wirklich, und so konnten tatsächlich schätzungsweise fünfzigtausend Juden ihr Leben retten.

Es gab so viele gute Menschen, die unseren Vorfahren, unseren Großeltern oder Urgroßeltern dabei halfen, ohne sie würde es einige von uns heute nicht geben.

Viele Helfer handelten aus Überzeugung, ohne etwas dafür zu verlangen. Es gab sie auch damals, die Guten. Aber leider auch früher schon einige, die mit dem Leid der Menschen Profit machen wollten. Damals ließen sich einige Juden in ihrer Not, um ihr Leben und das ihrer Familie zu retten, auf bezahlte Schlepper ein, die sie wie heute so viele Flüchtende in Booten auf den Meeren aussetzten. Viele Juden ertranken dabei. Eine Quelle sagt, dass ganze achtzehn Schiffe mit über fünftausendsechshundert jüdischen Männern, Frauen und Kindern darauf nie ankamen, dass all diese Menschen ihr Leben verloren. Einige, die in griechischen Häfen starteten und nach Palästina wollten, wurden auf sogenannten »Einöd-Inseln« ausgesetzt und ihrem Schicksal überlassen. Einige wurden in versteckte Höhlen der ägäischen Küste gebracht. Selbst legale Auswanderer kamen oft nie an ihrem Zielort an, wie zum Beispiel die Menschen auf der *St. Louis*, die nach Kuba ins Exil wollten. Die kubanischen Einwanderungsbehörden erkannten die korrekten Papiere nicht an, das Schiff wurde zurückgeschickt und irrte wochenlang umher, da kaum ein Land mehr Juden aufnehmen wollte.

Der Fluchtweg über die Pyrenäen hat mich auf einer meiner Reisen vor ein paar Jahren so fasziniert, dass ich wusste, ich möchte irgendwann einmal einen Roman darüber schreiben. Dass es Marias Geschichte werden würde, die Geschichte einer meiner Glücksfrauen, wusste ich damals noch nicht. Aber oft fügt sich vieles bei mir beim Schreiben und Entwickeln einer Geschichte zu einem glücklichen Ende, wie auch hier.

Vielleicht inspiriert meine Geschichte der Glücksfrauen euch ja, diese jüdische Fluchtroute über die Pyrenäen einmal nachzureisen, ähnlich wie den Jakobsweg. Zeit für sich und Zeit, seine Gedanken zu sortieren, ist ja immer sehr heilsam.

Auf die Idee, dass Maria ihren Mann Jakob Huckepack tragen muss, bin ich übrigens durch meine Recherche gekommen, denn damals musste Walter Benjamins Frau ihren Mann, den bekannten Literaten, auch auf dem Rücken tragen. Wieder so ein Beispiel, wie stark und mutig Frauen sein können. Wir sollten das niemals vergessen. Auch dass sich zurückhaltende Frauen wie Anni so sehr verändern und weiterentwickeln können, dass sie sogar den Mut aufbringen, ihr Leben grundlegend zu ändern.

Noch eine wahre Begebenheit aus der Geschichte hat mich für meine Figur Maria inspiriert und diente mir als Grundidee für diesen Roman: Eva Herz, Tochter von deutschen Einwanderern in Brasilien, hat 1947 in ihrem Haus in São Paulo einen Bücherverleih gegründet, und die Kundschaft bestand vor allem aus Einwanderern. Das Ganze kam so gut an, dass sie eine Buchhandlung daraus machte, die so gut lief, dass sie zu einer sehr bekannten Buchhandelskette in Brasilien wurde: die Livraria Cultura. Irgendwann mussten wieder einzelne Läden geschlossen werden, wie in meiner Geschichte einige Filialen von Maria. Aber dass eine deutsche Exilantin, oder eben Tochter von Einwanderern, in Brasilien eine Buchhandlung gegründet hatte, fand ich so faszinierend und so ein wundervolles Vorbild für meine starke Glücksfrau Maria.

Wie Anni es geschafft hat, stärker zu werden, wie es ihr erging, werdet ihr in Band drei »Die Glücksfrauen – Das Geheimnis der Rosen«, dem letzten Band der Glücksfrauen, erfahren. Und vor allem auch, wie sie bis nach Tansania und dort zu einer Rosenfarm kam.

In dieses wunderschöne Land bin ich übrigens extra für euch gereist und bin immer noch überwältigt von all den wundervollen Eindrücken.

Freut euch also auf ein Wiedersehen mit June und Sandra und auf die Geschichte von Anni und ihren Nachfahren.

Findet zusammen mit ihnen heraus, was Junes Großmutter Luise zeitlebens so sehr belastet hat, dass sie keinen Kontakt mehr zu ihren besten Freundinnen hatte. Die Schuld, die sie zermarterte, ihr Lebensgeheimnis.

DANKSAGUNG

Herzlichen Dank, ihr lieben Leser*innen, Blogger*innen, für eure Treue, und ein großer Dank geht vor allem auch an all die Buchhändler*innen, die mit den Glücksfrauen in Band zwei wieder auf Reisen gegangen sind!

Brasilien ist ein wundervolles Land, das ich als Setting für meinen zweiten Band deshalb gewählt habe, weil so viele Deutsche in all den Jahren dorthin ausgewandert sind, weil eine Deutsche im Exil dort eine Buchhandlung gegründet hat, aber auch, weil ich eine ganz liebe brasilianische Freundin, Sandra, habe, die der Sandra im Roman in vielem ähnelt, aber natürlich nicht in allem. Danke, liebe Sandra Regina Rocha do Monte Bayer, für das Testlesen, genauso danke der lieben Rahel Soost, die auch Band zwei der Glücksfrauen wieder vorab gelesen und mir ebenfalls so gute Hinweise gegeben hat.

Sehr danke ich natürlich auch meiner Lektorin Martina Wielenberg, den Vertretern und dem restlichen Team des Lübbe Verlags, ebenso meiner Außenlektorin Anne Schünemann und meiner Agentin Eva Semitzidou von der Agentur Gaeb & Eggers.

Es macht Spaß, den Weg der Glücksfrauen gemeinsam mit euch zu beschreiten.

Glücklich macht mich aber vor allem die Unterstützung und Liebe meiner Familie, die meines Mannes und unserer beiden Kinder. Und auch Bonnie, unsere Golden-Retriever-Hündin, die mich regelmäßig vom Schreibtisch weglockt und mich mit ihren Pirouetten auf der Wiese immer wieder zum Lachen bringt. Vor allem diese kleinen Momente sind echte Glücksmomente.

Herzlich,

Anna Claire